Von James Herbert sind
als Heyne-Taschenbücher erschienen:

Domain · Band 01/7616
Die Ratten · Band 01/7686
Die Brut · Band 01/7784
Die Gruft · Band 01/7857
Unheil · Band 01/7974
Dunker · Band 01/8049
Todeskralle · Band 01/8138
Nachtschatten · Band 01/8237

JAMES HERBERT

BLUTWAFFE

Roman

Deutsche Erstausgabe

WILHELM HEYNE VERLAG
MÜNCHEN

HEYNE ALLGEMEINE REIHE
Nr. 01/8374

Titel der Originalausgabe
SPEAR
Aus dem Englischen übersetzt
von Hartmut Huff

4. Auflage

Printed in Germany 1993
Umschlaggestaltung: Atelier Ingrid Schütz, München
Satz: IBV Satz- und Datentechnik GmbH, Berlin
Druck und Bindung: Elsnerdruck, Berlin

ISBN 3-453-05303-6

»Ein Todesschrei! Ich eilte hinein:
Klingsor floh lachend,
hatte gestohlen den heiligen Speer.«

Richard Wagner, Parsifal

Prolog

23. Mai 1945
Sergeant-Major Austin lächelte fast mitleidig über die klägliche Gestalt, die geduckt auf der Couch saß, eine Decke um ihren zitternden Körper gewickelt. Fast mitleidig, aber nicht ganz, denn es hieß, daß dieser harmlose kleine Mann auf der Couch den Tod von Millionen in diesem schrecklichen Krieg verschuldet hatte, der gerade zu Ende gegangen war. Seine Verfolgung der Juden in Deutschland, dann in den von Deutschen besetzten Gebieten, hatte die Welt entsetzt, und jetzt kamen weitere Greueltaten ans Tageslicht. Konnte dies der Mann sein, der soviel Böses angestiftet hatte, diese schüchterne Kreatur, die unter der Armeedecke nur Hemd, Hose und Socken trug? War er wirklich die Person, die er zu sein behauptete? Ohne den Schnurrbart, das fliehende Kinn und den aufgedunsenen Nacken, unrasiert, ohne die Militäruniform, ohne seine Arroganz, war das kaum zu glauben. Als er gefangengenommen worden war, hatte der Deutsche eine schwarze Augenklappe getragen und eine Uniform, von der man sämtliche Abzeichen entfernt hatte. Er behauptete, Angehöriger der Geheimen Feldpolizei zu sein, hatte aber während des Verhörs seine andere – viel gravierendere – Identität eingestanden.

Als er seine Augenklappe abgenommen und eine rahmenlose Brille aufgesetzt hatte, war die Ähnlichkeit offensichtlich geworden, trotz seines Benehmens, seiner nervösen Leutseligkeit.

Colonel Murphy, der Geheimdienstchef in Montgomerys Stab, hatte die vorgebliche Identität des Deutschen zunächst akzeptiert, warum sollte also er als Sergeant-Major sie anzweifeln? Man hatte aber immerhin darauf gedrängt, daß der Gefangene jeden Augenblick bewacht werden müsse, so ernst nahmen sie die Sache. Der Sergeant hatte bereits einen Gefangenen verloren, den er in Gewahrsam gehabt hatte: SS-General Pruetzmann hatte eine Zyankalikapsel zwischen seinen Zähnen zerbissen. Bei dem hier würde er ganz bestimmt keinen Fehler machen.

Durch den deutschen Dolmetscher informierte der Sergeant den Mann, daß die Couch sein Bett sei und daß er sich ausziehen und hinlegen solle. Der Gefangene begann zu protestieren, schwieg aber, als er die Entschlossenheit im Gesicht des Engländers sah. Er streifte die Decke von seinen Schultern und begann, langsam seine Hose auszuziehen.

In diesem Augenblick betrat Colonel Murphy, gefolgt von einem anderen Uniformierten, den Raum. Der Geheimdienstchef stellte seinen Begleiter kurz als Captain Wells vor, einen Armeearzt, und befahl dem Deutschen dann, sich völlig auszuziehen.

Der Sergeant wußte, was geschehen würde, da man vor zwei Tagen eine Phiole im Jackenfutter des Gefangenen versteckt gefunden hatte; sie vermuteten, daß er eine weitere irgendwo bei sich trug. Bei einem Gefangenen von solcher Wichtigkeit wollten sie nichts riskieren.

Sie begannen, ihn zu durchsuchen, fuhren mit ihren Fingern durch sein Haupt- und sein Schamhaar; sie untersuchten seine Ohren und seine Zehen; sie spreizten sein Gesäß und untersuchten seine Analregion. Man fand nichts – aber ein Bereich war noch nicht untersucht worden, und dieser war das naheliegendste Versteck. Der Arzt befahl nun dem Gefangenen, seinen Mund zu öffnen.

Captain Wells sah die schwarze Phiole sofort in einer Zahnlücke des Deutschen in seinem rechten Unterkiefer und stieß mit einem Alarmruf seine Finger in den offenen Mund. Aber der Deutsche war zu schnell. Er warf seinen Kopf auf eine Seite und biß dabei kräftig auf die Finger des Arztes. Colonel Murphy und Sergeant-Major Austin sprangen vorwärts und warfen den sich wehrenden Gefangenen zu Boden, wobei der Arzt seine Kehle umklammerte und sie mit beiden Händen preßte, um ihn so dazu zu bringen, die Kapsel auszuspucken. Aber es war schon zu spät; die Phiole war bereits zerbrochen, und das Gift nahm seinen Weg durch den Blutkreislauf des Mannes. Sein Tod war unausweichlich, aber dennoch kämpften sie, um ihn zu verhindern.

Colonel Murphy beauftragte den Sergeant, so schnell wie möglich eine Nadel und Garn aufzutreiben. Kostbare Minuten gingen verloren, als das Vernehmungszentrum auf der Suche nach so trivialen Gegenständen auf den Kopf gestellt wurde. Der Arzt preßte immer noch die Kehle des Gefangenen zusammen, aber die Todeskrämpfe begannen bereits. Der Sergeant kehrte endlich zurück, und der Geheimdienstchef versuchte, mit ruhigen Händen das Garn in die Nadel zu fädeln. Während Sergeant Austin den Mund des sterbenden Mannes mit Gewalt öffnete, packte der Colonel die schlüpfrige Zunge und durchbohrte sie mit der Nadel; indem sie am Garn zogen, konnten sie die Zunge aus dem Mund zerren und damit verhindern, daß sie die Kehle versperrte. Fünfzehn Minuten lang benutzten sie dann Brechmittel, eine Magenpumpe und jede nur denkbare Methode künstlicher Beatmung. Es war sinnlos. Die drei Männer hatten zwar verhindert, daß das Zyankali mit seiner gewohnten Schnelligkeit tötete, aber den Tod hatten sie nur hinausgezögert.

Der Körper des Gefangenen krümmte sich in einem letzten qualvollen Kampf, sein Gesicht verzog sich gräßlich, dann erschlaffte seine Muskulatur.

Zwei Tage später wickelte Sergeant-Major Austin die Leiche in Armeedecken ein, packte ein Tarnnetz darum, das er mit Telefondraht zusammenschnürte, und vergrub die Leiche in einem nicht markierten Grab nahe Lüneburg. Die letzte Ruhestätte des Reichsführers der SS Heinrich Himmler wurde nie registriert.

1

Harry Steadman verschloß die Tür seines grauen Celica und schaute sich auf dem großen Platz um. Die Mehrzahl der anderen Parkplätze war bereits vollgestellt, und sie bildeten so einen vielfarbigen Fahrzeugsaum um die grünen Rasenflächen. Die meisten der Mieter hier, Anwälte und Wirtschaftsprüfer, saßen wohl schon an ihren Schreibtischen und programmierten ihre Hirntätigkeit auf die gemächliche Montagmorgengangart. Er hatte das Paar in dem Cortina bemerkt, als er zu seinem Parkplatz gefahren war, und hätte es nicht weiter beachtet – wenn die Blicke des Mannes nicht zu offensichtlich auf Steadman gerichtet gewesen wären; auch die gezwungene Gleichgültigkeit, mit der der Blick dann von ihm wich, hatte den Detektiv nicht getäuscht. Dieser Beobachter hatte ihn erkannt, aber Steadman war der Mann fremd; auch seine Begleiterin kannte er nicht.

Beide schienen in eine Unterhaltung vertieft zu sein, als er über das Dach seines Wagens zu ihnen hinüberschaute. Eigentlich war es unwichtig, da es nicht ungewöhnlich war, daß Klienten bis zu ihrer Verabredung mit ihrem Anwalt, Steuerberater – oder auch ihrem Privatdetektiv – am Gray's Inn Square in ihrem Wagen warteten, aber Steadman spürte ein Unbehagen, wie er es seit langer Zeit nicht empfunden hatte. Wie damals, als er wochen-, monatelang voll Unsicherheit gelebt hatte. Und dies hier war nur durch einen Blickkontakt ausgelöst worden.

Er überquerte die ruhige Straße und trat in das düstere Innere des roten Ziegelgebäudes, in dem sich seine kleine Agentur neben den drei Buchhaltungsbüros befand. Für eine Detektei war die Lage inmitten des Rechts-›Ghettos‹

ausgezeichnet. Lincoln's Inn und Bloomsbury befanden sich vor der Tür, die Gerichte und Old Bailey waren nur zehn Minuten entfernt. Auf jeden Fall war diese Adresse in einem Beruf, der allzu oft als mies, sogar als schäbig angesehen wurde, nicht zu verachten. Harry Steadman hatte mit seiner Partnerin Maggie Wyeth lange und schwer daran gearbeitet, ihrer Detektei einen guten Ruf zu verschaffen; immer nach dem Prinzip, daß kein Fall zu wichtig oder zu unwichtig sei, vorausgesetzt, er war legal. Wegen ihres guten Rufes hatten sie in den letzten beiden Jahren von großen Unternehmen Aufträge bekommen, die von Industriespionage bis Betrug und Unterschlagungen alles umfaßten. Aber sie beschäftigten sich auch noch immer mit Ehesachen, suchten vermißte Personen, beschafften Beweismaterial und stellten Schuldnern Mahnungen zu. Ihr Team bestand aus drei Personen: einem pensionierten Polizeibeamten namens Blake, den sie Sexton nannten, einem jungen Detektivpraktikanten, Steve, der sie bald verlassen würde, um sich selbständig zu machen, und aus Sue, ihrer Empfangsdame, Sekretärin und Mädchen für alles, neunundzwanzig, dick, unverheiratet und ein absolutes Gottesgeschenk.

Steadman ignorierte den kleinen, äußerst unzuverlässigen Fahrstuhl und stieg die drei Treppen zu ihrer Agentur hoch, wobei sein Atem schneller und sein Schritt langsamer wurde, als er oben ankam. Mit achtunddreißig konnte seine Kondition als ›gut, aber nachlassend‹ beschrieben werden.

Er hörte Sues Schreibmaschinengeklapper im Korridor, sie begrüßte ihn lächelnd, als er die Bürotür öffnete.

»Hallo, Sue«, erwiderte er ihr Lächeln.

»Morgen, Mr. Steadman. Hatten Sie eine gute Reise?«

»Annehmbar. In einer Woche müßte ich fertig sein.«

Steadman hatte die letzte Woche im Norden verbracht, wo er für einen Elektronikhersteller ein komplettes Sicherheitssystem installiert hatte. Die Erfindungen des Unternehmens, Verbesserungen von Kommunikationssystemen, wurden eigenartigerweise von einem Konkurrenzunternehmen immer ein paar Wochen zuvor ›erfunden‹; Zufall war eine Sache, aber fast identische Patente in einem Zeitraum von achtzehn Monaten strapazierten die Glaubwürdigkeit etwas zu sehr.

»Ist Maggie schon da?« fragte Steadman, der von Sue die Post entgegennahm.

»Ja, sie hat gerade Besuch. Ich werde ihr sagen, daß Sie wieder im Lande sind, sobald sie frei ist.«

»Gut. Ich muß um elf wieder fort, deshalb sollten wir bald miteinander reden.« Er ging zu seinem Büro und winkte unterwegs Steve zu, der über einem Buch brütete, in dem die Grundlagen von Beweisführung und Verfahrensweisen erläutert wurden.

»Bleib dran, Steve«, grinste Steadman. »In zehn Jahren ist das alles kristallklar.«

Steve erwiderte das Lächeln matt.

Steadman blieb am Eingang zu seinem Büro stehen. »Ist Sexton da?« fragte er Sue. »Ich brauche ihn diese Woche vielleicht, um gutes Sicherheitspersonal zu finden.« Sein Angestellter hatte als Expolizist noch gute Verbindungen zur Polizei und wußte, wer bald pensioniert werden würde, wer die Arbeit über hatte oder wer aus dem Dienst ausscheiden wollte. Diese Männer waren als Sicherheitspersonal hervorragend geeignet.

»Er ist heute für Collins und Tullis beim Prozeß«, erwiderte Sue.

»Gut, ich rufe ihn aus Salford an, falls ich ihn verpasse.« Bevor er die Tür schließen konnte, winkte ihm Sue mit einem Blatt Papier zu.

»Dieser Herr möchte Sie heute morgen sprechen, Mr. Steadman«, sagte sie kleinlaut.

»Ach, Sue. Sie wissen doch, daß ich keine Zeit habe«,

entgegnete Steadman verärgert »Kann er nicht mit Maggie reden?«

»Das habe ich versucht, aber er besteht darauf, mit Ihnen zu sprechen. Er rief letzte Woche an und wollte sich mit Ihnen im Norden in Verbindung setzen. Natürlich habe ich ihm nicht gesagt, wo Sie waren, aber er erklärte, es sei sehr wichtig, daß er Sie sofort nach Ihrer Rückkehr persönlich sprechen könne. Mit Mrs. Wyeth wollte er nicht einmal telefonieren!«

Steadman ging zum Empfang zurück und nahm das gefaltete Papier aus der fleischigen Hand des Mädchens. Seine Bauchmuskeln spannten sich, als er das Blatt entfaltete und es las. Sein vorheriges Unbehagen war instinktiv richtig gewesen.

»Dunkles Haar? Dunkle Hautfarbe? Anfang dreißig?« fragte er, den Blick noch auf die handschriftliche Mitteilung gerichtet.

»Ja«, erwiderte Sue, durch die Reaktion ihres Chefs verwirrt. »Er nannte sich Goldblatt. Wenn Sie wollen, kann ich ihm natürlich absagen. Aber weil es sehr wichtig klang, dachte ich, Sie würden sich kurz für ihn Zeit nehmen.«

»Ist schon gut, Sue. Er ist unten in seinem Wagen. Ich geb' ihm zehn Minuten.«

Als Steadman in sein Büro ging, schaute Sue zu Steve hinüber, der das kurze Gespräch mit Interesse verfolgt hatte. Er zuckte die Schultern und wandte sich wieder seinem Buch zu.

Steadman saß an seinem Schreibtisch und las die Nachricht erneut. ›Zwi schickt Grüße‹, stand nur darauf, aber das weckte Erinnerungen und Emotionen, die mit Leidenschaft und Rache in Verbindung standen. »Zwi Zamir«, sagte er leise und zerknüllte dann das Papier zu einer kleinen Kugel. Er drehte seinen Stuhl und blickte auf den grauen Herbsthimmel vor seinem Fenster – das Bild von

Zwi Zamir, dem Exdirektor der Mossad Aliyah Beth, dem israelischen Geheimdienst, klar vor Augen.

Zehn Minuten später meldete sich Sue über die Wechselsprechanlage. »Mr. Goldblatt für Sie, Mr. Steadman.«

Steadman sagte seufzend: »Schicken Sie ihn herein.«

Er nahm die Papierkugel, die noch immer auf seinem Schreibtisch lag, und warf sie in den Papierkorb, als sich die Tür öffnete und Sue den Mann hereinbat, den er zuvor im Wagen entdeckt hatte. Goldblatt war allein. Wahrscheinlich wartete seine Begleiterin unten.

»Mr. Goldblatt«, Steadman erhob sich und reichte ihm seine Hand über den Schreibtisch.

Goldblatt schüttelte sie mit festem, trockenem Griff. Er war ein kleiner, stämmiger Mann, mit schwarzem, krausem, kurzgeschorenem Haar und nicht so dunklem Gesicht, wie Steadman zuerst gedacht hatte. Die Dunkelheit im Wagen mußte die natürlich dunkle Hautfarbe des Mannes intensiviert haben.

»David Goldblatt, Mr. Steadman. Danke, daß Sie mich empfangen.« Ein Akzent war kaum vernehmbar, abgesehen von einer leicht amerikanischen Aussprache gewisser Wörter. Er blickte in Steadmans Augen, als suche er nach einem Zeichen von Erkennen – keinem persönlichen vielleicht, eher einem Erkennen gemeinsamen Glaubens.

Steadmans Augen blieben kalt.

»Ich bringe Ihnen Kaffee.« Sues Worte unterbrachen das verlegene Schweigen. Sie schloß die Tür, nervös wegen der Kälte, die ihr Chef ausstrahlte. Er schien auf diesen kleinen Juden wütend zu sein.

»Sie haben die Nachricht erhalten?« fragte Goldblatt, während er Platz nahm.

Steadman nickte, setzte sich und lehnte sich im Sessel zurück, um den Mann zu mustern. »Wie geht's Zwi?«

Goldblatt lächelte ihn an. »Gut. Er hat sich aus dem Dienst zurückgezogen, wissen Sie. Ist jetzt Präsident eines großen Bauunternehmens, das dem israelischen Gewerkschaftsverband gehört. So nützen seine Interessen unserem Land noch immer – wie unser aller Interessen. Es waren auch einmal Ihre, obwohl Sie kein Jude sind.«

Steadman senkte seinen Blick. »Manche Dinge verändern sich«, sagte er.

Zwischen ihnen herrschte Schweigen, das Goldblatt brach: »Wir brauchen Ihre Hilfe wieder.«

»Vergessen Sie's«, knurrte Steadman. »Ich sagte Ihnen, daß Dinge sich verändern. Die Mossad hat sich verändert. Ideale wurden durch Rachedenken ersetzt.«

»Unsere Ziele können wir nur so erreichen!« Goldblatts Stimme war jetzt ärgerlich. »Wir müssen die Verfolgung unseres Volkes rächen. Es muß Vergeltung für jeden israelischen Mann, jede Frau und jedes Kind geben, die von Terroristen getötet werden! Erst dann wird unsere Stärke respektiert. Erst dann werden sie begreifen, daß wir nie besiegt werden können. Das wissen Sie!«

»Und ich weiß, daß Sie unschuldige Menschen ermordet haben.« Steadman war jetzt genauso wütend wie der Jude, doch seine Stimme war ruhiger, gelassener.

»Unschuldige Menschen? Und das Massaker am Lod Airport? München? Entebbe? Jedesmal, wenn die PFLP oder die PLO zuschlägt, werden unschuldige Menschen ermordet.«

»Gibt Ihnen das das Recht, genauso zu handeln?«

»Wir haben Fehler gemacht, Mr. Steadman. Aber es *waren Fehler*, keine vorsätzlichen Handlungen gegen Unbeteiligte! Wir haben nie ein Flugzeug entführt oder auf überfüllten Flughäfen Bomben gelegt. Wie können Sie uns mit diesen Bestien vergleichen?«

Steadmans Stimme klang nicht mehr ärgerlich. »Das tue ich nicht, Mr. Goldblatt«, sagte er müde. »Aber ich hatte genug vom Institut. Ich mußte da raus oder wäre durch das, was wir taten, kaputtgemacht worden. Wie Sie sagten, wir haben Fehler gemacht.«

Ein leises Klopfen an der Tür unterbrach Ihre Unterhaltung kurz. Sue brachte ein Tablett mit zwei Tassen Kaffee. Sie lächelte Goldblatt nervös an und stellte Kaffee und Zucker zwischen Ihnen auf den Tisch. Die beiden Männer schwiegen, bis sie den Raum wieder verlassen hatte. Goldblatt nippte an seinem Kaffee und gab erst anschließend Zucker hinzu. Steadman ignorierte das.

»Es tut mir leid, Mr. Steadman«, begann Goldblatt wieder. »Ich bin nicht gekommen, um mit Ihnen zu streiten. Israelis werden schnell wütend, aber das wissen Sie ja. Mossad braucht Ihre Hilfe, und bislang ist es mir nur gelungen, Sie zu verärgern. Bitte, nehmen Sie meine Entschuldigung an.«

»Sie bitte auch meine, Mr. Goldblatt. Ich hatte nicht die Absicht, Ihnen gegenüber unhöflich zu sein, aber Zwi Zamir muß Ihnen erklärt haben, warum ich den israelischen Geheimdienst verlassen habe.«

Goldblatt nickte. »Ja, das hat er. Er sagte auch, daß Sie uns wahrscheinlich nicht helfen würden. Obwohl Sie es schon einmal getan haben – damals hatten Sie gerade die britische Armee verlassen und haben sich uns angeschlossen. Vielleicht finden Sie dieses Mitgefühl für unsere Sache wieder.«

»Das glaube ich nicht. Damals hatte ich einen anderen Grund.«

»Lilla Kanaan?«

Nach so vielen Jahren verursachte ihr Name ihm noch immer einen Kummer, dessen Intensität ihn fast schmerzte. Er sagte nichts.

»Hören Sie mir zuerst zu, und wenn Sie uns dann nicht helfen wollen – gut. Wir werden andere Wege finden.«

Goldblatt wertete Steadmans Schweigen als Billigung und fuhr fort: »Jedermann ist sich der Eskalation des Terrorismus in aller Welt bewußt. Wir Israelis haben unser Land erst von innen verteidigt, aber wie Sie wissen, sind wir jetzt gezwungen, den Krieg auch außerhalb unserer Grenzen auszutragen. Wir wollten das nicht, aber wir hatten keine andere Wahl...«

Steadmans Gedanken wanderten in jene blutige Dienstagnacht am 30. Mai 1972 zurück. Lod International Airport. Er und Lilla hatten auf die Maschine gewartet, die ihn zurück nach England bringen sollte, nachdem seine Mission im Mittleren Osten beendet war – er hatte jetzt Befehl, zu seinem Regiment zurückzukehren. Schüsse hatten sie aus dem Abschiedsschmerz gerissen, und als Granaten explodierten, hatte er Lilla zu Boden gerissen und sie unter eine Sitzreihe gestoßen. Als er dann die drei Japaner mit den Kalaschnikows und Handgranaten sah, hatte er sich auf sie geworfen und einen Koffer als provisorischen Schutz gegen den Hagel von Geschossen und Splittern vor sie gezogen. Menschen schrien, rannten entsetzt vor dem tödlichen Feuer davon; andere warfen sich zu Boden, waren zu erschreckt, sich zu bewegen, und beteten nur darum, verschont zu werden. Steadman hatte aufgeschaut, um zu sehen, ob es eine Möglichkeit gäbe, an die Schützen heranzukommen, und hatte beobachtet, wie eine Granate in der Hand eines der Japaner explodierte und dem Terroristen den Kopf abriß.

Ein zweiter starb, als er unvorsichtigerweise in die Schußlinie seines Gefährten geriet. Dann schien der dritte seine Nerven zu verlieren und war losgerannt; Steadman sah ihn in einer Woge von Polizisten verschwinden.

Er hatte Lilla an sich gezogen, und sie hatten dagesessen, benommen von der Brutalität und dem Blutbad, das angerichtet worden war. Die Halle war vom Jammern der Sterbenden erfüllt.

Achtundzwanzig Menschen waren hingemetzelt worden, die meisten davon unschuldige puertorikanische Pilger. Man zählte siebzig Verwundete. Der überlebende Terrorist, Kozo Okamoto, hatte später zugegeben, daß er Mitglied der japanischen Roten Armee war und von der Gruppe Schwarzer September für diese Selbstmordmission ausgebildet worden war.

Drei Monate später war Steadman nach Israel zum Central Institute for Information and Espionage zurückgekehrt, diesmal nicht mehr als Berater der britischen militärischen Abwehr, sondern als Mitglied der Organisation...

»...es dauerte nicht lange, bis wir begriffen, daß wir nicht nur gegen eine, sondern viele Terroristengruppen kämpften.« Steadmans Aufmerksamkeit wurde wieder auf Goldblatt gelenkt. »In Irland die IRA. In Spanien die Basken. In Südamerika die Tupamaros. In der Türkei die türkische Befreiungsarmee. In Japan die Rote Armee. In Westdeutschland Baader-Meinhof. Alle helfen und unterstützen sich jetzt untereinander, eine terroristische Allianz, die der KGB gefördert hat. Sie haben sogar die Kluft zwischen den arabischen Fraktionen verringert, zwischen PFLP und PLO. Am wenigsten aber haben wir erwartet, daß die Briten unseren Feinden beistehen würden.«

Steadman hob überrascht die Augenbrauen. »Die Briten? Wie hilft England solchen Leuten?« fragte er.

»Indem es sie mit Waffen versorgt – neuen, hochentwickelten Waffen. Und die Terroristen daran ausbildet.«

»Unsinn. Natürlich sind der Mittlere Osten und der Iran Großabnehmer der britischen Regierung, aber sie macht keine Geschäfte mit Terroristengruppen. Ebensowenig erlaubt sie das Privatfirmen. Die Lizenzen werden streng kontrolliert.«

Goldblatt lächelte humorlos. »Ach, hören Sie, Mr. Steadman – als Ex-Militärmann und als jemand, der Waffenkäufe für Israel selbst ausgehandelt hat, wissen Sie doch, wie ›streng kontrolliert‹ Waffengeschäfte sein können.« Er spuckte die letzten Worte förmlich aus. »In den Händen unserer Mörder finden wir nicht mehr nur russische Waffen; es gibt gewisse hochentwickelte Waffen, die auch aus Ihrem Land kommen.«

»Sie könnten aus anderer Quelle bezahlt und weitergeleitet worden sein.«

»Bezweifeln Sie unsere Informationen, wo Sie selbst für den israelischen Geheimdienst gearbeitet haben?«

Steadman mußte den Kopf schütteln, da er wußte, daß Israel eine der meist respektierten und gefürchteten Geheimdienstorganisationen der Welt hatte. Bei seiner Rückkehr nach England war er der Mossad beigetreten, die für Auslandsaufklärung zuständig war, und er hatte bald die Schlagkraft der Shin Beth zu würdigen gewußt, die für innere Sicherheit und Gegenspionage zuständig war. Nein, er bezweifelte ihre Effizienz nicht.

»Wir wissen sicher, daß die PLO bei einem britischen Unternehmen gekauft hat. Unglücklicherweise starb unser Informant während des Verhörs, so daß wir keinen Beweis, kein Geständnis haben.«

Steadman wußte, wie erbarmungslos israelische Verhöre sein konnten, und erschauerte.

»Was wissen Sie von Gant?« fragte der Mossadagent.

»Gant? Sie glauben, er ist der Lieferant?«

Goldblatt nickte.

»Er ist keiner der großen Händler, aber seine Waffen sind hochentwickelt. Hat Ihr Informant Ihnen gesagt, daß er es war?«

»Nein, das wußte unser Informant nicht. Ansonsten glaubten wir ihm.«

Darauf wette ich, dachte Steadman. Unter der Folter sind Menschen immer ehrlich. »Wie kommen Sie dann darauf, daß Gant Ihr Mann ist?« fragte er.

»Sagen wir, mehrere Wege führen zu ihm. Aber was wissen Sie von ihm?«

»Nicht viel – er meidet die Öffentlichkeit. Ich weiß, daß er wohlhabend und geachtet ist und, wie gesagt, in kleinerem Umfang mit Waffen handelt. Er scheint sich in höchsten Kreisen zu bewegen.«

»Tauchte Ende der fünfziger Jahre in den Vereinigten Staaten auf der Szene auf«, fuhr Goldblatt fort. »Laut seiner Akte ist er Emigrant aus Kanada. Er heiratete eine reiche amerikanische Witwe und begann seine Aktivität im Waffengeschäft, wobei seine Erfindungen bei Handfeuerwaffen zu dieser Zeit außergewöhnlich waren. Die Verbindungen und das Geld seiner Frau halfen ihm, Kontakt zu hochrangigen Armeeangehörigen sowie diesem und jenem Senator aufzunehmen, und bald wurde er ständiger Lieferant der amerikanischen Streitkräfte. Er schien bereits damals einen gewissen Einfluß zu haben, obwohl er neu im Lande und keineswegs ein *armer* Immigrant war. 1963 kam er nach dem Tod seiner Frau nach England und errichtete hier eine Waffenfabrik, die er staatlicher Kontrolle völlig entzog, als er Erfolg hatte. Jetzt hat er beachtliche Macht in der Industrie und ist, wie viele Waffenhändler, der Öffentlichkeit weitestgehend unbekannt – bis kürzlich, um genau zu sein.

Allen Berichten zufolge ist er ein bemerkenswerter Mann, der viel jünger aussieht, als er tatsächlich ist; er scheint ungeheuer fit zu sein und ist im Geschäft gerissen und rücksichtslos. Vor drei Wochen verschwand einer unserer Agenten, der Edward Gants Aktivitäten untersuchte. Seitdem haben wir nichts mehr von ihm gehört.«

Steadman beugte sich über den Schreibtisch vor. »Sie wollen, daß ich Ihren Mann finde«, stellte er fest.

Goldblatt nickte.

»Und es wäre auch nützlich, wenn ich gleichzeitig Beweise gegen Gant beibringen könnte?«

»Ja. Sehr.«

»Und was würden Sie mit diesen Beweisen tun?«

»Sie natürlich Ihrer Regierung übergeben.«

Steadman lehnte sich in seinem Sessel zurück und starrte kalt in die Augen des Mossadagenten. »Leben Sie wohl, Mr. Goldblatt.«

Der Israeli seufzte tief. »Sie haben für uns keine Sympathien mehr?«

»Nein.«

»Was hat Sie verändert? Warum sind Sie gegen uns?«

»Zwi Zamir weiß das. Ich bin sicher, er hat es Ihnen erzählt.«

»Hat Lillas Tod Ihnen nichts bedeutet?«

Steadman ballte seine Hände. »Er hat mir alles bedeutet«, sagte er gleichmütig.

»Und würde Ihnen der Tod von Lillas Bruder etwas bedeuten?«

Verwirrung spiegelte sich auf dem Gesicht des Detektivs. »Was meinen Sie damit?«

»Lillas Bruder, Baruch, war der Agent, der Verbindung zu Gant suchte.«

Baruch. Ein junger Mann, der darauf brannte, seinem Land zu dienen. Und nach dem Tod von Lilla noch mehr. Sie benutzten ihn ebenso, wie sie seine Schwester benutzt hatten. So, wie sie die Leben so vieler ihrer jungen Leute benutzt hatten.

»Ich wußte nicht, daß er dem Institut beigetreten war.«

»Unser Land braucht zum Überleben solche entschlossenen jungen Männer, Mr. Steadman. Baruch Kanaan war zur Luftwaffe eingezogen worden und flog Hubschraubereinsätze über feindlichem Territorium, wo er GHQ-Kommandobodentruppen unterstützte und ihren Rückzug aus arabischen Stützpunkten sicherte. Ich weiß, daß Sie selbst bei mehreren Gelegenheiten von ihm gesichert wurden, als Sie noch bei uns waren.«

Steadman nickte und dachte an die alptraumhaften Angriffe auf Beirut, die eiligen Rückzüge durch feindliche

Straßen. Die schallgedämpften Pistolen, noch heiß vom Schießen, brannten in ihren Händen. Das willkommene Geräusch der Rotorenblätter, die riesigen Libellen, die sich mit blitzenden Kanonen aus dem Nachthimmel senkten, um die Verfolger abzuwehren. Granaten und Geschützfeuer blockierten den feindlichen Fahrzeugen die Straßen. Dies alles schien sehr lange her.

»Baruch wurde schließlich selbst GHQ-Angehöriger«, fuhr Goldblatt fort und gestattete sich ein kurzes Lächeln. »Er war zweimal in Petra.«

Steadman hob seine Augenbrauen. Die GHQ war eine geheime paramilitärische Einheit der israelischen Abwehr, deren Angehörige besonders ausgesuchte Offiziere und Unteroffiziere aus anderen Einheiten waren. Im Ernstfall hatten sie in kleinen Gruppen gegen einen überlegenen Gegner zu kämpfen. Eine der Aufnahmeriten war ein freiwilliger Fußmarsch von der israelischen Grenze durch ein Stück der jordanischen Wüste zu der verlassenen Stadt Petra, wobei der einsame Wanderer nur mit List und Ausdauer den Beduinenbanden entging, die dieses Gebiet kontrollierten. Einige Rekruten lehnten diesen Marsch ab und wurden daraufhin für künftige gefährliche Missionen oder Einzelkommandos für ungeeignet befunden, während viele andere, die die Herausforderung annahmen, nie wiedergesehen wurden. »Er wollte immer etwas ganz Besonderes sein«, sagte der Detektiv.

»Etwas ganz Besonderes«, stimmte der Israeli zu. »Er ist noch nicht lange Mossad-Agent. Er spricht französisch und deutsch, und sein Englisch ist besonders gut. Unter Druck ist er kühl, einfallsreich und erbarmungslos, was unsere Feinde anbelangt. Er hat zudem eine außergewöhnlich gute Kenntnis des Waffenmarktes, wobei er viel von Ihnen gelernt haben dürfte, wie ich vermute.«

»Baruch wollte immer alles wissen.«

»Sie waren ein guter Lehrer. Baruch Kanaan war wegen

dieser Qualitäten für diese Mission ausgewählt worden, und weil sein Gesicht unseren Feinden unbekannt war. Er hoffte übrigens, mit Ihnen Kontakt aufnehmen zu können, um Sie um Hilfe zu bitten. Wir haben ihm das verboten. Wir wollten Sie nicht in die Sache hineinziehen, aber jetzt, fürchte ich, haben wir kaum eine andere Wahl.«

»Welche Tarnung hatte er?«

»Er nahm zu Gant als Repräsentant unserer Regierung Verbindung auf. Er sollte für uns Waffen kaufen.«

»Und?«

»Er nahm Kontakt auf und meldete, daß Gant interessiert sei. Dann hörten wir nichts mehr von ihm. Wir erfuhren, daß er aus seinem Hotel abgereist war und keine neue Anschrift hinterlassen hatte. Es erreichte uns weder eine Nachricht, noch versuchte er, Verbindung mit einem unserer Gewährsmänner aufzunehmen. Er verschwand einfach.«

»Vor drei Wochen?«

»Ja.«

»Und seitdem haben Sie nichts mehr von ihm gehört?«

»Nichts.«

Nun seufzte Steadman. »Und wie soll ich ihn finden?«

»Sie könnten an Gant ebenso herantreten, als Käufer für eine Macht aus dem Mittleren Osten. Sie brauchten die Identität Ihres Auftraggebers anfangs nicht preiszugeben – erst wenn wirklich verhandelt wird.«

»Aber Baruch ließ Gant wissen, daß er für Israel arbeitete.«

»Ja, ein Fehler, wie wir glauben.«

Steadman lächelte schief. »Wirklich ein Fehler. Wenn Gant Waffen an arabische Terroristen liefert, wie könnte er dann Sympathie für ihre Sache haben.«

»Es ist nicht ungewöhnlich, wenn ein Waffenhändler in einem Krieg beide Seiten unterstützt.«

»Nein, aber dennoch kann es ihn zuweilen in Verlegenheit bringen.«

»Ein verlegener Waffenhändler? Ein amüsanter Gedanke.« Goldblatt lächelte zynisch. »Aber wir hatten folgenden Hintergedanken: Hätte Gant es abgelehnt, mit uns Geschäfte zu machen, hätten wir mindestens einen Hinweis darauf gehabt, daß unsere Information richtig war.«

»Ein Hinweis, aber schwerlich ein Beweis.«

»Richtig, aber es wäre unser erster Schritt gewesen. Überwachung, Nachforschungen, ein bißchen Bestechung – und alles andere wäre bestätigt worden. Der Beweis wäre gekommen.«

»Und wenn nicht? Wenn Sie keinen Beweis finden würden, den Sie meiner Regierung übergeben könnten? Wollen Sie Gant umbringen?«

»Wahrscheinlich.« Es gab kein Zögern.

»Aber Sie können Ihren Krieg nicht in diesem Land austragen.« Steadman wurde wieder ärgerlich.

»Wir haben keine Wahl.«

»Ich aber. Ich werde Ihnen nicht helfen.«

»Wir bitten Sie nicht, Risiken auf sich zu nehmen, Mr. Steadman. Wir möchten nur, daß Sie mit Gant Verbindung aufnehmen und herausfinden, ob sich Baruch mit ihm nochmals getroffen hat. Falls nicht, wäre zu verfolgen, was Baruch getan hat, seit er zum letztenmal Kontakt mit uns gehabt hat. Das ist alles, worum wir bitten: eine ganz gradlinige Detektivaufgabe. Hat nichts mit Mossad zu tun.«

»Warum gehen Sie nicht zur Polizei?«

»Das könnte sehr peinlich sein. Zudem vertrauen wir nicht auf die Kooperation ausländischer Regierungen bei israelischen Angelegenheiten. Erinnern Sie sich, wie Frankreich den Mörder Abu Daoud freiließ, nachdem er 1977 in Paris verhaftet worden war? Die Franzosen fürchteten, daß der Verkauf ihrer 200 Mirage an Ägypten daran scheitern würde. Nein, die Justiz wird vom Eigeninteresse aller Länder beherrscht. Ich glaube nicht, daß Ihre Regierung wegen des Verschwindens eines israelischen Agenten allzu besorgt wäre.«

»Warum wenden Sie sich dann nicht an einen anderen Privatdetektiv? Warum gerade an mich?«

»Wegen Ihrer Verbindungen. Sie waren beim Militär, Sie haben mit Waffen gehandelt. In der Vergangenheit haben Sie Israel Waffen beschafft, und es gibt keinen Grund, nicht zu glauben, daß Sie das jetzt auf freier Basis tun würden. Sie haben die perfekte Tarnung – und Sie kennen auch Baruch. Sie sind in jeder Hinsicht für den Job geeignet.«

»Bis auf einen Umstand.«

»Nämlich?«

»Ich bin nicht interessiert.«

»Nicht einmal um Baruchs willen?«

»Nein.«

In Goldblatts Augen stand jetzt Abscheu. »Kann ich Sie durch nichts überzeugen?«

»Durch nichts. Suchen Sie sich eine andere Detektei, oder erledigen Sie Ihre Drecksarbeit alleine.«

Der Mossadagent erhob sich und blickte kalt auf Steadman herab. »Sie haben Ihre Ideale vergessen«, sagte er.

»Nein, ich habe jetzt nur andere.« Steadman lehnte sich ausdruckslos in seinem Sessel zurück. »Ich hoffe, Sie finden Baruch.«

Goldblatt drehte sich kopfschüttelnd um und ging zur Tür. Er stand da, als ob er noch etwas sagen wollte, ging dann hinaus und schloß die Tür leise hinter sich.

Steadman seufzte tief und trommelte mit den Fingern auf dem Schreibtisch. Die Vergangenheit kommt immer wieder, sinnierte er. Er dachte an Lillas jüngeren Bruder, Baruch. Er hatte immer gelächelt, war so leicht aufgeregt und so engagiert gewesen, wenn das Gespräch auf den politischen Kampf seiner Nation kam. War er jetzt wie seine Schwester geopfert worden, für den Freiheitskampf seines Landes? Das leise Pochen an der Tür war eine willkommene Ablenkung aus seinen Gedanken.

»Hallo, Harry.« Das klang heftig. Maggie Wyeth schob den Kopf durch die Tür.

Er grinste. »Wieder am Schlüsselloch gelauscht?«

Maggie trat ein und hockte sich auf seinen Schreibtisch. Sie war vierzig und elegant, auf die spezielle Art älterer Frauen attraktiv. Eine gewisse Strenge um ihre Lippen und ihr Kinn verliehen ihr ein etwas einschüchterndes Aussehen, und Steadman hatte häufig erlebt, daß sich das in vielen ihrer Fälle als nützlich erwiesen hatte. Ihrem Mann hatte die Agentur gehört, und Maggie hatte ihm bei der Arbeit geholfen, bis ihn vor fünf Jahren ein Herzanfall umgebracht hatte. Sie hatte das Geschäft weitergeführt, da sie viel von ihrem verstorbenen Mann gelernt hatte, aber die Vorurteile ihrer Klienten, daß eine Frau ihre Probleme lösen könne, waren nur schwer überwindbar. Obwohl eine Frau als Privatdetektivin keineswegs ungewöhnlich war, erkannte sie bald, daß ihre Detektei maskulinen Einfluß und Auftreten brauchte, und so hatte sie ihre Fühler nach dem richtigen Mann ausgestreckt. Steadman war nach seinem Ausscheiden bei der Mossad gerade nach England zurückgekehrt gewesen, und gemeinsame Bekannte hatten sie zusammengebracht. Zuerst waren sie gegenseitig sehr vorsichtig gewesen, doch bald hatte sich zwischen ihnen Achtung entwickelt. Sie hatten beide etwas verloren, waren aber entschlossen, sich nicht von Selbstmitleid unterkriegen zu lassen. Und sie erkannten, daß sie einander brauchten.

Nach dreimonatiger Probezeit kaufte sich Steadman als Partner ein, und die Klientenliste der Detektei war seitdem ständig gewachsen. Es blieb nicht aus, daß ihre Beziehung sich über das Geschäftliche hinaus entwickelte, doch ihre Affäre war kurz, da sie beide merkten, daß sie sich nur wenig Trost bieten konnten. Zwischen ihnen bestand eine echte Zuneigung, doch Liebe war etwas, das sie anderen hatten zuteil werden lassen. Und so beschränkten sie sich nach drei Monaten auf ihre geschäftliche Beziehung, obgleich eine dauerhafte Freundschaft zwischen ihnen entstanden war.

Steadman schaute anerkennend auf Maggies interessante Schenkellinie und spürte, daß sich seine Spannung etwas löste. Sie hatten sich seit einer Woche nicht gesehen und fanden es gut, wieder zusammenzusein.

»Wer war das?« fragte Maggie.

»Eine Stimme aus der Vergangenheit, könnte man sagen«, erwiderte Steadman beiläufig.

»Aus Israel?«

»Ja.«

»Mossad?« Sie wußte von Steadmans früheren Verbindungen.

Er nickte.

»Wollen sie, daß du wieder für sie arbeitest?«

»In gewisser Hinsicht. Sie wollen die Agentur damit beauftragen, einen Mann zu finden.«

»Er wollte letzte Woche nicht mit mir sprechen, als du fort warst.«

»Es scheint, als hätte ich besondere Verbindungen.«

»Aber du hast den Job nicht angenommen?«

»Nein. Ich will nichts mit ihnen zu tun haben.«

»Aber wenn es ein klarer, einfacher Fall wäre, hätten wir ihn annehmen können. Wir haben nicht so viel zu tun, daß wir Arbeit ablehnen könnten.«

Steadman runzelte die Stirn. »Bei Mossad ist nie etwas einfach. So etwas brauchen wir nicht.«

»Wir hätten erst darüber reden sollen.« Maggie sprach leise, aber er erkannte die Entschlossenheit in ihrer

Stimme. »Wir hätten das Sexton übergeben können, oder ich hätte das erledigt.«

»Ich sagte dir doch, Maggie, sie wollten mich. Lassen wir's.«

Dieses Mal erkannte Maggie die Entschlossenheit in *seiner* Stimme.

»Entschuldige, Harry. Das ist eben die Geschäftsfrau in mir. Ich hasse es, Aufträge sausen zu lassen.«

»Okay.« Er lächelte und tätschelte ihren Schenkel. »Und was gab's in der Zwischenzeit?«

»Nun, wir haben noch ein paar Fälle laufen, allerdings nichts, was Sexton und Steve nicht bearbeiten könnten. Sexton hat für diese Woche ein paar Vorladungen, aber wir werden wohl Steve zu einem Termin schicken, weil er schneller laufen kann. Ich sage morgen und Donnerstag vor Gericht aus, und ein Klient, mit dem ich heute morgen gesprochen habe, will, daß wir den Diebstählen in seiner Ladenkette nachgehen. Er verliert wöchentlich mehrere hundert Pfund und vermutet, daß eine organisierte Bande am Werk ist.«

»Vermißt er Waren oder Geld aus der Ladenkasse?«

»Oh, direkt aus der Ladenkasse. Wir werden Kassenbücher und Einnahmen am Abend vergleichen und gegebenenfalls einige Testkäufe tätigen.«

Steadman nickte. Testkäufe waren ein einfacher Weg, um die Ehrlichkeit verdächtigen Ladenpersonals zu überprüfen.

»Du überprüfst auch Lieferanten?«

»Natürlich. Dahinter könnte ein Komplott stecken. Es sollte nicht allzu lange dauern, die Schuldigen zu finden, aber danach haben wir wenig zu tun. Darum war ich an deinem Besucher interessiert.«

»Ach, Maggie... Du weißt doch, was passiert, wenn wir uns darauf einlassen. Menschen verschwinden, Paare wollen nach zwanzigjähriger Ehe ihre Scheidung, Schuldner türmen, Erpresser beginnen mit Erpressung – wir stecken doch bis zu den Ohren in allem möglichen drin. Und das sind nur die kleinen Fälle. Unsere Haupteinnahmen kommen doch durch die Firmenaufträge: Industriespionage, Unterschlagungen, Sicherheitsprobleme.«

Maggie lachte laut. »Da zeigt sich meine Unsicherheit. Natürlich, es gibt keinen Grund, warum die Dinge gerade jetzt schlecht für uns laufen sollten.«

»Richtig. Aber paß auf, ich muß nach Salford zurück, und ich habe vorher einige Dinge zu klären.«

Maggie erhob sich. »Läuft's gut?«

»Das übliche Problem. Wir brauchen einen älteren Polizisten, der bald pensioniert wird und dort für die Sicherheit verantwortlich ist. Die sehen das genauso. Sexton soll also ein paar gute Männer auswählen und sie im Lauf der Woche zu mir hochschicken. Dann müssen nur noch die Systeme installiert und das Sicherheitspersonal eingestellt und ausgebildet werden.«

»In Ordnung, Harry, ich lass' dich in Ruhe. Und ruf' dich nur an, wenn während deiner Abwesenheit etwas Wichtiges passiert.« Sie lächelte ihn an und ging zur Tür.

»Maggie!« rief er ihr nach. Sie drehte sich in der halboffenen Tür um. »Vergiß unseren israelischen Freund«, sagte er.

»Vergessen.« Sie hauchte ihm einen Kuß zu und verließ das Büro.

Sue blickte von der Schreibmaschine auf, als Maggie zu ihr kam.

Maggies Stimme war leise, als sie sagte: »Sue, hat Harrys Besucher eine Adresse hinterlassen, wo man ihn erreichen kann?«

2

Steadman warf seinen Koffer auf den Boden und ließ sich aufs Bett fallen. Die Nachtfahrt von Salford war lang und ermüdend gewesen, aber er wollte am Sonntagabend zu Hause sein, weil er dann am nächsten Tag ausgeruht im Büro sein konnte. Sein Klient hatte darauf bestanden, daß er übers Wochenende als Gast bliebe, nachdem er die ganze Woche hindurch so ausdauernd gearbeitet hatte. Steadman hatte freudig angenommen, da vor seiner Rückkehr nach London noch ein paar Dinge zu klären waren, die man leichter klären konnte, wenn sein Klient in freundlicher und entspannter Stimmung war.

Steadman war mit der Entwicklung zufrieden. In den vergangenen beiden Wochen hatte er alle Angestellten des Unternehmens gründlich überprüft und nichts feststellen können. Von jetzt an aber würde jeder Firmenangehörige einen numerierten Firmenausweis mit überstempeltem Foto haben. Der Sicherheitsdienst mußte einen täglichen Bericht über alle ungewöhnlichen Ereignisse während des Tages sowie frühe oder späte Besuche von Angestellten in der Firma anfertigen (diese Berichte würden auch erstellt werden, wenn sie negativ ausfielen). Alle Dokumente wurden klassifiziert, die wichtigeren speziell gekennzeichnet und besonders behandelt. Ein besseres Flutlichtsystem hatte man bereits installiert, so daß künftig keine Fenster oder Türen im Schatten lagen. Sogar das Dach war beleuchtet. Alle Schlösser und Safekombinationen waren ausgetauscht worden, und man hatte die Fenster im Erdgeschoß vergittert. Steadman hatte eine stille Alarmanlage bevorzugt, so daß nur die Sicherheitskräfte und die Polizei durch ein illegales Betreten alarmiert wurden, ohne daß man den Eindringling warnte; er wollte den Betreffenden fassen, nicht nur verschrecken. Sein Klient dagegen hatte sich zunächst laute

Klingeln und Sirenen gewünscht, um Möchtegerndieben die Wirkung des Alarmsystems zu demonstrieren und sie damit von eventuellen Einbruchsversuchen abzuhalten. Schließlich hatte er sich aber Steadmans Argumentation gebeugt, daß die beste Vorbeugemaßnahme die sei, als warnendes Beispiel einen Einbrecher zu fassen. Steadman hatte sich auch gegen Wachhunde ausgesprochen; gut ausgebildete Hunde waren teuer und erforderten Hundeführer. Außerdem hatte er eine persönliche Abneigung dagegen, daß Tiere zum Angriff auf Menschen dressiert wurden; zudem konnten sie leicht betäubt werden.

Er hatte das Wochenende unter anderem auch damit verbracht, mit dem Fabrikanten ein höheres Gehalt für den Chef des Sicherheitsdienstes auszuhandeln, denn Sexton hatte Steadman den idealen Mann für diese Aufgabe beschafft. Es war ein Polizeibeamter, der bald pensioniert werden würde. Um ihn zu einem Umzug von London nach Salford zu überreden, war nicht nur viel Überredungskunst erforderlich, sondern ein gutes Gehalt und finanzielle Hilfe beim Umzug. Der Fabrikant hatte eingewendet, daß es am Ort viele geeignete Männer gäbe, aber Steadman war nicht besonders glücklich mit denen gewesen, die sich vorgestellt hatten. Als Wachen waren sie brauchbar, als Sicherheitschef dagegen nicht qualifiziert genug. Schließlich gab der Klient Steadmans Wünschen nach, und der Detektiv nutzte die Gelegenheit und überzeugte ihn noch davon, daß es besser wäre, eigenes Wartungspersonal und sogar eigene Fensterputzer statt fremder zu beschäftigen. Dies war kein so wichtiger Punkt, doch Steadman war daran gelegen, absolute Sicherheit zu erreichen, und deshalb war er nun froh über das Ergebnis und hatte vor, sich für den spärlichen Rest des Wochenendes auszuruhen.

Er lehnte sich gegen die Kissen und streifte seine Schuhe mit den Zehenspitzen ab. Die Arbeit der beiden letzten Wochen hatte er genossen, obwohl sie zuweilen anstrengend und ärgerlich gewesen war. Wenn sein Klient sich an den vereinbarten Sicherheitsplan hielt, würde die Fabrik diebstahlsicher und hoffentlich auch spionagesicher sein. Das wiederum war für den Ruf der Detektei gut und konnte zu ähnlichen Aufträgen von anderen Unternehmen führen. Steadman hatte in der Vergangenheit vier solcher Sicherheitssysteme eingerichtet, jeweils den individuellen Bedürfnissen der Unternehmen angepaßt, und die Arbeit war sehr lukrativ gewesen. Sie brachte bei weitem mehr ein als säumige Schuldner oder verschwundene Ehemänner.

Er überlegte kurz, ob er Maggie darüber informieren sollte, daß er wieder zurück war, verwarf den Gedanken aber nach einem Blick auf die Uhr – es war kurz nach elf. Im Lauf der Woche hatte er ein paarmal mit ihr gesprochen, und im Büro hatte es keine Probleme gegeben. Morgen früh konnten sie sich ausführlich über alle Neuigkeiten unterhalten.

Steadman streckte seine Glieder, wehrte sich aber dagegen einzuschlafen. Er war hungrig, und ein kräftiger Drink würde Wunder bei seinem Metabolismus bewirken. Der Detektiv rollte sich aus dem Bett und ging zum Fenster hinüber. Er spähte in die Dunkelheit, sah aber von dem kleinen Kirchhof auf der anderen Seite wenig, da sein dunkles Spiegelbild das Blickfeld verdeckte.

Steadman wohnte in einem kleinen Reihenhaus in einem ruhigen Bezirk von Knightsbridge. Es hatte ein kleines Vermögen gekostet, doch die Sackgasse lag zentral, und er genoß die ruhige Lage in der belebten Stadt. Der winzige Park, der die Kirche auf der anderen Straßenseite umgab, bot während der Sommermonate ideale Möglichkeiten, sich bei der Lektüre der Sonntagszeitungen zu entspannen. Selbst die Grabsteine, grauweiß vom Alter und von Vogelkot, trugen zu dieser friedlichen Idylle bei. Ein paar Bänke standen wahllos herum, und all seine Nachbarn schienen ihre bestimmten Plätze zu haben, ebenso wie ihre Hunde ihre bestimmten Bäume hatten. Das Geld, das Steadman durch seine Arbeit für die Mossad verdient, und die Provisionen, die er für die Vermittlung von Waffengeschäften für die Israelis bekommen hatte, waren ausreichend gewesen, dieses Haus zu bezahlen und sich bei Maggie einzukaufen. Jetzt kam sein Einkommen ausschließlich aus der Detektei, und damit führte er ein angenehmes und geschäftiges Leben, was für ihn alles war, was man erhoffen konnte. Du hattest einmal mehr, sagte er sich, und hast törichterweise geglaubt, es würde so bleiben. Törichterweise, weil wir beide damals ständig in Gefahr waren, du aber glaubtest, keine Gefahr könne dir etwas anhaben. Doch Lilla war dabei getötet worden. Also erwarte nie wieder zuviel. Auf diese Weise wirst du nicht enttäuscht. Er schloß die Vorhänge vor seinem dunklen, schemenhaften Spiegelbild.

Auf Strümpfen ging er lautlos über die dicken Teppiche nach unten durch den kurzen Korridor in die winzige Küche und schenkte sich dort einen großen Wodka mit etwas Tonic ein. Da es zu spät war, um irgendwo essen zu gehen, nahm er eine Pizza aus dem Kühlschrank, packte sie aus und schob sie in den Herd. Seine Putzfrau, die zweimal wöchentlich kam, hatte wohlweislich in seiner Abwesenheit seine Lebensmittelvorräte ergänzt, obgleich er selten für sich aufwendig kochte – das erledigten seine Freundinnen.

Steadman ging über den Korridor zur Eingangstür und nahm die Post an sich, die dort lag. Mit den Briefen und seinem Drink begab er sich ins Wohnzimmer und setzte sich in den Sessel. Er nippte an seinem Wodka und begann dann die Briefe auf seinem Schoß zu öffnen. Er sortierte nur die roten Rechnungen aus, die anderen knüllte er zusammen und ließ sie zu Boden fallen. Ein Brief einer

Exfreundin ließ ihn aufstöhnen. Sie schrieb, es wäre ›super‹, wenn sie wieder zusammensein könnten. Auch dieser Brief lag bald zusammengeknüllt zu seinen Füßen. Eine Einladung zu einer Sicherheitssystemmesse mit Vorträgen zu dem Thema interessierte ihn, und er legte diesen Brief zu den letzten Mahnungen auf die Sessellehne. Der Rest waren Werbebriefe, die ihren angemessenen Platz auf dem Boden fanden.

Er aß an dem Frühstückstisch seiner Küche zu Abend, wobei ihm die kühle Stimme und die Platten eines Diskjockeys Gesellschaft leisteten. Eine heiße Dusche und ein weiterer großer Wodka lösten die letzte Starre seiner Muskeln, und er wurde angenehm schläfrig. Nackt fiel er auf sein Bett und war innerhalb weniger Sekunden eingeschlafen.

Das Hämmern weckte ihn sofort. Er lag auf dem Rücken und starrte in die Dunkelheit, während er überlegte, was ihn mit solcher Plötzlichkeit aus seinem Schlaf gerissen hatte. Dann kam das Dröhnen wieder. Es kam von unten – von seiner Haustür. Wer, zur Hölle, mochte um diese Nachtzeit etwas von ihm wollen? Und warum klingelte er nicht? Aber dies war ein Hämmern, kein Klopfen. Mit einem Fluch sprang er aus dem Bett, zog die Vorhänge beiseite und preßte sein Gesicht an das Fensterglas, um nach unten schauen zu können. Das Hämmern hörte fast augenblicklich auf. Steadman blinzelte, als er in dem Düster etwas zu erkennen versuchte. Er glaubte, eine Bewegung unten in den Schatten zu sehen, war sich aber nicht sicher. Als er sich vom Fenster abwandte, um nach seiner Hose zu suchen und nach unten zu eilen, meinte er, einen schwarzen Schatten über die enge Straße in die Dunkelheit des gegenüberliegenden Kirchhofs huschen zu sehen. Doch wieder war er sich wegen des schwachen Lichtes nicht sicher.

Als er seine Hose anzog, warf er einen raschen Blick auf die Leuchtziffern seiner Digitaluhr neben dem Bett. 2 Uhr 23. Wenn jemand ihm einen Streich spielte, würde er ihn umbringen. Er rannte, jetzt ärgerlich, die Treppe hinunter, blieb aber stehen, als er den Korridor erreichte. Etwas ließ ihn zögern. Er starrte auf die Tür und empfand aus irgendeinem merkwürdigen Grund einen Widerwillen, sie zu öffnen. In der Luft lag eine so seltsame Stille. Und Kälte. Er konnte ein seltsam gedämpftes Geräusch von der anderen Seite der Tür hören.

Langsam schlich er durch den Korridor, atmete verhalten, preßte sein Ohr an das Holz und lauschte.

Etwas scharrte an der Tür, und er glaubte, ein leises Murmeln zu hören. Das Geräusch war nicht menschlich; es war wie das Winseln eines Tieres, das Schmerzen litt. Er überlegte, ob er seine Pistole holen sollte, die oben eingeschlossen war, verwarf den Gedanken aber. Ein plötzlicher Schlag gegen die Tür ließ ihn zurückzucken.

Dann merkte er, wie lächerlich er sich verhielt, daß er im Dunkeln dastand und sich wie eine alte Frau fürchtete, die Tür zu öffnen. Er drehte den Schlüssel, griff zum Riegel und riß die Tür mit einem Ruck nach innen auf.

Eine Gestalt stand im Türeingang, die Arme stützend zum Türrahmen hin ausgebreitet. Der Kopf hing herab, und eine dunkle Flüssigkeit schien aus ihrem Mund zu rinnen. Die Gestalt wirkte in sich zusammengesackt, die Knie waren so gebeugt, als ob sie den Körper nicht tragen könnten. Ein leises, stöhnendes Geräusch drang aus ihrem Mund, das sich zuweilen zu diesem tierischen Winseln hob, das Steadman von der anderen Seite der Tür gehört hatte; aber das Geräusch war seltsam gurgelnd, als ob Blut durch die Kehle der Person liefe.

Steadman konnte hinter dem schwankenden Körper außer Schwärze nichts sehen. Er griff zum Lichtschalter, kippte ihn und blinzelte in die plötzliche Helligkeit. Als er schließlich deutlicher sehen konnte, erkannte er, daß die Gestalt im Türeingang eine Frau war. Und an diesem gesenkten Kopf war etwas Vertrautes.

»Maggie.« Der Name kam flüsternd über Steadmans Lippen. Er streckte die Hand aus und hob ihren Kopf; Blut rann aus ihrem Mund auf seine Hand. Ihre Augen waren starr und blutunterlaufen, aber er meinte, das Flackern von Erkennen darin zu sehen.

»Maggie, was ist passiert?« Er trat vor, um sie in seine Arme zu nehmen, doch aus irgendeinem Grund blieben ihre Arme ausgestreckt, als wolle sie den Türrahmen nicht loslassen. Ihr Kopf bewegte sich, und sie versuchte zu sprechen, aber das Blut in ihrer Kehle erstickte ihre Worte.

»O Gott, Maggie! Wer hat das getan?« Er zog sie vorwärts, wollte sie zum Sofa im Wohnzimmer tragen, doch ein schwacher Schrei ließ ihn innehalten.

»Maggie, laß die Tür los. Ich bring' dich hinein«, bat er.

Sie versuchte wieder zu sprechen, doch dann sackte ihr Kopf nach vorn, als sie das Bewußtsein verlor. Dieses-mal zog Steadman ein wenig fester, aber sie hing immer noch am Türrahmen. Und dann bemerkte er die Blutfäden, die an ihren Armen herunterliefen. Er schob seinen Kopf an ihrer Schulter vorbei, und seine Augen weiteten sich vor Entsetzen, als er den Nagel sah, der aus ihrem Handrücken ragte.

Er umfaßte sie, um sie zu stützen, und sah, daß auch ihre andere Hand an den Türrahmen genagelt war. »Maggie, Maggie«, sagte er immer wieder, während er sie fest an sich gepreßt hielt und sie hochhob, um zu verhindern, daß ihre Hände zerrissen. Er schrie, weil er hoffte, daß ein Nachbar ihn hören würde, aber in den anderen Häusern ging kein Licht an. Es war tiefste Nacht; entweder schliefen die Leute fest, oder sie wollten einfach nicht hören. Er überlegte rasch, da er spürte, daß er keine Zeit zu verlieren hatte. Wenn er weiter rief, würde schließlich jemand kommen, aber bis dahin konnte es zu spät sein.

Er ließ Maggies Körper so vorsichtig wie er konnte los, rannte dann in die Küche und öffnete einen Schrank, in dem er sein Werkzeug aufbewahrte. Er fand einen Hammer und eilte mit klopfendem Herzen und wachsender Furcht über den Korridor zurück. Ihre zerrissenen Kleider waren mit Blut verschmiert, von dem das meiste aus ihrem Mund zu kommen schien. Steadman schob sich hinter sie, umschlang mit einem Arm ihren Körper und schob mit seiner freien Hand die Nagelklaue des Hammers unter den Nagelkopf. Er versuchte, den Nagel herauszuziehen, ohne ihren Handrücken zu verletzen, aber er saß zu tief. Er mußte sie loslassen und beide Hände benutzen. Maggies Körper sackte wieder zusammen, und er hebelte an dem Hammer mit all seiner Kraft. Ein Schrei der Erleichterung entrang sich ihm, als sich der blutige Nagel schließlich löste. Er versuchte, sie aufzufangen, als ihr Körper zur Seite kippte und nur durch den anderen Nagel daran gehindert wurde, ganz zu Boden zu fallen. Steadman ließ sie los und hebelte mit aller Kraft an dem anderen Nagel. Er war tief in ihre Hand versenkt, und er mußte die Nagelklaue in ihre Haut pressen, um an ihn zu kommen. Ihm wurde übel dabei, aber er wußte, daß er keine andere Wahl hatte. Er mußte sie so schnell wie möglich befreien.

Der Dreizollnagel löste sich, rutschte heraus und fiel klirrend auf die Straße. Steadman ließ den Hammer fallen, trug die leblose Gestalt ins Haus und legte sie behutsam auf das Sofa. Er dämpfte das Licht und kniete dann neben ihr hin, während er überlegte, ob er irgend etwas für sie tun konnte, bevor er den Krankenwagen rief. Ihr Kopf rollte zur Seite, und ihre offenen, blicklosen Augen verrieten das Schlimmste. Wild riß er ihre Jacke auf und legte seine Hand auf die Herzgegend. Er traute seiner zitternden Hand nicht, legte deshalb sein Ohr an ihre Brust und lauschte. Kein Herzschlag...

Immer wieder rief er ihren Namen, nahm ihren Kopf in seine Hände, blickte in ihr regloses Gesicht und flehte sie an zu atmen. Der Mund war geöffnet, und er sah, daß er voller Blut war. Vielleicht – wenn er ihren Kopf nach unten legte... Dann erstarrten seine Hände, als er in die blutgefüllte Höhle schaute. Er kämpfte gegen die plötzliche Übelkeit an und ließ ihren Kopf so behutsam wie möglich gegen die Sofalehne sinken.

Er wußte, daß sie tot war. Aber er fragte sich, warum man ihr die Zunge herausgerissen hatte.

3

Steadman saß an Maggies Schreibtisch und bedeckte mit zitternden Händen sein Gesicht. Er weinte nicht, war nur von einer großen Müdigkeit, einem Gefühl von Hoffnungslosigkeit erfüllt. Er glaubte, solch brutale Gewalt ein für allemal aus seinem Leben verbannt zu haben, doch nun hatte sie ihn wieder heimgesucht wie ein alter Feind, der eine Waffenruhe verweigerte. Warum Maggie? Wer mochte ihr das angetan haben?

Die Polizei, von einem Nachbarn alarmiert, der nicht mutig genug gewesen war, um auf Steadmans Hilfeschreie zu antworten, doch genügend beunruhigt, um die Polizei zu rufen, war in Steadmans Haus eingedrungen und hatte ihn dort gefunden, den toten Körper seiner Partnerin in seinen Armen wiegend, seine nackte Brust von ihrem Blut verschmiert. Sie hatten ihn vorsichtig beobachtet und ernst seiner Geschichte gelauscht, jederzeit bereit, beim kleinsten Anzeichen von Aggression zuzuschlagen.

Ein Krankenwagen hatte den verstümmelten Körper fortgebracht, und die folgenden Stunden waren mit Fragen über Fragen ausgefüllt gewesen. Wer war die Tote? In welcher Beziehung stand sie zu ihm? Hatten sie gestritten? Lief das Geschäft gut? Waren sie ein Liebespaar? »Beschreiben Sie genau, was geschehen ist.« Wieder. Und wieder. Worüber hatten sie gestritten? Hatte es denn *niemals* Meinungsverschiedenheiten in ihrer Partnerschaft gegeben? Worum war es bei ihrem *letzten* Streit gegangen? An welchen Fällen wurde im Augenblick gearbeitet? Wann hatte er sie das letzte Mal vor heute nacht gesehen? »Schildern Sie noch einmal, was geschehen ist.« Um wieviel Uhr war er aufgewacht? Warum hatte er nicht die Polizei angerufen? Lebte sie noch, als er sie fand? »Fangen Sie noch mal an.«

Sein Temperament war mit ihm durchgegangen, dann war er wie erstarrt. Er stand noch unter Schock, und diese Fragen – die Situation – kamen ihm unwirklich vor. Das kleine Haus schien mit sich bewegenden Gestalten erfüllt zu sein, mit feindseligen, ungläubigen Gesichtern. Doch ihr Verhalten ihm gegenüber änderte sich in den folgenden Stunden unmerklich, da seine Antworten denen entsprachen, die er anfangs gegeben hatte. Sie erlaubten ihm, sich zu duschen und sich anzuziehen. Dann begleiteten ihn zwei Beamte zu der Agentur am Gray's Inn Square, wo alle drei die Akten der letzten Fälle durchgingen und nach irgendwelchen Hinweisen suchten, die etwas Licht in den grausamen Mord hätten bringen können. Eine der Fragen, die sie am meisten beschäftigte, war, warum Maggie Wyeths Mörder sie ausgerechnet an der Haustür ihres Partners gekreuzigt hatte. Hatte ihre Detektei in der Vergangenheit zur Bestrafung eines Täters beigetragen, und rächte sich dieser Wahnsinnige jetzt? Andere Polizisten begaben sich zu Maggies Heim in Highgate und suchten dort gründlich nach Spuren, fanden aber wie die Beamten bei Steadman nichts.

Die Geschäftszeit begann, als sie Steadman schließlich in Maggies Büro allein ließen. Er war noch immer erschöpft und stand völlig unter Schock. Sie baten ihn, im Laufe des Tages nach Scotland Yard zu kommen, um dort seine Aussage zu machen, und warnten ihn davor, der Presse, die sich bald melden würde, in diesem Ermittlungsstadium zuviel zu sagen. Und sie erklärten ihm, daß er die Stadt nicht verlassen dürfe, ohne ihnen zuvor sein Reiseziel mitgeteilt zu haben.

Sue traf ihn so an, als sie zur Arbeit kam. Die Tür zu Maggies Büro stand auf, und Sue steckte, noch im Mantel und mit triefendem Regenschirm, ihren Kopf durch die Tür und erwartete, Maggie zu sehen. Befremdet schaute sie Steadman an.

»Oh, ich dachte, es sei Mrs. Wyeth. Würden Sie...«

»Komm rein, Sue«, fiel Steadman ihr ins Wort, ohne das Mädchen anzusehen.

Sie war verblüfft und dann bestürzt, als sie den Raum betrat und sich dem Detektiv näherte. Er schaute sie stumpf an.

»Ist alles in Ordnung, Mr. Steadman? Sie sehen...«

»Welchen Fall hat Maggie letzte Woche bearbeitet, Sue?« Seine Augen wurden jetzt klarer.

Die Frage – und ihre Intensität – überraschten sie. »Äh, es müßte in ihrem Buch stehen. Sie war zweimal bei Gericht – äh, Dienstag und Donnerstag, glaube ich –, und sie hat in der Ladenkette von Myer's wegen der mutmaßlichen Diebstähle ermittelt. Ich glaube, das war alles. Es steht im Buch.« Sie deutete auf das rote Tagebuch, das auf dem Schreibtisch vor Steadman lag.

»Ja, ich hab's durchgesehen«, sagte er, ergriff das Tagebuch und blätterte wieder die Seiten durch. »Lief bei dieser Diebstahlgeschichte etwas Schmutziges?«

»Nein. Nein, ich glaube nicht. Mrs. Wyeth hatte ja gerade erst mit den Untersuchungen begonnen. Aber sie müßte bald da sein, sie kann Ihnen erzählen ...«

»Sue – Mrs. Wyeth wird nicht mehr kommen.«

Sue stand in der Mitte des Raumes, und der tropfende Regenschirm in ihrer Hand ließ eine Pfütze auf dem Holzboden entstehen. Ihr Gesicht wurde plötzlich bleich. Steadmans Gesichtsausdruck verriet ihr, daß sie etwas Schreckliches hören würde, aber sie fand keine Worte, ihn zu fragen.

Steadman beschloß, ihr erst etwas zu sagen, wenn er so viel wie möglich über Maggies Aktivitäten während der vergangenen Woche erfahren hatte, da er wußte, daß der Schock eine weitere Befragung seiner Sekretärin verhindern konnte. »Denken Sie genau nach, Sue. Hatte Maggie sich noch mit etwas anderem beschäftigt, als ich weg war?«

Sie schüttelte den Kopf – und erstarrte dann. »Nun, da war noch ein Fall, aber ...«

Steadman wartete, doch das Mädchen schien nicht weiterreden zu wollen. »Sie müssen es mir sagen, Sue, es könnte wichtig sein.«

»Sie wollte es Ihnen selbst erklären, wenn Sie zurück sind. Sie bat mich, nichts zu sagen.«

»Bitte, sagen Sie es mir, Sue!«

»Der Mann ... der Mann, der Sie letzte Woche besuchte. Mr. Goldblatt? Ich glaube, Mrs. Wyeth hat für ihn gearbeitet.«

»Verdammt!« Das Mädchen zuckte zusammen, als Steadman mit der Faust auf den Schreibtisch schlug. »Ich sagte ihr, daß wir nichts damit zu tun haben sollten!« brüllte er.

»Sie ... sie sagte, wir hätten nicht viel zu tun. Das sei leicht einzuschieben. Es ginge nur um das Aufspüren einer vermißten Person.« Sue fühlte sich unbehaglich, da sie gegenüber beiden Arbeitgebern loyal war. »Ich bin sicher, Mrs. Wyeth wird Ihnen erklären...«

»Das wird sie nicht. Sie ist tot!« Der Detektiv bedauerte seinen Zorn augenblicklich, als sich Sues Gesicht entsetzt verzerrte. Er stand auf und ging um den Schreibtisch herum zu ihr. »Es tut mir leid. Ich hätte Ihnen das nicht so sagen sollen.« Er legte ihr die Hände auf die Schultern und führte sie zu einem Stuhl.

»Wie ist das geschehen?« fragte sie, während sie nach einem Taschentuch suchte. »Am Donnerstag, nach dem Gericht, ging's ihr gut. Es schien alles in Ordnung zu sein.«

»Haben Sie sie da zum letztenmal gesehen?« Seine Stimme war jetzt ruhig.

»Ja, Donnerstag morgen.« Sie betupfte ihre Augen mit dem Taschentuch. »Sie erzählte mir, daß sie am Nachmittag und wahrscheinlich den ganzen Freitag unterwegs sein würde. Was ist passiert, Mr. Steadman? Wie ist sie gestorben?«

Steadman zögerte, dachte dann aber, daß die Zeitungen die Geschichte ohnehin bringen würden, wenn auch vielleicht ohne die grausigen Einzelheiten. »Sie ist letzte Nacht ermordet worden. Darum muß ich wissen, was sie letzte Woche getan hat.«

»Ermordet? Aber wer...?«

»Das wissen wir nicht, Sue. Die Polizei wird Sie wahrscheinlich später vernehmen wollen.«

Steadman versuchte, das Mädchen zu trösten, dessen Schultern in plötzlichem Schmerz zuckten.

»Wann hat Mrs. Wyeth Goldblatt getroffen?« fragte er, als sie ihr Schluchzen unter Kontrolle hatte.

»Am selben Tag wie Sie. Sie hatte sich an diesem Nachmittag mit ihm in seinem Hotel verabredet.«

»In welchem Hotel, Sue? Haben Sie den Namen?«

Sie nickte. »Steht auf meinem Notizblock. Ich hole ihn.«

Sue erhob sich, das zerknautschte Taschentuch noch immer an ihre Nase haltend.

»Wer sollte so etwas tun, Mr. Steadman? Wer sollte sie ermorden?«

Steadman konnte ihr keine Antwort geben. Und er bezweifelte sogar, daß er das herausfinden wollte. Irgendwie wußte er, daß die Beantwortung dieser Frage lebensgefährlich war.

Das Hotel lag im Nordwesten Londons, dicht am Belsize Park. Es war ein modernes Motel von der Art, wie es Geschäftsleute bevorzugen, die nur eine Woche in der Stadt bleiben und dann weiterreisen. Zentral gelegen, war es gleichzeitig anonym – ideal für Angehörige einer Organisation wie der Mossad.

Steadman bezahlte das Taxi und schritt entschlossen durch die Schwingtüren zur Rezeption. Sexton kümmerte sich um Sue. Der ältere Detektiv war zusammen mit Steve, kurz nachdem Sue Goldblatts Adresse herausgesucht hatte, eingetroffen, und Steadman hatte den Dreien genau erklärt, was mit Maggie geschehen war. Sue war hysterisch geworden und Steve totenblaß, aber Sexton hatte es beherrscht aufgenommen. Auch er war wie betäubt, das stand außer Frage, doch aufgrund seiner Erfahrung und seines Wissens um die Schrecken dieser Welt hatte er seine Emotionen wenigstens für den Augenblick unterdrücken können. Der Expolizist hatte Steadman dann zum Hotel des Mossadagenten begleiten wollen, doch sein Chef hatte darauf bestanden, daß er blieb und unter den gegebenen Umständen das Geschäft so gut wie möglich weiterführte. Außerdem wurde er dazu gebraucht, die Presse zurückzuhalten. Sexton hatte seine Rolle ohne Widerspruch akzeptiert.

Der Portier musterte Steadman kühl. Dem Detektiv war klar, daß sein Äußeres ungepflegt war: die Stoppeln am

Kinn, das offene Hemd und die deutlich sichtbaren Spuren einer schlaflosen Nacht in seinem Gesicht machten ihn zu einem unwillkommenen Gast. Aber er war nicht in Stimmung für gekränkte Portiers.

»Bei Ihnen wohnt ein Mr. Goldblatt. Welches Zimmer hat er?«

Die Autorität in Steadmans Stimme duldete keinen Widerspruch. Der Portier schaute rasch im Gästebuch nach.

»Zimmer 314, Sir. Dritte Etage. Ich werde Mr. Goldblatt anrufen und ihm sagen, daß Sie da sind. Wen darf ich melden?«

»Unwichtig«, sagte Steadman, während er sich umdrehte und zu den Fahrstühlen ging.

»Augenblick, Sir!« rief der Portier, doch die Fahrstuhltüren öffneten sich bereits und schluckten eine Gruppe Geschäftsleute, Steadman ging hinter ihnen hinein. Der Portier griff hastig zum Telefon und wählte eine Nummer.

Der Fahrstuhl erreichte die dritte Etage, und die Türen öffneten sich geräuschlos. Steadman trat auf den mit Teppichen ausgelegten Korridor und schaute auf die Zimmernummern. Eine weiter entfernte Tür öffnete sich, und der Mossadagent kam heraus. Er hob überrascht einen Arm, als er Steadman erkannte.

Der Detektiv ging auf ihn zu, den Blick fest auf die Augen des Israeli gerichtet. Der Mossadagent war noch in Hemdsärmeln und hatte offensichtlich so früh am Morgen keinen Besucher erwartet.

»Ich freue mich, daß Sie gekommen sind, Mr. . . .«, er brach ab, als er den Ausdruck in Steadmans Gesicht sah, diese kalte Entschlossenheit, die ihn an den Blick seines alten Ausbilders erinnerte, als einer von Goldblatts Kameraden einem anderen Agenten versehentlich mit einer Maschinenpistole in die Kehle geschossen hatte. Der Veteran hatte seinen Schüler zusammengeschlagen, weil er das Leben eines Israelis geopfert hatte. Der gleiche kalte Blick zeigte sich jetzt in Steadmans Augen.

Er fühlte sich seltsam hilflos und nicht in der Lage, Steadmans Schlag zu verhindern – ein Schlag, der ihn rücklings durch die Tür in das Zimmer wirbelte. Er überschlug sich und kam auf die Knie, doch Steadmans Fuß schickte ihn erneut zu Boden. Goldblatt lag auf dem Rükken, spürte dann aber, wie er am Hemd hochgerissen wurde. »Steadman, nicht...!« schrie er auf, doch seine Worte wurden durch einen heftigen Hieb ins Gesicht abgeschnitten. Sein Kopf flog zur Seite, dann zur anderen, während Steadman weiter auf ihn einschlug.

»Du hast sie benutzt, du Bastard!« brüllte Steadman den Agenten an. »Ihr habt Lilla benutzt und mich benutzt. Und jetzt habt ihr auch Maggie umgebracht!«

»Steadman, was reden Sie denn da?«

»Maggie!« schrie Steadman. »Ihr habt sie ermordet!«

Der israelische Agent ging erneut zu Boden, und Steadman hob seine Faust, um sie wieder in sein Gesicht zu schmettern.

»Genug, Steadman! Bewegen Sie sich bitte nicht!« Der Befehl kam aus der Schlafzimmertür.

Steadman wandte den Kopf und sah dort eine Frau stehen, eine kleine, langläufige Beretta in der Hand, die auf seine Brust gerichtet war. Er erkannte die Frau wieder, die er vor einer Woche bei Goldblatt im Wagen gesehen hatte.

»Ich will Sie nicht erschießen«, sagte sie, während sie nervös Goldblatt anschaute. Steadman wußte, daß sie es ernst meinte. Der Schuß würde nicht viel Lärm machen. Die Mossad benutzte Schalldämpfer, wodurch der Knall reduziert wurde, das einzige Problem würde also die Beseitigung seiner Leiche sein, aber mit Hilfe anderer konnte das ohne allzu große Schwierigkeit bewerkstelligt werden. Er wich von dem Mossadagenten zurück und starrte die Frau an, bereit, sich bei der geringsten Chance auf sie zu stürzen.

Mit ihrem schulterlangen schwarzen Haar und der dunklen Haut wirkte sie verführerisch. Der Herrenbademantel, den sie trug – offensichtlich gehörte er Goldblatt – unterstrich ihre Attraktivität noch.

»Schon gut, Hannah«, sagte Goldblatt hastig und wischte sich das Blut aus dem Mundwinkel. »Erschieß ihn nicht. Noch nicht.«

Der Israeli kam wankend auf die Beine, ging zur Tür und blickte auf den Korridor hinaus, bevor er sie schloß. Niemand schien etwas gehört zu haben. Er ging zu Steadman zurück, trat hinter ihn und tastete den Detektiv geschickt ab; zufrieden richtete er sich auf, als er keine versteckte Waffe gefunden hatte. Dann ging er zu der Frau namens Hannah, nahm ihr die Waffe aus der Hand und richtete sie auf Steadman.

»Erklären Sie mir, warum Sie das getan haben«, sagte er.

»Wissen Sie nicht, was *Sie* getan haben?« fragte Steadman wütend zurück.

Goldblatt schüttelte den Kopf. »Erklären Sie es mir bitte.«

»Sie haben meine Partnerin benutzt, um ihren vermißten Agenten zu finden, stimmt das?«

»Sie kam zu uns.«

»Aber ich hatte mich geweigert, für Sie zu arbeiten.«

»Das war Ihre Entscheidung, nicht die von Mrs. Wyeth. Sie wollte die Aufgabe übernehmen. Sie sagte, sie könne auch Sie überzeugen, wenn sich das als reiner Routineauftrag erwiese.«

»Routine? Bei Mossad?« Steadman schüttelte angewidert den Kopf.

»Was ist mit Ihrer Partnerin passiert, Mr. Steadman?« Die Frau sprach.

Steadman blickte sie an. »Sie wurde letzte Nacht ermordet. Ich fand sie an meine Tür genagelt. Mit herausgerissener Zunge.« Er redete kalt, unterdrückte die Erregung, die er empfand.

Die Frau schloß die Augen und schien zu schwanken. Goldblatt stützte sie mit einer Hand, ohne aber die Pistole zu senken.

»Warum hat man das getan?« fragte er Steadman.

»Das müssen Sie mir sagen«, kam die bittere Antwort.

»Aber wurde keine Nachricht hinterlassen? Hat man mit Ihnen keine Verbindung aufgenommen?«

»Man? Wer sollte *man* sein, Goldblatt?«

»Das muß Gant gewesen sein.«

»Warum sollte er das Maggie angetan haben?«

»Vielleicht hat sie zuviel herausgefunden.«

»Aber warum dieser gräßliche Mord?«

»Als Warnung, Mr. Steadman.«

»An mich? Aber ich wollte nichts damit zu tun haben.«

»Gant muß über ihre frühere Verbindung zur Mossad informiert sein.« Der Israeli senkte kurz den Blick. »Ihre Partnerin muß es ihm erzählt haben.«

Diese Erkenntnis traf Steadman hart. Maggie mußte eingeschüchtert oder gefoltert worden sein, um diese Information preiszugeben. Er ballte die Fäuste und wäre Goldblatt, Pistole oder nicht, in diesem Augenblick angesprungen, wäre die Frau nicht plötzlich in Tränen ausgebrochen.

»Diese arme Frau. Gott vergebe uns!« Sie warf sich in einen der Sessel im Raum. Goldblatt senkte die Waffe.

»Sehen Sie nun, wie gefährlich diese Leute sind, Mr. Steadman? Erkennen Sie nun, was sie tun, um ihre Ziele zu erreichen?«

»Und was ist mit euch Bastarden? Was tun Sie, um Ihre zu erreichen?«

»Nicht so etwas. Wir führen keinen Krieg gegen Unschuldige.«

»Aber getötet wird auch bei euch.«

Goldblatt ging zu dem anderen Sessel hinüber und setzte sich. Ihm war es egal, ob der Detektiv ihn wieder angriff oder nicht.

»Verzeihen Sie uns, Mr. Steadman. Wir hatten nicht geglaubt, daß sie einem britischen Bürger etwas antun würden«, sagte er.

Steadman war nicht mehr ärgerlich. Er hatte genügend Leute wie diese Mossadagenten gekannt. Es waren immer anständige, engagierte Menschen gewesen; ihr einziger gemeinsamer Fehler war – in seinen Augen – ihr Fanatismus im Hinblick auf die israelische Sache.

Müde trat er ans Fenster und schaute auf die belebte Straße hinab. Der Nieselregen hatte aufgehört, und Benzingestank erfüllte bereits wieder die Luft. »Erzählen Sie mir genau, was geschah, als sie mit Ihnen Kontakt aufnahm«, sagte er ruhig.

Goldblatt schaute Hannah kurz an. »Sie kam ins Hotel, und wir erzählten ihr von Baruchs Verschwinden«, begann Goldblatt. »Wir bezweifelten, ob wir uns Ihrer Agentur nach meiner Begegnung mit Ihnen, Mr. Steadman, bedienen sollten, aber Mrs. Wyeth überzeugte uns davon, daß Sie das anders sehen würden, wenn der Fall erst einmal liefe. Und sie dachte vielleicht, daß Sie nichts davon erfahren müßten, wenn es ihr gelänge, Baruch schnell zu finden. Sie sagte, Sie hätten im Norden zu tun.«

»Aber ich hätte schließlich die Berichte gelesen«, entgegnete Steadman.

»Das wäre dann – hoffte sie – unwichtig gewesen.«

Goldblatt machte eine Pause, aber Steadmans Gesichtsausdruck veranlaßte ihn weiterzureden. »Wir erzählten ihr von Baruchs Kontakt mit Edward Gant und seinem Verschwinden kurz darauf. Sie sagte, sie würde mit Nachforschungen in Gants Londoner Büro beginnen und feststellen, ob Baruch ihn an diesem Tag besucht hatte. Ein Portier oder Pförtner – irgend jemand in dem Gebäude würde ihn vielleicht wiedererkennen, wenn wir ein Foto von ihm hätten. Es wäre jedenfalls ein Anfang gewesen. Sie sagte auch, sie wolle das Personal des Hotels überprüfen, in dem er gewohnt hatte. Vielleicht hatte jemand etwas an diesem Tag bemerkt, und ein paar Pfundnoten da und dort würden wahrscheinlich helfen, daß sich jemand erinnert. Dann ging sie – nachdem wir ihr eine genaue Beschreibung Baruchs und eine Auflistung seiner Aktivitäten in diesem Land gegeben hatten. Wir erzählten ihr, soviel wir durften, aber natürlich nicht alles. Innerhalb von vierundzwanzig Stunden hatten wir auch ein Foto von Baruch – es wurde aus Israel eingeflogen –, und das gaben wir ihr am Mittwoch. Seitdem haben wir nichts mehr von ihr gehört.«

»Wieviel haben Sie ihr erzählt, Goldblatt?«

»Wir haben ihr gesagt, daß Baruch den Auftrag hatte, ein Waffengeschäft mit Gant zu tätigen.«

»Und nicht, daß Gant auf Ihrer Mordliste steht?«

»Aber so ist das doch gar nicht! Wir untersuchen nur seine Geschäfte mit Terroristen.«

»Mein Gott«, spottete Steadman, »ich könnte Ihnen fast glauben.«

»Mr. Steadman«, es war Hannah, die jetzt sprach, »uns war nicht klar, in welcher Gefahr sich Ihre Freundin befand. Wir waren verzweifelt. Für unsere Agenten ist es nicht leicht, in diesem Land zu operieren, und unsere Quellen auf der Suche nach Baruch waren erschöpft. Wir glaubten, ihre Neutralität würde sie schützen.«

»Sie haben sich geirrt!«

»Ja, das wissen wir jetzt. Aber wollen nicht Sie uns, nach diesem Mord, jetzt doch helfen?«

»Ihnen helfen?« Steadman schüttelte erstaunt den

Kopf. »Falls – und ich meine *falls* – Maggie von Gant ermordet worden ist, dann wurde sie deshalb an meine Tür genagelt, um mich davor zu warnen, meine Nase in diese Sache zu stecken. Und die Warnung ist angekommen!«

»Aber Sie werden doch ihren Tod rächen wollen?« Goldblatt war aufgesprungen.

»O nein. Ich habe genug Blut im Namen der Rache vergossen. Diese Tage sind endgültig vorbei.«

Die beiden Israelis starrten ihn ungläubig an. »Sie wollen ihn nach diesem Mord ungeschoren davonkommen lassen?« sagte Goldblatt. »Was ist mit Ihnen los, Steadman? Wie kann ein Mann so handeln?«

»In diesem Land haben wir eine Polizei, die Mörder sucht«, entgegnete Steadman gleichmütig.

»Werden Sie der Polizei von uns erzählen?« Die Pistole in Goldblatts Hand war wieder auf den Detektiv gerichtet.

»Ich werde ihnen alles erzählen, was ich weiß.« Steadman sah, daß die Knöchel der Hand weiß wurden.

»David – es wäre falsch.« Hannah legte eine Hand auf Goldblatts Arm. Er zögerte ein paar Sekunden und senkte die Waffe wieder.

»Du hast recht«, sagte Goldblatt. »Also gehen Sie, Steadman. Sie täuschen sich in uns, aber davon können wir Sie wohl jetzt nicht überzeugen. Ich habe Mitleid mit Ihnen.«

Steadman stand schweigend da, ein seltsames Lächeln auf dem Gesicht. Es war ironisch, dachte er. In ihm tobte ein Kampf. Diese Leute begriffen nicht, daß er ihnen helfen *wollte*. Alte Feuer waren wieder entfacht worden. Maggies Tod hatte Gefühle geweckt, die er längst begraben gewähnt hatte. Und jetzt tobte der Kampf darum, diese Feuer zu ersticken, sich an die Tragödien zu erinnern, zu denen diese Gefühle in der Vergangenheit geführt hatten.

»Sie täten gut daran, uns nicht zu verspotten, Mr.

Steadman.« Goldblatt hatte das Lächeln des Detektivs falsch gedeutet. Seine Stimme klang drohend, und er hatte die Waffe fest umklammert.

Mit einem Seufzen verließ Steadman das Zimmer. »Fahrt zur Hölle«, sagte er milde, als er die Tür schloß.

4

Pope wartete auf Steadman, als der nach Hause zurückkam. Der Detektiv hatte beschlossen, nicht in die Detektei zu gehen; er brauchte Schlaf und Zeit zum Nachdenken.

Als er den Schlüssel in das Schnappschloß steckte und öffnete, war er überrascht, daß keine Reporter auf ihn warteten. Eine Kreuzigung in einer Londoner Straße war genau die Geschichte, die ihren makabren Appetit wekken würde. Er begab sich direkt in die Küche, schenkte sich einen großen Wodka ein und ging damit ins Wohnzimmer. Erst als er die Jacke abgelegt und sich in einen Sessel gesetzt hatte, bemerkte er die große Gestalt im Mantel, die auf dem Sofa saß.

»Guten Morgen, Mr. Steadman. Darf ich Sie Harry nennen?« Die Stimme war barsch, klang zugleich aber höflich und amüsiert. Der Mann sah trotz seiner Robustheit kräftig aus – die Muskeln waren unter viel Fett versteckt.

»Mein Name ist Nigel Pope.« Der große Mann beugte sich mühsam vor und hielt Steadman eine geöffnete Brieftasche hin. »Britischer Geheimdienst«, sagte er fast schüchtern.

Steadman warf kaum einen Blick auf die plastikbeschichtete Ausweiskarte in dem Lederetui und fragte sich, wie sie so schnell auf die Mossad gekommen waren.

Die Brieftasche wurde geschlossen und verschwand in einer Anzugtasche des Mannes. »Ich hab' mir selbst aufgemacht. Ich hoffe, es stört Sie nicht.«

Steadman lehnte sich ergeben in seinen Sessel zurück und nippte an seinem Wodka. »Was hat der Tod meiner Partnerin mit dem Geheimdienst zu tun?«

Pope warf dem Detektiv einen mißbilligenden Blick zu. »Was hat der israelische Geheimdienst mit dem Tod von Mrs. Wyeth zu tun?«

»Wie haben Sie das herausgefunden?«

»Warum haben Sie der Polizei nichts von den Verbindungen Ihrer Agentur mit der Mossad erzählt?« konterte Pope.

»Wir haben keine Verbindungen mit denen! Ich habe erst heute morgen herausgefunden, daß Maggie einen Auftrag von Mossad angenommen hat! Und das wollte ich der Polizei sagen.«

»Ein Mann namens Goldblatt kam in Ihr Büro und hat sich mit Ihnen vor einer Woche getroffen. Wir wissen, daß er Mossadagent ist.«

»Er wollte, daß ich einen vermißten Agenten aufspüre, Baruch Kanaan. Ich habe den Auftrag abgelehnt.«

»Harry, lassen Sie mich erzählen, was wir über Sie wissen. Vielleicht sparen wir uns auf diese Weise unnötige Zeitvergeudung.« Pope erhob sich, blieb mit dem Rücken zum Kamin stehen, schloß für einen Moment seine Augen und fuhr dann fort, als hielte er einen Vortrag: »Sie wurden 1940 in Chichester geboren. Ihre Kindheit verlief völlig normal, bis Ihr Vater starb, als Sie dreizehn waren. Ihre Mutter lernte ein Jahr später einen anderen Mann kennen, den sie anschließend heiratete. Aber Sie mochten ihn nicht, und er sie auch nicht besonders. Zum Kummer Ihrer Mutter verließen Sie Ihr Zuhause mit fünfzehn und arbeiteten unter falscher Altersangabe in Londoner Restaurants. Sie traten 1956 als Soldat in die Army ein – vielleicht weckte die Suezkrise kämpferische Instinkte in Ihnen – und wurden in The Junior Infantrymen's Company in Bassingbourn ausgebildet. Bald versetzte man Sie in ein Junior Leader's Regiment, als man erkannte, daß Sie Unteroffiziersqualitäten hatten. Obwohl Sie später den Rang eines Hauptmanns erreichten, hatten Sie stets etwas von einem... Wie soll ich sagen? ›Rebell‹ wäre zu romantisch, ›Sonderling‹ wäre nicht ganz korrekt... Sagen wir einfach, Teamgeist gehörte nicht zu Ihren Vorzügen.« Pope lächelte und drohte Steadman mit dem Finger. »Äh, ja. Sinnigerweise wurden Sie mit neunzehn zum Corps der Royal Military Police abkommandiert und verhielten sich da wohl disziplinierter. Dann verbrachten Sie einige Zeit in Deutschland und Hongkong, und während Sie dort waren, starb Ihre Mutter nach langer Krankheit.« Er schaute den Detektiv an, als wolle er Zustimmung heischen.

Steadman nickte und fragte sich, wie lange der fette Mann gebraucht hatte, um sich das alles zu merken.

»Warten Sie, das müßte 1959 gewesen sein.«

»1960«, korrigierte Steadman ihn.

»O ja, Sie waren damals zwanzig – hatten vier Jahre Dienst hinter sich. 1962 heirateten Sie eine Deutsche, aber das hielt nur zwei Jahre. Es schien, als gefiele ihr das Armeeleben nicht. Zum Glück hatten Sie keine Kinder. 1965 traten Sie ins Intelligence Corps ein, und dort, glaube ich, fanden Sie Ihren Platz. Zumindest schienen Sie für ein paar Jahre zufrieden zu sein. 1970 wurden Sie an den israelischen Geheimdienst ausgeliehen, mehr um ein Auge auf deren Aktivitäten zu werfen als aus anderen Gründen, und Sie waren einige Zeit dort.«

»Zwei Jahre«, informierte Steadman den fetten Mann überflüssigerweise.

»Ja, zwei Jahre. So etwa. Während Sie dort waren, entwickelte sich eine Bindung zu einer Ihrer Agentinnen, einer jungen Dame namens Lilla Kanaan – der Schwester des vermißten Mossadagenten Baruch.«

Bindung? Das Wort war wohl kaum für eine Beziehung zutreffend, die so tief wie die ihre gewesen war.

»So weit richtig, was?« forschte Pope, ein zufriedenes Lächeln auf seinem breiten Gesicht. Da der Detektiv nicht antwortete, fuhr der fette Mann fort: »Nun, wir wissen, daß Sie sich sehr nahe standen. Sie zogen ja in ihr Apartment in Tel Aviv und verbrachten viel Zeit mit ihr und ihrer Familie, die in Anabta lebte – das wurde dann wohl die Familie, die Sie nie gehabt hatten. Ich glaube, der israelische Geheimdienst versuchte Sie lange vor dem Massaker am Lod Airport zu überreden, den britischen Geheimdienst zu verlassen.« Er blickte Steadman fragend an, erhielt aber noch immer keine Antwort, zuckte seine mächtigen Schultern und fuhr fort: »Sie waren auf dem Rückweg nach England, nach London zurückbeordert worden. Ich weiß nicht, ob Sie damals schon die Absicht hatten, nach Israel zurückzukehren, aber es scheint, als sei Lod der Wendepunkt für Sie gewesen. Innerhalb weniger Monate waren Sie aus der Armee ausgeschieden und als Mossadangehöriger wieder in Israel. Sie gehörten zu dem neuen ›Rache-Kommando‹, das Golda Meir auf Anregung von Generalmajor Zwi Zamir aufgestellt hatte. Die Ermordung ihrer Athleten bei der Münchner Olympiade war letztlich ausschlaggebend für diese neue, im Ausland agierende Organisation des israelischen Geheimdienstes, und man wußte, daß Ihre Vergangenheit Ihnen helfen würde, Israels Krieg über die Landesgrenzen hinauszutragen. Von Ihren jüdischen Kollegen wurden Sie nicht sofort akzeptiert, aber Ihre Teilnahme am Angriff auf die Quartiere der Palästinensischen Befreiungsorganisation in Beirut im April 1973 überzeugte alle – und im Trainingslager in Cäsarea stellten Sie dann auch Ihre körperlichen Fähigkeiten unter Beweis.

Sie und Ihre Freundin Lilla gehörten zu dem Kommando, das als Heth bekannt ist. Ihre Aufgabe bestand darin, in anderen Ländern eine Tarnung vorzubereiten, die es dem Rest der Gruppe ermöglichte, als Ganzes zu operieren. Sie bereiteten Kommunikationsverbindungen vor, mieteten Wohnungen, reservierten Hotels, beschafften Mietwagen und besorgten alle Informationen über die Gegend, in der Ihre Gruppe zu operieren vorhatte. Als Engländer war Ihre Tarnung ideal, und Lilla konnte man für eine Europäerin halten. Sie arbeiteten als Mann und Frau zusammen.

Wir sind ziemlich sicher, daß Sie mit drei Attentaten zu tun hatten. Abdel Hamid Shibi und Abdel Hadi Nakaa, zwei bekannte PLO-Terroristen, die in Rom lebten, wurden in ihrem Mercedes in die Luft gesprengt. Gleiches widerfuhr Mohammad Boudia, einem der Hauptdrahtzieher des Schwarzen September; er wurde in seinem Renault in Paris in die Luft gejagt.

Oh, ich sage damit nicht, daß Sie diese Morde selbst ausgeführt haben, aber Sie und Ihre Freundin haben gewiß für die Mörder Ihres kleinen Exekutionstrupps alles vorbereitet. Es gibt andere ›Zwischenfälle‹, bei denen wir uns nicht so sicher sind, aber es scheint, als sei es für Sie ein geschäftiges Jahr gewesen.«

Pope setzte sich wieder, als ob seine Körpermasse plötzlich zu schwer für seine Beine geworden wäre. Er blickte Steadman nachdenklich an und fuhr dann fort: »Neben diesen Missionen waren Sie auch in gewisse Waffengeschäfte für die Israelis verstrickt, wobei Sie von Brüssel aus arbeiteten und Ihre alten Armeeverbindungen für Kontakte nutzten. Sie waren in der Tat sehr wertvoll für das Institut – worunter das Central Institute for Information and Espionage zu verstehen ist – und für die israelische Armee. Kein Wunder, daß man sehr traurig war, als Sie gingen.«

Steadman schwieg noch immer. Er war nicht überrascht, daß der britische Geheimdienst diese Informationen hatte – er war mehr von Popes Gedächtnis als von dessen Kenntnissen beeindruckt –, aber er wurde zunehmend gespannter darauf, zu erfahren, welchen Zweck der Besuch des fetten Mannes haben mochte.

»Im August ereilte Sie dann ein tragisches Schicksal. Mossad litt unter einem moralischen Desaster wegen der Ermordung eines Unschuldigen in Lillehammer in Norwegen, der die Verhaftung der beteiligten Gruppe durch die dortigen Behörden nach sich zog. Lilla Kanaan und Sie selbst hatten an dieser gescheiterten Mission nicht teilgenommen; sie beide waren erschöpft, und Ihre Nerven brauchten Ruhe. Die Israelis glaubten damals, endlich den Mann gefunden zu haben, der hinter dem Münchner Massaker steckte – Ali Hassan Salemeh, doch dann stellte sich heraus, daß der Ermordete ein harmloser Kellner war. In gewisser Hinsicht war es Pech, daß Sie an dieser Mission nicht beteiligt waren, weil Sie sonst zu dieser Zeit im sicheren Gewahrsam eines norwegischen Gefängnisses gesessen hätten. Doch Sie waren zu Hause, und eine Explosion in Ihrer Brüsseler Wohnung verletzte Sie und tötete das Mädchen.«

Die Erinnerung daran ließ Steadman nicht mehr zittern, schien ihn aber noch immer seiner Kraft zu berauben.

Pope fuhr rasch fort: »Nachdem Sie sich erholt hatten – wieder gesund waren, um präzise zu sein –, haben Sie sich anscheinend ausgetobt. Zumindest tauchten Sie überall gleichzeitig auf: in Paris, Rom, Oslo, aber auch in Benghasi und Beirut, und überall gab es vor Ihrer Abreise Gewalttaten. Selbst der Yom-Kippur-Krieg im Oktober dieses Jahres schien Ihre Energien kaum zu bändigen. Doch im Januar 1974 hörte plötzlich alles auf.«

Pope lehnte sich in seinem Sessel zurück und faltete seine Finger über seinem mächtigen Bauch. Er musterte

Steadman seltsam. »Warum *verließen* Sie die Mossad zu diesem Zeitpunkt, Harry?«

»Ich dachte, Sie kennen alle Antworten«, kam die Erwiderung.

»Nicht alle, Harry. Wir haben aber zwei Vermutungen. Erstens, daß Sie genug von diesen Gewalttaten hatten. Zweitens, daß Sie keineswegs mit der Mossad Schluß gemacht haben.«

Steadman hob die Augenbrauen. »Wissen Sie, wir glauben, daß der Eindruck erweckt werden sollte, Sie hätten alle Verbindungen mit Israel gelöst. Sie kehrten nach England zurück und traten in Mrs. Wyeths Detektei ein. Vielleicht war das alles nur eine neue Tarnung für Sie.«

»Für fast fünf Jahre?« sagte Steadman ungläubig.

»›Schläfer‹ sind für jede Spionageorganisation wertvoll. Spiel eine Rolle, verhalte dich in einer Gesellschaft für fünf, zehn oder gar fünfzehn Jahre ganz normal, bis sich die Gelegenheit zum Einsatz bietet. Das ist in diesen unsicheren Zeiten keineswegs ungewöhnlich.«

Steadman lachte laut auf, fand die Situation aber wenig lustig. »Warum hier? Zwischen Britannien und Israel gibt es keine Feindseligkeiten«, sagte er.

»Nein, keine offene Aggression. Aber Israel weiß, daß es sein Netz auslegen muß, daß es den Kampf um sein Land in anderen Ländern kämpfen muß. Dem weltweiten Terrorismus muß Israel auf neutralem Boden entgegentreten. Sie können nicht darauf warten, daß er ihr eigenes Land trifft! Könnte ich eine Tasse Tee haben?«

Steadman wurde durch die plötzliche harmlose Bitte völlig überrascht.

»Tee würde Ihnen auch guttun, Harry. Wissen Sie, es ist wirklich schrecklich, so früh Wodka zu trinken«, sagte Pope tadelnd.

Steadman stellte sein Glas auf den Teppich und stand auf. Amüsiert ging er in die Küche.

»Von welchem Nutzen wäre ich in diesem Lande für die Mossad?« rief er von dort, während er darauf wartete, daß das Teewasser kochte. Popes massige Gestalt tauchte in dem kleinen Korridor auf und versperrte ihn fast völlig. Er lehnte sich an eine Wand.

»Oh, Sie behalten die Szene im Auge«, sagte er beiläufig. »Vielleicht beobachten Sie Waffengeschäfte, wer mit wem handelt und dergleichen. Vielleicht handeln Sie selbst ein wenig.«

»Warum brauchte ich dafür eine Tarnung?«

»Bequemlichkeit? Es ist nicht ungewöhnlich, daß in solchen Fällen der Käufer gegenüber dem Verkäufer anonym bleibt. Sie könnten der Mittelsmann sein.«

Steadman goß kochendes Wasser in die Teekanne und rührte heftig um.

»Oder vielleicht sollen Sie hier nur terroristische Aktivitäten observieren«, schlug Pope vor. »London ist mit seinen zahlreichen ausländischen Studenten geradezu ein Bienenkorb für solche Gruppen. Ich nehme Milch, aber keinen Zucker, Harry. Und trinken Sie auch Tee. Sie brauchen einen.«

Steadman schenkte zwei Tassen ein und trug sie über den Korridor. Pope wich vor ihm ins Wohnzimmer zurück.

»Ist schrecklich kalt hier drin.« Pope nahm wieder Platz und erschauerte in seinem riesigen Mantel.

»Ich war nicht hier«, sagte Steadman und fügte hinzu: »Wie Sie wahrscheinlich wissen.« Er ging wieder in die Küche und schaltete die Zentralheizung ein. »Dauert eine Weile, bis es warm wird«, sagte er, als er zurückkehrte. Er setzte sich und sah den fetten Mann an. »Glauben Sie das wirklich?« fragte er Pope. »Ich meine, daß ich noch beim Institut bin?«

Pope schluckte seinen Tee und sah Steadman über den Rand seiner Tasse an. Nach kurzem Zögern entgegnete er:

»Eigentlich nein, tu' ich nicht. Aber das ist meine persönliche Meinung, die nichts zu besagen hat. Im Grunde genommen bewundere ich die Israelis, insofern wäre mir das ohnehin egal. Aber wir werden nicht zulassen, daß die Kriege anderer Nationen in unserem Land ausgetragen werden. Wir haben Sie aufmerksam beobachtet, Harry, seit Sie nach England zurückgekehrt sind, und Sie haben uns keinen Anlaß für irgendeinen Verdacht gegeben. Bis letzte Woche, um genau zu sein.«

»Hören Sie, das war der erste Kontakt, den ich seit fast fünf Jahren mit der Mossad hatte!«

»Trinken Sie Ihren Tee, Harry, er wird kalt.«

Steadman leerte die Tasse und stellte sie dann beiseite. »Okay, Pope«, sagte er abrupt. »Meine Partnerin – die auch eine enge Freundin war – ist ermordet worden. Ich bin fast die ganze Nacht von der Polizei verhört worden, ich mußte einiges im Büro regeln und bin erschöpft. Jetzt möchte ich mich einfach hinlegen und schlafen. Kommen wir also auf den Punkt. Was wollen Sie von mir?«

»Warum, Harry, haben Sie heute morgen Mr. Goldblatt besucht?« fragte Pope ruhig.

Steadman stöhnte laut. »Ich wollte ihm den Schädel einschlagen! Weil Maggie ermordet worden ist!«

»Natürlich, Harry.«

»Ich sagte ihm letzte Woche, daß ich nicht interessiert sei. Statt dessen hat er Maggie engagiert.«

»Ja, das wissen wir. Ich habe heute morgen mit Ihren Leuten gesprochen, nachdem Sie gegangen waren. Ihre Sekretärin erzählte mir, daß Sie Goldblatt praktisch hinausgeworfen haben. Das hätte fingiert sein können, aber darin sehe ich keinen großen Sinn. Ich sagte Ihnen ja, Harry, ich glaube Ihnen – ganz persönlich.«

»Was, zur Hölle, wollen Sie dann?«

»Ein wenig Hilfe von Ihnen«, erklärte der große Mann milde.

»Von mir? Wie kann ich Ihnen helfen?«

»Nun, Sie wollen doch den Mörder Ihrer Partnerin finden, oder?«

»Nein, verdammt, das will ich nicht!«

Pope blickte Steadman überrascht an. »Aber, Harry! Das ist doch nicht Ihr Ernst!«

»Hören Sie, Pope – ich habe so viele Opfer der Rache gesehen, daß es mir für den Rest des Lebens reicht. Ich bin ausgebrannt. Können Sie das verstehen?«

»Aber Mrs. Wyeth war eine unschuldige Zuschauerin. Sie können doch ihren Tod nicht ungerächt hinnehmen?«

»Kann ich das nicht?«

»Ich glaube, Sie versuchen sich davon zu überzeugen. Aber das funktioniert nicht, Harry, das versichere ich Ihnen. Sie hatten fünf Jahre Zeit, um den letzten Aderlaß zu verarbeiten, fünf Jahre, um diese Wut in sich zu ersticken. Sie ist noch da, machen Sie sich nichts vor.«

»Sie irren sich.«

Pope lächelte kalt. »Das macht keinen Unterschied. Sie werden uns trotzdem helfen.« Steadman schüttelte den Kopf, aber der große Mann hob eine Hand. »Hören Sie mir zuerst zu«, sagte er zu dem Detektiv. »Sie sagten, Goldblatt wollte nur, daß Sie herausfinden, was mit ihrem vermißten Agenten passiert ist, mit Baruch Kanaan. Korrekt?«

Steadman nickte.

»Und hat man Ihnen gesagt, welche Mission er in England hatte?«

»Er sollte Verbindung mit einem Waffenhändler aufnehmen, um einen Auftrag zu erteilen«, sagte Steadman müde.

»Der Waffenhändler ist Edward Gant.«

»Ja. Woher wissen Sie das?«

»Gant ist ein Mann, den wir seit langer Zeit beobachten. Unglücklicherweise ist er einflußreich und kein Typ, den man einschüchtern kann.«

»Die Israelis glauben, daß er Waffen an Terroristen liefert und sie auch ausbildet.«

»O ja, das tut er. Schon seit Jahren.«

»Das wissen Sie? Und Sie unternehmen dagegen nichts?«

»Wir können nichts tun. Wir haben ihn nie auf frischer Tat ertappt.«

»Könnten Sie ihn nicht wenigstens warnen, so weiterzumachen?«

Pope erwiderte spöttisch: »Er hätte uns ins Gesicht gelacht, Harry. Er ist ein sehr ungewöhnlicher Mann, unser Mr. Gant. Die Gewalttat der letzten Nacht ist nur ein Beispiel seines manischen Selbstvertrauens.«

»Sie *wissen*, daß er Maggie getötet hat?«

»Kein Beweis. Im Augenblick wird nichts über diesen Mord publik gemacht, Harry. Sie werden weder von der Polizei noch von Reportern behelligt werden.«

»Aber wie ...«

»Es muß so sein – im Augenblick zumindest. Öffentlichkeit wollen wir in dieser Situation überhaupt nicht. Abgesehen von diesem vermißten Agenten ... Wollte Goldblatt, daß Sie noch andere Ermittlungen anstellen?«

»Ich sollte Beweise gegen Gant beschaffen.«

»Was für Beweise?«

»Für seine Geschäfte mit Terroristen.«

»Sonst nichts?«

Steadman zuckte mit den Schultern. »Ich nehme an, alles, was ich sonst gegen ihn hätte beschaffen können, wäre von Vorteil gewesen.«

Pope atmete tief ein und dann rasch aus. »Ich glaube nicht, daß unser Freund Goldblatt ganz aufrichtig zu Ihnen gewesen ist, Harry«, sagte er. »Gewiß, die Israelis möchten der britischen Regierung Beweise für Gants heimliche Geschäfte liefern, aber ihr Interesse geht weit darüber hinaus.« Der große Mann hielt inne und trank den Rest seines kalten Tees. Er stellte Tasse und Untertasse zu seinen Füßen ab und betupfte seine feuchten Lippen mit einem sauber gefalteten Taschentuch, das er aus seiner Manteltasche zog.

»Sind Sie sich des wachsenden Wiedererwachens des Nazismus in aller Welt bewußt, Harry? Vielleicht nicht, weil das unter verschiedenen Namen und Masken stattfindet. Man sollte glauben, daß nach dem letzten Weltkrieg ein solcher Fanatismus nie wieder eine Gefahr werden könnte, aber da irren Sie sich. Dieses Krebsgeschwür breitet sich immer noch auf der ganzen Welt aus; wie ein Parasit, der sich durch politische Unruhe, durch Armut nährt – und terroristische Aktivitäten. Wissen Sie zum Beispiel, daß eine rechtsextreme Gruppe aus Belgien, die als ›Flämischer neuer Orden‹ bekannt ist, mit der UDA in Irland zusammenarbeitet? Und sie sind nicht allein. Sie werden feststellen, daß auch andere rechtsextremistische Gruppen Kriege unterstützen und in vielen Ländern darin verwickelt sind, daß sie Geld dafür beschaffen und *Waffen liefern.*«

Steadman blickte Pope scharf an. »Gant?«

»In diesem Land und in Amerika haben wir viele solcher Organisationen. Hier ist es die Nationale Front, in Amerika die Nationalsozialistische Partei, die am bekanntesten sind. Aber dahinter, im Schatten, lauern viel bösartigere Gruppen, wie z. B. die Kolonne 88, und diese hitleristischen Bewegungen wachsen, vereinen sich zu der gemeinsamen Sache. Ich brauche Ihnen wohl kaum zu sagen, daß diese Organisationen alles Jüdische verabscheuen. Wir glauben, daß Gant der Kopf einer der mächtigsten, aber im dunkeln agierenden Naziorganisationen hier in Britannien ist – der ›Thule Gesellschaft‹.«

»Ist die Mossad deshalb an Gant interessiert? Nicht wegen der Geschäfte mit Terroristen?«

»O nein, nein. An beidem. Das geht Hand in Hand.«

»Aber warum diese Geschichte über Baruch?«

»Weil sie wahr ist. Man wollte Sie einspannen, damit Sie ihn finden – alles andere war Zufall. Aber Baruch hatte nicht die Aufgabe, Beweise für Gants Geschäfte mit arabischen Terroristen zu beschaffen, er sollte mehr über diese Thule-Gesellschaft herausfinden.«

»Genau wie Maggie.«

»Ja, das glauben wir. Nur Fanatismus kann solche Mörder hervorbringen. Sie muß auf etwas gestoßen sein, das keinesfalls an die Öffentlichkeit gelangen durfte.«

Die Schultern des Detektivs erschlafften. »Mein Gott, und das in dieser Zeit...«, sagte er müde.

»Gerade in dieser Zeit.«

»Aber warum hat Goldblatt mir nicht die ganze Geschichte erzählt? Warum sollte er mich ohne Warnung in so etwas hineinlaufen lassen?«

»Ich könnte mir vorstellen, daß er es für sicherer hielt, wenn Sie es nicht wüßten. Er wollte Sie nur für eine Routineermittlung haben, nicht aber, daß Sie in diese hitleristische Bewegung verwickelt werden.«

»Das hat Maggie nichts genützt.«

»Nein, die Mossad-Leute haben die fanatische Entschlossenheit dieser Gruppe unterschätzt. Ich vermute, sie hielten es sogar für sicherer, sie an Ihrer Stelle zu benutzen. Das alles ist sehr bedauerlich.«

»Bedauerlich? Was beabsichtigen Sie zu tun?«

»Was beabsichtigen Sie zu tun, Harry?«

»Ich? Sie sind der Geheimdienst. Sie müssen etwas tun.«

»Das werden wir. Mit Ihrer Hilfe.«

»Bedaure. Ich will nichts damit zu tun haben.«

»Habe ich Ihnen eine Wahl angeboten, Harry?« Popes

Stimme war freundlich, aber die Bedeutung der Worte war klar. »Wir könnten Sie wegen vieler Dinge anklagen. Zunächst mal Verdacht auf Spionage für die Israelis. In Verbindung mit Mordverdacht, natürlich.«

»Mord? Sie können nicht...«

»Wir können, Harry, und täuschen Sie sich nicht – wir werden.« Alle Freundlichkeit war plötzlich verschwunden. »Natürlich müßten wir Sie wieder laufen lassen, aber wir würden Ihr Geschäft in diesem Land ruinieren und ebenso in den meisten anderen Ländern. Heutzutage kooperieren alle Polizeikräfte der Welt miteinander, Harry. Das liegt in unser aller Interesse.«

»Verdammt!«

Der fette Mann beugte sich mühsam vor und stützte die Ellbogen auf die Knie, sein Gesicht wurde wieder freundlich. »Hören Sie«, sagte er mit sanfter Stimme, »ich weiß, daß Sie stur genug sind, um das abzulehnen, selbst wenn Sie dadurch bankrott werden. Aber prüfen Sie sich doch einmal selbst ganz genau. Innerlich, meine ich. Sie wollen, daß die Killer Ihrer Partnerin gefaßt werden, nicht wahr? Und Sie können außerdem dieses alte Gefühl in sich nicht ignorieren. Sie haben es seit Jahren unterdrückt, aber Sie werden es nie los. Sie haben für Israel gekämpft, weil Ihnen nicht gefiel, wie es behandelt wurde. Sie haben gekämpft, weil Sie es haßten, Unschuldige leiden zu sehen. Sie werden uns also nicht helfen, weil wir Sie dazu zwingen, sondern weil Sie es wollen. Sie haben diese Aggressivität nicht verloren, Harry, Sie haben sie nur eine Weile erstickt.«

Und Steadman erkannte, daß der fette Mann recht hatte. Der Drang zurückzuschlagen war noch in ihm. Er wollte, daß dieser Gant für Maggies Tod bezahlte, ebenso wie er gewollt hatte, daß die Araber für Lillas Tod zahlten. Vielleicht spielte Popes Erpressung eine Rolle dabei, aber er begriff, daß die alte Wut in ihm der entscheidende Faktor war. »Aber warum ich?« fragte er. »Sie haben Leute, die viel qualifizierter sind.«

»Keiner unserer Burschen paßt so gut in die Sache wie Sie, Harry. Sie sind ein Bindeglied, wissen Sie. Ein Bindeglied zwischen der Mossad, Edward Gant – und jetzt uns. Damit sind wir im Vorteil.«

»Wie kann ich Ihnen denn helfen? Gant weiß, wer ich bin«, sagte er.

Pope fiel in seinen Sessel zurück. »Ja, er weiß, wer Sie sind, aber das ist unwichtig. Er wird das Spiel weiterspielen.«

»Spiel? Das ist nur ein Spiel?« sagte Steadman ungläubig.

»Für jemand wie Gant ist alles ein Spiel. Er liebt diese List, er genießt es, seine Schläue mit der anderer zu messen.«

»Und was wird ihn daran hindern, mich genauso wie Maggie zu behandeln?«

»Nichts. Nur daß wir ein Auge auf Sie haben.«

»Das erfüllt mich mit Zuversicht.«

Pope lachte matt. »Nun, sehen Sie, wenn er etwas gegen Sie unternimmt, können wir ihn dafür belangen, nicht wahr?«

Der fette Mann lachte wieder, als er Steadmans Gesichtsausdruck sah, sein Bauch wackelte vor Freude. »Nein, nein, Harry. Ich glaube, nicht einmal unser Mr. Gant kann so schnell einen weiteren Mord riskieren. Wir brauchen Sie, weil etwas im Busch ist. Etwas wird geschehen, aber wir wissen nicht was. Sie werden dabei nur eine kleine Rolle spielen. Doch jede Information, die Sie bringen, wird in ein größeres Bild passen.«

»Ich komme mir vor wie ein Opferlamm.«

»Unsinn. Ich sagte Ihnen ja, daß Sie die ganze Zeit unter Beobachtung stehen – wir werden nicht zulassen, daß Ihnen etwas zustößt. Wir wollen, daß Sie zu Ihrem Mr.

Goldblatt gehen und ihm sagen, daß Sie Ihre Meinung geändert haben. Er wird Ihnen glauben, weil er Sie braucht. Sie werden mit Gant Kontakt aufnehmen, indem Sie ihm erklären, daß Sie einen Klienten hätten, der an Gants Spezialwaffen interessiert ist.«

»Und wenn er sich weigert, mit mir Geschäfte zu machen?«

»Das wird er nicht. Er ist Waffenhändler, und es wäre unprofessionell, mit einem potentiellen Kunden nicht zumindest zu sprechen. Zudem wird er neugierig auf Sie sein; ich sagte Ihnen ja, daß er ein arroganter Typ ist. Also – Sie müssen an ihn ran. Er wird Sie auf sein privates Testgelände einladen – das macht er immer –, und darüber brauchen wir Informationen. Finden Sie so viel wie möglich über den Ort heraus und was dort vorgeht. Das ist alles, was Sie zu tun haben.«

»Das ist alles?«

Pope stieß sich mühsam hoch. »Ja«, sagte er. »Im Augenblick. Oh, vielleicht finden Sie Zeit, das zu lesen.« Pope langte nach einer grünen Akte, die unbemerkt von Steadman auf dem Sideboard gelegen hatte. Er reichte sie dem Detektiv. »Da steht nicht viel drin, fürchte ich, ist aber wenigstens ziemlich neu. Er ist schon ein Rätsel, unser Mr. Gant, aber die Akte vermittelt Ihnen ein paar Informationen über den Mann, vor allem über seine jüngsten Geschäfte mit den Arabern. Dürfen Sie nicht verlieren.«

Steadman betrachtete ihn mißtrauisch. Das alles ergab keinen Sinn. Es paßte einfach nicht.

»Ich finde allein raus, Harry. Sie brauchen jetzt Ruhe«, sagte Pope, während er zur Tür ging. Die Frage, die er zum Abschied stellte, machte den Detektiv noch verwirrter.

»Noch eine Kleinigkeit, Harry«, sagte der große Mann. »Haben Sie je vom Heiligen Speer gehört?«

5

Steadman saß schlaff auf dem Beifahrersitz des Jaguar und rieb seine Schultermuskeln an dem weichen Leder. Er hatte den Kopf leicht zur Seite geneigt und starrte zum blauen Himmel hoch. Es war einer dieser freundlichen Wintertage mit klarer Luft, die die Kälte der kommenden Monate ankündigte, aber mit ihrer beißenden Frische belebend wirkte.

Während der Wagen über Landstraßen und durch belebte Städte fuhr, dachte er über Popes letzte Worte nach. Er hatte den Kopf geschüttelt – nein, er hatte nie von einem Heiligen Speer gehört, aber was hatte das mit der Gant-Affäre zu tun? Der große Mann hatte ihm erzählt, daß er sich darüber keine Sorgen zu machen brauche. Es sei nur so, daß der Waffenhändler offensichtlich Interesse an dem Heiligen Speer habe, bei dem es sich tatsächlich um einen alten Speer handle, und er, Pope, habe lediglich überlegt, ob Steadman vielleicht etwas von dieser Reliquie wisse. Mit einer Handbewegung, als sei das Thema damit erledigt, hatte Pope Steadman verlassen, der ein noch viel unguteres Gefühl empfand. Doch er spürte auch, wie ihn eine vertraute Erregung durchlief, eine Erregung, die so viele Jahre geruht hatte. Jetzt, da er keine andere Wahl hatte als mitzumachen, war sein Widerwille verschwunden, und der erhöhte Adrenalinspiegel hatte seine Sinne wie damals geschärft, als er Mossadagent gewesen war. Steadman wirkte entspannt, doch seine Gedanken und Reflexe waren hellwach.

David Goldblatt und seine Begleiterin, Hannah, hatten erleichtert, aber nicht überrascht gewirkt, als er zurückgekommen war, denn sie hatten sowieso nicht verstanden, daß er den bizarren Mord an seiner Freundin und Geschäftspartnerin einfach so hatte hinnehmen können. Die modernen Israelis hielten nichts mehr davon, die andere

Wange hinzuhalten; tatsächlich hielten sie das für Feigheit, nicht nur für eine Demütigung, und Steadmans Vergangenheit bewies, daß er alles andere als feige war. Sein Feuer war wieder entfacht worden, so wie ein kalter Hauch glühende Kohle entflammt. Sein erster Widerstand gegen sie war auf den Schock zurückzuführen gewesen, und jetzt hatte sein Zorn diesen Schock überwunden. Das verstanden sie. Und sie brauchten ihn.

Peppercorn, ein Anwalt, der früher für Steadman im Waffengeschäft tätig gewesen war, hatte das Treffen zwischen ihm und Gant arrangiert. Jetzt waren sie in dem Jaguar des Anwalts unterwegs. Das Verteidigungsministerium führte eine Waffenschau auf dem Militärgelände von Aldershot durch, und neben anderen privaten Waffenherstellern würde auch Edward Gant seine Waffen vorstellen. Dort würden Gant und Steadman sich treffen.

»Es lief überraschend glatt, wissen Sie.« Peppercorns Stimme drang in Steadmans Gedanken. Der Detektiv wandte seinen Kopf dem Anwalt zu.

»Wie bitte?« fragte er.

»Ihren Paß für die Ausstellung zu bekommen. Es dauert normalerweise eine Weile bei diesen Ministerialbeamten, weil die wissen wollen, wer man ist, was man will und welches Land man vertritt. Doch Sie hatte man blitzschnell überprüft. Haben Sie hinter meinem Rücken Fäden bei Ihren alten Militärkumpeln gezogen?«

»Alte Verbindungen brechen nie ab«, sagte Steadman. Er vermutete, daß Pope für alles gesorgt hatte.

»Wirklich ideal. An diesen Gant ist nicht leicht heranzukommen. Ist auch besser für Sie, ihm auf neutralem Boden, zusammen mit der Konkurrenz zu begegnen. Sollte psychologisch Ihre Verhandlungsposition stärken.« Er scherte aus, um einen Lastwagen zu überholen, und fädelte sich wieder in den Verkehrsstrom ein. »Warum gerade Gants Waffen, Harry? Suchen Sie etwas Spezielles?«

»Etwas sehr Spezielles.« Steadman richtete sich auf, da er wußte, daß sie ihr Ziel bald erreicht haben würden.

»Na ja, Gant handelt ja mit Spezialitäten. Für Israel, was?«

Steadman blickte den Anwalt scharf an.

»Entschuldigung, Harry. In diesem Stadium sollte ich nicht fragen«, grinste Peppercorn. »Ich wette, auf Ihrer Einkaufsliste stehen Swingfires und Blowpipes.«

Diese Vermutung fiel dem Anwalt leicht, da Gant nicht nur speziell mit funkgesteuerten tragbaren Raketen handelte, sondern weil Israel schwere Verluste erlitten hatte, als seine Panzer und Düsenjäger 1973 beim Konflikt mit den Ägyptern mit diesen Waffen angegriffen worden waren. Die russische Strella-Flugabwehrrakete beispielsweise, die mit Infrarotsucher ausgestattet war und von der Schulter abgefeuert wurde, hatte bei der Luftwaffe erheblichen Schaden angerichtet, und wenn Steadman die Israelis repräsentierte, wie Peppercorn nicht nur vermutete, dann würden sie natürlich vor allem solche Waffen erwerben wollen.

»Sie werden es erfahren, Martin, sobald der Vertrag gemacht wird«, log Steadman. Der Detektiv haßte es, seinen Bekannten so auszunutzen, aber das Geschäft mußte völlig legitim wirken, damit beide Seiten ihre falschen Rollen ohne allzu große Verlegenheit spielen konnten. Es war ein Spiel, das politisch unterschiedliche Regierungen oft so ablaufen ließen, wenn oberflächliche Entspannung nicht durch Indiskretionen auf beiden Seiten gefährdet werden sollte. Er und Gant würden das Spiel spielen, bis einer zuschlug. Steadman betete, daß er dann im Vorteil sein würde.

Der Wagen bog von der Straße ab und hielt vor einem großen Maschendrahttor. Ein Sergeant der Army trat aus einem Gebäude neben dem Tor und schaute in den Wagen. Die beiden Männer zeigten ihre Pässe, und auf ein Signal des Soldaten hin wurde das Tor geöffnet. Der Wagen fuhr hindurch und auf Long Valley zu, wo sie Gant finden würden, wie der Anwalt wußte.

Steadman identifizierte in Gedanken die verschiedenen Militärfahrzeuge, an denen sie vorbeikamen: Chieftain- und Scorpion-Panzer, Chieftain-Brückenpanzer, Spartan-Mannschaftswagen, AT 105-Mannschaftswagen, Fox-Panzerwagen und Shorland-SB 301-Schützenpanzer. Darüber schwebten Gazelle-Hubschrauber, die zuweilen tief flogen. Er freute sich, weil er die Ausrüstung der Army noch ein wenig kannte, wußte aber, daß der Fortschritt, der auf anderen Gebieten gemacht worden war, ihn völlig verwirren würde. Heutzutage wurden Computer benutzt, um Kriege zu führen. Mikrowellensysteme, die den Feind aufspürten, Laser, um ihn anzuvisieren, Raketen, um seine Bunker zu zerstören. Und der Gegner hatte seine eigenen Systeme, um jeden Angriff abzuwehren. Das menschliche Gehirn konnte nicht mehr schnell genug reagieren, um in diesem elektronischen Krieg Schritt zu halten. Computer waren an die Stelle der Generäle getreten.

Gedämpfte Explosionsgeräusche drangen an ihre Ohren, als sie durch ein Waldgebiet fuhren, in dem sich in Abständen an ihrer linken Seite Steinbruch-Warntafeln befanden.

»Würde mich nicht wundern, wenn die Army ihre Chobham-Panzerung zeigt«, sagte Peppercorn.

Steadman nickte. Die Panzerung war ein Erfolg für die Briten gewesen, da sie dreimal größeren Schutz als konventionelle Stahlpanzerung bot. Panzer hatten in aller Welt eine Renaissance erlebt, nachdem dadurch die Verwundbarkeit des Fahrzeugs durch Raketen eingeschränkt worden war. Die neue Panzerung, eine Materialmischung aus Stahl, Keramik und Aluminium, vergrößerte weder Gewicht noch Kosten eines Panzers. Er konnte sich das zufriedene Lächeln der Briten in dem tiefen Steinbruch vorstellen, wenn ihre Panzerung mit Raketen und Mörsergranaten zur Freude ihrer potentiellen ausländischen Käufer beschossen wurde.

Der Wagen erreichte bald ein riesiges Gelände, das von Messeständen übersät war, auf denen stolz militärisches Gerät präsentiert wurde. Da gab es alles, angefangen von Lasersuchgeräten bis zum Stacheldraht, vom MRCA-Vielzweckkampfflugzeug bis zu schußfesten Geweben, vom AR18-Karabiner bis zu Antinervengastabletten.

Peppercorn steuerte den Jaguar auf den Parkplatz, und die beiden Männer stiegen aus. Die Mittagssonne stand hoch und kühl am Himmel und versuchte zaghaft, die Herbstluft zu erwärmen, nahm ihr aber nur die Feuchtigkeit. Der Anwalt griff in den Wagen und holte einen Mantel heraus, den er schnell überstreifte.

»Ekelhaft, dieses Wetter«, murmelte er. »Da fängt man sich eine Erkältung ein, ohne es zu merken.«

Steadman lächelte. Wenn Peppercorn um die wahre Natur des Mannes wüßte, mit dem sie sich treffen wollten, würde ihm noch kälter werden.

Sie trotteten über das Feld an einer langen Tribüne vorbei, auf der ausländische Offiziere, Diplomaten und Zivilbeamte auf Holzstühlen saßen, die die Mätzchen der Strikers, Spartans, Scimitars und Scorpions beobachteten, die vor ihnen paradierten. Während sie gingen, fragte Peppercorn: »Erzählen Sie mal, Harry, warum gerade Gant? Es gibt viele andere Händler, die ähnliche Waffen verkaufen, und soweit ich weiß, hat Gant noch nie zuvor Geschäfte mit Israel gemacht.« Er lächelte Steadman an und fügte hinzu: »Natürlich nur angenommen, daß die Israelis Ihre Klienten sind. Die Verträge, an denen ich persönlich beteiligt war, was Gant anbelangt, wurden mit dem Iran und einigen afrikanischen

Staaten geschlossen. Meines Wissens ist er nie daran interessiert gewesen, an Israel zu verkaufen.«

»Gant stellt eine größere Palette spezieller Geräte her als die meisten anderen«, erwiderte Steadman, »von Raketen bis zu Antiterrorgeräten. Mein Klient braucht beides und glaubt, daß er ein besseres Geschäft macht, wenn er bei einem Lieferanten kauft.« Ein bißchen zu schlagfertig, dachte Steadman, aber der Anwalt schien zufrieden zu sein.

Peppercorn war zu sehr Profi, um weiter darauf zu drängen, die Identität von Steadmans Klienten zu erfahren, da sich dies sowieso aufklären würde, sobald die Verhandlungen begannen. Zudem hatte Steadman seine Vermutungen mit seiner letzten Feststellung bestätigt. Für wen sonst sollte er kaufen – für die Araber? Wohl kaum, berücksichtigte man seine bisherigen Verbindungen.

»Ah, da ist er«, sagte Peppercorn und zeigte nach vorn.

Der Blick des Detektivs folgte dem Finger, und er sah eine Gruppe von Männern, die sich um eine grünuniformierte Gestalt gesammelt hatte, die eine Schulterrakete demonstrierte. Die Uniform war Steadman unbekannt, und er vermutete, daß Gants Vorführer sie nur trugen, um die Besonderheit des Unternehmens zu betonen.

»Wer ist Gant?« fragte er Peppercorn.

»Der Große in der Mitte. Der mit dem Mädchen spricht.«

Steadman hatte das Mädchen in seinem Eifer nicht bemerkt, überlegte jetzt aber kurz, in welcher Verbindung sie zu jemandem wie Gant stehen mochte. Er musterte den Mann neben ihr kurz.

Gant war groß, sogar größer als Steadman, und überragte die versammelte Gruppe, bei denen es sich nach ihren dunklen Gesichtern zu urteilen um ausländische Käufer handeln mußte. Sein Körper war schlank und wirkte so steif, als sei er unbeweglich. Die Annahme war aber falsch, denn als Gant sich umdrehte, um eine Frage aus der Gruppe zu beantworten, bewegte er sich mit beherrschter Anmut. Es war eine kleine Bewegung, aber Steadman erkannte als geübter Beobachter die verborgene Geschmeidigkeit darin. Während sie sich näherten, richtete sich Gants Aufmerksamkeit auf sie. Er stand mehrere Augenblicke bewegungslos da, und Steadman spürte, wie er kalt gemustert wurde. Er erwiderte den Blick und fühlte plötzlich, daß ihn ein Frösteln durchlief. Es war unerklärlich, aber er hatte das Gefühl, als würde er in das Netz einer Spinne gezogen. Und der Mann vor ihm war sich dieses Gedankens wohl bewußt.

Die Blickverbindung wurde abgebrochen, als Gant sich seinen potentiellen Kunden zuwandte und sich entschuldigte. Er löste sich von der Gruppe und kam Steadman und dem Anwalt entgegen. Ihre Blicke trafen sich wieder, und Steadman nahm den Mann in Uniform, der dem Waffenhändler folgte, nur vage wahr.

Gant blieb zwei Meter vor ihnen stehen, so daß sie weiter auf ihn zugehen mußten. Steadman sah, daß seine Augen hellgrau waren, und meinte spöttische Belustigung darin zu erkennen. Ansonsten war das Gesicht des großen Mannes lang und hager; er hatte hohe Wangenknochen, und die hohlen Wangen ließen ihn etwas leichenhaft wirken. Seine Nase mit breitem Rücken war gebogen, und seine hohe Stirn, aus der kurzes, hellbraunes Haar zurückgekämmt war, zeigte wenig Falten. Er sah jünger aus als er war und strahlte eine Kraft aus, die nicht zu seiner hageren Gestalt paßte. Nur sein Hals verriet sein wahres Alter – er war lang und deshalb mit Kragen und Krawatte nicht leicht zu verdecken; sein schlaffes, runzliges Fleisch verursachte eine leichte Abscheu bei Steadman.

»Guten Morgen, Peppercorn«, sagte Gant, ohne den Blick von Steadman zu nehmen. »Und das ist Mr. Steadman?« Er streckte dem Detektiv eine Hand entgegen, und wieder bemerkte Steadman das belustigte Glitzern in seinen Augen.

Widerwillig ergriff Steadman die dargebotene Hand und erwiderte Gants festen Händedruck. Der Detektiv löste seinen Griff, doch der Waffenhändler hielt weiter fest, und er war gezwungen, erneut zuzudrücken. Es gab keine Geheimnisse zwischen ihnen, als sie so mehrere Sekunden standen. Gant schien ihn zu durchschauen und über das zu spotten, was er registrierte; Steadman erwiderte die unausgesprochene Herausforderung und erlaubte sich ebenfalls einen amüsierten Blick. Er bemerkte zahlreiche winzige Narben um Wangen und Mund des Waffenhändlers, die nur aus dieser Nähe sichtbar waren, und überlegte kurz, was für ein Unfall sie verursacht haben könnte.

Seine Hand wurde abrupt losgelassen, und der Detektiv war unsicher, ob er sich dies alles nicht nur eingebildet hatte.

»Das ist Major Brannigan«, sagte Gant, wobei er auf den Soldaten wies, der ihm gefolgt war. Der Major beugte sich vor und schüttete Steadman und Peppercorn kurz die Hand. Er war ein paar Zentimeter kleiner als Gant, und Steadman schätzte ihn auf Anfang Vierzig. Während er in den Augen des Waffenhändlers Spott entdeckt hatte, zeigten die Brannigans erbarmungslose Härte.

»Und das ist Miß Holly Miles, die aus ihrer entfernten Verwandtschaft mit meiner verstorbenen Frau Vorteile zieht«, sagte Gant und trat beiseite, um das Mädchen vorzustellen, das den beiden Männern gefolgt, aber durch sie verdeckt gewesen war.

»Louise Gant und meine Mutter waren irgendwie Kusinen«, lächelte sie entschuldigend, und Steadman war überrascht, ihren amerikanischen Akzent zu hören. Dann erinnerte er sich daran, daß Gants Frau aus den Vereinigten Staaten gestammt hatte. Er nickte ihr zu, und sie nahm das mit einem freundlichen Lächeln zur Kenntnis, wobei sie ihr langes blondes Haar mit feinen Fingern hinter ein Ohr streifte. Er bemerkte die Pentax, die um ihren Hals hing.

»Fotos? Hier?« fragte er erstaunt.

»Ich bin freie Journalistin«, erklärte sie grinsend, »und schreibe einen Bericht über Waffenhändler für eines der Sonntagsmagazine.«

»Sie benutzte ihre Verbindungen zu meiner Familie, um das Magazin dazu zu bringen, ihr diesen Auftrag zu erteilen«, unterbrach Gant, aber sein spöttischer Tonfall war jetzt mehr belustigt als drohend. Dennoch war etwas Beunruhigendes in seiner Stimme, ein leichtes, kratzendes Zischen, das den Menschen um ihn herum Unbehagen zu bereiten schien. »Major Brannigan behält sie im Auge und sorgt dafür, daß sie nicht die falschen Dinge fotografiert.«

Brannigan schien nicht im mindesten amüsiert.

»Nun, Mr. Steadman«, sagte Gant, dessen Stimme plötzlich barsch wurde. »Peppercorn erzählte mir, daß Sie einen Klienten haben, der an bestimmten Waffen interessiert ist, für deren Produktion ich bekannt bin.«

»Das ist richtig«, antwortete Steadman, der seine Aufmerksamkeit jetzt wieder ganz dem Waffenhändler zuwandte.

»Können wir zuerst einmal erfahren, wer Ihr Klient ist?«

»Ich fürchte, das muß warten, bis ich sicher bin, daß Sie unseren Anforderungen entsprechen«, entgegnete Steadman.

»Nun gut, das ist nicht ungewöhnlich. Können Sie mir verraten, wonach Sie speziell suchen?«

»Ich habe Ihnen unseren Gesamtauftrag mitgebracht.« Steadman holte einen Umschlag heraus, der eine detaillierte Liste enthielt, die er mit Goldblatt erstellt hatte.

Darin waren Waffen und Abwehrgeräte aufgeführt, die Israel natürlich brauchte, die im Augenblick aber aus anderen Quellen bezogen wurden. Sie entsprachen den Waffentypen, die in Gants Fabriken produziert wurden. Er überreichte sie dem Waffenhändler. »Ich glaube, Sie stellen das meiste davon her.«

Edward Gant überflog die Liste und nickte zuweilen. »Ja, die meisten produzieren wir«, sagte er, und Steadman fiel es plötzlich schwer zu glauben, daß all dies nur eine Scharade war. Der Waffenhändler wirkte völlig ernst. »Ich habe ein paar andere Dinge, an denen Sie auch interessiert sein könnten. Unser neues Laser-Scharfschützengewehr zum Beispiel, das bis auf einen Kilometer Entfernung zielgenau ist. Oder unsere Maschinenpistole, ähnlich der Ingram, aber viel zuverlässiger, die viele Plastikkomponenten enthält und sehr billig produziert werden kann.« Spott schien wieder in Gants Augen zu funkeln, als er fortfuhr: »Und ich habe auch gewisse kleine Raketen, die sehr komfortabel abzufeuern sind, aber wirksam genug, um einen Jumbo abzuschießen.«

Diese Worte schienen eine spezielle Bedeutung zu haben, da Gant sie langsam und betont sprach, wobei sein Blick fest auf Steadman gerichtet war und wie eine Herausforderung wirkte.

»Klingt interessant«, sagte Steadman und merkte plötzlich, daß der Blickwechsel dem Rest der kleinen Gruppe nicht verborgen geblieben war. Sogar das Mädchen wirkte verblüfft.

»Sie glauben, Ihr Klient könnte Verwendung für eine solche Waffe haben?« fragte Gant, der die Augenbrauen hob.

»Möglicherweise. Das hinge vom Preis ab«, antwortete Steadman.

»Natürlich. Möchten Sie die Rakete sehen?«

»Ja, gerne.«

»Ist natürlich schwer zu demonstrieren.« Gant lachte kurz, und Steadman lächelte verstehend. »Aber ich denke, wir können Ihnen die Reichweite und die Kraft demonstrieren. Rufen Sie mich doch morgen in meinem Büro an, und wir machen einen Termin. Peppercorn hat die Nummer.«

»Das wäre schön.«

»Inzwischen werde ich Ihre Liste durchgehen bzw. für Sie durchrechnen. Ich denke, Ihr Klient wird vor hohen Zahlen nicht zu erschreckt sein, oder?« Wieder dieser höhnische Tonfall.

»Dazu wäre mehr erforderlich«, entgegnete Steadman, noch immer lächelnd.

»Ja, dessen bin ich sicher. Wenn Sie mich jetzt entschuldigen... Ich fürchte, unsere lateinamerikanischen Besucher sind heute sehr interessiert«, er deutete auf die Gruppe, die er zuvor verlassen hatte, »und in Kaufstimmung, wie ich glaube. Und Sie, Miß Miles, müssen mir jetzt meine Unhöflichkeit verzeihen. Ich fürchte, daß Transaktionen dieser Art Ihr Magazin in Verlegenheit bringen könnten. Oder unsere Regierung, falls sie das gedruckt sähe. Warum nutzen Sie nicht die Zeit, um Mr. Steadman von Ihrem Artikel über Waffenhandel zu erzählen und ihm einige der häßlichen Waffen zu zeigen, die Sie heute hier entdeckt haben? So bekommt er einen Überblick.«

Mit einem letzten Blick zu Steadman machte er kehrt und ging zu der Gruppe seiner ungeduldigen Käufer zurück.

»Äh, ja, ich fürchte, ich habe auch gewisse Pflichten zu erfüllen«, sagte Major Brannigan plötzlich. »Ich muß Ihre Kamera allerdings mitnehmen, Miß, bin aber sicher, für heute haben Sie ohnehin genug Aufnahmen gemacht.« Er streckte eine Hand aus, und das Mädchen nahm mit einem Schulterzucken die Pentax vom Hals und reichte sie ihm. »Danke«, sagte Brannigan. »Ich werde sie dem Sergeant am Tor bringen lassen. Sie können sie dort abholen, wenn Sie gehen.« Damit wandte er sich schroff ab.

»Nun, das war kurz und herzlich«, sagte Peppercorn, der sich Steadman und dem Mädchen zuwandte. »Ich denke, Gant wird Ihnen einige Dinge zeigen, die Sie überraschen werden, Harry.«

»Das bezweifle ich nicht«, meinte der Detektiv sarkastisch.

»Tja, Miß Miles«, wandte sich der Anwalt an die Schöne. »Man findet sehr selten ein so bezauberndes Mädchen bei solchen Anlässen. Ist eine willkommene Abwechslung. Warum gehen wir nicht zusammen zum großen Zelt hinüber und nehmen einen kleinen Drink?«

Das Mädchen blickte Steadman an und entgegnete: »Ich könnte einen gebrauchen.«

»Okay, ich auch. Gehen wir.«

Im Innern des großen Zeltes kümmerte sich Peppercorn um die Drinks. Er drängte sich durch die Menge, die die Bar umlagerte, und ließ Steadman und die amerikanische Journalistin allein.

»Sind Sie wirklich eine entfernte Verwandte von Gant?« fragte Steadman. Ihr Gesicht bot eine erfreuliche Ablenkung nach der vorherigen Spannung.

Sie lachte. »Na, sagen wir, meine Mutter war eine entfernte Kusine von Mr. Gants verstorbener Frau. Dennoch bin ich überrascht, daß ich ihn interviewen durfte. Diese Waffenhändler sind für gewöhnlich sehr scheue Leute.«

»Ja, Publicity brauchen sie wirklich nicht. Ich bin überrascht, daß er's tat.«

»Es hat sehr lange gedauert, das kann ich Ihnen sagen. Dann plötzlich, vergangene Woche, willigte er überraschend ein.«

»Was hat seine Meinung geändert?« fragte Steadman verblüfft.

»Ich habe keine Ahnung. Vielleicht war es die Erinnerung an seine Frau. Als sie noch lebte, hatte er mit ihren Verwandten allerdings kaum Kontakt.«

»Wissen Sie, woran sie gestorben ist?«

»Ja. Sie kam bei einem Autounfall ums Leben.«

»Haben Sie viel über ihn herausgefunden? Er scheint ein sehr scheuer Mann zu sein.«

»Das ist er. Aber ich habe einige Tage mit ihm verbracht, und er hat mich fast alles fotografieren lassen, was ich wollte. Plötzlich scheint er Reklame zu brauchen – na ja, vielleicht nicht gerade für sich selbst, aber doch für die neuen Waffen, die er produziert.« Sie runzelte die Stirn und biß sich in den Nagel ihres kleinen Fingers an der rechten Hand. »Ich weiß nicht, es ist, als komme er plötzlich aus seiner dunklen Höhle heraus und suche bewußt die Öffentlichkeit.«

Der Gedanke beunruhigte Steadman irgendwie. Warum sollte ein Mann wie Edward Gant, dessen Geschäftstransaktionen immer im Verborgenen geblieben waren, plötzlich an die Öffentlichkeit treten? Das ergab wenig Sinn.

Er beschloß, das Thema zu wechseln. »Wie lange sind Sie schon in England?« fragte er.

»Oh, jetzt fast sechs Monate. Vorher bin ich durch die Welt gereist, habe Geschichten geschrieben und Fotos dazu gemacht. Ich hatte für eine Agentur gearbeitet, ziehe es aber jetzt vor, mir selber Aufträge zu beschaffen. Ich fühle mich freier, wenn ich kommen und gehen kann, wie ich will.«

Peppercorn kehrte in diesem Augenblick mit einem Campari für das Mädchen, einem Wodka für Steadman und einem Gin-Tonic für sich zurück.

»Hören Sie, Harry«, sagte er drängend. »Ich bin gerade zwei Leuten begegnet, die ich kenne. Für mich könnte sich daraus ein interessantes kleines Geschäft ergeben.

Ich habe deshalb für uns Plätze zum Essen reserviert – und ich hoffe, Sie haben nichts dagegen?«

Steadman schüttelte den Kopf und nahm seinem Freund den Campari und den Wodka ab. »Machen Sie sich keine Sorgen deswegen.«

»Wir könnten uns nachher hier treffen, und dann nehme ich Sie mit in die Stadt zurück«, sagte der Anwalt.

»Schon gut. Ich kann auch mit dem Zug fahren.«

»Ich könnte Sie mitnehmen«, sagte das Mädchen.

»Ah, dann ist ja alles geregelt.« Peppercorn grinste zufrieden.

»Schön«, meinte Steadman und nahm einen Schluck. Der Wodka brannte in seiner Kehle, schmeckte aber gut.

»Ich muß jetzt zu den Leuten, Harry«, sagte der Anwalt, »veranlasse aber, daß meine Sekretärin Ihnen Gants Telefonnummer gibt.« Er entfernte sich bereits. »Lassen Sie mich wissen, wie Sie vorankommen und wann ich meine Arbeit tun soll. Wiedersehen, Miß Miles. Hoffe, wir sehen uns wieder.«

Das Mädchen kicherte, als der Anwalt im Gehen einen schwarzhäutigen Würdenträger anrempelte, der ihn entsetzt anschaute.

»Danke für Ihr Angebot«, sagte Steadman, als sie sich ihm wieder zuwandte.

»Ich muß mich ohnehin in der Redaktion melden. Die wollen wissen, wie ich vorankomme.« Sie schaute Steadman direkt in die Augen. »Erzählen Sie von sich. Haben Sie mit Waffenhandel zu tun gehabt?«

»Nein, nicht immer. Ich habe einen großen Teil meines Lebens in der Army verbracht.«

Holly hob die Augenbrauen. »Sie sehen gar nicht wie ein Soldat aus«, sagte sie.

Steadman grinste, weil er annahm, daß das Mädchen das als Kompliment meinte.

»Warum sind Sie ausgeschieden?« fragte sie, an ihrem Campari nippend.

»Oh, ich fand, ich hätte genug von der britischen Armee. Es gab andere Dinge zu tun.«

»Wie Waffen kaufen und verkaufen?«

»Unter anderem. Ich bin schließlich in eine Detektei eingetreten.«

»Eine Detektei? Sie sind ein Schnüffler?«

Steadman lachte. »Ist lange her, seit ich so genannt worden bin.«

Holly stimmte in das Lachen ein. »Entschuldigung. Aber wie Sam Spade sehen Sie auch nicht aus.«

»Kaum jemand in unserer Branche. Wissen Sie, mein Partner...« Er brach plötzlich ab, und Holly sah den Schmerz in seinen Augen.

»Etwas nicht in Ordnung?« fragte sie.

Steadman nahm einen tiefen Schluck Wodka und antwortete dann: »Ich wollte sagen, daß mein Partner eine Frau ist – oder war. Sie ist tot.«

»Das tut mir leid, Harry.«

Er hob die Schultern.

»Ist das schon lange her?« fragte sie und war dann durch sein seltsames Lächeln und die Härte in seinen Augen verwirrt.

»Ziemlich«, entgegnete er. »Lassen wir das, ja? Erzählen Sie mir mehr über Ihren Artikel. Gibt's überraschende Entdeckungen in Sachen Gant?« Die Frage war leicht dahingesagt, doch Holly spürte die Ernsthaftigkeit dahinter.

»Oh, so weit bin ich nicht gekommen. Alles, was ich gesehen habe, alles, was er mir erzählte, überhaupt alles schien einstudiert, vorbereitet, als ob er nur Oberflächliches preisgäbe. Ich habe das Gefühl, daß sehr viel mehr dahintersteckt. Wenn man sich normalerweise so intensiv mit einer Person beschäftigt, findet man gewisse Dinge durch Zufall heraus – durch einen Versprecher oder weil sich jemand von seinen Gefühlen mitreißen läßt. Aber Edward Gants Informationen waren die ganze Zeit zurückhaltend. Ich dringe einfach nicht unter die Oberfläche.«

»Waren Sie in seinem Haus?«

»Ja, in dem bei Guildford. Ich habe dort zwei Tage verbracht, und er hat mich wieder eingeladen. Es ist ein kleines Landhaus auf einem Grundstück von sechs oder sieben Morgen; sehr ruhig, sehr abgelegen.«

»Hat er noch ein anderes Haus?«

»Es scheint so. Als ich da war, schien er ständig Besucher zu haben – wichtige Leute wohl – und ich hörte, wie sie sich für eine Zusammenkunft in seinem Haus an der Westküste verabredeten. Gant war absichtlich sehr ausweichend, als ich ihn danach fragte, aber er sagte, es sei ein Testgelände für eine seiner stärkeren Waffen.«

»Wissen Sie, wo das genau ist?«

»Nein. Ich habe direkt gefragt, aber er erklärte mir, daß jedes Testgelände im Waffengeschäft, und besonders die von Waffenentwicklern, völlig abgeschieden liegen würden und daß man sich bemühe, ihre Lage möglichst geheimzuhalten. Danach beendete er das Thema.«

»Diese Besucher... Sie sagten, die seien wohl sehr wichtig gewesen?«

»Sie sind aber recht neugierig, was? Das hat wohl mit dem Beruf zu tun, oder?«

»Ich denke ja«, entgegnete Steadman. »Aber es ist wirklich so, daß ich so viel wie möglich über Gant erfahren möchte, um sicherzugehen, daß ich für meine Klienten ein gutes Geschäft mache. Es könnte von Nutzen sein, seine Verbindungen zu kennen, das ist alles.«

»Okay. Das reicht. Ein paar davon waren Politiker, weniger wichtige, würde ich sagen. Dann erkannte ich ein paar Industrielle und Leute aus der Stadtverwaltung. Allerdings wüßte ich keine Namen.«

»Macht nichts. Nehmen Sie noch einen?« Steadman deutete auf das leere Glas des Mädchens.

»Äh, nein. Ich würde jetzt gern in die Stadt zurückfahren. Sind Sie bereit?«

Steadman leerte sein Glas und nickte dann. Als er Hollys Arm nahm und sie durch das gefüllte Zelt führte, in dem nach den Vormittagsvorführungen heftig diskutiert wurde, sah er Major Brannigan, der höflich einem ausländischen Besucher zuhörte. Der Major beobachtete ihn, gab das aber nicht zu erkennen.

Steadman und das Mädchen verließen das Zelt, und der Blick des Majors folgte ihnen, bis sie aus seinem Blickfeld verschwunden waren.

Holly führte den Detektiv zu ihrem Wagen, einem hellgelben Mini. Sie stiegen ein, und Holly schloß ihren Sicherheitsgurt. Der Wagen fuhr an den anderen geparkten Fahrzeugen vorbei und dann auf die Kiesstraße. Er wurde schneller, und sie verließen gleich darauf das Vorführgelände mit den Messeständen und der Ansammlung hochentwickelter Todesmaschinen.

»Verraten Sie mir, Harry«, sagte Holly, »haben Sie jemals Gewissensbisse wegen der Waffen, die Sie kaufen?«

»Gelegentlich«, erwiderte er, »aber die Geldgier verdrängt das meistens.«

Sie blickte ihn rasch an, überrascht von seiner heftigen Reaktion.

»Tut mir leid«, entschuldigte sie sich. »Ich wollte nicht so überheblich wirken.«

Er musterte ein paar Augenblicke ihr Profil und sagte dann: »Tut mir auch leid. Ich wollte nicht so scharf sein. Es ist wirklich eine Frage, für wen man kauft. Es gibt gewisse Länder und Gruppen, mit denen ich nichts zu tun haben will, aber andere, für die ich sogar Sympathie empfinde. Natürlich sollten Händler keine Vorlieben für eine bestimmte Sache entwickeln. Man muß sich ganz aufs Geschäft konzentrieren, aber es gibt Gesetze, die regeln, an wen man verkaufen darf.«

»Und Sie haben Sympathie für die Leute, für die Sie jetzt verhandeln?«

»Hatte ich«, war alles, was er sagen wollte.

Die Straße schlängelte sich jetzt durch ein Waldgebiet, und der Boden zu beiden Seiten war mit Laub bedeckt. Steadman wandte sich wieder dem Mädchen zu und mußte einfach einen Blick auf ihren Körper werfen, auf die langen Beine, die sie wegen der Enge des Mini angezogen hatte. Ihre Handgelenke waren schlank, und sie hielt das Lenkrad sehr fest; eine ruhige Kraft strahlte von ihr aus, die er auf den ersten Blick nicht an ihr bemerkt hatte. Plötzlich wandte sie ihm den Kopf zu, als sie seinen Blick spürte, und für einen kurzen Augenblick sprang irgend etwas zwischen ihnen über. Dann richtete sie ihre Aufmerksamkeit wieder auf die Straße, und er überlegte, ob er sich das Verständnis in ihrem Blick nur eingebildet hatte.

Auch er sah wieder auf die Straße, und in diesem Augenblick fuhr donnernd der Panzer zwischen den Bäumen zu ihrer Linken auf sie zu.

6

Das Mädchen sah den Chieftain einen Sekundenbruchteil später als Steadman zwischen den Bäumen auftauchen. Instinktiv trat sie das Gaspedal durch, und der kleine Wagen machte einen Satz, um den zweiundfünfzig Tonnen alles zermalmenden Metalls zu entkommen.

Steadman duckte sich automatisch und dankte dem Himmel, daß er nicht durch einen Sicherheitsgurt behindert war. Er bemühte sich, das Mädchen nicht zu irritieren. Ihrer beider Leben hing von ihrer Reaktion ab. Der Panzer wurde in seinem vom Fenster umrahmten Blickfeld größer, bis er das Rechteck völlig ausfüllte, und der Detektiv biß in Erwartung des wuchtigen Zusammenstoßes die Zähne zusammen. Doch die Schwärze am Fenster neben ihm schwand, und er wußte, daß es eine Chance gab, sich an dem schwerfälligen Monstrum vorbeizuquetschen.

Dennoch war der Chieftain zu nahe gewesen. Er krachte in das Heck des Mini, schleuderte den Wagen aber nur herum, statt ihn zu zermalmen. Das Kreischen zerfetzenden Metalls und zersplitternden Glases füllte ihre Ohren, während das Mädchen sich bemühte, die Kontrolle über den Wagen wiederzuerlangen. Er schlitterte über die Straße gegen einen Baum und blieb fast in der Richtung stehen, aus der sie gekommen waren.

Wieder war es Steadmans Seite, die die ganze Wucht des Aufpralls mitbekam, aber er hatte sich mit einer Hand am Armaturenbrett abgestützt und die andere um die Lehne des Fahrersitzes geklammert. Sein Kopf ruckte bei dem Zusammenprall heftig zurück, schlug aber nicht gegen das verbeulte Blech des Wagens.

Er griff nach dem Mädchen, dessen Kopf auf der Brust hing. Sie umklammerte noch immer den Lenker, und ihr Sicherheitsgurt verhinderte, daß sie herumgeschleudert wurde. Er hob ihr Kinn und drehte ihren Kopf zu sich. Erleichtert sah er, daß sie nicht verletzt, sondern durch den Aufprall nur benommen war. Ihre Augen standen weit offen, und sie schaute ihn fragend an.

»Verfluchte Idioten!« brüllte Steadman, dessen Ärger jetzt den Schock verdrängte. Er schaute durch die Windschutzscheibe zu dem grünen Goliath, der vor ihnen die Straße blockierte. »Warum hat er nicht vorher geschaut, ob die Straße frei ist!« Er wollte die Beifahrertür des Mini aufstoßen, als der Panzer sich rückwärts zu bewegen begann, die Ketten schleuderten Kies von der Straße auf. Die Bewegung ließ Steadman einen Moment erstarren – dann sah er, daß die der Straße abgewandte Kette faßte und sich wieder vorwärts drehte, die andere Kette stand fast ganz still. Der Chieftain drehte sich auf sie zu.

»Holly, ich glaube ...«, setzte er an, aber die Absicht des Panzerfahrers war erschreckend offensichtlich. »Er will uns wieder rammen!«

Das Gesicht des Mädchens war vor Entsetzen verzerrt und Steadman wußte, daß ihm keine Zeit blieb, ihren Sicherheitsgurt zu lösen und sie aus dem Wagen zu zerren, bevor der Panzer sie zermalmte.

»Fahr!« brüllte er. »Zwischen die Bäume!«

Glücklicherweise lief der Motor noch, da sie beim Bremsen die Kupplung getreten und den Gang herausgenommen hatte. Ihre Augen wurden klar, als sie die Gefahr erkannte, und sie reagierte auf Steadmans Schrei. Sie legte den ersten Gang ein, gab Gas, und der Wagen machte einen Satz nach vorn. Steadman betete, daß das Hinterrad durch den Zusammenprall nicht beschädigt worden war, und biß dann wieder die Zähne zusammen, als der Panzer vor ihnen auftauchte.

Es schien, als gäbe es diesmal vor dem Metallberg, der auf sie zurollte und ihnen völlig den Weg versperrte, kein Entkommen, aber Holly drehte den Lenker scharf nach links, und der Mini schoß unter der langen 120-mm-Kanone des Chieftain durch und schrammte vorn an der rechten Kette des Panzers entlang. Metall klirrte und verbog sich, als der Wagen zur Seite gestoßen wurde, doch Holly fing das Schleudern ab, und der Wagen rutschte zwischen die Bäume, wo seine Räder auf der feuchten Erde und dem Laub durchdrehten. Sie steuerte nach rechts, um einem Baum auszuweichen, der direkt in ihrem Weg stand, aber es war zu spät, und wieder erhielt Steadmans Seite einen herben Schlag.

Der Mini stoppte, und Holly kuppelte aus, damit der Motor weiterlief. Steadman warf einen Blick durch das zertrümmerte Heckfenster und sah, daß der Chieftain sich schnell in ihre Richtung drehte.

»Um Himmels willen, fahr!« Steadman wußte, daß die Tür auf seiner Seite durch den Baum blockiert war, was bedeutete, daß er nur auf ihrer Seite aussteigen konnte. Die Aussichten waren nicht vielversprechend.

Das Mädchen mußte dasselbe erkannt haben, und er war dankbar für ihren Mut, daß sie im Wagen blieb. Der Wagen bewegte sich ein paar Zentimeter vorwärts, dann drehten die Räder in den Furchen, die sie gegraben hatten, wieder durch. Erneut füllte der Panzer das Heckfenster völlig aus und schien sie jeden Moment überrollen zu wollen.

Dann machte der Wagen einen Satz nach vorn. Die Räder drehten zwar immer noch durch, fanden aber genug Halt, um sie vor dem drohenden Bug des Chieftain in Sicherheit zu bringen. Er wurde schneller, als sie auf festen Boden kamen, und Steadman sah, daß der Panzer gegen den Baum rollte, gegen den sie geschleudert waren. Er walzte ihn wie einen Zaunpfahl nieder und verfolgte sie erneut wie ein Gürteltier, das einen Tausendfüßler jagt.

Der Wagen konnte nicht allzu schnell fahren, da Holly vorsichtig zwischen Bäumen und Unterholz hindurchsteuern mußte, während der Panzer nur den kräftigsten Stämmen auswich und die kleineren Bäume und das Unterholz einfach niederwalzte. Steadman feuerte das Mädchen an, wobei sein Blick ständig zwischen dem Weg vorn und dem Panzer hinter ihnen wechselte. Er war über die Unverfrorenheit des Angriffs schockiert, über Gants – es *mußte* Gant sein, der dahintersteckte – Anmaßung, daß er innerhalb weniger Tage mit zwei brutalen Morden davonkommen würde. Zuerst Maggie, jetzt er und das Mädchen. Drei Morde.

Hollys Augen hatten sich konzentriert zu schmalen Schlitzen zusammengezogen, als sie sich bemühte, den Wagen auf dem schlüpfrigen Laub unter Kontrolle zu halten. Er sah, daß sie nicht in Panik geraten war, obwohl ihr Gesicht Furcht zeigte.

Der Mini holperte plötzlich über einen abgebrochenen Ast, der vom Laub verdeckt gewesen war, und machte einen Satz, durch den sie beide nach vorn und hochgeschleudert wurden. Holly hatte Halt durch den Sicherheitsgurt und weil sie den Lenker umklammerte, aber Steadman wurde gegen die Windschutzscheibe geschleudert. Er schlug mit dem Arm zuerst dagegen, und glücklicherweise hielt das Glas. Sein Kopf prallte gegen das Wagendach, und er wurde in den Sitz zurückgeschleudert – benommen, aber noch bei Bewußtsein.

Der Wagen drehte sich, und diesmal verlor Holly völlig die Kontrolle über ihn. Er prallte von einem Baum ab und blieb schräg vor dem heranrollenden Panzer stehen. Steadman sah, daß der Boden auf seiner Wagenseite zu einer Senke abfiel. Der Motor war verstummt, und für wenige kostbare Sekunden war Holly zu betäubt, um sich zu bewegen. Steadman schüttelte die Benommenheit ab und schaute zu dem Mädchen hinüber. Hinter ihrem Profil sah er den Chieftain immer größer aufragen. Holly blickte rasch nach rechts, entdeckte, daß der Panzer nur noch wenige Meter von ihnen entfernt war, und griff verzweifelt nach dem Zündschlüssel. Sie drehte ihn wild und trat das Gaspedal durch – der Motor brüllte auf, der Wagen sprang vorwärts, blieb dann aber wieder stehen. In ihrer Hast hatte sie vergessen, daß ein Gang eingelegt war. Der Panzer war nur noch einen Meter entfernt.

Steadman wußte, daß sie es nicht schaffen würden, und griff nach der Sperre des Sicherheitsgurtes, um das Mädchen auf seiner Seite aus dem Wagen zu ziehen, als der Chieftain in sie krachte.

Das Getöse des berstenden Metalls, das Dröhnen der Panzermotoren und Hollys Schrei vereinten sich zu einem entsetzlichen Geräusch. Der Wagen wurde auf ihrer Seite angehoben, und Steadman flog gegen die Beifahrertür. Die Welt hinter den kleinen Fenstern drehte sich wie verrückt, als der Wagen umgeworfen wurde, zuerst auf die Seite, dann aufs Dach. Bäume und Himmel begannen sich noch schneller zu drehen, als der Mini in die Senke rollte, an deren Rand er zum Halt gekommen war. Steadman umklammerte mit einem Arm seine Rückenlehne und stützte sich mit dem anderen gegen das Instrumentenbrett, als der Wagen den Hang hinunterrollte. Für den Augenblick hatte die Senke ihnen das Leben gerettet.

In diesen wenigen übelkeiterregenden Sekunden verlor Steadman kurz das Bewußtsein. Es gelang ihm nur rein instinktiv, sich an Sitz und Instrumentenbrett festzuklammern. Er verlor erst den Halt, als der Wagen schließlich auf dem Dach liegenblieb, und fand sich dann auf der Innenseite des Wagendachs wieder, als er seine Augen öffnete. Er war sich nicht sicher, ob er das Bewußtsein verloren oder einfach für wenige Momente nichts wahrgenommen hatte, doch der Instinkt sagte ihm, daß er keine Zeit verlieren durfte. So wie er lag, konnte er den Panzer oben am Hang sehen – ein riesiges metallisches Raubtier, das zum Töten bereit war.

Er drehte sich mühsam um und entdeckte, daß Holly im Sicherheitsgurt hing, Kopf und Schultern nach unten. Ihre Augen waren geschlossen, doch als er ihren Namen rief, öffnete sie sie und sah ihn an.

»Gütiger Himmel!« keuchte sie.

Er kroch in eine bessere Position, um zu ihr zu gelangen, und registrierte kaum, daß er sich nichts gebrochen hatte. Hastig löste er den Sicherheitsgurt und fing sie mit den Armen auf. Sie rutschte auf das Dach, das jetzt der Boden war.

»Wir müssen raus!« sagte er drängend. »Der Panzer wird uns folgen.« Er griff an ihr vorbei und versuchte die Fahrertür aufzustoßen. Sie öffnete sich fünf Zentimeter und klemmte dann am Boden fest.

Schnell drehte er sich um und versuchte es an der Tür auf seiner Seite, die sich leicht öffnete. Er stieß sie weit auf und sah zu seinem Entsetzen, daß der Chieftain herunterzurollen begann. Diesesmal würde der Mini unter der Wucht plattgewalzt werden. Steadman griff nach dem Mädchen und zog sie zu sich herüber, ohne sich darum zu kümmern, ob sie beim Überrollen vielleicht verletzt worden war. Sie stöhnte, weil er so grob war, schob sich aber vorwärts, weil sie die Gefahr erkannte. Gemeinsam krochen sie aus dem Wagen, doch der Panzer, dessen Geschwindigkeit durch den steilen Hang zunahm, ragte bereits über ihnen auf.

Holly versuchte, zur Seite zu kriechen, aber Steadman wußte, daß es dafür zu spät war – sie würden von den breiten Ketten zu beiden Seiten zerquetscht werden. Er packte ihren Arm und zerrte sie auf das heranrollende Monstrum zu. Sie schrie vor Angst auf, da sie seine Absicht nicht verstand. Er stieß sie heftig zu Boden, legte schützend einen Arm über ihren Kopf, hielt sie fest und versuchte, sich ganz flach zu machen.

Alles wurde schwarz, als der Chieftain über sie hinwegdröhnte. Steadman preßte sein Gesicht dicht an das Hollys und verstärkte den Druck seines Armes auf sie, damit sie sich nicht in Panik aufrichtete. Die Wanne des Panzers war nur Zentimeter von ihren Körpern entfernt, und der Geruch nach Dieselöl wurde übermächtig. Der Detektiv betete, daß der Winkel des Hanges sich nicht änderte, bevor das Fahrzeug ganz über sie hinweggefahren war, denn sonst würde das Heck des Chieftain ihre Körper zerquetschen.

Sie spürten, wie der Panzer erzitterte, als er gegen den

Mini stieß, und das Kreischen berstenden Metalls steigerte ihr Entsetzen.

»Versuch, dich vorwärts zu bewegen!« schrie er ihr durch den Lärm zu. »Kriech vorwärts, aber bleib tief unten!«

Sie krochen langsam vorwärts, während der Panzer über sie hinwegfuhr, da jeder gewonnene Zentimeter ihr Leben retten konnte. Er sah ein Rechteck von Tageslicht vor sich und bemerkte, daß der Winkel enger wurde. Der Panzer senkte sich langsam. Er schloß seine Augen und bewegte sich nicht weiter, da er wußte, daß sie jetzt nichts mehr tun konnten, um sich zu retten. Verzweifelt preßte er sich dicht an Holly und zog ihren Kopf an sich, seine Lippen berührten ihre Wangen.

Das Geräusch des Wagens, der zusammengequetscht wurde, steigerte sich zu einem Crescendo, doch plötzlich hörte das Zittern des Panzers auf. Die Panzermotoren brüllten noch immer, aber die Ketten klapperten nicht mehr. Die Karosserie des kleinen Wagens hatte den Panzer vorübergehend gestoppt, und Steadman erkannte, daß sie ein paar Sekunden gewonnen hatten.

»Schnell, beweg dich!« schrie er dem Mädchen zu und begann, sie mit sich zu ziehen. Mit Erleichterung spürte er, daß sie ebenfalls robbte und nicht vor Entsetzen erstarrt war.

Die Maschine des Chieftain heulte auf, und plötzlich machte er wieder einen Satz vorwärts und zerstörte den gelben Wagen völlig. Aber sie waren frei! Steadman zerrte das Mädchen in dem Augenblick hoch, als das Heck des Panzers auf dem Hang aufsetzte und die Erde fast wegriß.

Holly fiel gegen ihn, und sie standen beide da und holten tief Luft, ihre Körper bebten. Steadman schaute zu dem Panzer zurück, konnte von dem flachgewalzten Mini aber nichts mehr sehen. Der Chieftain stand bewegungslos da, und Steadman hatte das irrationale Gefühl, als sei das Schlachtfahrzeug ein Lebewesen, eine mechanische Bestie, die irgendwie zum Leben erwacht war, um sie zu vernichten. Er schien sie zu beobachten.

Dann begannen die Ketten wieder zu klirren. Doch diesesmal hatten sie die Richtung geändert. Der Panzer fuhr rückwärts auf sie zu.

»Renn!« brüllte er, stieß das Mädchen vorwärts, hielt sie aber am Arm fest, falls sie stürzen würde. Der Hang war zum Hochlaufen zu glatt, deshalb rannten sie seitlich hoch, stolperten einmal und fielen in einen Graben. Steadman zog das Mädchen an sich und blickte ängstlich in ihr Gesicht – wieder dieses Verständnis bei ihrem Blickwechsel. Der Chieftain hatte sich inzwischen in ihre Richtung gedreht und fuhr jetzt immer schneller werdend den Graben entlang auf sie zu. Sie flohen erneut vor ihm.

Blattlose Zweige zerrten an Kleidung und Haut, als sie durch das Unterholz stolperten, ihre Kehlen schmerzten vom keuchenden Atmen. Der Graben führte zu einem sanften Hang, und bald hatten sie die Senke hinter sich und rannten auf ein Dickicht von Farnen und Brombeeren zu. Steadman schaute über seine Schulter zurück und sah, daß sie außerhalb des Blickfeldes des Panzers waren.

»Da hinein«, keuchte er und deutete auf das Dickicht. Sie stürzten sich in den hüfthohen Farn und ignorierten die reißenden Brombeerdornen. Hinter sich hörten sie das Dröhnen des Panzers, als er die Höhe erreicht hatte. Steadman zog das Mädchen zu Boden, und der Farn verdeckte sie. Er konnte den Panzer nicht mehr sehen, hörte aber seinen Motor. Sie versuchten, ihren Atem anzuhalten, als ob der mechanische Dinosaurier sie hören und entdecken könnte.

»Warum?« flüsterte Holly voller Verzweiflung. »Warum versuchen die, uns zu töten?«

Steadman legte einen Finger auf ihre Lippen und schüttelte den Kopf. Die Maschine des Chieftain schien lauter zu werden, und sie konnten das Krachen berstenden Unterholzes hören. Der Detektiv hob ein wenig den Kopf, um nach dem näher kommenden Fahrzeug zu schauen und schrie fast auf, als er sah, daß es direkt auf sie zufuhr. Es war, als könne es ihre Anwesenheit spüren.

Wieder rannten sie vor ihrem unermüdlichen Verfolger davon, verloren in dem Waldgebiet, und wußten nicht, in welcher Richtung die Straße lag. Als sie den Farn hinter sich hatten, entdeckten sie, daß das Gelände leicht anstieg, aber sie konnten nicht sehen, was dahinter lag. Ihre Muskeln schmerzten jetzt, und ihre Körper waren zerschrammt. Steadman zerrte das Mädchen vorwärts. Er wußte, daß sie nicht viel weiter laufen konnte. Sie bekam kaum noch ihre Beine hoch und stützte sich gegen ihn. Dann hörten sie eine gedämpfte Explosion, die Steadman nur vage registrierte.

Er legte einen Arm um Hollys Taille, half ihr hoch und zog sie auf die Steigung zu. Der Panzer, der jetzt kaum noch durch Bäume behindert wurde, dröhnte auf sie zu. Sie wankten weiter und erreichten schließlich die Kuppe des Hügels. Der Boden vor ihnen fiel plötzlich in einen riesigen Steinbruch ab.

»Der Schießstand«, sagte Steadman, der jetzt begriff, warum er die gedämpfte Explosion vor wenigen Augenblicken registriert hatte. Tief unter sich konnten sie die langen Betonunterstände sehen, die Schutzräume für Beobachter in diesem von Menschenhand geschaffenen Tal, aus denen zugeschaut wurde, welche Vernichtung Raketen, Mörser und Granaten anrichteten. Zerschossene Armeefahrzeuge standen auf der grauen Ebene verstreut, Opfer, die die Tödlichkeit zerstörender Waffen demonstrierten. Während sie hinabschauten, sahen sie, wie eine Rakete aus einem Werferrohr flog, das ein Soldat geschultert hatte, und etwa dreihundert Meter entfernt auf eine Chobham-Panzerung schlug. Die Rakete explodierte, aber das Metall schien unbeschädigt.

»Wir sitzen in der Falle!« rief das Mädchen und schien vor Verzweiflung in die Knie sinken zu wollen.

Steadman hielt sie fest und deutete auf Ginstersträucher, die am Rand der riesigen Grube wuchsen. »Dorthin!« schrie er ihr zu. »Vielleicht können wir uns da verstecken!«

Sie stolperten zu den Ginstersträuchern und warfen sich hinein, wobei sie versuchten, dem Rand der Klippe so fern wie möglich zu bleiben. Mühsam vergruben sie sich in den hüfthohen, dornigen Büschen. Steadman kroch auf Händen und Knien weiter, bis sie die Mitte des Gestrüpps erreicht hatten. Dort lagen sie keuchend, und der Detektiv legte einen Arm um die Schulter des verängstigten Mädchens und zog sie an sich. Er spürte ihr Zittern und umfaßte sie fester.

Vor allem mußte er wissen, ob die Männer – oder der Mann – in dem Panzer ihre verzweifelte Flucht in die Dekkung beobachtet hatten. Das Rumpeln des Chieftain war nah, und ihre Position war zu gefährlich, wenn sie entdeckt wurden.

Er hob den Kopf über den Ginster und erschrak, als er sah, wie nah das gepanzerte Fahrzeug war. Und es fuhr direkt mit wachsender Geschwindigkeit auf sie zu, als wisse es, wo sie seien. Er zerrte das Mädchen hoch, sie schrie auf, als sie den nahenden Panzer entdeckte, und wollte fortrennen, doch er hielt sie fest und hinderte sie daran, zum Rand des Steinbruchs zurückzuweichen. Hastig zog er sie durch den Ginster und rannte in einem verzweifelten Versuch, ihren erbarmungslosen Verfolger abzuschütteln, nach links. Doch eine versteckte Wurzel brachte ihn zum Stolpern, und sie fielen übereinander, die Zweige rissen an ihren Gesichtern und Händen. Holly lag neben ihm. Willenlos oder unfähig, sich noch weiter zu bewegen, ergab sie sich ihrem unermüdlichen Verfolger, zu erschöpft, zu verzweifelt, um weiterzulaufen.

Der Panzer war über ihnen. Das lange, phallusgleiche Rohr schwankte wie eine Antenne, die ihre Anwesenheit spürte. Mit einem letzten hoffnungslosen Aufwallen von Trotz griff Steadman nach dem Mädchen und riß es mit aller Kraft, die er aufbieten konnte, beiseite.

Fast hätte er es geschafft, doch die rechte Kette streifte seine Schulter, und er ging zu Boden. Das Mädchen war in Sicherheit, durch seinen Stoß zu Boden geworfen, und sie sah seinen Körper gegen die Panzerräder fallen. Er drehte sich hin und her, um den tödlichen Kettengliedern auszuweichen und war fast frei, als ihn plötzlich etwas packte. Die Rückseite seiner Jacke war von einem Kettenglied erfaßt worden. Er versuchte verzweifelt, sich gegen den Zug zu wehren und streckte seine Hände aus, um sich an Wurzeln zu klammern, an irgend etwas, das ihn halten könnte. Holly umklammerte seine Handgelenke und zog mit aller Kraft, die Augen vor Anstrengung zusammengekniffen. Steadman spürte, wie seine Jacke zerriß, war plötzlich frei und fiel in ihre Arme. Sie umklammerten sich, als der Panzer vorbeidröhnte.

Steadman wandte seinen Kopf, bereit, das Mädchen hochzuziehen und wieder zu rennen.

Seine Augen weiteten sich, als er sah, daß der Chieftain die Geschwindigkeit nicht zurückgenommen hatte, sondern auf den Rand des Steinbruchs zufuhr, der nur wenige Schritte entfernt war. Die Ketten drehten sich in der Luft und kreischten, als das riesige Fahrzeug sich vorwärts neigte und der Rand der Klippe unter seinem Gewicht abbrach. Steadman sah die Unterseite der Bodenwanne, bevor der Panzer, dessen Ketten sich jetzt in der Luft drehten, nach vorne rutschte. Dann war er verschwunden und stürzte auf die graue Ebene zu, die siebzig Meter tiefer lag.

Steadman kroch vorwärts, mied vorsichtig die abgebrochene Kante der Klippe und kam gerade noch rechtzeitig, um zu sehen, wie der Chieftain vom Kalkstein der Felswand abprallte, die Kanone zum Himmel gerichtet. Er schlug immer wieder auf – und dann schien sich der Panzer aufzulösen. Die Ketten rissen ab und fielen hinter dem Panzer hinunter. Beim Überschlagen blieb die Kanone am Fels hängen, und der Turm wurde vom Rumpf gerissen. Der Treibstofftank mußte geplatzt sein, denn plötzlich loderte eine gleißende Flamme aus dem Rumpf, und die Wucht der Explosion schlug gegen die Klippe; heiße Luft versengte Steadmans Gesicht. Eine gewaltige, noch kräftigere Explosion mischte sich fast augenblicklich in die erste, und ihm wurde klar, daß der Chieftain scharfe Munition geladen hatte.

Der Panzer erreichte den Grund des Steinbruchs in vielen Einzelteilen.

Steadman blinzelte gegen die beißende Hitze der Explosion an und sah, daß Gestalten hinter den Betonunterständen hervorkamen. Sie waren zu weit entfernt, als daß er ihre Mienen hätte sehen können, doch ihr Entsetzen war an ihrer Haltung erkennbar.

Er rutschte vom Rand zurück und kroch durch den Ginster zu dem schluchzenden Mädchen.

7

Steadman streifte die Bettdecke zurück und blickte auf Hollys sanft gebräunten Körper. Die Spitzen ihrer Brüste waren rosa und wirkten sehr lebendig, sie ragten hoch aus den weichen Hügeln. Sein Blick folgte dem Schwung ihrer Taille und der Wölbung ihrer Hüfte, wanderte dann zu dem Dreieck, das sich in ihre glatten Schenkel fügte. Ihr

Bauch war flach und hatte eine Festigkeit, die gut entwikkelte Muskeln direkt unter der Haut verriet. Ihr ganzer Körper war von dieser Festigkeit, weich anzuschauen und zu berühren, aber doch überraschend straff geformt.

»Bitte«, sagte sie, als sie zu ihm aufblickte, »halte mich einfach.«

Er war sich seiner Erregung bewußt, als ihre Augen seinen Körper musterten, glitt neben sie, zog die Laken bis zu den Schultern hoch, schlang einen Arm um ihre Taille und preßte sie an sich. So lagen sie, ihre Körper aneinander geschmiegt, die Wärme des anderen genießend.

Wenige Sekunden nach dem Absturz des Panzers waren Armeefahrzeuge oben auf dem Steinbruch aufgetaucht, und sie waren mit gnadenlosen Fragen bombardiert worden. Holly hatte sich schnell erholt und war bei diesem Kreuzverhör ruhig geblieben, wogegen Steadman bald seine Beherrschung verloren und die neugierigen Offiziere angebrüllt hatte. Sie waren ins Hauptquartier von Aldershot gebracht worden, wo das Verhör fortgesetzt wurde. Warum hatten sie die Straße verlassen und waren zu dem Steinbruch gewandert? Hatten sie die Warntafeln nicht gesehen? Warum sollte ein Chieftain sie jagen? Waren sie vielleicht einfach in den Wald gefahren und vor den Panzer geraten? Warum war der Chieftain in den Steinbruch gestürzt? Hatten sie irgendwann mit der Besatzung gesprochen?

Während der ganzen Befragung hatte das Mädchen ruhig und entschlossen geantwortet und nichts von der Tortur erkennen lassen, die sie gerade durchgemacht hatte, abgesehen von ihrem Äußeren – ihre Kleidung war an einigen Stellen zerrissen, und an ihren Händen und im Gesicht waren Schrammen zu sehen. Dann hatte sie zu fragen begonnen, wollte wissen, warum die Sicherheitsvorkehrungen auf dem Gelände nicht strenger waren und warum sie wie Verbrecher behandelt wurden, wo *sie* es doch waren, die die britische Armee verklagen würden.

Der das Verhör leitende Oberstleutnant wurde durch den plötzlichen Angriff völlig überrascht, und Steadman hatte über seine Verwirrung gelächelt. Das Eintreffen von Major Brannigan, der für ihre Identität bürgte, beendete das Verhör. Man entschuldigte sich reserviert und versicherte ihnen, daß man die Angelegenheit völlig aufklären würde – woraus deutlich erkennbar war, daß sie weiterhin verdächtigt wurden.

Major Brannigan hatte eine Limousine beschafft, die sie nach London zurückbringen sollte, und nachdem sie Hollys Pentax beim Torposten von Long Valley abgeholt hatten, schlug Steadman vor, daß sie ihn zu seinem Haus begleiten sollte, um dort zur Beruhigung einen Drink zu nehmen und sich nach der Strapaze zu reinigen. Sie hatte gerne eingewilligt, da sie draußen in Nordlondon lebte und arbeitete und sich noch nicht in der Lage fühlte, die lange Fahrt durch die belebte Stadt zu machen.

Auf der Rückfahrt nach London war sie ruhig gewesen, und das Gefühl der Gemeinsamkeit, das sie in der Gefahr empfunden hatten, schien verloren zu sein. Doch als sie in seinem Sessel im Wohnzimmer Platz genommen hatte und noch bevor sie an dem Brandy genippt hatte, den er ihr brachte, brach sie in Tränen aus und barg ihren Kopf an seiner Schulter. Er hatte sie festgehalten und versucht, sie zu trösten, weil er wußte, daß dies nur die Erleichterung darüber war, den Alptraum überlebt zu haben.

Nach einer Weile hatte sie aufgehört zu zittern, und er reichte ihr den Brandy und drängte sie zu trinken. Er sah, daß die Spannung sich zu legen begann und trank mit ihr, denn nicht nur sie war durch dieses Erlebnis erschüttert. Für ihn war der schlimmste Augenblick der gewesen, als die Ketten des Chieftain ihn an seiner Jacke zurückzerrten und zu zermalmen drohten. Genau erinnerte er sich daran, wie ihre Hände seine Handgelenke umklammerten, und an die Anstrengung an ihrem Gesicht, als sie ihn mühsam zu sich zu ziehen versuchte. Der Brandy wärmte sie beide, ihre Sinne waren wach und empfindsam nach dem Schock, und als sie sich in die Augen blickten, war dieses Gefühl – diese nicht greifbare Nähe – wieder da.

Steadman war nicht überrascht, als sie ihn bat, mit ihm zu schlafen, denn irgendwie wußten beide, daß es nicht in erster Linie darum ging, sich zu befriedigen, sondern daß sie einfach auch körperlich die Nähe spüren wollten, die sie beide fühlten. Für Steadman war es ein Gefühl, das er lange, lange Zeit nicht empfunden hatte – seit Lilla nicht. Eigenartigerweise weckte die Erinnerung an sie kein Schuldgefühl in ihm. Er hatte es gehabt und unterdrückt, wenn er andere Frauen liebte – auch bei Maggie –, aber jetzt, da seine Empfindungen so tief waren, war von Schuld nichts zu spüren. Wer war sie, diese Holly Miles? Und warum reagierten sie so seltsam aufeinander?

Er führte sie nach oben und schaute ihr beim Ausziehen zu. Vom Duschen war sie mit dunkelfeuchtem, verklebtem Haar zurückgekommen. Ihre Beine waren lang und der Schwung ihrer Waden graziös, ihre Schenkel gerade so kräftig, daß sie Form hatten. Ihre Schultern waren für ein Mädchen breit, doch das war nur zu sehen, wenn man sie mit ihren schmalen Hüften verglich. Die schönen Brüste sahen voll und jugendlich fest aus.

Sie hatte sich ins Bett gelegt, und ihr Haar befeuchtete das Kissen. Auf einen Ellenbogen gestützt hatte auch sie ihm beim Ausziehen zugeschaut. Sein Körper war noch schlank und erfreulich muskulös. Er empfand keine Verlegenheit unter ihren Augen, registrierte aber ihren besorgten Blick, als sie die alten Narben bemerkte, die seinen Rücken überzogen, doch sagte sie dazu nichts. Er duschte, kehrte dann ins Schlafzimmer zurück und fand eine Friedlichkeit bei ihr vor, die er teilen wollte.

Jetzt hielt er sie fest, und für eine flüchtige Sekunde glaubte er etwas zu sehen, als sie ihre Augen öffnete. Keine Furcht, keine Verwirrung – sondern Angst. Nach einem Moment war es vorbei, aber er wußte, daß dies keine Einbildung gewesen war.

»Warum hat man versucht, uns zu töten, Harry?« fragte sie und entzog sich ihm etwas, um sein Gesicht sehen zu können. »Warum wollten die Männer im Panzer das tun?«

»Ich weiß es nicht, Holly«, log er. »In diesem Geschäft macht man sich Feinde. Vielleicht versuchte jemand, mich zu beseitigen. Wir wissen nicht, ob eine komplette Besatzung in dem Panzer war.«

»Einen Panzer entführen, nur um dich zu töten?«

Steadman zuckte die Schultern. »Wie ich sagte: man macht sich Feinde.«

»Es sei denn, man wollte mich töten.«

Steadman blickte sie scharf an. »Dich töten? Warum sollte jemand das tun wollen?«

»Ich weiß es nicht. Ich habe nur die Bedrohung empfunden. Hast du das nicht gespürt? Es war irgendwie – böse. Als ob der Panzer ein Lebewesen gewesen sei.«

Sie hatte es also auch so empfunden. Es war unheimlich.

Sie erschauerte, und er zog sie wieder an sich.

»Denk jetzt nicht daran«, sagte er zu ihr. »Sie werden im Panzer die Leichen finden – oder die Leiche –, und vielleicht wird deren Identität uns verraten, warum man uns zu töten versuchte.«

Sie preßte sich an ihn. »Dahinter steckt doch mehr, oder? Du erzählst mir nicht alles.«

Plötzlich hatte er den überwältigenden Wunsch, ihr alles zu berichten – von Maggie, der Mossad, dem britischen Geheimdienst, diesem Edward Gant. Er wollte sich ihr anvertrauen. Nach all den Jahren des Insichgekehrtseins spürte er jetzt das Bedürfnis, mit jemandem zu reden, vielleicht nicht die Probleme zu teilen, vor denen er stand, aber zumindest davon zu erzählen. Aber etwas hielt ihn zurück.

Waren es die Jahre der Verschwiegenheit als Privatdetektiv, als Mossadagent, als Angehöriger des militärischen Geheimdienstes? Hatten die Jahre, in denen er nie jemandem hatte vertrauen können, seine Verhaltensweisen so beeinflußt? Er hatte das Gefühl, das Mädchen sehr gut zu kennen, doch sein gesunder Menschenverstand sagte ihm, daß sie noch eine Fremde war. Vielleicht hielt ihn das zurück.

»Ja«, sagte er zu ihr, »da gibt's mehr, aber es ist besser, wenn du nicht mit hineingezogen wirst.«

Sie schwieg ein Weile und fragte dann: »Wer bist du wirklich, Harry? Was hast du mit Waffen zu tun? Kannst du mir das nicht sagen?«

»Ich habe dir gesagt, wer ich bin.«

»Du hast mir gesagt, was du bist.«

Er grinste sie an. »Ich bin, der ich bin.«

Sie schüttelte den Kopf. »Nein, das ist zu einfach. Das erklärt überhaupt nichts. Warum handelst du mit Waffen, Harry?«

»Wenn ich es nicht täte, würd's jemand anderes tun«, kam die sture Antwort.

»Du weichst noch immer aus.«

Er berührte ihre Wange. »Laß mir Zeit, Holly«, sagte er ruhig. »Wir sind durch die gemeinsam durchstandene Gefahr zusammengekommen. Morgen könnten unsere Gefühle anders sein. Also laß uns Geduld haben, ja?«

Sie nickte und griff stumm nach seinem Kopf, um sein feuchtes Haar zu berühren. »Du fühlst es also auch?« fragte sie.

Er lächelte sie an und küßte sie zärtlich. »Ich fühle es«, sagte er.

»Dann laß es geschehen.«

Sie küßte ihn leidenschaftlich, und versteckte Energien erwachten wieder zum Leben, reagierten diesmal auf ein ganz anderes Gefühl als Furcht. Seine Hand glitt über ihren Rücken hinunter und fand ihren Po. Als er sie an sich zog, spürte er die eigene Erregung an ihrem weichen Bauch.

Er hörte ihr Seufzen, als ihre Körper einander fanden, sich miteinander vereinten, die Kühle ihrer Haut sich in Hitze wandelte. Seine Finger liebkosten den empfindlichen Ansatz ihres Rückgrats, und ihre langen Finger berührten ihn an der gleichen Stelle, wanderten dann weiter nach unten. Er spürte, wie sie sich an ihm streckte, und plötzlich spreizte sie ihre Beine, und sein Schenkel glitt dazwischen. Er fuhr mit der Hand über ihre glatte Haut, streichelte die Innenseite ihres Schenkels bis hinab zum Knie.

Holly legte ihre Hand flach auf seinen Rücken und preßte ihn an sich, heftig drückten sich seine Lippen auf die ihren. Ihr weicher Mund erregte ihn noch mehr, und ihre Zähne gruben sich behutsam in seine forschende Zunge. Dann glitten ihre Finger zu seinem Bauch hinunter, und seine Muskeln zitterten unter ihrer Berührung. Er schob sich fordernd ihrer suchenden Hand entgegen. Sie drückte ihn sanft, und er stöhnte laut bei der Wärme der Berührung.

Seine Hände glitten wieder nach oben, steigerten ihre Lust, als sie zu ihren Brüsten wanderten. Er bedeckte eine Brust mit einer Hand und suchte mit seinen Fingern behutsam ihre Brustwarze, streichelte sie zärtlich und versuchte die Leidenschaft zu beherrschen, die er empfand.

Sie hielten für einen Moment in ihren Bewegungen inne und küßten sich zärtlich. Beide fürchteten sie sich, von Liebe zu sprechen, weil es dazu noch viel zu früh war, doch ihre Küsse drückten ihre tiefen Gefühle aus,

Gefühle, die sie beide überraschten. Erst dann ließen sie ihrem Verlangen freien Lauf.

Er griff nach unten, quälte sie mit der Langsamkeit seiner Bewegung, bis sie nicht länger warten konnte und nach seiner Hand griff, die sie tiefer zwischen ihre Schenkel zwang.

Ihr lustvolles Stöhnen mischte sich mit seinem. Sie drehte sich auf den Rücken, und er legte sich auf sie, küßte ihr Gesicht, ihren Hals und ihre geschlossenen Augen, schob sich dann langsam vorwärts, damit es keinen Schmerz, keine Heftigkeit gab. Er drang tiefer in sie ein und hielt wieder inne, als sie keuchte. Doch Schmerz bedeutete ihr jetzt wenig, und sie stieß mit ihren Hüften nach oben, um ihm zu helfen.

Sein Gewicht lastete auf ihr, und ihr beiderseitiges Verlangen wurde köstlich unerträglich. Jetzt war nicht die Zeit, um die Lust hinauszuzögern, nicht die Zeit für reizvolle Spiele. Das konnte später kommen, wenn sie aneinander gewöhnt waren. Jetzt wollten sie nur eines – ihren Gipfel erreichen, Erleichterung für die tosenden Gefühle finden. Er stieß in sie, und sie erwiderte seine Bewegungen mit gleicher Heftigkeit. Ihre Finger preßten sich in seine Haut. Sie hatte die Knie leicht angehoben, und ihre Schenkel umklammerten ihn.

Dann überraschte sie ihn damit, daß sie zwischen ihre Körper griff, daß ihre Hand nach unten tastete, den Bereich zwischen seinen Beinen fand und an ihm zog, als wolle sie ihn noch tiefer in sich zwingen. Seine Lust wurde noch größer und er spürte, wie die Spannung zu prickeln begann. Alle Sinne seines Körpers wurden wie von einem Strudel ergriffen – und das gleiche geschah mit Holly. Ihr Mund war geöffnet, die Lippen entblößten ihre Zähne. Ihre Augen waren fest geschlossen und sie keuchte atemlos, während sie ihren Kopf auf dem Kissen hin und her warf. Ihre Muskeln erstarrten, Säfte in ihr begannen schneller und schneller zu fließen – bis sie schließlich alle Dämme ungehindert durchbrachen.

Und Steadmans Lust vermischte sich gleichzeitig mit der Hollys.

Selbst als die Gefühle nachließen, seufzten sie noch vor Verlangen. Steadman ruhte auf ihr, unwillig die körperliche Nähe aufzugeben. Holly küßte seinen Hals, streichelte mit sanften Fingerspitzen zärtlich seinen Rücken, glücklich über das Geschehene, aber verwirrt über die Stärke ihrer Gefühle für ihn.

Sie wußte nicht, daß Steadman ebenso verwirrt war. Als er sich schließlich zurückzog und neben ihr lag, schauten sie einander fast verwundert an.

»Was geschieht mit uns?« fragte sie.

Er legte einen Finger auf ihre Lippen. »Das ist schwer zu sagen.«

Holly schien wieder sprechen zu wollen, änderte aber dann ihre Meinung. Sie wandte den Kopf beiseite, doch Steadman hatte ihren ernsten Gesichtsausdruck gesehen. Er drehte ihren Kopf wieder zu sich und küßte ihre Lippen. »Mach dir darüber keine Sorgen, ja?«

Ihre Augen waren verschleiert und feucht, als sie seinen Kopf nahm und seine Lippen küßte.

»Ich will mit dir keine dieser üblichen Beziehungen haben«, sagte sie.

»Wovor hast du Angst, Holly? Fürchtest du dich wirklich davor, dich jemandem zu schenken?«

»Du verstehst nicht...«

Ihre Worte wurden vom durchdringenden Klingeln des Telefons unten abgeschnitten. Sie spürte plötzlich, daß Steadmans ganzer Körper erstarrte und sein Blick abwesend wurde.

»Harry, was ist?«

Als er sie anschaute, war kein Erkennen in seinem Blick. Seine Gedanken waren in eine andere Zeit, in ein anderes

Land zurückgewandert. Das Telefon hatte dort, in ihrem Apartment in Brüssel auch geklingelt, als er und Lilla sich geliebt hatten. Es war das letzte Mal gewesen.

Lilla hatte ihn gedrängt, das Klingeln zu ignorieren, hatte sich an ihn geklammert und mehr Liebe gefordert. Lachend hatte er ihr Gesicht mit einem Kissen bedeckt und zu ihr gesagt, der Anruf könne wichtig sein, vielleicht ein neuer Auftrag. Um so mehr Grund, es klingeln zu lassen, hatte sie ihm nachgerufen, als er sich ihr entzogen hatte und in die Lounge gegangen war.

Das Kissen war ihm durch die Luft nachgesegelt und war gegen die offene Tür geprallt, und ihr gespielter Ärger hatte ihn veranlaßt zu lächeln, als er zum Telefon ging. Während er den Hörer aufnahm sah er, daß sie ihm gefolgt war und im Türrahmen stand, ein schelmisches Grinsen auf dem Gesicht. Eine Hand umfaßte ihre Brust, mit der anderen griff sie sich zwischen ihre Beine, als ob sie damit sagen wollte, daß sie sich selbst befriedigen würde, wenn er nicht bei ihr bliebe.

Er hatte die Augen von dem provozierenden Anblick abgewandt und sich gemeldet.

Eine Stimme fragte ihn auf Französisch, ob Monsieur Clement spräche, und er hatte mit Ja geantwortet – denn Clement war der Name, den er zu der Zeit benutzte.

Er wußte sofort, was das hohe Winseln im Hörer bedeutete, denn die Israelis hatten das gleiche Gerät gegen den PLO-Repräsentanten in Frankreich, Dr. Mahmoud Hamshari, eingesetzt. Das Geräusch war ein elektronisches Signal für die Zündung einer Bombe, die irgendwo im Apartment versteckt war, wahrscheinlich in der Nähe des Telefons.

Während er auf Lilla zusprang, wußte er bereits, daß es zu spät war.

Der plötzliche sengende Blitz, der ihr vor Entsetzen

verzerrtes Gesicht erhellte, verriet ihm, daß es kein Entkommen gab.

Für Lilla nicht. Er hatte überlebt.

Später hatten sie ihm erzählt, daß das an seinem Sprung zu Lilla gelegen haben mußte. Splitter hatten sich in seine Füße und Beine gegraben, doch der Rest seines Körpers war von der Wucht der Explosion verschont geblieben. Sie hatten das als Wunder bezeichnet, doch für ihn bedeutete seine Rettung keine Gnade. Er wollte nicht mehr weiterleben, wenn Lilla sterben mußte.

Sie hatte drei Tage gelitten, diese junge, einst so fröhliche Israelin, deren Gesicht jetzt zerfetzt, deren Körper verstümmelt und verbrannt war. Drei schreckliche Tage, von unsäglichem Schmerz erfüllt. Sie war nie ganz bei Bewußtsein, doch ihre zerfetzten Lippen bewegten sich ständig vor Schmerzen.

Steadman hatte um ihren Tod gebetet, hatte die Ärzte angefleht, ihre Qualen zu beenden. Aber sie hatten die Aufgabe, Leben zu erhalten und beachteten sein Flehen nicht, hatten ihn schließlich mit Betäubungsmitteln ruhiggestellt.

Als er dann genesen und sie schon lange tot war, hatte ihn eine Schwärze erfüllt, die den Tod vieler anderer zur Folge hatte.

Jetzt, unter Umständen, die denen von damals so ähnlich waren, klingelte das Telefon wieder, rief ihn, erinnerte ihn, sagte ihm, daß die Vergangenheit immer gegenwärtig war.

»Harry?« Ihre Hand schüttelte seine Schulter. »Was ist denn? Du siehst so blaß aus?«

Sein Blick wurde wieder klar, und er blickte in Hollys ängstliches Gesicht.

»Willst du nicht rangehen? Es läutet weiter«, sagte sie.

Er erhob sich wortlos aus dem Bett und nahm einen Bademantel, der über einer Stuhllehne hing. Automatisch bewegte er sich, spürte jedoch plötzlich die Sorge in Hollys Stimme.

»Bleib hier«, befahl er, und sie sah, daß seine schlafwandlerischen Bewegungen sicherer wurden. Er schlüpfte in den Mantel und verschwand durch die Tür. Sie hörte seine leichten Schritte auf der Treppe.

Steadman erreichte das Wohnzimmer, blickte sich rasch um und ignorierte im Augenblick das Schrillen des Telefons. Nichts schien verändert worden zu sein, aber er überprüfte schnell einige Stellen, an denen man eine Bombe versteckt haben könnte. Vorsichtig schaute er unter Sofa und Sessel, hinter die Bücher auf den Regalen und hinter den Fernseher. Einigermaßen zufrieden, daß alles in Ordnung war, wandte er seine Aufmerksamkeit dem Telefon zu, obwohl die Hartnäckigkeit des Anrufers sein Mißtrauen noch größer machte. Unter dem kleinen Kaffeetisch, auf dem es stand, war nichts zu sehen, aber er wußte, daß im Telefon selbst eine Bombe verborgen sein konnte. Er nahm es auf, um sein Gewicht zu prüfen. Es wirkte ganz normal. Dann riskierte er es und nahm den Hörer ab.

»Steadman, sind Sie's?«

Mit einem erleichterten Seufzen erkannte er Popes Stimme.

»Um Himmels willen, Steadman, antworten Sie!«

»Ich bin's«, sagte er ruhig.

Am anderen Ende entstand eine Pause, und dann sagte Pope mürrisch: »Sie haben ja lange genug gebraucht, um ranzugehen.«

»Woher wußten Sie, daß ich hier bin?« entgegnete Steadman.

»Ist mein Geschäft, sowas zu wissen«, kam die kurze Antwort. Der Tonfall veränderte sich, als sich der fette Mann entspannte. »Ich hörte, was Ihnen in Long Valley zugestoßen ist. Erzählen Sie mir Ihre Version.«

Steadman erzählte ihm emotionslos und gleichgültig, was passiert war, als ob er einem Klienten berichtete. Er erwähnte auch Gants Einladung zu einem weiteren Treffen.

»Gut«, sagte Pope. »Machen Sie das. Wer ist das Mädchen, diese, äh, Holly Miles?«

»Sie ist Journalistin – freiberuflich. Sie schreibt einen Artikel über Waffengeschäfte für eines der Sonntagsmagazine.«

»Und Gant war ihr gegenüber entgegenkommend?«

»Es scheint so.«

»Hm. Eigenartig. Er sucht eigentlich keine Publicity.«

»Vielleicht will er raus aus den Schatten.« Steadman wirbelte herum, als er die Anwesenheit eines anderen im Raum spürte. Holly stand im Türrahmen. Sein Hemd umhüllte ihren Körper verführerisch. Sie lächelte ihn an, und er entspannte sich. Popes Stimme lenkte seine Aufmerksamkeit wieder auf ihr Gespräch.

»Sie sagen, der Panzer hat Sie definitiv verfolgt?« fragte er.

»Ja, er versuchte uns zu rammen.«

»Sie sind sicher, daß es kein Versehen war?«

»Hören Sie, das verdammte Ding hat den Wagen zermalmt und versuchte dann, uns plattzuwalzen, als wir davonliefen! Es hat uns mindestens fünf Minuten verfolgt.«

»Ja, ja. Sehr eigenartig.«

Steadmans Ungeduld wuchs. »Ist das alles, was Sie dazu zu sagen haben? Wir wissen, daß das eigenartig ist, aber Sie und ich...« Er brach ab, weil ihm einfiel, daß Holly noch im Türeingang stand. »Sagen Sie, wer war in dem Panzer? Hat die Besatzung für ihn gearbeitet?« Er nannte Gants Namen absichtlich nicht.

Am anderen Ende der Leitung herrschte langes Schweigen.

»Pope? Haben Sie mich gehört?«

»Äh, ja, mein Lieber«, kam schließlich die Antwort. »Der Panzer war natürlich ein Wrack, als er im Steinbruch aufschlug. Der Treibstofftank explodierte, wie Sie wissen, dann die Munition.«

»Das weiß ich. Waren die Leichen völlig verbrannt?«

»Das gerade ist es ja, Harry.« Pope machte wieder eine Pause, als ob er seine Worte abwiegen würde. »Es gab keine Leichen. Der Panzer war leer.«

»Aber das ist unmöglich! Entweder müssen sie entkommen oder völlig verbrannt sein.« Bestürzung klang in Steadmans Stimme mit, und ein eisiges Gefühl erfüllte seine Magengrube.

»Ein Entkommen war unmöglich. Und es hätte Spuren geben müssen, egal wie stark die Zerstörung war. Nein, Harry. Der Panzer war leer. Den hat niemand gefahren.«

Steadman starrte auf den Hörer, unfähig die Worte zu glauben. Dann wandte er sich Holly zu, und sie sah die Verwirrung in seinem Blick.

8

Smith erschauerte und zog seinen Schal enger, stumm verfluchte er die Kälte der Nacht. Natürlich war es verrückt, im Dunkel auf dem Kirchhof zwischen verstreuten alten Grabsteinen zu sitzen, die schwarz und verwittert waren, einige davon unheimlich zur Seite geneigt, so daß man den Eindruck haben konnte, als ob die Bewohner darunter unruhig geworden seien. Er überlegte, ob er sich eine Zigarette anstecken solle, entschied sich aber dagegen. Obwohl die Bank, auf der er saß, in der Dunkelheit gut verborgen war, bestand die Möglichkeit, daß die Zigarettenglut von der anderen Straßenseite her gesehen werden konnte. Es wäre nicht gut, wenn irgendein Passant auf jemanden aufmerksam wurde, der mitten in der Nacht auf einem Friedhof saß und einen Glimmstengel qualmte. Nicht daß es um diese verdammte Nachtzeit überhaupt irgendeinen Passanten gegeben hätte!

Er blickte auf seine Armbanduhr, und die Leuchtziffern verrieten ihm, daß er noch zwei Stunden zu warten hatte, bis er abgelöst wurde. Noch zwei Stunden auf diesem dämlichen Friedhof, dachte er verdrossen. Und wozu? Die würden nicht so dumm sein, so etwas wie in der Nacht davor noch einmal zu versuchen. Gott, was für Bastarde waren das, die eine Frau an eine Tür nagelten? Er überlegte, ob noch andere das Haus beobachteten. Die Polizei vielleicht? Schließlich war das kein alltäglicher Mord. Und offensichtlich hatte Scotland Yard verhindert, daß es in die Nachrichten kam. Das war sicher nicht leicht gewesen. Wahrscheinlich wollten sie nicht zu ähnlichen Verbrechen ermuntern. Auf ungewöhnliche Morde folgten meist weitere ungewöhnliche Morde. Die ganzen Verrückten ringsum lasen zuerst davon, drehten dann durch und versuchten es selber. War mit den Bombenlegern genauso.

Was für ein Mann war dieser Steadman? Er hatte gehört, daß der Detektiv sich zuerst geweigert hatte, ihnen zu helfen, doch die Ermordung seiner Partnerin hatte ihn überzeugt. Goldblatt war über die anfängliche Ablehnung des Detektivs wütend gewesen, obwohl er, Smith, dem Mossad-Chef gesagt hatte, daß es wahrscheinlich so kommen würde. Er hatte Steadman über die Jahre im Auge behalten. Das war Teil seiner Aufgabe als ›Schläfer‹ in diesem Land gewesen, und er hatte gesehen, wie die Detektei zu florieren begann, als Steadman sich eingekauft hatte, um ein relativ friedliches Leben in England zu führen. Der Mann hatte von Krieg und Gewalt genug gehabt. Warum sollte er sich wieder hineinziehen lassen? Der brutale Mord an Mrs. Wyeth war die Antwort darauf!

Wie gern *er selbst* sich von der Organisation lösen würde! Joseph Solomon Smith, achtundfünfzig Jahre alt, Juwelier in Walthamstow. Von seinen Freunden Solly genannt, *Schmuck* von seiner Frau Sadie. Solly war mit Tausenden anderer jüdischer Flüchtlinge kurz vor Ausbruch des letzten Weltkrieges nach England geflohen, als Hitlers Ausrottung der jüdischen Bevölkerung in Deutschland und Österreich begann. In jenen Tagen hatte man die Wahl zwischen Flucht und Internierung gehabt, wobei nur den wenigsten klar war, daß dies fliehen oder sterben hieß. Der massenhafte Namenswechsel, der stattgefunden hatte, als die Flüchtlinge in England eingetroffen waren und die alles andere als freundlichen Einwanderungsformalitäten über sich hatten ergehen lassen, war fast komisch gewesen. Die Gruppe vor ihm hatte dem Beamten erzählt, daß ihr richtiger Familienname Harris sei, weil sie gehört hatten, wie die Leute vor ihnen diesen Namen benutzten. Er klang englisch. Wenn die Beamten, die die Immigranten empfingen, über die Menge der Harris und Kanes und Golds unter den Ankömmlingen überrascht waren, so zeigten sie das nicht. Vielleicht verstanden sie, welches Stigma den Namen anhaftete, die mit ›berg‹ oder ›stein‹ oder ›baum‹ endeten, erkannten die Gefahr, die solchen Namen in dieser schrecklichen Zeit drohte. Vielleicht war es ihnen auch völlig egal; es gab zu viele, die aufzunehmen waren.

Er hatte den Namen Smith gewählt, weil er wußte, daß er unbestreitbar britisch war und weil er gehört hatte, wie einer der Beamten einen Kollegen so ansprach. Es war ein sicherer Name. Tatsächlich hatte er sich fast in die Hose gemacht, als der Beamte ihn mißtrauisch anschaute, und gefürchtet, er sei mit seiner Namenswahl zu kühn gewesen. Doch der Augenblick war vergangen, und mit einem resignierten Lächeln hatte der Mann ihn passieren lassen.

Viele seiner Landsleute hatten ihren ursprünglichen

Namen wieder angenommen, als die Gefahr viele Jahre später vorüber war, aber er hatte das nicht für nötig gehalten. Smith war ihm sehr recht.

Er war allein aus Deutschland entkommen. Seine Eltern, zwei Brüder und eine Schwester waren am Abend ihrer Abreise von Hitlers Schergen zusammengetrieben worden. Er wäre mit ihnen fortgebracht worden, aber er war jung, und junge Männer, die einen Ort für immer verlassen, müssen sich oft von einer Liebsten verabschieden. Sein Lebewohl hatte fast die ganze Nacht gewährt, und das Mädchen hatte seinen Körper benutzt, als ob es nie einen anderen für sie geben würde.

Voller Entsetzen hatte er dann aus dem Dunkel beobachtet, wie die SS seine schreiende Familie aus ihrem Haus trieb, und er war noch tiefer in die Schatten zurückgewichen. Damals, und noch viele Jahre später, hatte er über seine Feigheit geweint. Selbst der Anblick, als sein Vater in die Gosse fiel, sein weißer Bart im Mondlicht schwarz – weil er blutverklebt war – und die Schreie des alten Mannes hörte, als die Gewehrkolben seinen gebrechlichen Leib trafen, hatte dies seine Angst nicht besiegen können. Die Brutalität hatte sie nur noch verstärkt. Er war zusammengesunken, hatte sich an die rauhe Wand gepreßt, sich gefürchtet, wegzulaufen, weil die Gestapo seine Schritte hätte hören können, hatte sein Schluchzen mit beiden Händen erstickt, war unfähig gewesen, den Blick von der schrecklichen Szene abzuwenden, und unfähig, seiner Familie zu helfen. Sogar als sein jüngerer Bruder sinnlos versuchte, seinem alten Vater zu Hilfe zu kommen. Selbst als seine Mutter an den Haaren zum wartenden Lastwagen gezerrt wurde. Selbst als der Körper seiner jüngeren Schwester entblößt und von den uniformierten Schlägern betatscht wurde. Selbst als seinem älteren Bruder durch die Kehle geschossen wurde, als er zu fliehen versuchte ... Die Angst war nur größer geworden.

Zwanzig Jahre später schließlich hatten die Alpträume nachgelassen, hatte sich das Entsetzen allmählich verflüchtigt. Auch die Scham war betäubt worden, denn sein Geist war ihrer müde, und er verbarg sie jetzt irgendwo tief in seinem Innern. Aber die Erinnerung blieb. Und zwei Gesichter brannten in dieser Erinnerung: die Gesichter derer, die den Holocaust verursacht hatten, die teuflischen Mienen der beiden Männer, die verantwortlich für den Genozid waren, für die Dezimierung seiner Rasse, die Ermordung seiner Familie. Adolf Hitler und sein Henker Heinrich Himmler!

Ihre Gesichter verfolgten ihn noch, weil sie die Ursache für sein Entsetzen waren, die Quelle seines Schamgefühls. Und weil ihm bewußt war, wie leicht das Böse sich wieder erheben konnte.

Nach dem Krieg, als er erfahren hatte, daß seine anderen Familienangehörigen in Auschwitz umgekommen waren, hatte er versucht, sich den Überlebenden seiner Rasse in Palästina anzuschließen, entschlossen, für seine Feigheit zu büßen. Er hatte sich danach gesehnt, an der Wiedergeburt seiner Nation teilzuhaben. Aber die neuen Israelis hatten jetzt eine andere Denkweise. Für sie waren die Jahrhunderte der Unterdrückung vorbei. Sie waren in das Land ihrer Väter zurückgekehrt, und sie würden entweder frei sein oder entschlossen für diese Freiheit kämpfen. Sie würden keine Verfolgung mehr dulden.

Trotz mußte sich mit List mischen, wenn sie überleben wollten. Sie waren eine kleine Nation in einem kleinen Land. Die feindliche Umwelt stand wie ein riesiger Wolf vor der Tür. Die Israelis würden nie wieder einer anderen Nation vertrauen. Sie würden mit anderen Völkern handeln, sie würden sogar mit ihnen zusammenarbeiten. Aber sie würden nie wieder einer anderen Rasse, einem anderen Land vertrauen.

Weil sie ringsum von Feinden umgeben waren, mußte

ihre Kraft über die eigenen Grenzen hinausreichen, damit sie stets vor feindlichen Aktionen gegen sie im voraus gewarnt waren und damit es ihnen möglich war, falls nötig aus dem Hinterhalt zuzuschlagen.

Die Mossad hatte Smith dazu überredet, in England zu bleiben, sich dort eine Identität aufzubauen, Brite zu werden. Und sich bereit zu halten.

Er hatte zuerst in einem kleinen Juweliergeschäft im Londoner Bezirk Hatton Garden gearbeitet, da dies der Beruf der Familie gewesen war, ein Geschäft, das sein Vater ihn gelehrt hatte. Es hatte Jahre gedauert, bis seine Schadensersatzansprüche gegen die deutsche Regierung auf Herausgabe des Familienbesitzes erfüllt wurden, weil viele andere, die unter dem Naziregime gelitten hatten, wie er Ansprüche auf Verluste geltend machten, und jeder Anspruch mußte sorgfältig geprüft werden. Nur wenige erhielten Ausgleich aus dem damals verarmten Land, doch Smith bekam zumindest einen kleinen Teil. Dies und die Heirat mit Sadie, die Geld in die Ehe brachte, ermöglichte es ihm, sein eigenes Geschäft in Walthamstow zu eröffnen.

Eine andere Einkommensquelle, von der Sadie nie erfahren hatte, waren die regelmäßigen Geldbeträge, die er von der Shin Beth erhielt. Die Beträge waren klein, aber die Arbeit, die er für sein Land leistete, war auch nur minimal und unregelmäßig. In jüngeren Jahren war er unzufrieden mit der Erfüllung belangloser Aufgaben gewesen, die man von ihm forderte, aber man hatte ihn gebeten zu warten, ruhig zu bleiben und seiner Nation so zu dienen, wie man es von ihm verlangte. Sein Tag würde kommen.

Aber er war nicht gekommen, und allmählich war das Feuer in ihm schwächer geworden und fast ausgebrannt. Er führte die kleinen Aufgaben, um die er gebeten wurde, mit einem gewissen Pflichtgefühl, aber ohne Begeisterung aus. Eine seiner ›Pflichten‹ war es gewesen, ein Auge auf

Harry Steadman zu haben, als der aus Israel nach England zurückgekehrt und in eine Detektei eingetreten war. Smith hatte das getan, indem er die Detektei damit beauftragt hatte, die Vergangenheit seines einzigen Angestellten zu durchleuchten, eines unschuldigen kleinen Landsmanns, dem er absolut vertrauen konnte, der aber einen guten Vorwand bot, mit dem Detektiv Kontakt aufzunehmen. Blake, der Expolizist, hatte die Nachforschungen durchgeführt, Smith ein einwandfreies Leumundszeugnis für seinen Gehilfen ausgestellt, den Juwelier aber zu seiner Vorsicht beglückwünscht. Man könne nie zu vorsichtig sein, wenn es um so wertvolle Dinge ginge. Zwischen Smith und dem Expolizisten hatte sich eine Freundschaft entwickelt, und er hatte ihn privat für andere Aufgaben verpflichtet, die mit seinem Geschäft zu tun hatten. Auf diese Weise erfuhr er von den Fortschritten der Detektei und bekam manche Informationen über Harry Steadman, ohne direkt mit ihm Kontakt aufnehmen zu müssen. Er hatte sein Interesse an dem Detektiv geschickt verborgen, und die meisten Informationen hatte Blake ihm freiwillig gegeben, ohne direkt danach gefragt worden zu sein. Schließlich waren sie gute Freunde, und ihre Frauen gingen zuweilen gemeinsam essen oder ins Theater. Hatte nicht er, Smith, seinen Freund in seinen eigenen Golfclub in Chingford eingeführt? Sollte der sehr britische Expolizist je über den Beginn seiner Freundschaft mit dem sehr jüdischen Juwelier nachgedacht haben, dann würde er das auf den offensichtlichen Wunsch des Händlers nach Verbindungen mit der Polizei zurückgeführt haben.

Smith blies in seine Hände, um sie zu wärmen, und steckte sie dann tief in die Manteltaschen. Für solche Dinge werde ich zu alt, sagte er sich. Überwachung bei solchem Wetter war nicht gut für einen Mann mit seinem Gesundheitszustand. Sein Herz war nicht mehr so kräftig wie früher, und sein Körper nicht mehr so robust. Es schien ohnehin Zeitvergeudung zu sein. Sicher würde man Steadman nicht in seinem eigenen Haus überfallen. Warum war er für den israelischen Geheimdienst so wichtig? Smith verfluchte die Geheimnistuerei seiner Auftraggeber. Warum konnten sie ihre eigenen Leute nicht über das informieren, was vorging? Und was soll ich Sadie sagen, die nichts von der Mossad und meinen kleinen Aufgaben für sie weiß, wenn sie mich fragt, was für Geschäfte mich zu so früher Morgenstunde hinausgetrieben haben? Meine Frau wird langsam lästig. Wird? Das war sie immer. Du hast eine unabhängige Frau, wird sie zu mir sagen. Dann laß es mal drauf ankommen, werde ich ihr sagen. Du wirst... Sein Körper erstarrte, als ihm etwas auffiel.

Sah er etwas? fragte er sich. Oder war das nur Einbildung? Das Straßenlicht da drüben ist sehr schlecht. Hat sich da etwas bewegt?

Smith spähte mit zusammengekniffenen Augen und angehaltenem Atem in die Dunkelheit. Da war es wieder, eine Bewegung in den Schatten!

Er erhob sich, weil seine Glieder vor Kälte steif waren, und beugte seinen Körper vor, als könne er so besser sehen. Sicher täuschte ihn seine Einbildung. Doch die Luft ringsum war still. Kein Wind bewegte die Zweige, die ein unheimliches Schattenspiel hätten verursachen können.

Er tastete sich vorwärts und achtete sorgfältig darauf, kein Geräusch zu machen; sein Atem ging jetzt kurz und unregelmäßig. Er mußte eine Nummer anrufen, wenn etwas Verdächtiges geschah, doch die nächste Telefonzelle war zwei Straßen entfernt. Wie dumm von ihnen! Wenn etwas passierte, würde alles längst vorbei sein, bis er die Telefonzelle erreicht hatte und Hilfe hier war. Aber andererseits war ihm gesagt worden, daß er mit nichts Schlimmen zu rechnen hatte. Er war nur als zusätzliche Vorsichtsmaßnahme eingesetzt.

Stumm verfluchte er die Männer, die ihn hierher beordert hatten, diese dummen kleinen Jungen, die Räuber und Gendarm spielten. Dann zwang er sich dazu, sich zu entspannen. Wahrscheinlich war da überhaupt nichts. Ich bin zu lange im Dunkeln gewesen – und das in einer so unheimlichen Umgebung. Meine Augen sind müde und überanstrengt. Mein Gott, wie spät ist es jetzt? Das Leuchtziffernblatt verriet ihm, daß es 1 Uhr 35 war.

Der Juwelier stand da, starrte noch ein paar Sekunden auf das Reihenhaus und wollte sich schon wieder zu seiner Bank begeben, als er etwas Unheimliches bemerkte. Sein Verstand konnte für wenige Augenblicke nicht registrieren, was daran so unheimlich war, doch dann richtete er seinen Blick auf die Eingangstür des Hauses. Da befand sich an einer Seite ein langer, dunkler Schatten. Es hätte einfach ein Schatten sein können, den der Halbmond auf den Türrahmen warf, aber dann bemerkte er, daß der Mond auf der anderen Seite stand. Der Schatten – wenn er durch die eine Seite des Türrahmens geworfen worden wäre – hätte von links und nicht von rechts fallen müssen. Er bewegte sich vorwärts, um besser sehen zu können, und hielt sich dabei auf dem harten Boden und dem Gras des Kirchhofs, damit seine Schritte nicht zu hören waren. Vorsichtig schob er sich durch das lichte Gebüsch am Zaun und starrte hinüber. Erst jetzt sah er, daß die Eingangstür von Steadmans Haus einen Spaltbreit offenstand.

Was jetzt tun? Seinen Kontakt anrufen oder weiter beobachten? Wenn Steadman schlief – und das tat er zweifellos – war er jetzt wohl in ernster Gefahr. Aber was konnte er, ein alter Mann, tun, um dem Detektiv zu helfen? Nun, ihn zumindest warnen.

Vielleicht war es die Erinnerung daran, daß er vor so vielen Jahren auch nichts getan hatte, oder vielleicht nur der Gedanke, daß es blinder Alarm sein könne und daß er auf den jungen Israeli, der ihn beauftragt hatte, albern wirken würde. So beschloß er, weiter zu beobachten, bevor er Hilfe rief.

Er erreichte den torlosen Ausgang des Kirchhofs und überquerte im Schutz der Dunkelheit die Straße. Vorsichtig schlich er um Steadmans Hauswand entlang auf den Eingang zu, erreichte die offene Tür und zögerte.

Alle Muskeln seines alten Körpers waren angespannt, doch seine Bewegungen wirkten unbeholfen und steif. Er spürte eine seltsame Furcht, als ob jemand – etwas – im Innern dieses Hauses auf ihn wartete. Etwas, das ihn zum Eintreten zwang.

Er versuchte, den Bann zu brechen, versuchte sich einzureden, daß er ein törichter alter Mann sei, daß es besser wäre, wegzulaufen, solange dazu noch Zeit war. Aber im Haus war etwas, das er sehen mußte. Etwas, das auf ihn wartete.

Er stieß die Tür mit zitternden Fingern weiter auf. Sein Atem wurde schwerer und er versuchte das Keuchen zu unterdrücken, das aus seiner Kehle drang. Erneut wollte er umkehren und wegrennen, aber sein Körper – oder war es sein Verstand? – weigerte sich zu gehorchen. Die Tür schwang auf, und der Korridor vor ihm öffnete sich wie ein schwarzer, unheimlicher Tunnel.

Smith trat über die Schwelle und tastete sich vorwärts, während seine Augen sich an die Dunkelheit gewöhnten. Er blieb stehen, als er meinte, ein Atmen zu hören, das nicht sein eigenes Atmen war. Doch dann, während er lauschte, blieb alles still, obwohl sein Herzschlag so heftig war, daß der sicher jedes andere Geräusch übertönen mußte. Er bewegte sich weiter und stolperte plötzlich gegen den Fuß der Treppe.

Mit den Händen fing er sich ab und stützte sich auf eine der oberen Stufen, ein Knie ruhte auf der untersten Stufe. Das plötzliche Quietschen erschreckte ihn. Und dann spürte er die Anwesenheit von irgend etwas.

Sein Blick wanderte Stufe um Stufe treppaufwärts. Da oben war es dunkler, ein schwarzes Loch in dem ganzen Düster. Und dort oben lauerte jemand – etwas – in diesem Pfuhl von Dunkelheit. Sein ganzer Körper begann jetzt zu zittern, da er das Böse spürte; es schien aus diesem dunklen Bereich zu dringen, in einer Nebelwolke die Treppe herunterzufließen, ihn einzuhüllen und seinen Verstand erstarren lassen zu wollen.

Eine Bewegung. Eine Gestalt begann die Treppe herabzusteigen.

Smith stöhnte und versuchte sich loszureißen, doch seine Glieder waren erstarrt, gelähmt von einer Furcht, die noch größer war als damals in Berlin, in der Nacht der Entführung seiner Familie. Seine Augen weiteten sich, als die dunkle Form aus der totalen Schwärze näherkam und sein Mund öffnete sich zu einem Schrei, als sie deutlicher wurde. Und doch war das Bild nicht klar, wirkte nur wie ein schwarzer Schemen vor der Dunkelheit des Korridors. Aber seine Fantasie sah mehr als seine Augen. Der Schemen kam näher und blieb vor ihm stehen. Smith versuchte zurückzuweichen, da er den Schatten fast berührte, aber seine Glieder wollten ihm nicht gehorchen. Der Geruch von Verwesung erfüllte die Luft, drang in seine Nase und brachte ihn fast zum Erbrechen. Er schaute an der ihn überragenden Gestalt hoch, deren Kopf sich zu ihm hinabzubeugen begann.

»O gütiger Gott!« Smiths Stöhnen hob sich zu einem Jammern. »Du! O Gott, das kann nicht sein!«

Und dann schrie er.

Der Schrei hatte Steadman nicht geweckt, da er schon Minuten zuvor aufgewacht war. Er hatte da im Dunkeln gelegen und war sich unsicher gewesen, was ihn aus seinem tiefen Schlummer geholt haben mochte. Er lauschte nach Geräuschen, hörte aber keine. Vielleicht hätte er die Eiseskälte im Raum gespürt – eine stille Kälte, die seine Bettdecke durchdrang, nicht die normale Kälte des Herbstes. Es war, als ob die Temperatur im Zimmer plötzlich stark gefallen sei, und er wurde sich bewußt, daß er sehr alleine war.

Steadman hatte Holly früher an diesem Abend zu ihrem Apartment gebracht. Beide waren über die Enthüllung erschüttert gewesen, daß der Chieftain-Panzer, der sie an diesem Tag zu zermalmen versucht hatte, unbemannt gewesen sei. Sie waren auf halbem Weg zu Hollys Wohnung, als Steadman plötzlich der Gedanke durchzuckte, wie das hatte bewerkstelligt werden können. Er hatte Schwierigkeiten, diese Theorie vor dem Mädchen zu verbergen. Es gab keinen Grund, sie hineinzuziehen, und es hätte bedeutet, ihr alles sagen zu müssen. Dinge, die ihr besser verborgen blieben.

Während der Fahrt ging er die Idee in Gedanken durch, und sie schien zu passen. Zumindest gab es keine *anderen* möglichen Erklärungen. Gant handelte mit hochentwikkelten Waffen, die fortschrittliche Technologie seiner Geräte war berühmt. Sicher wäre es ihm nicht unmöglich gewesen, eine Fernsteuerung in den Panzer einbauen zu lassen, einen mechanischen Fahrer, der Steuerbefehle aus der Ferne ausführte. Aber von wo? Der Mann mußte sie sehen können, um den Chieftain hinter ihnen herzujagen. Er mußte sie im Blickfeld haben. Doch die Theorie wurde erhärtet, als ihm einfiel, wie das möglich war. Den ganzen Morgen über waren Hubschrauber über das Gelände geflogen. Sie waren zu sehr damit beschäftigt gewesen, dem Panzer zu entkommen, um auf einen Hubschrauber zu achten, der über ihnen schwebte. Das mußte die Lösung sein! Wie sonst hätten ihre Verstecke so leicht gefunden werden können? Die suchenden Augen waren über ihnen gewesen! Für einen Augenblick geriet seine Theorie dann aber ins Wanken: Wer immer den Panzer aus dem Hubschrauber gelenkt hatte, mußte den Steinbruch gesehen haben und wäre ihm ausgewichen. Aber andererseits hatten sie nah am Rand des Steinbruchs gestanden; vielleicht hatte der Mann an der Steuerung die Fahrtrichtung des Chieftain nicht schnell genug ändern können, vielleicht war er so sehr darauf versessen gewesen, den Detektiv zu zermalmen, daß er sich verschätzt hatte. So mußte es gewesen sein! Steadman entspannte sich ein wenig. Es gefiel ihm, wenn er ein Rätsel lösen konnte.

Dann hatte er sich von Holly im Wagen mit einem Kuß verabschiedet, als sie ihr Haus erreichten, ohne daß sie ihn aufgefordert hätte, hineinzukommen oder daß er es gewollt hätte. Sie waren beide erstaunt übereinander, beide von der Stärke ihrer Gefühle beunruhigt. Aber beide hatten sie auch für diesen Tag genug. Es war an der Zeit für sie, allein zu sein, ihre Wunden zu lecken und die Ereignisse zu verarbeiten. In ihren Augen zeigte sich sogar Unbehagen, als sie versprach, sich bald mit ihm zu treffen. Dann war sie gegangen.

Steadman war zur Detektei gefahren und hatte Sexton und den jungen Praktikanten, Steve, gerade noch erwischt, bevor sie nach Hause gingen. Er hatte sie über die besonderen Aufgaben informiert, die sie in den folgenden Tagen erledigen sollten – vorhandene Aufträge mußten irgendwie verzögert werden, selbst wenn das bedeutete, daß ihre Kunden sich an eine andere Detektei wandten. Nachdem er sie darauf aufmerksam gemacht hatte, daß ihre Ermittlungen äußerste Vorsicht verlangten, war er zu seinem Haus in Knightsbridge zurückgekehrt.

Dort hatte er sich Kaffee gemacht und dann die Akte über Edward Gant wieder gelesen. Fünf Zigaretten und drei Tassen Kaffee später hatte er das Dokument neben seine Füße gelegt und sich erschöpft die Augen gerieben; in seinem Kopf wirbelten formlose Gedanken. Die ganze

Geschichte stank, und das gefiel ihm nicht. Warum brauchte der britische Geheimdienst, der über so viele Quellen verfügte, ausgerechnet ihn, um an Gant heranzukommen? Popes Erklärung, daß er ein Bindeglied zu allen beteiligten Parteien sei, klang nicht überzeugend. Ja, er war sich eigentlich sicher, daß er als Opferlamm benutzt wurde, als Köder, um den Tiger anzulocken. Was die Mossad von ihm wollte, schien glaubwürdiger, war aber ebenso skrupellos. Sie verfügte in England nur über begrenzte Quellen, und er war in einer guten Position, um ihren vermißten Agenten zu finden. Aber war das wirklich alles? Sie hatten zugegeben, daß sie Gant festnageln wollten, aber warum eliminierten sie ihn nicht ganz einfach? Das hatten sie in der Vergangenheit auch mit anderen ihrer Feinde getan, warum also diesmal Rücksichtnahme? An der ganzen Sache war mehr, als die beiden Geheimdienste verrieten, und das war der Grund, warum er sich zusätzlich Gedanken machte. Sexton hatte die Aufgabe erhalten, mehr über Gant herauszufinden. Gerüchte, die in offiziellen Dokumenten vielleicht nicht enthalten waren. Die Aufgabe des jungen Steve bestand darin, das Hotel am Belsize Park im Auge zu behalten, sowie allen Bewegungen Goldblatts und Hannahs zu folgen. Steadman hatte beschlossen, den beiden Männern nicht mehr zu sagen, als sie wissen mußten, aber er hatte sie gewarnt, daß es gefährlich werden könnte. Steves Augen hatten dabei geleuchtet, und Sexton hatte es mit einem müden Grinsen hingenommen. Wenn das etwas mit Mrs. Wyeths Tod zu tun hatte, dann würden sie nur zu gern soviel Überstunden machen, wie nötig waren, um den oder die Mörder zu finden. Und *darum* ging es doch letztlich, oder? So ähnlich hatten sich die beiden geäußert.

Er hatte genickt, und die Männer hatten keine weiteren Fragen gestellt. Sexton hatte versprochen, mit seinen Nachforschungen über den Waffenhändler am folgenden

Morgen zu beginnen, sobald er die gegenwärtigen Arbeiten sortiert hatte, und Steve hing bereits am Telefon, um sich in Goldblatts Hotel ab morgen ein Zimmer auf unbestimmte Zeit zu mieten. Es würde teuer für die Detektei werden, aber Steadman war entschlossen, sich alle Verluste von der Mossad und dem britischen Geheimdienst erstatten zu lassen, was immer herauskommen mochte. Er betete, daß er noch da sein würde, um die Rechnungen selbst zu kassieren.

Zuhause hatte er sich eine einfache Mahlzeit zubereitet, und dann die Nummer gewählt, die Holly ihm zuvor gegeben hatte. Er war enttäuscht gewesen, als sie sich nicht meldete. Sie hatte sich nach ihrem Zusammensein am Nachmittag wohl noch nicht entspannt, und wer konnte ihr deswegen einen Vorwurf machen, nach dem, was sie durchgemacht hatte? Er legte den Hörer mit einem Schulterzucken auf. Vielleicht schlief sie sehr tief. Oder sie besuchte Freunde. Was wußte er eigentlich wirklich über sie? Er war die Treppe hochgestiegen, hatte seine Kleider abgestreift und war müde ins Bett gesunken. Doch zuerst hatte er sich vergewissert, daß alle Türen verschlossen waren.

Jetzt lag er da und lauschte mit angehaltenem Atem. Die Kälte des Raumes ließ ihn erschauern. Was hatte ihn so plötzlich geweckt? Licht fiel von der Straße durch die offenen Vorhänge, hellte aber die Schatten des Raumes nicht auf. Kein Geräusch drang an sein Ohr, und doch wuchs die Spannung in ihm. Er hatte den Impuls, aus dem Bett zu springen und den Revolver zu holen, den er oben in seinem Kleiderschrank aufbewahrte, doch etwas hielt ihn zurück. Irgendwie wußte er, daß jemand unten war. Die Atmosphäre schien drohend, und er vertraute seinen Instinkten zu sehr, um dieses Gefühl zu ignorieren. Dann spürte er, daß jemand die Treppe zu seinem Schlafzimmer hochstieg. Das Näherkommen erfolgte langsam, bedächtig, und das einzige Zeichen dafür war ein Atemgeräusch, ein Geräusch, das lauter und eindringlicher wurde, als es näherkam. Dann drang der Geruch unter der Tür durch. Er war abscheulich, erstickend, der Geruch von Kot und ... er versuchte sich zu erinnern, wo er das schon gerochen hatte. Dann fiel es ihm ein. Vor Jahren, als eine der israelischen Grenzstädte mit schwerem Mörserfeuer belegt worden war, hatte er geholfen, die Trümmer wegzuräumen und nach Leichen zu suchen. Eine Familie hatte sich im Keller ihres Hauses versteckt, einem Keller, der speziell für solche Notfälle angelegt worden war, und das Haus war eingestürzt und hatte sie lebendig begraben. Es hatte Tage gedauert, sie zu finden, und als man sie fand, waren die Körper verwest. Es war der gleiche Geruch, nur viel stärker, viel ekelhafter – der Gestank von längst verwestem Fleisch.

Steadman hatte sich mit all seiner Willenskraft aufgerichtet. Er spürte, daß irgend etwas seine Kraft unerklärlicherweise seinem Körper entzog, so daß er reglos war. Er mußte an die Waffe gelangen. Mühsam bewegte er sich, als sei er tief unter dem Ozean, sein Atem ging schwer und beschleunigte sich. Er wankte und fiel neben das Bett, zwang sich wieder hoch und schleppte sich auf den Schrank zu. Sein nackter Körper war gebeugt, und er bewegte sich wie ein rheumatischer alter Mann. Seine Augen blieben dabei auf die Tür des Schlafzimmers gerichtet, auch als er zum Schrank hintappte. Er hatte Angst wegzuschauen und dankte Gott, daß er die Tür verschlossen hatte. Aber die Eingangstür hatte er ja auch verschlossen gehabt!

Ein plötzliches Dröhnen ließ ihn erstarren. Das Geräusch war von draußen gekommen.

Dann glaubte er ein Stöhnen zu hören, Worte, aber er konnte sie nicht verstehen – erst ein Schrei ließ ihn handeln.

Es war, als ob ein Bann gebrochen sei. Die Schwere war fort, die Furcht war sofort verschwunden. Steadman riß die Schranktür auf, griff nach der Metallkassette, in der sein 38er lag, öffnete den Deckel und nahm die Waffe heraus. Er war für seine alte Gewohnheit dankbar, sie immer geladen aufzubewahren, sprang zur Schlafzimmertür und fummelte am Schlüssel herum; die Schreie von unten hallten noch immer in seinen Ohren.

Die Geräusche erstarben, als er die Tür aufriß.

Er rannte die Treppe hinunter, die Waffe vor sich haltend, den Hahn gespannt. Eine dunkle Gestalt lag am Fuß der Treppe, und für einen Augenblick glaubte er, eine andere Gestalt zu sehen, die über den Korridor auf die offene Tür zulief. Doch das mochte eine Täuschung durch das Zwielicht oder Einbildung gewesen sein, da sie keine Form zu haben schien und augenblicklich verschwunden war.

Steadman stieg vorsichtig die letzten Stufen hinunter, alle Sinne gespannt. In der Dunkelheit konnte er nun die Umrisse eines Mannes ausmachen, der mit weit aufgerissenen Augen am Treppenfuß lag. Er sprang über die Gestalt hinweg, rannte zur offenen Eingangstür und blickte rasch auf die Straße hinaus, ohne sich um seine Nacktheit zu kümmern. Die Straße war leer, aber es wäre leicht für jemanden gewesen, auf dem gegenüberliegenden Kirchhof zu verschwinden.

Er schlug die Tür zu und schaltete gleichzeitig das Korridorlicht ein. Den Revolver noch immer vor sich haltend, überprüfte er rasch das Wohnzimmer und dann die Küche, ohne sich vorerst um die Gestalt auf dem Boden zu kümmern. Erst als unten alle Lichter brannten, und er sicher war, daß ihm niemand in einem der Räume auflauerte, kehrte er zu dem zusammengebrochenen Mann zurück.

Dessen Augen starrten an die Decke, die Augenlider soweit zurückgezogen, daß das Weiße entblößt war, die Pupillen verengten sich in dem plötzlichen Licht. Seine Lippen bewegten sich, aber Steadman konnte die Worte kaum hören. Sie kamen leise und stockend. Speichel quoll seitlich aus dem Mund des Mannes. Sein Körper war steif, und der Detektiv konnte erkennen, daß er unter Schock stand. Er sah wie jemand aus, der ein Geschöpf der Hölle gesehen hatte.

9

Steadman stoppte seinen Wagen vor dem großen, schmiedeeisernen Tor und wartete darauf, daß der Wachmann auf der anderen Seite aus seiner Hütte kam. Die beiden belgischen Schäferhunde, die den Wachmann begleiteten, knurrten ihn drohend an.

»Mr. Steadman?« rief der Wachmann, und der Detektiv nickte.

»Identifizierung?« In der Stimme des Wachmannes war weder Glauben noch Unglauben. Es war reine Routinesache. Steadman war gezwungen, den Wagen zu verlassen und zum Tor hinüberzugehen, wobei er seine Lizenz aus der Brieftasche zog.

Der Wachmann, mit einem grünen, uniformähnlichen Overall bekleidet, nahm ihm die Lizenz ab und sagte: »Warten Sie bitte einen Augenblick, Sir.« Er verschwand in der winzigen Hütte und ließ die Hunde zurück, die den Detektiv durch die Gitterstäbe anstarrten. Steadman erwiderte den Blick, stellte aber fest, daß er ihm nicht standhalten konnte. Er ging zu seinem Auto zurück und lehnte sich, die Hände in die Taschen gesteckt, an die Motorhaube. Er fragte sich, ob der Mossadagent schon aus seinem Schockzustand erwacht sein mochte.

Als er sich in der Nacht zuvor über die zitternde Gestalt gebeugt hatte, war er über das ungeheure Entsetzen im Gesicht des Mannes bestürzt gewesen. Warum schaute er so aus? Und warum war er in sein Haus eingebrochen? Steadman hatte versucht, den Mann wieder zu sich zu bringen, doch die Augen blieben starr, nur die Lippen bewegten sich weiter. Er hatte versucht, die Worte zu verstehen, aber sie waren zusammenhanglos. Rasch hatte er den zitternden Körper durchsucht, aber keine Waffen gefunden. Sein Führerschein verriet, daß der Mann Joseph Solomon Smith hieß, und erst da erinnerte Steadman sich an ihn. Smiths Gesichtszüge hatten sich durch sein Entsetzen so verändert, daß der Detektiv ihn vorher nicht erkannt hatte, doch der Name weckte sein Gedächtnis. Smith war vor einiger Zeit in die Detektei gekommen und einer ihrer kleineren Klienten geworden. Er war – was doch gleich? – Juwelier. Richtig, er wollte die Vergangenheit eines Angestellten überprüft haben, eine Aufgabe, die Sexton übernommen hatte. In den letzten Jahren hatte er einige kleinere Aufträge erteilt, aber Steadman hatte den Juwelier nach seinem ersten Besuch nicht wiedergesehen. Nur seine besondere Fähigkeit, sich Namen, Orte und Ereignisse zu merken, hatten ihm geholfen, den Mann überhaupt unterzubringen. Die offensichtliche Verbindung dämmerte ihm bald – Smith war trotz seines englisch klingenden Namens Jude. Es bedurfte keiner großen Erkenntnis, um zu begreifen, daß er ein Mitarbeiter – oder vielleicht sogar ein Agent – der Mossad war. Steadman schüttelte angewidert den Kopf. Der kleine Juwelier war deshalb in sein Büro gekommen, um ihn für das Institut beobachten zu können. Sexton war Smiths Kontaktmann gewesen. Wieviel hatte der Expolizist dem Juwelier im Lauf der Jahre erzählt? Nun, zu erzählen gab es ohnehin nicht viel, und Steadman war außerdem zuversichtlich, daß sein Angestellter nicht ernsthaft indiskret gewesen war. Aber einen alten Mann so zu benutzen, wenn auch nur für eine Routinesache! Sieh ihn dir jetzt an. Wenn das Herz des kleinen Juden unter dem Schock nicht versagte, konnte er von Glück reden.

Es war der plötzliche Zug, der Steadman veranlaßte, sich an die Wand zu pressen und den 38er auf die sich langsam öffnende Eingangstür zu richten. Wer immer dort eintrat, hatte lautlos einen Schlüssel benutzt und schob verstohlen die Tür auf. Sie öffnete sich plötzlich ganz, sehr leise, aber sehr schnell. Zwei Männer standen geduckt zu beiden Seiten halb verdeckt da, und zwei Revolver waren auf Steadmans nackten Körper gerichtet.

»Schießen Sie nicht, Steadman!« befahl eine Stimme, und der Finger des Detektivs erstarrte am Abzug. »MI-Fünf«, kam die Stimme leise, aber drängend wieder. Eine geöffnete Brieftasche wurde über den Korridor gestoßen und fing sich am Kopf des benommenen Juweliers. Ohne den Blick von den beiden Männern zu wenden, griff Steadman nach der Brieftasche. Er schaute schnell auf den Ausweis darin, stand dann auf und winkte den beiden Männern, einzutreten.

Das taten sie. Der zweite Mann schloß die Tür leise hinter ihnen.

»Was, zum Teufel, geht hier vor?« fragte der erste, der Smith anstarrte.

»Lassen Sie mich erstmal was anziehen«, sagte Steadman, dem plötzlich seine Nacktheit bewußt wurde.

»Die Waffe bleibt hier«, befahl der erste Mann, als der Detektiv sich zur Treppe wandte.

»Leck mich am Arsch«, entgegnete Steadman über die Schulter, während er hochging.

Die beiden MI-Fünf-Agenten sahen sich an, und der zweite zuckte die Schultern.

Als Steadman zurückkam, seine schwere Waffe in die

Tasche seines Bademantels gesteckt, knieten die beiden Männer über dem kleinen Juden.

»Was geht hier vor, Steadman?« fragte der erste Mann beim Aufstehen. »Was ist mit ihm passiert?« In seiner Stimme schien Ekel mitzuklingen, als er auf die am Boden liegende Gestalt deutete.

»Das müssen Sie mir sagen«, erwiderte Steadman, verärgert über das schroffe Verhalten des Agenten. »Ich hörte ein Geräusch, dann einen Schrei, kam herunter und fand ihn am Treppenfuß.« Hatte er das Geräusch zuerst gehört? Er hatte die grundlose Furcht bereits verdrängt, die er schon gespürt hatte, als er noch im Bett gelegen hatte.

»Haben Sie jemanden gesehen? Ist jemand hinten rausgelaufen?« fragte der zweite Agent, während er Smiths Taschen durchsuchte.

»Nein, sie ist noch verschlossen. Aber ich meinte, jemanden durch die Vordertür hinauslaufen zu sehen. Es war nur ein Schatten. Ich konnte im Dunkeln nicht viel erkennen.«

Die beiden Agenten sahen sich überrascht an. »Niemand ist rausgekommen. Das hätten wir gesehen«, sagte der erste.

»Aber ich bin sicher...«, Steadmans Stimme verebbte.

»Er ist ein alter Mann«, sagte der MI-Fünf-Agent. »Er hat draußen in der Kälte gesessen, auf dem Kirchhof gegenüber Ihrem Haus. Vielleicht war es zuviel für ihn. Er wollte zu Ihnen und ist an der Treppe zusammengebrochen.«

»Woher wissen Sie, daß er da drüben war? Und warum sollte er zu dieser Nachtzeit zu mir wollen?«

»Er hat Sie beobachtet. Und wir haben ihn beobachtet. Ihre Mossadfreunde scheinen Sie im Auge behalten zu wollen. Sie müssen aber verdammt verzweifelt sein, wenn sie alte Männer wie ihn einsetzen.«

»Aber warum waren Sie da?« fragte Steadman.

»Natürlich, um Sie im Auge zu behalten. Mit besten Grüßen von Mr. Pope. Und zu der Frage, warum der alte Mann herüberkam – wer weiß? Vielleicht glaubte er, etwas gesehen zu haben.«

»Und wie ist er reingekommen? Die Tür war verschlossen.«

»Genau wie wir, Mr. Steadman.« Der Agent hielt einen Yale-Schlüssel hoch. »Der wurde während Ihrer Abwesenheit gemacht. Zu Ihrem eigenen Schutz«, fügte er entschuldigend hinzu und blickte dann wieder auf die Gestalt am Boden. »Wahrscheinlich hat er einen Schlüssel bei sich oder er hat das Schloß mit einem Dietrich geöffnet. Das werden wir später rausfinden.«

Steadman senkte ergeben den Kopf. »Was machen wir mit ihm?« fragte er und kniete wieder neben den alten Mann hin, dessen Körper noch immer zitterte. »Er muß in ein Krankenhaus gebracht werden.«

»Das erledigen wir. Erwähnen Sie nichts von dem Vorfall gegenüber Ihren Mossadfreunden, sonst wollen sie wissen, wie das MI-Fünf darin verwickelt wurde. Sie sollen glauben, daß Sie allein arbeiten.«

»Tu ich das nicht?« fragte Steadman beißend.

Die beiden Agenten ignorierten die Frage. »Was Sie anbelangt, so haben Sie den Mann diese Nacht nicht gesehen. Sollen die sich doch um sein Verschwinden Sorgen machen.«

Dann hatten sie den alten Mann hinausgetragen und Steadman versichert, daß einer von ihnen die Nacht über draußen Wache halten würde. Steadman überzeugte sich davon, daß die Tür verschlossen war und schenkte sich einen Drink ein. Den Rest der Nacht verbrachte er in seinem Sessel dösend, den 38er auf dem Kaffeetisch in Reichweite. Am nächsten Morgen hatte er Holly angerufen, nachdem er sich rasiert, geduscht und gegessen hatte. Sie hatte sich wieder nicht gemeldet, aber obwohl er ein wenig besorgt war, sagte er sich, daß sie schließlich arbeitete und wahrscheinlich bei dem Magazin war, das ihren derzeitigen Artikel in Auftrag gegeben hatte. Außerdem hatte sie mit seinem Geschäft nichts zu tun, warum also sollte sie in Gefahr sein? Der gestrige Zwischenfall mit dem Panzer hatte ihm gegolten. Später hatte er bei Edward Gants Firma angerufen, die Nummer, die Peppercorn ihm gegeben hatte, und ihm war gesagt worden, daß der Waffenhändler ihn heute in seinem Haus erwarte, wo besser über ihr Geschäft verhandelt werden könnte. Steadman hatte mit einer gewissen Bestürzung eingewilligt und dann Anweisungen bekommen, wie er dorthin gelangen könne. Unmittelbar darauf hatte er Pope angerufen, und der fette Mann war über die Einladung erfreut gewesen. »Seien Sie vorsichtig, mein lieber Junge«, war sein einziger Kommentar zu dem Risiko, das Steadman einging. Sie hatten kurz über den Zwischenfall der letzten Nacht gesprochen, und Pope hatte den Detektiv danach gefragt, was genau er gesehen habe. Steadman registrierte ein starkes Interesse in der Stimme des großen Mannes und hätte ihm fast von seinen unheimlichen Gefühlen hinsichtlich des Zwischenfalls erzählt, doch im kalten Tageslicht schien das alles nur Einbildung zu sein.

Nach einem kurzen Anruf in seinem Büro, bei dem Sue ihm sagte, daß hinsichtlich seiner Klienten alles in Ordnung sei, fuhr er mit seinem Wagen nach Guildford. Er war nervös, spürte aber doch eine gewisse Erregung. Vielleicht hatte Pope recht: er hatte nur die Flammen in sich unterdrückt, nicht aber das Feuer gelöscht.

Der Wachmann kam zum Tor zurück und reichte Steadman seine Lizenz durch die Gitterstäbe. Der Detektiv nahm sie und stieg wieder in seinen Wagen.

Das Tor wurde geöffnet, und er fuhr hindurch. Die Schäferhunde gaben keinen Laut von sich, verfolgten ihn aber mit ihren Blicken. Die Kiesstraße wand sich durch eine kleine Baumgruppe, und dann ragte das Haus vor ihm auf. Es war ein großes Haus, aber bei weitem nicht so riesig, wie Steadman aufgrund von Gants Reichtum erwartet hatte. Dann erinnerte er sich, daß dies nicht der einzige Landsitz des Waffenhändlers war. Hatte Holly nicht noch ein Haus an der Westküste erwähnt?

Das Anwesen schien für ein englisches Landhaus völlig normal zu sein; auf das Geschäft des Besitzers wies wenig hin. Aber sicher mußte es doch irgendwo ein Testgelände geben, denn warum hätte Gant ihn sonst hierher eingeladen? Warum überhaupt? fragte er sich. Mehrere andere Wagen waren vor dem Haus geparkt, und ein BMW fuhr gerade fort. Die beiden Männer darin warfen Steadman einen Blick zu und wandten dann rasch ihre Köpfe ab. Der Beifahrer blickte auf seiner Seite aus dem Fenster, so daß nur sein Hinterkopf zu sehen war. Doch in dem kurzen Augenblick davor hatte Steadman ihn erkannt: er war ein Parlamentsabgeordneter der Torys, wohlbekannt für seine rechtsextremen Ansichten und die brillanten Hetzreden, mit denen er seine Ansichten vertrat. Er mußte ein geeigneter Gesellschafter für Gant sein, dachte Steadman sarkastisch, als er neben einem silbernen Mercedes parkte. Die Tür war bereits von einem Mann in dunklem Anzug geöffnet worden, als er den Motor abstellte.

»Mr. Gant erwartet Sie im Haus, Sir«, sagte der Mann. »Darf ich Ihren Aktenkoffer nehmen?«

»Ich habe keinen«, sagte Steadman, als er aus dem Auto stieg.

»Dann folgen Sie mir bitte, Sir.« Stimme und Bewegungen des Mannes waren knapp, und seine Worte schienen mehr ein Befehl als eine Einladung zu sein. Steadman folgte ihm.

»Einen Augenblick bitte, Sir«, sagte der Mann im dunklen Anzug, ließ ihn in einer weiten, düsteren Halle stehen und verschwand in einem der angrenzenden Räume. Steadman schlenderte umher und betrachtete die goldgerahmten Porträts, die zu beiden Seiten hingen, Porträts von Männern, von denen er noch nie gehört hatte, die aber alle militärisch gekleidet waren. Plötzlich öffnete sich eine Tür, und Gant trat in die Halle.

»Ah, Mr. Steadman. Freut mich, daß Sie kommen konnten«, sagte der Waffenhändler lächelnd.

Steadmans Augen weiteten sich vor Schreck, aber er faßte sich rasch und ging auf Gant zu. Der Waffenhändler bot ihm nicht die Hand, und seine Augen glitzerten amüsiert.

»Habe ich Sie... überrascht?« fragte er. »Beim erstenmal ist es ein Schock, aber Sie werden sich bald daran gewöhnt haben.«

Steadman fiel es schwer, den Blick von dem großen, viereckigen Heftpflaster mit den zwei Löchern abzuwenden, das den Bereich bedeckte, an dem noch am Tag zuvor Gants Nase gewesen war. Er räusperte sich und sagte: »Entschuldigung, ich wollte nicht...«

»Kein Anlaß für Entschuldigungen.« Gant hob abwehrend die Hand. »Das ist vor vielen Jahren passiert. Glücklicherweise funktionieren meine Nasenhöhlen ganz normal. Zuerst ist es sehr unschön, das weiß ich, aber es ist auch sehr unangenehm, ständig eine künstliche Nase zu tragen. Wenn ich zu Hause bin, verzichte ich auf solche Eitelkeiten. Kommen Sie herein, da sind ein paar Leute, die ich Ihnen vorstellen möchte.«

Der Raum war groß, die Decke hoch und die Einrichtung geschmackvoll traditionell. Die vier Personen in dem Raum, zwei saßen, zwei standen, schauten Steadman an, als er eintrat, und brachen ihre Unterhaltung ab. Er war überrascht, daß einer der Männer Major Brannigan war, der dieses Mal keine Uniform trug, aber dennoch sehr militärisch wirkte. Auf seinem Gesicht zeigte sich offene

Feindseligkeit. Die anderen Gesichter zeigten Interesse – Neugier wäre vielleicht richtiger gewesen. Steadman fühlte sich unter ihren Blicken nicht wohl.

Eine der sitzenden Personen war eine Frau, und Steadman merkte, daß sie seinen Blick auf sich zog und daß sie ihn ebenfalls anschaute. Sie war außerordentlich schön. Ihr Haar, dunkel und üppig, fiel auf ihre Schultern hinab, ihre Haut war glatt und exotisch getönt. Die Nase war stark, aber schön geformt, und ihre vollen Lippen, der leicht lächelnde Mund wirkten etwas arrogant. Aber es waren ihre Augen, die ihn hypnotisierten, denn sie waren dunkel, aus dieser Entfernung fast schwarz, und schienen ihn an sie zu ziehen. Eine funkelnde Erwartung lag darin, die ihn verwirrte und doch anzog.

»Ich darf Sie vorstellen.« Gants Worte unterbrachen den Blickkontakt, und Steadman schaute schnell zu den beiden anderen der Gruppe. Der Mann, der neben der Frau saß, war alt und runzlig, seine Haut voller Furchen. Die tief in den Höhlen liegenden Augen wurden von einer hohen Stirn und buschigen Brauen überragt. Sein dünnes weißes Haar war lang und fiel über seine Ohren, sein Körper wirkte so gebrechlich, als würde er beim leisesten Druck zerfallen. Seine knorrigen gelben Hände ruhten auf dem metallenen Griff eines dünnen schwarzen Stocks.

Der andere Mann war viel jünger, wahrscheinlich Anfang dreißig. Sein kurzes Haar war zurückgekämmt und auf altmodische Weise geschnitten, sein Gesicht blaß und makellos, der Spott auf seinen Lippen eher angeboren als ein aufgesetzter Gesichtsausdruck. Er trug einen elegant geschnittenen Anzug aus dunkelstem Grau, der seinen schlanken Körper betonte. Seine Augen zeigten Neugier, blickten aber unter so schweren Lidern hervor, daß diese Neugier überheblich wirkte.

»Kristina, das ist Harry Steadman«, sagte Gant, als er den Detektiv der Frau vorstellte. Ihre Lippen weiteten sich zu einem breiten Lächeln, als sie sich erhob und mit ausgestreckter Hand auf ihn zuging.

Er nahm die Hand und war über ihre Festigkeit überrascht.

»Ich freue mich sehr, Sie kennenzulernen, Harry.« Ihre Stimme war von erotischer Heiserkeit. Sie war groß, mindestens einsfünfundsiebzig, und trug ein dunkelgrünes Samtkostüm, unter dessen geöffneter Jacke man hohe Brüste unter einer beigen Bluse sah. Er bemerkte das gleiche Amüsement in ihrem Blick, das er am Tag zuvor bei Gant gesehen hatte, und sein Gefühl, in einer Scharade mitzuspielen, vergrößerte sich. Er erwiderte das Lächeln, doch die Härte in seinen Augen verursachte bei ihr einen kurzen Augenblick des Unbehagens.

»Dr. Franz Scheuer«, sagte Gant, wobei er auf den alten Mann wies, der noch saß. Steadman nickte und machte keine Anstalten, zu ihm zu gehen. Auch der alte Mann reagierte nicht.

»Felix Köhner.« Gant schaute den schlanken jungen Mann an, der grüßend eine Hand hob. »Und Major Brannigan kennen Sie ja bereits.«

Der Offizier funkelte Steadman an.

Schön, unter Freunden zu sein, sagte sich der Detektiv, und dieser Gedanke half ihm, weiterhin amüsiert trotzig um sich zu schauen.

»Mr. Steadman ist hier, um Vorgespräche hinsichtlich einer Waffenlieferung an einen überseeischen Klienten zu führen«, sagte Gant, führte den Detektiv zu einem Sessel und bat ihn, Platz zu nehmen. »Möchten Sie einen Drink, Mr. Steadman? Sherry? Martini? Etwas Stärkeres für einen Mann wie Sie, nehme ich an.« Wieder dieser spöttische Klang seiner Stimme.

Steadman bemerkte, daß der Mann, der ihn ins Haus geführt hatte, vor einem großen Regal stand, in dem sich eine Flaschenbatterie befand.

»Wodka bitte«, sagte er. Steadman war sich bewußt, daß er aufmerksam gemustert wurde, während rings im Raum die anderen Gläser nachgefüllt wurden. Der alte Mann beugte sich vor und flüsterte der Frau etwas zu, die ein Lächeln hinter ihrer Hand verbarg.

»Nun denn, Mr. Steadman«, sagte Gant, der sich mit dem Rücken zu dem riesigen offenen Kamin setzte, »können Sie uns jetzt sagen, wer Ihr mysteriöser Klient ist? Oder muß ich raten?«

»Das ist unnötig«, erwiderte Steadman. »Ich arbeite für die Israelis.«

Falls Gant über die Offenheit des Detektivs überrascht war, verbarg er das gut. »Ich verstehe. Sie wissen, daß ich noch nie irgendwelche Verträge mit Juden gemacht habe, nicht wahr?« Das Wort ›Juden‹ schien voller Anspielungen zu sein.

»Das war mir bekannt. Und ich habe mich gefragt, warum.«

»Weil sie nie zuvor an mich herangetreten sind, deshalb«, sagte Gant und lachte laut. »Bis vor ein paar Wochen, um genau zu sein.«

Steadman hob überrascht die Augenbrauen.

»Ja, ein junger Israeli trat an mich wegen einer Waffenlieferung heran. Ich sagte ihm, daß sicher etwas arrangiert werden könne, aber unglücklicherweise...«, er lächelte Steadman herablassend an, »...kam er nie wieder. Ich frage mich, warum er plötzlich das Interesse verlor.«

Bastard, dachte Steadman, des Katz-und-Maus-Spiels überdrüssig. »Ich weiß es nicht, Mr. Gant. Wie war der Name dieses... Israeli?«

»Oh, Kanaan oder so. Etwas sehr Jüdisches. Ist doch aber jetzt unwichtig, oder?« Seine Stimme klang höhnisch.

Steadman grinste und hätte am liebsten das Glas in das entstellte Gesicht des Waffenhändlers geschleudert. »Natürlich«, sagte er. »Ich würde mir gerne einige Ihrer Waffen ansehen.«

»Gerne. Ich habe Ihre Liste studiert und denke, daß ich Sie in jeder Hinsicht zufriedenstellen kann. Felix wird Ihnen die bescheideneren Waffen zeigen, die wir hier haben. Vielleicht möchten Sie dann für eine Demonstration unserer wirksameren Waffen unser anderes Testgelände besuchen?«

»Und wo ist das?« fragte Steadman ruhig.

Gant kicherte. »Alles zu seiner Zeit, Mr. Steadman. Unsere Wewelsburg ist noch nicht für Ihre Augen bestimmt.«

Köpfe wandten sich abrupt zu Gant, und Steadman sah die Überraschung – oder das Entsetzen – in den Augen.

»Verzeihung. Ihre...?« fragte er nach.

Aber Gant lachte nur. »Unwichtig, Mr. Steadman. Alles zu seiner Zeit. Felix, würden Sie die Liste durchgehen und unserem Gast sagen, welche Waffen wir seinem Klienten liefern können? Diese Waffen wurden ausschließlich von meiner Firma entwickelt, Mr. Steadman, Waffen, die denen unserer Konkurrenten weit überlegen sind – denen der Regierung und auch allen anderen.«

In der folgenden Stunde wurde er von dem Mann namens Felix Köhner informiert, der, wie sein Name verriet, Deutscher war, während die anderen ihn schweigend anschauten, als studierten sie ihn. Nur Gant ließ sich zuweilen über die Vorzüge einer der erwähnten Waffen aus. Steadman spürte, daß jede seiner Bewegungen beobachtet, jede seiner Fragen analysiert und registriert wurde. Es war entnervend, doch diese Herausforderung gefiel ihm. Er spürte eine brütende Feindseligkeit von der Gruppe ausgehen, fast eine Kraft, und der alte Mann mit den tiefliegenden Augen war wohl der Mittelpunkt davon.

Selbst Kristinas Schönheit schien etwas Verdorbenes zu verbergen, doch es fiel ihm schwer, nicht in ihre Richtung zu schauen. Sie erwiderte seine Blicke mit bedeutungsvollem Lächeln, und zweimal bemerkte er, daß Brannigans Gesicht Ärger zeigte. War etwas zwischen den beiden? Was tat ein Major der britischen Armee in solcher Gesellschaft? Was verband ihn mit Gant? Und überhaupt, was hatte ein Parlamentsangehöriger mit einem Waffenhändler zu schaffen? Ihm war erzählt worden, daß Gant einflußreiche Freunde habe, aber ihm war nicht bewußt gewesen, daß sie in der Regierung saßen.

Später wurde er von Köhner und Brannigan zur Rückseite des Hauses geführt, wo er zu seiner Überraschung einen Schießstand vorfand und ein langes Ziegelgebäude, in dem viele Waffen und Geräte untergebracht waren. Ein Gazelle-Hubschrauber stand ein paar hundert Meter vom Haus entfernt in einem Landekreis, und Steadman überlegte, ob dieselbe Maschine benutzt worden war, um am Tage zuvor den Chieftain zu steuern. Gedanken an Gefahr waren aber in dem Augenblick verdrängt, als er von den neuen Waffen gefesselt wurde, die ihm grünuniformierte Mannschaften präsentierten. Die meisten Vorführungen waren rein theoretisch – die zu erzielenden Wirkungen konnten aber im Film gezeigt werden, und in den folgenden beiden Stunden wurde ihm die Vernichtungskraft dieser Waffen auf einer Projektionsleinwand demonstriert. Die Vorführungen waren am frühen Abend beendet, und Steadman war der tödlichen Geräte, der Schärfe von Köhners Stimme und der offenen Feindseligkeit von Major Brannigan bereits überdrüssig. Sie kehrten ins Haus zurück, wo Gant sie erwartete, das übliche spöttische Lächeln in seinem Gesicht.

»Hat Ihnen gefallen, was Sie gesehen haben, Mr. Steadman? Werden Ihre Freunde interessiert sein?«

»Ja, ich denke schon«, sagte Steadman, der das Spiel mitspielte. »Aber bisher war das recht harmloses Zeug. Auf meiner Liste stehen größere Geräte. Wann kann ich sie im Einsatz sehen?«

»Wie ich bereits erwähnte, haben wir geeignetere Testgelände für die Waffen, die Sie meinen. Heute wollten wir nur Ihren Appetit wecken. Das haben wir doch sicher getan, oder?«

»Ja, das haben Sie. Wo sind diese Testgelände?«

Gant lachte laut und wandte sich an Kristina.

»Unser Parsifal ist neugierig – und ungeduldig«, sagte er auf deutsch.

Sie warf dem Waffenhändler einen scharfen Blick zu, kaschierte ihn aber mit einem raschen Lächeln, das Steadman galt. »Möchten Sie noch andere Vorführungen sehen, Harry?«

Er war verwirrt. Gants Freude an dem Spiel, das er trieb, wurde von seinen Gefährten offensichtlich nicht geteilt. Das war Gants zweite Bemerkung, die sie nervös gemacht hatte. Warum hatte er Deutsch gesprochen? Und warum hatte er ihn Parsival genannt? »Ja, ich würde gern mehr sehen«, erwiderte er.

»Und das sollen Sie auch«, sagte Gant, der ihn bei der Schulter faßte. »Sofort. Bitte, begleiten Sie mich, Mr. Steadman.« Das flache Gesicht des Mannes machte sein Grinsen noch bösartiger.

»Edward! Ist dies der Weg?«

Alle Augen wandten sich zu dem alten Mann, der jetzt aufgestanden war und sich auf seinen Stock stützte. Er sprach mit starkem Akzent und seine Stimme war weit kraftvoller, als man seiner gebrechlichen Gestalt zugetraut hätte.

Gants Augen wurden kalt, als er Dr. Scheuer ansah. *»Bezweifelst du die Worte des Propheten? Alles bewahrheitet sich doch!«*

Der alte Mann erwiderte den kalten Blick. *»Damit erzwingen Sie es«*, sagte er mit unterdrücktem Ärger.

Steadman wußte jetzt, daß das Spiel dem Ende zuging, daß Schluß mit der Heuchlerei sein würde. Und er hatte nichts erreicht, außer daß er seinen Kopf in das Maul des Löwen gesteckt hatte. Er war angespannt und wartete auf den richtigen Augenblick, sich zurückzuziehen. Der Vorteil war ganz auf ihrer Seite, aber er wollte nicht darauf warten, daß sie ihren letzten Zug machten. Der Griff des Waffenhändlers an seiner Schulter wurde fester.

»Kommen Sie bitte mit mir, Mr. Steadman.« Aller Humor war aus seinem Blick verschwunden. Er schaute Steadman durchdringend an. »Ich verspreche Ihnen, daß das, was ich Ihnen jetzt zeigen werde, von großem Interesse für Sie sein wird.«

Die Gelegenheit für den Detektiv war vorbei. Neugier siegte über seinen Widerstand, und es konnte ja auch eine Chance sein, mehr Zeit zu gewinnen. Er nickte und folgte dem Waffenhändler aus dem Raum. Major Brannigan und Köhner begleiteten sie als Eskorte.

Gant ging in die Halle voran und dann eine breite Treppe hoch. Sie bogen auf einen langen Korridor und marschierten bis zu einem Raum an dessen Ende. Gant stieß die Tür auf und bedeutete Steadman, hineinzugehen, was der mit einer gewissen Angst tat.

Der Anblick, mit dem er konfrontiert wurde, klumpte seinen Magen zusammen und raubte ihm allen Mut. Die beiden zusammengesackten Gestalten, die in der Mitte des Raumes an Stühle gefesselt waren, konnte man kaum wiedererkennen. Ihre Gesichter waren durch Schwellungen entstellt und blutverschmiert. Er ging zu ihnen, wußte instinktiv, wer sie waren, hob aber die gesunkenen Köpfe an, um sich zu vergewissern. Zuerst den der Frau, dann den des Mannes.

David Goldblatt und Hannah.

10

»Was sollen wir tun, Mr. Blake? Sollen wir ihnen folgen oder eingreifen?« Steve schaute den Expolizisten an und versuchte, im Dunkeln des Wageninnern in dessen Gesicht zu lesen.

Sexton erschauerte, wollte etwas tun, zügelte aber seine Ungeduld. »Nein, Junge. Wir warten noch ein wenig länger und sehen, was geschieht.«

Der Wagen stand neben der Straße geparkt und war in der Dunkelheit für jedermann unsichtbar, der unten aus dem Tor trat. Steve hatte den halben Tag in Sichtweite des Hauseingangs verbracht und sich sehr gelangweilt. Er war nur einmal zur nächsten Telefonzelle geeilt, um Sexton mitzuteilen, was geschehen war und warum er hier war. Der ältere Mann war kurz nach Einbruch der Dämmerung eingetroffen und hatte Steve im Gebüsch gefunden, nicht weit von der Stelle, wo sie jetzt parkten. Er hatte zweimal langsam über die wenig befahrene Straße fahren müssen, bevor der künftige Detektiv zwischen den Bäumen aufgetaucht war. Nun, die Vorsicht des Jungen hatte ihn sehr gefreut.

»Meinen Sie, daß mit Mr. Steadman alles in Ordnung ist?« fragte Steve, der sich in die Hände blies, um sie zu wärmen. »Vielleicht war er in einem der Wagen, die weggefahren sind.«

»Ich weiß nicht, Steve. Da geht etwas sehr Eigenartiges vor sich. Ich wünschte nur, Harry hätte mich ins Vertrauen gezogen.« Sehr eigenartig, in der Tat, dachte Sexton. Alles hatte mit dem schrecklichen Mord an Mrs. Wyeth begonnen. Hatte dieser Gant damit zu tun? Sexton hatte den größten Teil des Tages damit verbracht, mit ein paar alten Freunden zu sprechen, die er noch in der Sonderabteilung hatte, aber sie konnten ihm nicht viel über Gant erzählen. Insgesamt ein bißchen rätselhaft, wie es schien, versorgte Regierungen anderer Länder – aber auch die eigene – seit Jahren in aller Stille mit Waffen, trat dann plötzlich in den Vordergrund und wurde einer der wichtigsten Händler des Landes. Seine dubiosen Verbindungen zu den Arabern hatten den Leuten in der Sonderabteilung zunächst Sorgen gemacht und sie hatten große Anstrengungen unternommen, seine Vergangenheit zu durchleuchten, aber nur um festzustellen, daß Männer von beträchtlicher Macht und Einfluß für ihn bürgten. Sie konnten Sexton gewisse Einzelheiten sagen, aber nichts, was Genaueres über den Mann verriet. Nach dem Anruf von Steve war er durch die Stadt gejagt und aufs Land gefahren, wo der Junge genauer erklärt hatte, warum er dort war.

Steve hatte entsprechend seiner Anweisung im selben Hotel wie Goldblatt und dessen Freundin ein Zimmer genommen. Da er keines auf der Etage der beiden Israelis bekommen konnte, hatte er die meiste Zeit im Rezeptionsbereich verbracht, wo er Zeitungen und Zeitschriften las und sich so nah an Fahrstühlen und Treppen aufhielt, daß weder Goldblatt noch die Frau von ihm ungesehen das Hotel verlassen konnten. Es war ein viel besuchtes Hotel, und Menschen – vor allem Geschäftsleute wie es schien – kamen und gingen den ganzen Tag. Aber Steve hatte Schwierigkeiten gehabt, das heftige Zittern seiner Zeitung zu verhindern, als die Fahrstuhltüren sich öffneten und die beiden Israelis mit drei Männern herauskamen, die sich dicht an sie preßten und sie einkeilten. Er hatte die drei anderen die Lobby fünfzehn Minuten zuvor betreten sehen und ihnen weiter keine Beachtung geschenkt, als sie auf den Lift warteten. Für ihn sahen sie wie normale Geschäftsleute aus. Jetzt aber, wegen der Nervosität auf den Gesichtern der beiden Israelis – vor allem die Frau sah sehr aufgeregt aus – und weil die Gruppe so dicht aneinandergedrängt war, wirkten sie sehr bedrohlich. Er beobachtete, wie sie zur Rezeption gingen, wie einer der Männer sich von der Gruppe löste und die Frau mit einer Hand am Arm zu den Schwingtüren führte. Die anderen beiden standen neben dem Israeli, als er seine Rechnung verlangte und den Portier informierte, daß er abreisen müsse und sein Gepäck im späteren Verlauf des Tages abgeholt werden würde.

Steve war nervös und aufgeregt. Für ihn war das richtige Detektivarbeit, die, von der er gelesen hatte. Offensichtlich ging da etwas Gefährliches vor – man mußte kein Superschnüffler sein, um das zu sehen –, aber was sollte er tun? Er hatte keine Zeit, im Büro oder bei Steadman anzurufen, da die Männer das Hotel bald verlassen würden, und er sie dann zu verlieren fürchtete. Er mußte schnell handeln. Sein Mini war in der Tiefgarage des Hotels geparkt. Wollte er ihnen folgen, so sollte er das besser gleich tun. Mit zitternden Händen faltete er die Zeitung zusammen und versuchte mit großer Anstrengung, äußerlich gelassen zu wirken. Dann schritt er gleichgültig auf die Schwingtüren zu und trat ins Freie. Er sah, daß der Mann, der zuerst mit der Frau hinausgegangen war, ihm gegenüber in einem Wagen saß, einem grauen Daimler, und schluckte ärgerlich. Er hoffte, daß sein Mini würde mithalten können. Als er außer Sicht des Fahrzeugs war, rannte er in die Tiefgarage und sprang in seinen kleinen Wagen. Der Schlüssel fiel ihm einmal herunter, und dann versuchte er versehentlich, den Wagen mit dem Türschlüssel zu starten. Dann sprang der Motor schließlich an, und er fuhr gerade noch rechtzeitig aus der Garage, um zu sehen, wie die beiden anderen Männer in den Daimler stiegen. Sie nahmen die Hände aus den Taschen, und er begriff, daß die beiden Fremden Waffen in ihren Mänteln haben mußten. Bei dem Gedanken verkrampfte sich sein Magen.

Der Daimler fuhr langsam von dem Vorplatz herunter und fädelte sich in den Verkehrsstrom ein. Steve folgte und schaute auf den Kilometerzähler, bevor auch er sich einfädelte. Er mußte natürlich nach Kilometern abrechnen, und Sexton bestand auf genauen Zahlen. Es war leicht, dem Daimler durch London zu folgen, aber als sie die verkehrsreichen Straßen der südlichen Vororte hinter sich gelassen hatten, nahm das Tempo zu, und Steve begann zu schwitzen, als er versuchte, das schnellfahrende Auto im Auge zu behalten. Dennoch gelang ihm das, weil der Daimler mehr als einmal an Verkehrsampeln halten mußte, und dann sah er voller Erleichterung den Wagen in einem schmiedeeisernen Tor verschwinden. Er fuhr langsam vorbei, warf einen raschen Blick nach rechts, als er auf Höhe des sich öffnenden Tores war und hatte gerade noch Zeit, den Wachmann und die beiden bösartig aussehenden Schäferhunde zu sehen. Er parkte seinen Wagen weiter unten an der Straße hinter einer Biegung, wo er vom Tor aus nicht gesehen werden konnte, und schlich dann zwischen den Bäumen hindurch auf dieser Straßenseite zurück. Eine hohe Mauer, die nur von diesem Tor durchbrochen war, umschloß das Anwesen. Er hockte sich hinter einen Baum und überlegte, was er jetzt tun sollte. Die Worte seines Lehrmeisters fielen ihm ein. »Im Zweifel«, würde der alte Sexton sagen, »setz dich hin und warte darauf, daß etwas geschieht. Denk daran, du bist Beobachter, nicht Teilnehmer einer Aktion.«

So hockte er sich hin und wartete, schaute auf die Uhr und notierte sich die Ereignisse des Morgens in seinem Notizbuch. Er war zufrieden mit sich, doch bald begannen ihn die kalte Feuchtigkeit der Luft und die zunehmende Langeweile des Beobachtens zu deprimieren. Er hatte sich gerade entschieden, einen Pub zu suchen und ein Bier und ein Sandwich zu sich zu nehmen – schließlich hatte er Anspruch auf Mittagessen –, als ein bekanntes Auto langsamer wurde und zum Tor abbog. Es war Harry Steadmans grauer Celica! Er wollte ihm schon etwas zurufen, duckte sich aber, als er den Wachmann aus seiner Holzhütte auf der anderen Seite des Tores kommen sah. Steve beobachtete, wie der Detektiv ausstieg, zu dem Wachmann hinüberging und etwas durch die Gitterstäbe reichte. Die Versuchung zu rufen war überwältigend, als Steadman zurückschlenderte und sich an die Motorhaube des Celica lehnte. Er hatte schon eine Hand an den Mund gelegt, als der Wachmann zum Tor zurückkam; also schwieg er und fluchte innerlich. Er konnte nichts tun.

Unruhig beobachtete er, wie der Wagen auf das Anwesen fuhr und auf einer Straße hinter einer Baumgruppe verschwand. Nur wenige Augenblicke später kam ein BMW über die Auffahrt und hielt vor dem Tor, das geöffnet wurde. Er glaubte, den Fahrgast zu erkennen, als der Wagen auf die Straße bog, konnte das Gesicht aber nicht unterbringen. Steve wartete noch weitere zwanzig Minuten, bis er seinen Entschluß faßte. Er mußte mit Sexton Verbindung aufnehmen – der würde wissen, was zu tun war.

Einen halben Kilometer straßaufwärts fand er eine Telefonzelle, und der Expolizist war zum Glück noch in der Detektei. Steve kehrte zu seinem einsamen Wachposten zurück, glücklich zu wissen, daß Sexton bald bei ihm sein würde und vor Freude über das Lob strahlend, das er erhalten hatte. Etwa eine Stunde später war Sextons Cortina langsam vorbeigefahren, aber er hatte gewartet, bis er sicher war, daß es tatsächlich der Expolizist war, bevor er durch das Unterholz die Straße weiter hinuntergelaufen war und am Straßenrand darauf gewartet hatte, daß der Wagen wieder vorbeifuhr.

»Glauben Sie, daß Mr. Steadman in Schwierigkeiten steckt?« fragte er Sexton zum dritten Mal. »Er ist jetzt schon lange da drin.«

Der alte Mann dachte wieder über die Frage nach.

Schließlich sagte er: »Geben wir ihm noch eine Stunde. Dann sehen wir nach.«

»Haben Sie je von der Thule Gesellschaft gehört, Mr. Steadman?« Gant stand vor dem Detektiv, die Hände in seine Jackentaschen gesteckt, den Körper aufgerichtet, und das Lächeln auf seinem Gesicht war jetzt eher arrogant als höhnisch.

Steadman versuchte klar zu denken. Er war nicht gefesselt, doch die 38er Webley, die Major Brannigan ihm in den Nacken preßte, fesselte ihn sicherer als Seile an den Stuhl. Er sah den Haß in Goldblatts Augen, als der Israeli den Waffenhändler anfunkelte. Hannahs Körper war noch immer zusammengesunken, wurde aber durch die Seile auf dem Stuhl gehalten. Goldblatt hatte vor Minuten das Bewußtsein wiedererlangt und laut gestöhnt, als er Steadman sah; völlige Verzweiflung zeigte sich auf seinem Gesicht. Er hatte zu sprechen versucht, doch ein heftiger Schlag von Köhner hatte ihn schnell zum Schweigen gebracht.

Flackernde Schatten, von einem lodernden Feuer geworfen, spielten an der hohen Decke des Raumes und bildeten unheimliche Muster, die nie stillstanden. Der Raum war groß und nur von den roten Flammen und einer Ecklampe erhellt. Das einzige Mobiliar waren die hochlehnigen Stühle, auf denen Steadman, die Frau, der alte Mann und die beiden Israelis saßen, und ein langer Tisch am anderen Ende. Gant, Brannigan und Köhner standen vor ihnen. Ihre Haltung war drohend.

»Die Thule Gesellschaft, Mr. Steadman. Sicher haben Sie in den Jahren Ihrer Geheimdiensttätigkeit und bei den Israelis etwas über unsere Organisation erfahren?«

Steadman versuchte, die wachsende Furcht aus seinem Verstand zu vertreiben. Um ihn war eine Kälte, eine Kälte, die nicht da sein sollte, da das Feuer heiß war und seine

Flammen hochschlugen. Die Kälte ließ seine Hände zittern und er zwang sich, sie ruhig zu halten. Vage erinnerte er sich daran, daß die Thule Gesellschaft in den vielen Vorträgen, die er während seiner Geheimdienstausbildung während des Zweiten Weltkrieges hatte mitanhören müssen, erwähnt worden war. Es war eine Art okkulter Vereinigung, die kurz vor dem Krieg bekanntgeworden, seitdem aber verschwunden war.

»Ah, ich sehe, Sie haben von uns gehört.« In Gants Stimme schwang eine gewisse Genugtuung mit. »Doch offensichtlich ist Ihnen unsere Rolle bei den Ereignissen, die zum letzten Krieg führten, nicht klar genug.« Er blickte sich zu der versammelten Gruppe um. »Es scheint, als brauche unser Ritter etwas Unterricht, um zu erfahren, wer sein Feind ist.«

Köhner, der vor dem Mossadagenten stand, kicherte und blickte Steadman voller Verachtung an. »Ich denke, unser *Ritter* wird sich bald in die Hose scheißen«, sagte er.

Gant fiel in das Gelächter ein, aber die Bemerkung half dem Detektiv, seine Nerven zu beruhigen. Seine Furcht wich der Wut, und Steadman hatte vor langer Zeit gelernt, seine Wut zu beherrschen und sie zu zielbewußter Kraft zu kanalisieren. Und die Neugier half auch. Warum hatten sie ihn als Ritter bezeichnet? Was genau *war* seine Rolle in dieser ganzen bizarren Angelegenheit?

»Ich bin sicher, Sie haben die Behauptungen gehört, gelesen, vielleicht studiert, daß Adolf Hitler sich auf seinem Weg zur Macht mit Schwarzer Magie, satanischen Riten und ähnlichem beschäftigte, Mr. Steadman, oder?« Gant hob seine Augenbrauen und wartete auf eine Antwort, sein flaches Gesicht wirkte jetzt im roten Glühen der Flammen noch widerwärtiger, fast schattenlos, da keine hervorragenden Gesichtspartien vorhanden waren.

»Ich habe die Theorien gehört«, antwortete Steadman, »aber nichts davon ist überzeugend bewiesen worden.«

»Nichts bewiesen? Ha! Es ist erstaunlich, wie Menschen sich weigern, solche Dinge zu akzeptieren! Man drängt solche Dinge in die Schatten, untersucht sie nicht zu genau, bringt sie nicht ans Licht – schließlich könnte man ja herausfinden, daß sie wahr sind. Was dann?« Sein Sarkasmus war beißend. »Und das könnte die Negierung all dessen bedeuten, was wir seit dem frühen Mittelalter erreicht haben. Aber sehen Sie sich an, was wir erreicht haben: Armut, Hunger, ständige Kriege! Was ist aus unserem spirituellen Streben geworden? Wir glauben, wir seien fortschrittlich, glauben, die Menschheit bewege sich mit Hilfe der Wissenschaft weiter von ihren primitiven Anfängen fort. Doch genau das Gegenteil geschieht, Mr. Steadman. Wir entfernen uns weiter von unseren spirituellen – unseren vergeistigten – Anfängen! Das war unsere Sünde, verstehen Sie? Unsere Todsünde! Die Grausamkeit der Menschheit. Ihre Lust nach dem Körperlichen. Und Hitlers größtes Verbrechen gegen die Menschheit – in den Augen eben dieser Menschheit – war sein Versuch, uns von dieser Entwicklung wegzuführen, zurück zum Geistigen. Darum wurde er abgelehnt, darum mußte er sterben. *Ihr Christus ist aus demselben Grund getötet worden!*«

Steadman erschauerte über den Wahnsinn in Gants Augen. Er hatte diesen Wahnsinn in den Augen von Fanatikern in aller Welt gesehen – das gleiche blinde Denken, die gleiche Leidenschaft für einen Glauben, der auf pervertierter Logik basierte. Und er wußte um die hypnotische Wirkung, die das auf andere hatte, auf Menschen, die wegen ihrer eigenen Unzulänglichkeiten auf einen Führer warteten, die sich nach jemandem sehnten, der ihrer eigenen Existenz eine größere Bedeutung verlieh. Er schaute sich im Raum um und sah das Verlangen in ihren Gesichtern; ihre Augen glänzten voller Erregung, die diese Worte geweckt hatte. Nur Goldblatts Augen waren haßerfüllt.

»Hitler versuchte seine Rasse von dem Gezücht zu reinigen, das sie durchdrungen, sich mit ihr vermischt und auf ihr animalisches Niveau herabgezogen hatte, fort von dem natürlichen germanischen Erbe. Daß er scheiterte, war ein Schritt nach rückwärts in der natürlichen Evolution des Menschen – ich möchte sagen ein Atavismus, denn Thulisten glauben, daß wir die *Rückkehr* zu unseren Anfängen brauchen, keine Entfernung davon. Hitlers Pläne für die Herrenrasse basierten auf *völkischem Okkultismus,* und darin konnten die Thulisten ihm helfen und ihn führen, denn wir waren die Wurzeln des Nationalsozialismus! Schon in jenen frühen Tagen war das Hakenkreuz mit Flammenschwert und Kranz unser Wappen. Ein Thulist hat sogar die Naziflagge für Hitler entworfen! Ein Hakenkreuz in weißem Kreis auf rotem Grund, Symbol der Ideologie der Bewegung: das Weiß ist der Nationalismus, das Rot sein Gesellschaftsideal – und das Hakenkreuz selbst der Kampf für den Sieg des arischen Menschen.« Gant wandte sich von der Gruppe ab, seine Hände tief in den Jackentaschen vergraben, und schritt auf den riesigen Kamin zu. Er starrte für ein paar Augenblicke in die Flammen und wirbelte dann wieder herum, um ihn anzusehen. »Wissen Sie, was das Hakenkreuz bedeutet, Mr. Steadman?« fragte er barsch.

Durch die Flammen wurde Gants Körper zu einer rotkonturierten Silhouette. Ohne eine Antwort abzuwarten, fuhr er fort: »Es ist ein Symbol der Sonne, des Lichts, des Lebens. Und über Tausende von Jahren ist es von vielen Rassen als solches benutzt worden. Die Buddhisten glauben, es sei eine Anhäufung von Glückszeichen, die zehntausend Tugenden umfassen. Für die Thulisten aber – und für Hitler – war es ein symbolisches Bindeglied zu unserer eigenen esoterischen Vorgeschichte, zu jener Zeit, als wir noch nicht waren, was wir jetzt sind, sondern Energiemuster, die auf der verschollenen Insel Thule existierten. Ätherische Schatten, Mr. Steadman. Man könnte sie als Geister bezeichnen.«

Steadman erschauerte wieder. Die Temperatur im Raum war noch weiter gefallen – oder war das nur Einbildung? Die Luft des Raumes schien elektrisch geladen, und die Silhouette des Waffenhändlers war irgendwie dichter, schwärzer geworden.

»Zeichen, Symbole, Rituale – alle werden von Okkultisten benutzt, um Macht zu beschwören, genauso wie das Abendmahl und die Messe in der Kirche benutzt werden, um Macht zu demonstrieren. Ob diese Macht zum Guten oder zum Bösen benutzt wird, hängt von dem ab, der sie ruft. Denken Sie daran, wie die katholische Kirche in den vergangenen Jahrhunderten sie mißbraucht hat, denken Sie an die Verbrechen, die im Namen Gottes begangen wurden. Aber es gibt einen direkten Weg, um sich die Kräfte des Bösen zu erschließen, und Hitler war geistig fortschrittlich genug, um zu wissen, daß der christliche Gott eigentlich böse, das christliche Böse aber gut war! Die Lektüre Nietzsches, des Mannes, der verkündete, daß Gott tot sei, hatte ihn davon überzeugt. Hitler wollte diese bösen Kräfte nutzen, und dabei wandte er das Wissen an, das ihm von Männern wie Dietrich Eckart, dem Propagandisten Thules, einem überzeugten Satansanhänger, vermittelt worden war; von Karl Haushofer, dem Astrologen, der später Heß dazu bewegte, nach England überzulaufen; von Heilscher, dem spirituellen Lehrer vieler Nazis. Selbst Wagner spielte seine Rolle bei Hitlers spirituellem Aufstieg. Männer wie der Engländer Houston Stewart Chamberlain, der die *Grundlagen des neunzehnten Jahrhunderts* geschrieben hatte, die Vision des Dritten Reiches, als er von Dämonen besessen war. Und Friedrich Nietzsche, der verkündet hatte, daß die Zeit reif für den Übermenschen sei – den Supermenschen, die Elite der Rasse. Sie hatten Hitlers Ideologien mitgestaltet. Aber es waren die

Magier, die ihn in die Geheimnisse einführten, die es ihm ermöglichten, die Kräfte heranzuziehen, die er brauchte, um totale Macht zu gewinnen. Und eines dieser Geheimnisse war die Umkehrung magischer Symbolkräfte. So wie die Schwarze Messe eine Umkehrung der Heiligen Messe ist, um die Kräfte des Bösen zu beschwören – die Zeremonie wird von einem exkommunizierten Priester durchgeführt, als Vorbereitung wird statt zu fasten geschlemmt, Lust tritt an Stelle von Keuschheit, als Altar dient der Körper einer nackten Frau, vorzugsweise einer Prostituierten, das Kruzifix wird umgedreht und zerbrochen, und die Hostie wird zu einer schwarzen Rübe, die in die Vagina der Hure gesteckt wird – so werden Symbole umgekehrt, um das gleiche zu erreichen. Das Hakenkreuz als Sonnensymbol dreht sich im Uhrzeigersinn, um die Kräfte des Lichtes anzuziehen, und seine Flügelarme zeigen die Drehrichtung an. Hitler befahl, daß *sein* Hakenkreuz umzudrehen sei, daß es sich im Gegenuhrzeigersinn bewegen müsse, um die Kräfte der Dunkelheit anzuziehen! Und die ganze Welt war Zeuge seines kometenhaften Aufstiegs!«

Gant sprach noch immer mit leiser Stimme, doch durchdrangen seine Worte zischend den ganzen Raum. Sein Publikum war gefesselt, und Steadman dachte daran, Brannigan anzugreifen, der hinter ihm stand, doch der Druck der Pistole in seinem Nacken ließ keinen Augenblick nach. Er schaute zu Goldblatt hinüber und zuckte zusammen, als er die Verzweiflung im Gesicht des Mannes sah.

»Aber Hitler lehnte alle okkulten Gesellschaften ab, nicht wahr?« brüllte er den Waffenhändler plötzlich an. »Er verbannte sie aus der Partei.«

Alle Köpfe drehten sich Steadman zu, als habe er sie abrupt aus einem Traum geweckt. Gant lachte dünn, als er sich mit langsamen Schritten dem Detektiv näherte. Er blieb vor Steadman stehen, die Hände noch immer in den Jackentaschen. Eine Hand schoß plötzlich nach vorn, packte den Detektiv am Haar und preßte seinen Kopf zurück; den seinen reckte er soweit vor, daß sein flaches Gesicht nur Zentimeter entfernt war.

»Er hat nicht *uns* verworfen, Mr. Steadman«, sagte er mit scharfer Stimme. »Am Ende haben *wir ihn* verworfen.« Er zog Steadmans Kopf wieder hoch, ließ ihn los und schlug ihn dann heftig. Der Detektiv versuchte aufzuspringen, aber Brannigan umklammerte seinen Hals, und die Pistole preßte sich noch tiefer in seine Haut.

»Das würde ich nicht tun, Steadman«, warnte der Major. »Bleiben Sie bloß still sitzen!«

Steadman entspannte sich und sank auf den Stuhl zurück; sein Hals wurde losgelassen. Gant lächelte, wandte sich ab und kehrte zu dem Kamin zurück, als sei der eine Bühne für seinen Vortrag.

»Als Adolf Hitlers Ideale noch ungeformt waren – vielleicht ist das ein unpassendes Wort, ›nicht kanalisiert‹ wäre besser – praktizierten die Thule Gesellschaft und der Deutsche Orden Walvater vom Heiligen Gral nordische Freimaurerei, um sich der orthodoxen jüdischen Freimaurerei zu widersetzen, die die deutsche Wirtschaft in den Jahren nach dem Ersten Weltkrieg langsam okkupierte. Zu jener Zeit bekämpften wir die demokratische Regierung in Berlin wegen ihrer Verbindung mit dem Abschaum des Landes – mit Juden, Slawen und Marxisten. Diese – diese Entarteten gewannen allmählich die Kontrolle über Staat und Industrie, saugten das Land mit ihren Forderungen aus und hatten eine Situation geschaffen, die der heutigen in Britannien nicht unähnlich ist. Sie stimmen mir in diesem Punkte zu, Mr. Steadman?«

Gant wartete auf eine Antwort, doch als keine erfolgte, kreischte er plötzlich in die Stille des Raumes: *»Sie stimmen mir zu?«*

»Der Vergleich ist ein wenig extrem«, sagte Steadman ironisch.

»Glauben Sie?« Ein teuflischer Sarkasmus lag jetzt in Gants Stimme. »Sie glauben, daß die gewählte Regierung das Land noch regiert? Sie glauben, daß Management führe noch die Industrie? Sie glauben, das Land gehöre noch den reinblütigen Angelsachsen? Schauen Sie sich doch mit offenen Augen um, Mr. Steadman. Nicht nur in diesem Land, sondern in der ganzen Welt. Es vollzieht sich überall, so wie es in Deutschland vor so vielen Jahren geschehen ist: *der Aufschwung fremder Rassen*. Die afrikanischen Staaten, die Araber – sehen Sie doch, wie schnell sie wachsen. Lateinamerika. China. Japan. *Rußland!* Und natürlich Israel. Sie sagen, der Vergleich sei zu extrem. Ich versichere Ihnen – heute ist die Gefahr noch größer!«

Steadman wußte, daß eine Diskussion sinnlos war. Männer wie Gant waren von ihrem Fanatismus zu besessen, um einsichtig zu sein.

»Das arische Volk brauchte damals einen starken Führer, genau wie es jetzt einen braucht. Hitler wußte das und sah, daß wir ihm helfen konnten, dieser Führer zu werden. Wir hatten bereits ein Feindklima gegen die jüdisch-bolschewistische Infiltration geschaffen. Wir, die Thule-Gefolgsleute, und die Angehörigen des Deutschen Ordens Walvater, hatten bereits eine eigene Partei geschaffen – die Deutsche Arbeiterpartei, die später als Nationalsozialistische Deutsche Arbeiterpartei bekannt werden sollte. Die Nazipartei.«

Gant hielt effektheischend inne, und Steadman fragte sich, ob sein Publikum applaudieren würde. Das taten sie nicht, doch Köhners und Kristinas Augen glänzten. Der alte Mann saß reglos wie ein Fels da, seine Augen in tiefen Schatten verborgen. Steadmans Aufmerksamkeit wurde wieder auf den Waffenhändler gelenkt, als er fortfuhr:

»Hitler, der zu dieser Zeit noch in der Armee diente,

war von seinem kommandierenden Offizier ausgewählt worden, an einem Kurs für politische Schulung teilzunehmen, und dazu gehörte auch die Teilnahme an unseren Versammlungen. Es dauerte nicht lange, bis er sich unserer Sache angeschlossen hatte! Und bei uns führten ihn Männer wie Eckart und Guthbertlet in das Studium des deutschen Mystizismus ein. Bei uns fand er seine Bestimmung.

Nach Jahren des Kampfes, nach Verfolgung und Blutvergießen, besiegten wir den Feind in unserem eigenen Lande. 1933 wurde Hitler zum Kanzler Deutschlands gemacht – ein großer Tag für die Thulisten! Und ein tragischer Tag für Hitler. Denn an diesem Tag wandte er sich gegen uns. Er bemühte sich, Deutschland von allen Geheimgesellschaften zu reinigen, und rein oberflächlich litten wir genau wie die anderen. Für die Welt schien es, als habe er solche Kulte verworfen, tatsächlich aber hatte er eine neue Quelle der Macht gefunden. Ein Symbol. Eine Waffe, die von glorreichen Eroberern der Vergangenheit geführt worden war! Und er setzte seine Pläne in die Tat um, um sie zu erlangen.«

11

»Hitler lehnte Okkultismus nicht ab, wie Sie zu glauben scheinen, Mr. Steadman. Selbst die Historiker, die solche Gedanken als billige Fantasie verwerfen, können die vielen Hinweise auf Hitlers tiefen Glauben an alle okkulten Dinge nicht erklären. Als die Russen schließlich Berlin eroberten, fanden sie die Leichen Tausender tibetanischer Mönche, die alle die Naziuniform trugen – aber ohne Insignien. Alle hatten Selbstmord begangen. Warum hätte Hitler solche Männer in seine Armee einberufen sollen, und warum sollten sie sich schließlich selbst töten? Warum die bizarren Experimente, die an den Untermenschen in seinen Konzentrationslagern durchgeführt wurden? Das Tieffrieren lebender Körper; das Verstreuen der Asche aus den Gasöfen über dem Land; die Tausende abgetrennter Schädel, die die Alliierten bei der Invasion entdeckten. Hitler führte Experimente bei der V2 Rakete durch – der Waffe, die Deutschland hätte den Sieg bringen können –, weil er glaubte, daß sie eine ätherische Struktur verschwinden lassen könnte, die seiner Auffassung nach die Erde umgab. Waren dies Tagen eines Mannes, der Okkultismus ablehnte? Das SS-Symbol der Schutzstaffeln war aus der alten Siegesrune abgeleitet worden. Die schwarze Uniform selbst mit der schwarzen Mütze und der Totenkopfinsignie – würde ein Mann, der nicht mehr an die Schwarze Kunst glaubt, Insignien solche Wichtigkeit beimessen? Sogar der britische Geheimdienst bediente sich einer okkulten Abteilung als Gegenmaßnahme im Hinblick auf den okkulten Geheimdienst der Nazis.«

Obwohl Gants Gesicht im Dunkel war, konnte Steadman spüren, daß seine Augen ihn durchbohrten. »Sie sagten, Hitler hätte eine Quelle der Macht gefunden. Eine Art Symbol.« Er erinnerte sich, daß Pope eine Speerspitze erwähnt hatte. »Sollte das der Heilige Speer gewesen sein?«

»Aber ja, Mr. Steadman.« Gants Lächeln war voll teuflischer Genugtuung. »Der Speer, von dem man glaubte, er sei die Waffe, die Christi Seite zerschnitt, als er am Kreuz starb. Der Speer des Centurio Longinus. Adolf Hitler fand den Speer im Wiener Hofburgmuseum, als er nichts als ein Landstreicher in der Stadt war und ihre Geschichte erforschte. Selbst zu jener Zeit war er von der Erinnerung in die glorreiche Vergangenheit des deutschen Volkes erfüllt – und von der Vorstellung des Ruhms, der einst kommen würde. Er hatte auch Visionen von merkwürdigen Schlachten, ausgetragen in anderen Dimensionen, von mystischen Kriegen zwischen den Kräften des Guten und denen des Bösen.

Richard Wagner stellte diese Konflikte in vielen seiner besten Werke dar, und Hitler glaubte, daß Wagner der wahre Prophet seiner Rasse sei! Im *Parsifal*, Wagners letzter und großartigster Oper, entdeckte Hitler die wahre Bedeutung des Heiligen Gral, die Suche nach der geistigen Erfüllung der Menschheit. Die Könige, die Herrscher, die Tyrannen, welche die heilige Reliquie über die Jahrhundertwende besessen hatten, kannten ihr Geheimnis ebenfalls. Durch sie war Christi Blut in die Erde geflossen, um die Erde selbst zu erneuern. Ihre spirituellen Kräfte wurden als symbolische Manifestation des ewigen kosmischen Kampfes betrachtet. Diese Lanze war ein Symbol der miteinander ringenden Mächte, und nur der Besitzer konnte entscheiden, welche Macht sie repräsentierte. Hitler erkannte aufgrund seines historischen und mystischen Wissens, daß er das Bindeglied zwischen irdischen und geistigen Kräften gefunden hatte. Dieses Bindeglied in materieller Form war der Speer des Longinus – denn es war die Waffe in der Hand eines römischen Soldaten, die den Geist Christi in die Erde fließen ließ. Hitler schwor, daß er diese Waffe eines Tages besitzen würde. Und dieser Tag kam, als er Österreich annektierte.

Churchill selbst befahl, daß bestimmte Tatsachen vor der Öffentlichkeit verheimlicht wurden. Bei den Nürnberger Prozessen wurde nicht einmal zu erklären versucht, warum solche ›Scheußlichkeiten‹ stattgefunden hatten. Die Welt war auch so schon entsetzt genug, ohne daß man sie auf die teuflische Bedeutung aufmerksam machen mußte. O nein, Mr. Steadman, der Führer gab seinen Glauben nicht auf – ganz im Gegenteil. Er verbannte die Geheimgesellschaften, weil er sie für eine Bedrohung seiner eigenen okkulten Macht hielt. Aber die Thule-Gesellschaft lebte weiter. Dank der Vision eines anderen Mannes, eines Mannes, der viel größer war als der Versager, der so vermessen war, sich Führer zu nennen, waren wir bereits in die SS integiert! Durch den Mann, der nie aufgab, nicht einmal, als sein geliebtes Land von Hitler verraten worden war. Ich meine natürlich den Reichsführer Heinrich Himmler!«

Steadman hätte fast laut aufgelacht, aber er wußte, daß es Gant todernst war. Der Waffenhändler hielt seine Hände fast wie im Gebet verschränkt.

»Himmler kannte die Macht des Speeres. Er hatte seinen Führer um Erlaubnis gebeten, ihn von Wien zu seiner Wewelsburg zu bringen, dem Schrein des neuen Heiligen Ordens. Aber Hitler weigerte sich. Er hatte mit der heiligen Relique andere Pläne. Der Speer sollte mit den anderen Reliquien aus der Schatzkammer der Hofburg legal entfernt – nicht gestohlen – und in die Nürnberger St. Katharinenkirche gebracht werden, wo alles bleiben würde, bis Hitler die Weltherrschaft erreicht hatte. *Doch Hitler versagte, weil er Himmler ignorierte.*«

Gant schwieg jetzt, und seine Schultern hoben sich, als fiele ihm das Atmen schwer. Kalter Hauch quoll aus seinem Mund, und Steadman spürte, wie frostig der Raum geworden war. Unnatürlich kalt. Das Feuer loderte hinter dem Waffenhändler, schien aber keine Hitze auszustrahlen. Andernfalls hätte Gant nicht so dicht davor stehen können. Der Waffenhändler ging wieder auf Steadman zu, und der Detektiv spannte sich, weil er wußte, daß er einen weiteren Schlag nicht widerstandslos hinnehmen würde. Doch Gant hatte die Hände in die Taschen gesteckt, als er sich drohend vor Steadman aufbaute.

»Aber das ist Vergangenheit, Mr. Steadman«, sagte er. »Beschäftigen wir uns mit der Gegenwart. Wie Sie sehen« – er nickte zu Goldblatt und Hannah hin – »sind Ihre beiden Kollegen jetzt für uns wertlos. Aber wir würden gern mehr über Sie erfahren, über Ihre kläglichen Pläne, unsere

Organisation zu zerstören. Ich fürchte, Ihre Freunde sind nicht sehr gesprächig. Ich frage mich, ob Ihr anderer Mossadverbündeter das ist.«

»Mein anderer Verbündeter?« Steadman war überrascht. »Augenblick. Sie meinen Baruch Kanaan? Sie haben ihn ...«

»Nein, Mr. Steadman.« Gant spuckte die Worte aus. »Ich meine Ihre Kollegin Holly Miles.«

»Holly? Nein, Sie irren sich! Sie hat mit der Mossad nichts zu tun.«

»Tatsächlich? Ich muß sagen, ihre Tarnung war perfekt. Selbst als sie überprüft wurde. Es scheint, als sei sie tatsächlich eine entfernte Verwandte meiner verstorbenen Frau. Aber die Mossad ist schließlich für ihre Gründlichkeit bekannt. Was den anderen anbelangt – diesen Baruch – ich denke, er bedauert den Tag, an dem er meine Wewelsburg besuchte.«

»Er lebt?«

Gant grinste teuflisch. »Fast«, sagte er.

Steadman überlegte, was dieses ›fast‹ bedeuten mochte. »Hören Sie, dieses Mädchen – Holly – sie hat mit all dem nichts zu tun. Sie ist tatsächlich Journalistin.«

»Natürlich.«

»Nein, es ist mein Ernst. Auch ich gehöre nicht zur Mossad. Ich habe schon vor Jahren mit dem Institut Schluß gemacht. Man hat mich für einen Auftrag verpflichtet, um einen vermißten Agenten, Baruch Kanaan, wiederzufinden.«

»Ich habe für derartige Dinge keine Zeit«, sagte Gant mit einer gewissen Müdigkeit. »Köhner wird von Ihnen alles, was wir wissen müssen, erfahren, wenn wir fort sind. Wir haben wichtigere Dinge zu tun. Ich werde Miß Miles herzlich von Ihnen grüßen. Und ich werde es genießen, mit ihr zu sprechen.«

»Wo ist sie, Gant? Was haben Sie mit ihr getan?« Steadman wollte aufstehen, aber Brannigan drückte ihn heftig auf den Stuhl. »Um Himmels willen, Brannigan, was haben Sie mit diesem Wahnsinnigen zu schaffen? Sie sind in der britischen Armee, verdammt!«

Gant schlug ihm wieder ins Gesicht, so daß Blut aus seinen Mundwinkeln floß.

»Bitte, seien Sie nicht so unhöflich, Mr. Steadman«, sagte Gant ruhig. »Ich bin nicht wahnsinnig. Die Führer dieses Landes sind wahnsinnig, die zulassen, daß es so verkommt.«

»Aber Ihre Sympathien haben den Deutschen gegolten, nicht wahr?« fragte Steadman mit zusammengebissenen Zähnen. »Sie sagten ständig wir – wir halfen Hitler, wir, die Thule.«

»Ich bin Deutscher, Mr. Steadman. Und ein getreuer Freund Heinrich Himmlers. Aber wir haben die Briten nie gehaßt. Wir wollten sie als Verbündete. Wir haben sogar die britischen Aristokraten bewundert, da ihre Ansichten mit den unseren sehr stark übereinstimmen. Unglücklicherweise entschloß sich Ihr Land, uns zu bekämpfen. Die Ironie ist, daß viele jetzt ihren Irrtum erkennen – nicht nur in diesem Land, auch in anderen Ländern. Sie waren Zeuge des Aufstiegs der Unterrassen und leiden darunter! Doch es ist noch nicht zu spät. Mächtige Männer stehen jetzt hinter uns, die Chancen für eine Gegenrevolution sind da. Sie wird zuerst langsam sein, doch verschiedene ›Ereignisse‹ werden für ihre Eskalation sorgen. Und diese ›Ereignisse‹ werden durch uns bewirkt werden, durch die Thule Gesellschaft. Unseren ersten großen Schlag werden wir morgen führen. Darum müssen wir Sie in den Händen von Mr. Köhner zurücklassen. Er hat seine Unterhaltung mit Ihrer Partnerin, Mrs. Wyeth, besonders genossen.«

Steadman ignorierte die Hand auf seiner Schulter und die Waffe in seinem Genick. Seine Hände fanden Gants Kehle, und er begann ihn mit aller Kraft zu würgen. Seine blinde Wut hatte jede Furcht überwältigt. Auch als der Pistolenlauf gegen seinen Schädel knallte, klammerte er sich weiter an den Waffenhändler und versuchte, ihn zu erwürgen. Gants Finger umkrallten Steadmans Handgelenke verzweifelt, doch so unglaublich kräftig der Griff des Waffenhändlers auch war, Steadmans Haß war stärker. Erst der zweite Schlag mit dem Pistolenlauf lockerte seine Hände. Die Waffe traf ihn noch einmal und er rutschte am Körper seines Opfers entlang, als er zu Boden ging. Gants Knie schleuderte ihn zurück. Er versuchte benommen und voller Schmerzen aufzustehen, schaffte es aber nur zu knien und sich auf die Hände zu stützen. Brannigan trat ihm so heftig in die Rippen, daß er sich wieder überschlug. Er versuchte, einen klaren Kopf zu bekommen und die Augen zu öffnen, doch durch einen sich drehenden Nebel sah er nur das runzlige Gesicht des alten Mannes, dessen Augen noch immer in zwei dunklen Höhlen verborgen waren. Ein Schrei veranlaßte ihn, seinen Kopf zu drehen, und obwohl der Raum zu kippen schien, bekam er mit, daß Goldblatt schrie und an seinen Fesseln zerrte. Seine gefesselten Hände schienen wie Klauen nach Gant greifen zu wollen.

»Ihr Bastarde!« schrie er. »Ihr seid schlimmer als die Gestapo! Ihr seid die gleichen Bestien wie früher! Ihr wurdet Mordgesellschaft genannt! Und das seid ihr auch!«

Alles versank wie in einem Traum, als sein Sehvermögen langsam zu schwinden begann. Er sah Köhner etwas aus seiner Innentasche ziehen, sah es rötlich im Feuerschein funkeln, sah Gant langsam nicken, sah, wie Goldblatts Kopf am Haar zurückgezogen wurde, sah die Messerklinge wie in Zeitlupe über seinen entblößten Hals gleiten, sah das Blut herausspritzen. Und dann erstarrte der Körper.

Er spürte eine schreckliche Kälte, die ihn einhüllte, als er das Bewußtsein verlor.

12

»Verdammt, ein Hubschrauber!« Steve sah den älteren Detektiv ängstlich an und beugte dann seinen Kopf zur Windschutzscheibe vor, um das rote Hecklicht des Hubschraubers besser erkennen zu können, der über den Baumkronen aufstieg. »Ich bin sicher, daß der vom Haus kommt.«

Blake spähte in die Nacht. »Das muß bestimmt Gants Privathubschrauber sein. Ich frage mich, wohin er fliegt.«

»Wenn er darin ist. Ich kann nicht allzu gut im Dunkel sehen, aber er sieht groß genug aus, um vier oder fünf Personen befördern zu können. Meinen Sie, daß Mr. Steadman drin ist?«

»Das weiß nur Gott. Aber deshalb fühle ich mich auch nicht wohler. Ich denke, wir müssen jetzt bald etwas tun.«

Steve nickte zustimmend. Er fror, war müde und langweilte sich. Und er fühlte sich eingeengt. Sexton hatte ihn nicht aussteigen lassen, um seine steifen Glieder zu strekken. »Was tun wir? Fahren wir zum Tor und fragen wir nach ihm? Oder sollen wir die Polizei holen?«

»Die Polizei holen? Wozu? Soweit wir wissen, ist alles in Ordnung. Die Regierung macht selbst große Geschäfte mit dem Waffenhändler. Was sollten wir der Polizei sagen?«

»Entschuldigung. Ich bin nur ein wenig beunruhigt, das ist alles.«

»Schon gut, mein Junge. Mir geht's genauso. Harry ist schon lange da drin. Ich denke, wir gehen erstmal näher ans Tor ran, um zu sehen, ob etwa...«

»Moment mal!« Steves Hand legte sich im Dunkel auf seinen Arm. »Da geschieht etwas. Sehen Sie, Scheinwerfer!«

Helle Lichtstrahlen kamen ins Blickfeld, leuchteten durch das Tor, erhellten den dichten Wald auf der gegenüberliegenden Seite und hielten dann kurz an. Wahrscheinlich wartete das Fahrzeug darauf, daß das Tor geöffnet wurde. Dann bewegten die Scheinwerfer sich durch das Tor, schwenkten von den beiden versteckten Männern weg und entfernten sich auf der Straße nach Westen. Sie konnten gerade noch die Umrisse eines großen Lastwagens erkennen, bevor er verschwand. Aufmerksam beobachteten sie, wie die Schlußlichter verschwanden und merkten gleichzeitig, daß das Dröhnen des Hubschraubers in der Ferne leiser wurde.

»Sieht wie ein allgemeiner Auszug aus«, überlegte Sexton.

»Was, Mr. Blake?«

»Nichts. Komm jetzt, sehen wir uns das mal näher an.«

Sie verließen den Cortina und krochen so leise wie möglich durch das Unterholz auf die Zufahrt des Anwesens zu. Als sie sich endlich ihr gegenüber befanden und immer noch gut versteckt warteten, zitterten sie in der kalten Luft.

Steadman führte eine Hand an seinen Hinterkopf und zuckte unter dem plötzlichen scharfen Schmerz zusammen. Er lag noch immer auf dem Boden, und die nebligen roten Schatten, die an der Decke tanzten, verwirrten ihn für ein paar Sekunden. Langsam begann sein Kopf klar zu werden, doch als er sich auf einem Ellbogen aufzurichten versuchte, drehte sich der Raum wie verrückt und er sank erneut zurück und bedeckte seine Augen mit beiden Händen. Erst als er Geräusche hörte, senkte er seine Hände wieder und blinzelte, erhob sich aber nicht, während er seinen Kopf vorsichtig herumdrehte. Er sah die geduckte Gestalt eines Mannes – des selben Mannes, der ihn an diesem Nachmittag ins Haus geführt hatte – etwas über den Boden ziehen, das eine dunkle, feuchte Spur hinterließ. Es durchzuckte ihn plötzlich – die Erinnerung drang in sein benommenes Gehirn. Er versuchte wieder aufzustehen, drehte sich auf die Seite und stieß sich mit den Händen vom Boden ab; dieses Mal hatte er Erfolg, konnte sich auf einen Ellbogen stützen und den Raum deutlich sehen. Irgendwo in der Ferne, ihm kaum bewußt, hörte er ein leiser werdendes Geräusch, das nur von einem Hubschrauber stammen konnte.

»Du Bastard!« schrie er, als er Köhner am anderen Ende des langen Tisches stehen sah. Er versuchte, auf die Beine zu kommen, aber das war zu früh und er fiel wieder zu Boden.

»Ah, Steadman. Freut mich, daß Sie wieder wach sind.« Köhner kam auf ihn zu, die Hände hinter seinem Rücken und ein freundliches Lächeln auf dem Gesicht. Der Mann, der Goldblatts blutige Leiche über den Boden geschleift hatte, setzte seinen Weg nach einem neugierigen Blick auf Steadman fort. Als er die andere Ecke des Raumes erreicht hatte, zog er die Leiche hoch und stieß sie so dicht an die Wand, daß sie nur als schwarzes Bündel in den Schatten zu erkennen war. Köhner blieb unmittelbar vor Steadman stehen, und der Detektiv starrte auf die makellos polierten Schuhe, die in der Glut des Feuers rötlich glänzten. Es war nicht mehr so kalt in dem Raum, aber Steadman zitterte jetzt vor Wut. Dieser Mann war ein kaltblütiger Mörder.

»Wir sind jetzt nur noch eine kleine Gruppe, Steadman. Sie, ich und Craven« – er deutete auf den kleinen Mann, der sich mit einem Taschentuch das Blut von den Händen wischte – »und ein paar Wachen. Die anderen sind alle nach Wewelsburg gefahren. Morgen ist ein großer Tag, müssen Sie wissen. Es sind noch viele Vorbereitungen zu treffen.« Eine Schuhspitze trat Steadman spielerisch in die Rippen. »Heute nacht also gehören Sie mir.« Noch immer lächelnd setzte Köhner seinen Fuß auf Steadmans Schulter und stieß ihn wieder auf den Rücken. Dann ging er fort.

Fragen überschlugen sich im Kopf des Detektivs. Was war dieses ›Wewelsburg‹? Und warum waren Gant und die anderen dorthin gefahren? Was sollte morgen geschehen? War Gant völlig wahnsinnig mit all seinem Gerede von Hitler und diesem Speer? Wenn er es war, war es ein gefährlicher Wahnsinn. Aber wie gefährlich? Handelte es sich nur um eine kleine Gruppe von Fanatikern, oder hatten sie viele Anhänger? Mein Gott – der Mann, den er am Nachmittag in dem BMW hatte fortfahren sehen, war ein Parlamentsangehöriger! War er einer von ihnen? Und Holly? Warum hatte man sie gefangengenommen? Was würden sie ihr antun? Warum hatten sie ihn mit diesem Mörder Köhner zurückgelassen?

Seine Gedanken stockten, als er Köhner hinter Hannah stehen sah. Seine Hände ruhten auf ihren Schultern, und seine Finger kneteten ihr Fleisch. Sie war noch immer an den Stuhl gefesselt, aber bei Bewußtsein. Ihre Augen starrten auf das Bündel, das in der Ecke lag.

»Kommen Sie jetzt her, Steadman«, sagte Köhner, das freundliche, böse Lächeln noch immer auf dem Gesicht. »Kommen Sie zu uns.« Er nahm den Stuhl neben Hannah, den Stuhl, auf dem Goldblatt gesessen hatte, und rückte ihn ihr gegenüber hin. »Bring ihn rüber, Craven.«

Der kleine Mann kam herbeigelaufen und zog eine Waffe aus seiner Jacke. Ohne ein Wort packte er Steadman am Oberarm und zog ihn auf die Beine. Ein Stoß ließ den Detektiv durch den Raum auf den leeren Stuhl zuwanken. Steadman stolperte und fiel, doch Craven riß ihn wieder auf die Beine. Er stand vor dem Stuhl und wurde grob darauf gestoßen. Verzweifelt blickte er zu Hannah hinüber. In ihren Augen las er Trauer. Bedauern.

»Es tut mir leid...«, setzte sie an, doch Köhner schlug zu und brachte sie zum Schweigen.

»Halt's Maul, du jüdische Hure! Du wirst reden, aber du wirst zu mir reden – nicht zu ihm!«

»Lassen Sie sie, Köhner«, sagte Steadman matt. »Sie ist nur eine Frau, sie...«

Köhner holte aus und schlug die Frau wieder. Diesmal schrie sie auf, Furcht trat in ihre Augen.

Köhner lächelte Steadman höhnisch an. »Sie sehen, sie wird Schmerzen haben, nicht Sie. Sie werden mir erzählen, was Sie wissen, denn wenn Sie das nicht tun, wird die Frau leiden.« Er streifte Hannahs Jacke beiseite und riß ihr dann die Bluse auf. »Es ist unglaublich, wie empfindlich manche Körperregionen sind.« Damit griff er in seine Jacke und zog wieder die bösartig wirkende Klinge aus einer Scheide, die er wie ein Schulterhalfter trug. Steadman sah, daß das Messer zweischneidig war, und daß die Blutflecken seines letzten Opfers noch daran klebten. Er bereitete sich darauf vor, sich auf ihn zu stürzen, als die Klinge sich auf Hannahs entblößten Körper senkte, aber Köhner warf ihm einen Blick zu und zögerte.

»Du fesselst ihn wohl besser, Craven«, sagte er. »Das könnte sonst für den armen Mann zuviel sein.«

Das kalte Metall des Pistolenlaufes wurde an Steadmans Schläfe gepreßt, und Craven packte mit roher Hand sein Hemd und den Jackenkragen, wobei scharfe Fingernägel seinen Hals zerkratzten. »Keine Sorge, Sir, er wird sich nicht rühren, solange ich ihn so habe.«

In Hannahs Augen standen Tränen und sie schloß sie, damit sie die drei Gesichter vor sich nicht sah. Sie hatte verloren: David war ermordet worden, und auch Baruch war wahrscheinlich tot. Steadman würde getötet werden, obwohl er als Unschuldiger in die ganze Sache verwickelt war. Aber sie hatten keine andere Wahl gehabt; *sie hatten ihn benutzen müssen.*

Köhner ging ans Ende des Raumes zu dem Tisch. Er ergriff etwas, und als er wiederkam, war Steadman über den Gegenstand verblüfft. »Ein einfacher Fön, Steadman. Man braucht keine kunstvollen Instrumente, um jemandem Schmerzen zuzufügen – dazu ist alles geeignet. Dies ist übrigens eine meiner Spezialitäten.« Er schob den Stekker in eine Steckdose neben der Tür, rollte das lange Kabel aus und der Apparat begann zu summen. Zufrieden schaltete er ihn wieder aus und bezog hinter Hannah Stellung.

Er griff unter ihr Kinn und preßte ihren Kopf in einem schraubstockgleichen Griff an seinen Körper. »Die Ohren zuerst, denke ich! Das wird ihre Trommelfelle zerstören. Schlimm genug, wenn es kalte Luft ist, aber wenn sie richtig heiß wird...«

»Es gibt nichts zu erzählen, Köhner. Um Himmels willen! Die haben mich engagiert, um ihren vermißten Agenten zu finden, das ist alles! Mehr kann ich Ihnen nicht sagen!« Steadmans Knöchel wurde weiß, als seine Hände die Stuhlseiten umklammerten. Der Griff an seinem Kragen wurde fester.

»Aber, aber«, sagte Köhner kopfschüttelnd. Der Fön wurde wieder eingeschaltet, Luft in den Ventilator gesaugt und in heißem Strom wieder ausgestoßen. »Sie erwarten doch nicht von mir, daß ich Ihnen das glaube, Steadman. Sie stecken viel tiefer drin. Mr. Gant erwartet rasche Antworten, darum hat er Sie mir überlassen. Schade, daß er zu beschäftigt ist und nicht zuschauen kann. Ich denke, er hätte meine Kunstfertigkeit genossen. Früher hat er das auch.« Er überprüfte die Hitze, indem er die Luft gegen seine eigenen Wangen richtete. »Ah, ja. Angenehm warm. Aber natürlich ist das eines der vielseitigeren Geräte – der Typ, den Friseure verwenden. Deshalb wird er ein bißchen heißer als üblich. Obwohl das eigentlich nicht nötig ist. Ein ganz normaler Fön ist ebensogut – es dauert dann nur ein wenig länger, das ist alles. Mal sehen – die Brüste nach den Ohren? Nein, vielleicht nicht. Wenn sie da etwas spürt, wird sie vielleicht ohnmächtig. Vielleicht die Augen? Ja, die Augen sind gut, selbst bei geschlossenen Lidern.«

»Köhner!«

Der winselnde Apparat wurde gegen Hannahs Ohr gestoßen. Sie versuchte, ihm auszuweichen und schrie, als die heiße Luft in ihr Ohr drang und das Trommelfell erreichte.

»Bitte, hören Sie auf! Ich sag' Ihnen alles, was ich weiß!« flehte Steadman.

Köhner wirkte enttäuscht. Er nahm den Fön von Hannahs Ohr, ließ ihn aber eingeschaltet. Sie stöhnte und versuchte ihren Kopf aus seinem Griff zu befreien, doch er war zu stark für sie. »Nun?« sagte er.

»Es stimmt, ich bin von der Mossad beauftragt worden, Baruch Kanaan zu suchen. Ich habe auch dem israelischen Geheimdienst angehört, aber das ist Jahre her. Ich habe ihn verlassen.«

»Warum hätten Sie das tun sollen?«

»Ich – ich war das Blutvergießen leid. Die Araber haben jemanden getötet... jemand, der mir nahestand. Danach habe ich mich ausgetobt und selbst getötet, getötet – bis ich es leid war!«

»Wie traumatisch.«

»Es ist wahr, verflucht! Es war einfach zuviel!«

»Und Sie sind dann ausgestiegen?«

»Ja. Ich wollte nichts mehr mit ihnen zu tun haben. Aber irgendwie hatten sie mich die ganze Zeit von jemandem beobachten lassen, von einem alten Mann, der seit dem Krieg in diesem Land lebt.«

»Der Juwelier.«

»Ja.« Steadman starrte Köhner an. »Ja, woher wissen Sie das?«

»Ist unwichtig, woher ich das weiß. Der alte Mann ist jetzt tot – er hat seinen Besuch bei Ihnen in der letzten Nacht nicht überlebt.« Dann fügte er mit einem Grinsen hinzu: »Etwas hat ihn zu Tode erschreckt!«

Das war etwas, was Steadman nicht verstand. Er schüttelte seinen Kopf und fuhr fort: »Vor ein paar Wochen kamen sie zu mir, Goldblatt und diese Frau, Hannah. Ich weigerte mich, Ihnen zu helfen, den vermißten Agenten aufzuspüren, aber meine Partnerin erklärte sich ohne mein Wissen dazu bereit.«

»Ja, Mrs. Wyeth. Ich hatte ein interessantes Schwätzchen mit ihr. Unglücklicherweise – für sie – konnte sie mir wirklich nicht viel sagen. Mr. Gant hatte recht: sie wußte nichts.«

»Sie... Sie waren derjenige, der...«

»Reden Sie weiter, Steadman. Keine Fragen, nur Antworten, bitte.«

Craven drückte ihm die Pistole noch heftiger an die Schläfe, als er spürte, daß der Detektiv sich wieder anspannte. Vielleicht hätten sie ihn doch besser fesseln sollen? fragte er sich. Der Fön bewegte sich wieder auf Hannahs Kopf zu, und Steadman sprach rasch weiter. »Nachdem Mag – meine Partnerin – getötet worden war, kam ein Mann namens Pope zu mir. Er war vom britischen Geheimdienst und wußte, daß die Mossad hier operierte. Er stellte auch Ermittlungen wegen Edward Gant an...«

Hannah schaute den Detektiv mit weit aufgerissenen Augen an. »Steadman, sagen Sie nicht...«

Köhner legte seine Hand über ihren Mund und knurrte: »Störe nicht, du Hure. Es wird sehr interessant. Weiter, Steadman.«

Plötzlich schrie Köhner vor Schmerz auf, als Hannah ihm so tief in die Hand biß, daß ihre Zähne blutig wurden. Er ließ den Fön fallen und griff gleichzeitig wieder nach dem Messer.

Steadman schrie: »Nein!«, als die Klinge tief in Hannahs Brust drang. Craven, der auf ihren nackten Oberkörper gestiert hatte, erstarrte. Das Messer wurde in gerader Linie zu ihrem Kinn hochgerissen . . ., und da packte Steadman den Pistolenlauf und stieß ihn beiseite.

Der Detektiv war auf den Beinen, und die Hand an seinem Nacken war gegen seine wütende Kraft hilflos. Der Stuhl kippte hinter ihm um, doch er hielt den Pistolenlauf weiter fest und sah, daß der kleine Mann die Waffe nicht einmal entsichert hatte. Seinen Körper drehend brachte er ein Bein hoch, und Craven wurde schreiend durch die Luft befördert.

Steadman wirbelte herum. Er stürzte sich mit ausgestreckten Händen auf Köhner, griff nach dem blutroten Messer, das jetzt gegen ihn erhoben war. Mit Glück bekam er die Hand zu fassen, die sich um den Messergriff klammerte, und stieß die Waffe beiseite. Die Männer gingen zu Boden und rissen dabei den Stuhl um, auf dem Hannah saß. Sie fielen übereinander, und Steadman schlug die Messerhand auf den Boden, während Köhner unter ihm trat und strampelte, das Haar des Detektivs packte und versuchte, seinen Kopf nach hinten zu ziehen. Hannah, die noch immer an den Stuhl gefesselt war, rollte zur Seite, Blut floß aus dem langen Schnitt, der von ihrem Bauch bis zum Brustbein reichte, und bildete eine dunkle, häßliche Pfütze auf dem Holzboden.

Köhner riß am Haar seines Gegners und es gelang ihm, ein Knie hochzubringen und damit Steadmans Hüfte zu treffen. Durch den Stoß fiel der Detektiv zur Seite, und Köhner rollte mit ihm. Die Messerhand kam hoch, und es gelang Köhner fast, sich aus dem Griff des Detektivs zu befreien. Als die Männer sich überrollten, nutzte Köhner den Schwung aus, um Steadman unter sich zu bringen. Er ließ das Haar des Detektiv los, um sein Messer besser einsetzen zu können. Die scharfe Spitze drückte gegen Steadmans Wange, ein Blutstropfen sickerte heraus. Steadman hatte beide Hände Köhners umklammert und versuchte die Klinge zurückzuzwingen, spürte aber, wie sie langsam, Millimeter um Millimeter, in seine Wange drang und in seine Mundhöhle zu stoßen drohte. Köhners Augen über ihm leuchteten voller Triumph und Mordlust. Steadman spürte keinen Schmerz, nur den erbarmungslosen Druck des kalten Metalls, drehte langsam den Kopf und fühlte, wie die stählerne Klinge eine dünne rote Linie über seine Wange zog.

Mit seiner ganzen Kraft versuchte er, dem Messer auszuweichen. Die Klinge stieß jetzt gegen seinen Wangenknochen, und er wußte, daß er seinen Kopf nicht weiter bewegen konnte. Mit einem Schrei änderte er seine Richtung und stemmte sich gegen das Gewicht des Gegners nach oben. Köhner wehrte sich dagegen, doch die Bewegung war zu plötzlich. Er wurde zurückgestoßen, und als er wußte, daß er sein Gleichgewicht verlor, ließ er sich von dem Schwung mitreißen, um sein Gewicht und seine Kraft geschickt zu seinem Vorteil zu nutzen. Er wollte weiterrollen und erst wieder zustoßen, wenn der Schwung ihn obenauf brachte, aber Steadman war im Einzelkampf noch geschickt genug, um sich im richtigen Augenblick zu befreien. Er drehte sich von seinem überraschten Gegner weg und rollte weiter, wohl wissend, daß die Waffe ihm folgen, ihn am Rücken treffen konnte.

Dann hörte er das Messer in den Boden dröhnen und brachte sich in Hockstellung, während es wieder herausgezogen wurde. Er wandte sein Gesicht dem Feind zu und hielt die Hände vor sich.

Köhner war aufgestanden, und die beiden Männer beobachteten sich stumm, während sie darauf warteten, daß der andere die erste Bewegung machte. Steadman starrte in Köhners Augen, sah die Klinge noch peripher, aber nicht im Fokus seines Blicks. Die Augen Köhners würden ihm verraten, was der Mann tun würde. Er hörte, daß Craven links von ihm auf dem Boden stöhnte und sich bewegte und wußte, daß er schnell sein mußte, um es nicht wieder mit zwei Gegnern zu tun zu haben. Köhner allein war schon schwer genug. Köhners Augen weiteten sich leicht, bevor er sprang, aber das reichte, um den Detektiv zu warnen. Er warf sich zur Seite, duckte sich, und die Klinge stieß an seiner Schulter vorbei. Ihre Körper prallten gegeneinander, und Köhner taumelte, wirbelte herum, fing sich aber und war bereit, wieder anzugreifen. Aber Steadman stand nicht mehr da. Er rannte zu der Waffe Cravens, die in der Mitte des Raumes lag. Köhner folgte ihm, sicher, daß er dem Detektiv das Messer in den Rükken stoßen könnte, bevor er die Pistole erreichte.

Steadman war das auch klar. Er bückte sich und griff nach der Lehne des umgekippten Stuhls, auf dem er kurz zuvor noch gesessen hatte. Als er die Schritte hinter sich hörte, schwang er seinen Körper herum und schlug dabei mit dem Stuhl zu. Er schmetterte ihn gegen Köhners Schulter, so daß der zur Seite wankte, und bevor er sich fangen konnte, sauste der Stuhl wieder auf ihn zu. Er duckte sich instinktiv, und Steadman verlor kurz das Gleichgewicht, fing sich aber wieder schnell genug, um den Stuhl hochzubringen und ihn als Schild gegen Köhners Angriff zu benutzen. Er traf Köhners Körper, und das Messer schwankte bei dem vergeblichen Versuch zuzustoßen. Steadman bot all seine Kraft auf, drückte weiter und schob den anderen Mann nach hinten. Köhner widersetzte sich, hoffnungslos zwischen den Stuhlbeinen gefangen, unfähig, ihn beiseite drücken zu können. Er tat das einzig mögliche: er ließ sich zu Boden fallen und riß den Stuhl dabei mit, hob ihn aber so an, daß er über seinen Kopf flog. Dennoch war er im Nachteil, da er auf dem Rücken lag; er konnte nur mit dem Messer nach Steadmans Beinen stoßen.

Der Detektiv atmete scharf ein, als die rasiermesserscharfe Klinge über sein Schienbein glitt. Nur der ungünstige Winkel verhinderte einen tiefen Schnitt. Er versuchte dem blitzenden Messer auszuweichen, während er über Köhner wankte und schwer gegen den Stuhl fiel, der kurz vor dem Kopf des Mannes auf den Boden gestürzt war.

Steadman lag jetzt auf dem Bauch, der Stuhl war auf ihn gekippt, und für einen Sekundenbruchteil blickte er in Hannahs Gesicht, die noch immer an ihren Stuhl in der Mitte des Raumes gefesselt war. Ihre Augen bettelten und ihre Lippen bewegten sich, während ihr Leben verrann. Sie blickte ihn direkt an. Wankend kam er auf die Beine und wuchtete dabei den Stuhl gegen Köhners Kinn, so daß der Deutsche rücklings zu Boden flog und unwillkürlich eine Hand an die Augen führte, als ob er so die Benommenheit abwischen könne. Steadman war schon über ihm und nutzte seinen plötzlichen Vorteil, griff mit beiden Händen nach dem Arm, der die Waffe hielt und schlug ihn heftig auf sein angehobenes Knie, um ihn zu brechen. Das gelang ihm zwar nicht, aber zumindest entglitt Köhner das Messer, das auf die Bodenbretter klapperte.

Der Detektiv schlug dem Mann seinen Ellbogen in die Rippen und hielt dabei den jetzt schlaffen Arm immer noch mit einer Hand fest. Steadman hörte Köhner keuchen, aber seine Genugtuung währte nur kurz, denn sein Gegner drehte sich und es gelang ihm, den Hals des Detektivs mit seinem anderen Arm zu umschlingen und ihn zu würgen. Steadman beugte sich vor und drückte Köhner nach unten, er preßte ihn so stark zurück, daß der andere Mann mit den Schultern zu Boden ging.

Doch geschmeidig wie eine Katze glitt Köhner seitwärts, war wieder auf den Beinen und griff ihn an. Aber Steadmans Wut auf diese Kreatur, die so gnadenlos und mit solcher Freude Leben vernichtete, trieb ihn jetzt unermüdlich voran. Er stürzte sich auf den Mörder, schmetterte seine Fäuste in dessen Gesicht und trieb ihn auf das niedrig brennende Feuer zu. Furcht begann sich in Köhners Gesicht zu zeigen, als Steadman auf ihn einschlug. Er wußte, daß der Detektiv in seiner Wut nicht mehr aufzuhalten war, nur eine Waffe würde ihm noch helfen können. Verzweifelt sah er sich nach einer Fluchtmöglichkeit um, nach einer Waffe in Reichweite, fand aber keine. Das Messer lag irgendwo auf dem Boden und Cravens Pistole sah er auf der anderen Seite des Raumes. Aber Craven begann sich jetzt langsam zu erheben. Er kam auf die Knie, hatte die Schultern gebeugt und preßte seine Hände noch immer zwischen seine Beine. Aber er begann aufzustehen! Wenn er nur an die Pistole gelangen könnte.

Köhner wollte dem knienden Mann etwas zurufen, als ihn ein weiterer Schlag zurückwarf. »Warten Sie, wir können miteinander reden! Nicht...!« Steadman beachtete die Worte nicht. Der gleiche Haß, den er empfunden hatte, als Lilla gnadenlos ermordet worden war, hatte ihn wieder übermannt.

Köhner spürte den Haß und hob seine Hände, um Steadman abzuwehren, doch sie wurden beiseite geschlagen. Er wich zurück, bis er die Hitze hinter sich fühlte. Das Feuer! O Gott, er geriet in das Feuer! Er versuchte seitlich auszuweichen, aber Steadman packte ihn am Kragen und schlug so hart und kräftig zu, daß ihm schwarz vor Augen wurde. Er stürzte um sich schlagend nach hinten und versuchte instinktiv, sich an den Kaminwänden festzuhalten. Doch seine Hände fanden keinen Halt, und er schrie, als er in die tanzenden Flammen fiel.

Die Hitze verbrannte seine Jacke und versengte seinen Körper, schreiend flehte er den Detektiv an, ihn herauszuziehen.

Steadman hob einen Fuß, stellte ihn auf die Brust des brennenden Mannes und hielt ihn damit fest. Sein Haß kannte keine Gnade. Köhner schrie wieder und wieder, wand seinen Körper hin und her und versuchte, sich zu befreien, während Steadman ihn ungerührt festhielt. Erst als Köhners Haar zu brennen begann, packte der Detektiv ihn an seinen Rockaufschlägen und zog ihn heraus. Köhners Schreie hallten durch den Raum, als Steadman ihm die Jacke herunterriß und sie und einen Teil des Hemdes ins Feuer warf. Der Detektiv schlug die kleineren Flammen an der Hose des Mannes mit seinen Händen aus, ohne beim Anblick des verbrannten Fleisches zusammenzuzucken. Köhners versengtes Haar hing in schwarzen Klumpen von seinem Hinterkopf herab, und seine Zähne klapperten, als sei ihm kalt.

Cravens Schrei warnte Steadman und er drehte sich um, gerade noch rechtzeitig, um zu sehen, wie er rasch auf die am Boden liegende Pistole zukroch. Der Detektiv rannte zu dem kriechenden Mann hin, der voller Furcht aufblickte. Dieser Anblick des Zögerns brachte Craven um seine Chance. Er hatte sich halb aufgerichtet, kroch nicht mehr und griff vergeblich nach der Waffe, als sie vor ihm weggetreten wurde. Er sah sie in die Schatten rutschen und spürte voller Entsetzen, wie eine Hand seinen Hals packte. Eine andere Hand ergriff das Hinterteil seiner Hose, und dann wurde er vorwärts geschleudert, wobei sein eigener Schwung ihm zum Verhängnis wurde. Er war machtlos in dem Griff, flog auf dem Tisch am anderen Ende des Raumes zu, rutschte über die Tischfläche – und dann darüber hinweg in eines der Fenster.

Er spürte, wie Glas um ihn herum zerbrach, hörte das Klirren aber nicht. Der Boden jagte ihm entgegen, und dann schmetterte sein Kopf tief unten auf die Steinplatten.

Steadman stützte sich auf die Tischfläche und sog die kalte Nachtluft, die durch das zerbrochene Fenster drang, in tiefen Zügen ein. Seine Schultern hoben sich schwer.

Die Wut war noch in ihm, kaum gemindert durch die Vergeltung, die er gerade geübt hatte. Aber es war jetzt eine kalte Wut, und sein Verstand arbeitete fast leidenschaftslos. Er wußte, daß der Ekel vor sich selbst später kommen würde, daß er sich mit dem Wissen quälen würde, nicht besser zu sein als die Männer, gegen die er gekämpft hatte. Doch im Augenblick wurden diese Gedanken unterdrückt – so viel war noch zu tun.

Er löste sich von dem Tisch, durchquerte den Raum und ging an Köhner vorbei, der immer noch leise stöhnend auf dem Bauch lag und dessen Kleidung noch schwelte. Steadman kniete sich neben Hannah hin und erschrak zutiefst beim Anblick der schrecklichen Wunde, die das Messer geschnitten hatte. Der Boden um sie war voller Blut, und er glaubte, daß sie tot wäre, aber als er ihre Fesseln zu lösen begann, bewegten sich ihre Lider und öffneten sich dann. Ihre Lippen flatterten, als sie zu sprechen versuchte.

»Sprich nicht«, sagte er zu ihr. »Ich werde dich in ein Krankenhaus bringen.« Er wußte, daß seine Worte bedeutungslos waren, für sie gab es keine Überlebenschance.

Auch Hannah wußte das. »Steadman«, sagte sie mit schwacher Stimme, als ob sie ihm aus der Ferne etwas zuriefe, während ihr Leben schwand. Er beugte sich über sie und legte sein Ohr dicht an ihren Mund, um zu lauschen. Es war schwer, ihre Worte zu verstehen, aber sie wiederholte sie, als ob sie sich vergewissern wollte, daß er sie verstand. »Der... Speer... für... Israel, Steadman... du mußt... für Israel... bekommen...«

Ihre Stimme verebbte, und Hannah starb. Steadman wich von ihr zurück, schloß ihre Augen mit seinen Fingern und zog ihre Kleider über sie, um ihre Nacktheit und die schrecklich klaffende Wunde zu bedecken. Er berührte mit einer Hand ihre Wange und erhob sich dann. Kalt blickte er zu Köhner hinüber.

Der versengte Mann bewegte sich auf Händen und Knien zur Tür. Er drehte seinen Kopf, als er Steadman näherkommen hörte, und seine Augen weiteten sich vor Furcht, als er den Gesichtsausdruck des Detektivs sah.

Steadman zog ihn auf die Beine und stieß ihn zum Tisch. Köhner schrie auf, als sein verbrannter Rücken an die Tischplatte stieß.

»Du wirst mir einiges erzählen, Köhner«, sagte Steadman und schüttelte seine Schultern. »Du wirst mir erzählen, was morgen geschieht.« Er zog Köhners Gesicht dicht heran. »Du wirst mir erzählen, wo Holly Miles und Baruch Kanaan festgehalten werden.«

Köhner versuchte sich zu befreien, doch seine Verletzungen – und seine Furcht – hatten ihn geschwächt. »Ich kann Ihnen nichts sagen, Steadman. Bitte, Sie müssen mich in ein Krankenhaus bringen.«

»Erst, wenn du mir alles gesagt hast, was ich wissen will, Köhner!«

»Nein, sie werden mich umbringen.«

»*Ich* werde dich umbringen.«

»Bitte, hören Sie doch. Es gibt nichts, was Sie...«

»Wohin ist Gant gefahren?«

»Das kann ich Ihnen nicht sagen!«

Steadman warf ihn rücklings auf den Tisch. Er schob einen Ellbogen unter Köhners Kinn, preßte es hoch und ignorierte dessen vergebliche Versuche, sich zu befreien. Er packte das rechte Handgelenk des Deutschen und ergriff dann mit der anderen Hand den kleinen Finger. Er bog ihn schnell zurück und brach ihn.

Taub gegen Köhners Schreie kämpfte er gegen den Ekel an, den er vor sich selbst empfand. Er mußte sie mit ihren eigenen Waffen bekämpfen, genauso bösartig. Um Hollys willen. Um Baruchs willen. Er würde nicht zulassen, daß sie wie Lilla umgebracht wurden. »Los, Köhner. Wohin sind sie gefahren? Wo wird das Mädchen festgehalten?«

Tränen liefen über Köhners Gesicht, und Steadman fürchtete, daß der Mann ohnmächtig werden würde; es verriet viel über die Härte, die er nicht besaß.

»Die Wewelsburg! Dorthin sind sie gefahren! Bitte nicht!«

Die Wewelsburg. Wieder dieser Name. Steadman griff nach einem anderen Finger. »Was *ist* dieses Wewelsburg, Köhner?« fragte er und begann wieder den Finger zu biegen.

»Nicht! Es ist ein Haus – ein Anwesen. Es gehört Gant.«

»Wo?«

»An der Küste. In North Devon. Bitte nicht…!«

»Wo genau?«

»Nahe einem Ort, der Hartlands heißt. Etwas dahinter!« Köhner versuchte wieder, sich zu befreien, und der Detektiv preßte seinen Ellbogen heftiger auf seine Brust. »Das Mädchen ist dort, Steadman. Es geht ihr gut, sie lebt!« Die Worte sollten ihn beschwichtigen.

Die Westküste. Holly hatte gesagt, daß Gant ein Haus an der Westküste habe. War dies seine Wewelsburg? »Gut. Und jetzt erzähl mir, was Gant vorhat. Was geschieht morgen?«

»Ich kann nicht. Das kann ich Ihnen nicht sagen.«

Nur Schritte auf der Treppe verhinderten, daß noch einer von Köhners Fingern gebrochen wurde.

13

Die zwei Wachen, beide mit Schnellfeuergewehren aus Gants eigener Fabrik bewaffnet, rannten die Stufen zu dem Raum hoch, in dem der Gefangene festgehalten wurde. Sie waren alte Söldner, die endlich eine Gemeinschaft gefunden hatten – wie alle Soldaten in Edward

Gants Privatarmee. Es war eine kleine Armee, nicht stärker als fünfzig sorgfältig ausgewählte Soldaten, tatsächlich eine Leibwache – ein *corps d'élite*. Einige waren Söldner, die für andere Kämpfe ausgetragen hatten und deren Loyalität nur mit Geld zu erkaufen war. Andere waren aus den aufgelösten SAS Regimentern übernommen worden; wegen ihrer Spezialausbildung hatte sie Major Brannigan ausgewählt und in Gants Organisation gebracht. Ihr gemeinsames Band waren ihre rechtsextremistischen Ansichten und ihre Verachtung für die Welt generell. Sie bewunderten Kraft und sehnten sich nach starker Führerschaft. Gant gab ihnen diese Führerschaft. Offiziell waren sie lediglich Angestellte in Gants Waffenfabrik, testeten die Waffen und arbeiteten als Sicherheitspersonal. Sie trugen dunkelgrüne Overalls, die irgendwie militärisch wirkten, ohne tatsächlich Uniformen zu sein, ohne Insignien, weder Wappen noch Rangabzeichen. Aber jeder Mann kannte seinen Rang und wußte, wer seine Vorgesetzten waren. Sie genossen ihre geheimen militärischen Zeremonien, die auf dem weitläufigen Anwesen des Waffenhändlers in North Devon stattfanden und waren sogar dankbar für die harte Disziplin, die ihnen dort abverlangt wurde. Allerdings mochten sie den Umgang mit den verschiedenen Gruppen nicht, die das Anwesen besuchten, um den Gebrauch der vielen Waffen zu erlernen, die sie von Gant kauften. Sie verachteten die Araber, Afrikaner, Japaner und Iren, die sie auszubilden hatten, hätten *die Waffen am liebsten gegen sie gerichtet*. Übten, erklärten und demonstrierten aber geduldig, weil sie wußten, daß sie die Welt damit uneins machen konnten. Solche Fanatiker würden Unruhe in der Welt schaffen, was ihren eigenen Interessen entgegenkam. Die Söldner hatten gelernt, ihre Befehle ohne Fragen zu befolgen, da das Schicksal ihrer Kameraden, die das nicht getan hatten, ihnen unauslöschlich ins Gedächtnis gebrannt war. Hängen mochte in

England abgeschafft sein, aber Edward Gant hatte seine eigenen Gesetze. Ihre Gruppe hatte keinen Namen, doch manchmal, wenn sie betrunken waren und sich in den sicheren Grenzen des Anwesens befanden, gaben sie sich lachend selbst einen solchen. Sie bezeichneten sich als Soldaten des Vierten Reichs.

Diese beiden, McGough und Blair, waren mit dem Torposten zurückgelassen worden. Die drei anderen ihrer Einheit kehrten in dieser Nacht mit dem Lastwagen zu dem Anwesen zurück. Es hieß, daß für den nächsten Tag ein Spezialeinsatz geplant sei, aber bisher waren noch keine Informationen gegeben worden, und jede Spekulation war ihnen sowieso strikt verboten. Sie hatten es bedauert, bleiben zu müssen, obwohl sie es nicht in Frage stellten. Gants spezielle Anweisungen stellten sie ohnehin nicht in Frage.

Sie erreichten den breiten Treppenaufgang, blieben abrupt stehen und richteten ihre Gewehre auf die beiden Gestalten, die auf dem oberen Treppenabsatz vor ihnen aufgetaucht waren. Eine der Gestalten war Köhner, dessen Gesicht schmerzverzerrt war. Sein geschwärztes Hemd hing lose um ihn. Der andere Mann, der unmittelbar hinter Köhner stand, war der Gefangene, der Privatdetektiv, den sie im Waffenlager hinter dem Haus am Nachmittag gesehen hatten.

»Keine Bewegung!« befahl Blair und stieg die Treppe hoch. McGough folgte dicht dahinter.

Steadman zögerte nicht. Ihm blieb keine Zeit, nach der Pistole in dem Raum zu suchen, den er und Köhner gerade verlassen hatten, und deshalb benutzte er das Naheliegendste, um die Männer daran zu hindern, näherzukommen: Felix Köhner. Er gab dem verletzten Mann einen heftigen Stoß, so daß er mit wild schlagenden Armen die Treppe hinunterstürzte. Köhner stieß so wuchtig gegen McGough und Blair, daß alle drei rücklings zu Fall kamen und in einem wilden Durcheinander auf dem unteren Treppenabsatz landeten. Steadman nahm drei Stufen auf einmal und trat dem einen Soldaten die Waffe aus der Hand, bevor der sie auf ihn richten konnte. Der andere Mann kroch auf sein Gewehr zu, das einige Stufen tiefer lag, und Steadman trat ebenfalls nach ihm und stieß ihn an der Waffe vorbei.

Der Detektiv zerrte den benommenen Köhner auf die Beine und keuchte: »Komm, ich brauche dich noch.« Er schubste ihn vorwärts und traf gleichzeitig mit dem Knie voll das Gesicht des Soldaten, der aufzustehen versuchte; er wurde gegen die Wand geschleudert und sackte dann zu Boden. Der Detektiv zerrte Köhner vom Geländer weg und stieß ihn an dem benommenen zweiten Soldaten vorbei die Treppe hinunter und durch die Halle zur Tür. Er riß sie auf und stürzte mit Köhner hinaus in die Nacht.

McGough hatte seine Waffe gepackt und sie noch halb benommen auf Steadmans Rücken gerichtet, als er Blairs Gesicht sah. Es war weiß, er hatte die Lippen zusammengepreßt, doch er schüttelte heftig den Kopf. McGough senkte die Waffe und starrte bedauernd auf die zuschlagende Eingangstür.

Steadman war erleichtert, daß draußen keine Wachen waren und daß sein Wagen noch dastand. Er drängte Köhner zu ihm hinüber, riß die Beifahrertür auf und stieß den verletzten Mann auf den Sitz. Dann rannte er um den Wagen herum, holte den Schlüssel aus seiner Hosentasche und sprang auf den Fahrersitz. Er zerrte Köhner zurück, als der versuchte, hinauszukriechen.

»Ich sagte dir, daß ich dich brauche, Köhner. Du wirst mich durch das Tor bringen.«

Als er den Motor anließ, rechnete er jede Sekunde damit, daß die Haustür aufgerissen würde und daß die beiden Wachen feuernd herausgerannt kämen. Doch er hatte weiter Glück: im Haus rührte sich nichts. Waren sie noch betäubt? Der Celica wirbelte Kies auf, als er mit aufheulendem Motor vom Haus auf das Haupttor zuraste. Steadman schaltete das Fernlicht ein, um den Posten und die Hunde zu blenden, da er wußte, daß er schnell durch das Tor kommen mußte, weil die beiden Soldaten im Haus bestimmt in der Hütte anrufen würden – falls sie das nicht schon getan hatten.

Als der Wagen um die Kurve der langen Auffahrt schlitterte, erstarrte der Posten, der mit den drohenden Schäferhunden am Tor stand. Der Detektiv brachte den Wagen kurz vor ihm zum Halt, und der Posten hob einen Arm, um seine Augen vor dem gleißenden Licht zu schützen. Die Hunde zerrten an ihren Leinen.

»Wer da?« rief der Posten. »Schalten Sie die verdammten Lichter aus, damit ich Sie sehen kann.«

»Sag ihm, er soll uns durchlassen, Köhner«, sagte Steadman ruhig.

Köhner schüttelte den Kopf und preßte seine verletzte Hand auf den Bauch. Sein rußgeschwärztes Gesicht war tränenüberströmt. »Fahr zur Hölle«, brachte er keuchend heraus.

Der Wachmann begann sich dem Wagen zu nähern und griff mit einer Hand in seiner Jacke nach seiner Pistole. Die Hunde waren aufgeregt, sie nahmen instinktiv das Gefährliche der Situation wahr. Der Wachmann war kaum in der Lage, sie zurückzuhalten und mußte seine Absätze in den Kies graben, um nicht zu schnell von ihnen vorwärts gezogen zu werden. Das Knurren der Hunde wurde zu einem Bellen und dann zu einem Heulen als sie zerrten, um frei zu kommen.

Steadman bewegte sich schnell. Er griff an dem verletzten Mann vorbei zum Türgriff und stieß die Tür auf. Dann schob er Köhner aus dem Wagen.

Köhner rollte auf den Rücken, schrie auf und versuchte aufzustehen. Das war für die Schäferhunde zuviel. Sie rissen sich von dem Wachmann los und stürzten auf den Mann zu, sprangen ihn an, schlugen ihre Zähne in ihn und spürten, daß ihr Opfer verletzt war, eine leichte Beute.

Auch der verwirrte Posten stürzte vorwärts, noch immer von den Scheinwerfern geblendet, und richtete seine Waffe auf die tobenden Hunde. Steadman gab Gas, der Wagen schoß nach vorn, streifte den Mann und schleuderte ihn über die Motorhaube auf den Kies. Steadman trat sofort auf die Bremse, sprang aus dem Wagen, entriß dem betäubten Posten die Pistole und griff nach dem Torschlüssel, der an einer Kette am Gürtel des Mannes hing. Es war ein großer Schlüssel, und Steadman fummelte mit zitternden Händen mehrere kostbare Sekunden an dem Karabinerhaken, bis er ihn gelöst hatte. Neben sich hörte er Köhners Schreie und das blutrünstige Knurren der Hunde. Der Wachmann, dessen Beine durch den Aufprall gefühllos und kraftlos waren, stützte sich auf einen Ellbogen und versuchte, an die Waffe heranzukommen. Steadman stieß den Kopf des Mannes mit solcher Wucht auf den Boden, daß er kampfunfähig liegenblieb.

Schließlich hatte der Detektiv den Schlüssel gelöst und rannte zum Tor, wobei er wachsam einen Blick über seine Schulter auf die Hunde warf, die jetzt wild vor Blutgier waren. Er steckte den Schlüssel hinein, drehte ihn und stieß dann das Tor weit auf. Als er zum Wagen zurückkehrte und sich mit einer Hand gegen das blendende Scheinwerferlicht abschirmte, wußte er, daß er Köhner nicht einfach den beiden Schäferhunden überlassen konnte. Er trat aus dem Scheinwerferstrahl, hob die Waffe und blinzelte rasch, um seine Augen wieder an die plötzliche Dunkelheit zu gewöhnen. Die Schreie hatten aufgehört und das Knurren war weniger wild, als die Hunde an dem leblosen Körper zerrten. Ein Schäferhund wandte sich Steadman zu. Sein warnendes Knurren kam aus tiefer

Kehle. Der andere sah mit blutigem Maul, aus dem rosa Schaum troff, ebenfalls auf. Steadman wußte, daß sie ihn jeden Moment anspringen würden und feuerte jeweils zwei Schuß ab, die beide zu Boden streckten.

Er warf einen kurzen Blick auf Köhners leblosen Körper, ging dann um seinen Wagen herum, stieg ein und fuhr durch das offene Tor auf die Hauptstraße.

Als Steadman gerade abbiegen wollte, mußte er wieder voll auf die Bremse treten. Zwei Gestalten waren aus dem Wald an der anderen Straßenseite aufgetaucht und schwenkten wild ihre Arme.

»Sexton! Steve! Was, zur Hölle, tut ihr hier?« Steadman kurbelte das Fenster herunter und blickte seine beiden Angestellten verblüfft an.

Sexton richtete einen Daumen auf seinen Begleiter. »Goldblatt und eine Frau wurden von drei Männern entführt. Steve folgte ihnen hierher. Alles in Ordnung, Harry?« fragte er, als er das Blut auf Steadmans Wange bemerkte.

Der Detektiv ignorierte die Frage. »Ich muß schnell zu einem Telefon.«

»Weiter straßabwärts ist eines, Mr. Steadman«, sagte Steve aufgeregt.

»Okay, steigt ein. Aus dem Haus können jeden Augenblick Verfolger kommen.«

Die beiden Männer eilten auf die Beifahrerseite des Wagens. Steve kletterte steif nach hinten, und Sexton ließ sich halb starr vor Kälte neben Steadman fallen.

»In diese Richtung, Mr. Steadman.« Steve zeigte dorthin. Der Detektiv setzte rasch zurück, und als er wieder vorwärtsfuhr konnte Sexton gerade noch eine dunkle Gestalt sehen, die auf der Auffahrt saß und sich den Hinterkopf rieb. Er wandte sich an Steadman, während der Wagen über die Straße raste.

»Was ist passiert, Harry? Wir waren besorgt.«

»Gant. Er ist wahnsinnig. Er hat Goldblatt und die Frau umbringen lassen. Und Maggie.« Steadmans Stimme klang müde.

»Verdammt! Was können wir tun? Die Polizei holen?«

»Noch nicht. Ich muß einen Mann namens Pope anrufen. Er arbeitet für den Geheimdienst – MI-Fünf. Er muß das regeln.«

»Aber was wird aus diesem Gant? Er entkommt.«

»Ist schon weg«, erwiderte Steadman grimmig.

»Der Hubschrauber. Wir sahen einen Hubschrauber wegfliegen, und kurz darauf fuhr ein Lastwagen davon.«

Steadman erinnerte sich schwach an das Rotorengeräusch, als er aus seiner Bewußtlosigkeit erwacht war. »Ja, das muß es gewesen sein. Heute nachmittag habe ich einen gesehen. Er fliegt zu irgendeinem Ort, den Gant ›Wewelsburg‹ nennt. Liegt in North Devon.«

»Er hat dort ein Anwesen, auf dem er Waffen testet«, sagte Sexton. »Ich hab' das heute morgen rausgefunden. Eine Menge Land in der Gegend wird vom Militär als Übungsgelände benutzt.«

Steadman nickte. »Er hat für morgen etwas geplant – ich habe keine Ahnung, was. Für ihn und seine verrückte Organisation scheint's aber wichtig zu sein.«

»Was hat er vor?«

»Er bildet sich ein, der neue Hitler zu sein – aber noch mächtiger. Ich erzählte ja – er ist völlig wahnsinnig. Wo ist dieses verdammte Telefon, Steve?« Vor ihnen waren jetzt Straßenlaternen und Häuser zu sehen.

»Noch ein bißchen weiter auf der linken Seite.«

»Was ist im Haus passiert, Harry?« fragte Sexton. »Wie sind Sie rausgekommen?«

»Gant ließ mich zurück – mit seinem Spezialinquisitor. Zum Glück für mich waren weder er noch die anderen Wachen sehr gut. Aber ich hatte wirklich viel Glück.« Er steuerte auf die Telefonzelle zu. »Wartet hier«, sagte er zu den beiden Männern, als er aus dem Wagen stieg, dessen Motor noch lief. »Beobachtet die Richtung, aus der wir gekommen sind. Vielleicht suchen sie nach mir.« Sexton und Steve widmeten ihre Aufmerksamkeit dem Heckfenster.

Das Pfeifen, das verriet, daß am anderen Ende jemand den Hörer abgenommen hatte, begann sofort, nachdem Steadman gewählt hatte, und er steckte die Münze in den Schlitz. Eine Stimme sagte »Pope«, und der Detektiv atmete erleichtert aus.

»Pope«, sagte er. »Gott sei Dank, daß Sie da sind.«

»Steadman? Ich habe auf Ihren Anruf gewartet. War wirklich ziemlich beunruhigt. Nun, haben Sie mehr über Gant rausbekommen?«

In Popes Stimme klang Erleichterung mit, aber das tröstete Steadman kaum. »Ich habe eine Menge rausgefunden. Und alles ist fast unglaublich. Sie hatten recht – Gant ist Kopf einer Organisation namens Thule Gesellschaft.« Steadman erzählte rasch, was im Haus passiert war, und Pope hörte ihm geduldig zu, unterbrach ihn nur gelegentlich mit einer Nachfrage. »Aber warum hat er Sie in den Händen dieses Köhner zurückgelassen?« fragte er, als Steadman erzählte, daß Gant das Haus verlassen habe.

»Um von mir Informationen zu erhalten, um herauszufinden, was ich wußte und wer sonst noch beteiligt ist. Gant hat eine große Operation vor, und er wollte keine Zeit mit mir vergeuden.«

»Operation? Was für eine Operation?« Popes Stimme wurde plötzlich scharf.

»Ich weiß es nicht. Er ist zu seinem Anwesen in North Devon gefahren – irgendwo in der Nähe von Hartlands –, um sie vorzubereiten. Wissen Sie von etwas, daß irgendwann morgen passieren soll, Pope? Irgend etwas in dieser Gegend?«

Am anderen Ende herrschte langes Schweigen, dann

sagte Pope: »Da ist etwas, aber...« Wieder Schweigen. »Nein, das kann es nicht sein, es hat nichts mit der Gegend zu tun. Außer...

O Gott, so etwas würde er nie wagen.«

»Was, Pope? Vergessen Sie nicht, daß er wahnsinnig ist. Er würde alles für seine verrückte Sache tun.«

»Nicht am Telefon, Harry – ich erzähl's Ihnen später. Wir werden eingreifen müssen. Wir kennen sein Anwesen – da finden viele seiner Waffentests statt. Deshalb wird es üblicherweise von uns überwacht.«

»Da ist noch etwas. Er hält das Mädchen dort gefangen. Holly Miles. Er glaubt, sie arbeite für die Mossad.«

»Die Journalistin? *Arbeitet* sie für die Mossad?«

»Die Frage wollte ich gerade Ihnen stellen.«

»Ich habe keine Ahnung, lieber Junge. Ist ziemlich verworren, was?«

»Was ist mit Major Brannigan und dem Parlamentsabgeordneten, die ich dort sah? Was wollen Sie gegen die unternehmen?«

»Die schnappen wir uns, wenn wir Gant haben. Ist dennoch alles ziemlich delikat.«

»Die Morde an Maggie, Goldblatt und Hannah – und vielleicht an Baruch Kanaan – sind nicht nur *delikat*, Pope«, sagte Steadman ärgerlich.

»Natürlich, Harry. Dafür werden sie bezahlen, keine Sorge. Hören Sie jetzt zu, können Sie nach Hartlands fahren?«

»Sind Sie verrückt? Warum, zum Teufel, sollte ich dorthin fahren? Die Sache liegt jetzt bei Ihnen.«

Der Pfeifton begann und verkündete, daß die Gesprächszeit beendet war; Steadman suchte in seiner Tasche hastig nach einer weiteren Münze.

»Harry, sind Sie noch dran?«

»Ja.«

»Sie müssen dorthin, Harry. Ich brauche Sie. Sie wissen, daß die Spezialabteilung die Verhaftungen vornehmen muß – als MI-Fünf habe ich nicht soviel Macht. Sie sind der einzige, der die ganze Geschichte kennt, und wenn ich eine größere Truppe auf das Anwesen abkommandieren lasse, muß ich das irgendwie begründen können. Ihre persönliche Aussage wird eine Menge unnötiger Formalitäten ersparen. Bitte, glauben Sie mir, ich brauche Sie dort, und sei's auch nur, um meine Vorgesetzten zu überzeugen.«

»Warum kann ich nicht gleich zu Ihnen ins Hauptquartier rüberkommen?«

»So ist es einfacher. Macht keinen Sinn, wenn Sie zurück nach London fahren, wo Sie ohnehin schon auf dem Weg nach Westen sind. Ich will, daß Sie da sind, Harry. Schaffen Sie das?«

»Ich denk' schon.«

»Gut! Da gibt's eine Stadt namens Bideford, nicht weit von Hartlands. Suchen Sie sich da ein Hotel. Dort können wir Sie leicht finden.«

»Werden Sie die örtliche Polizei einschalten?«

»Die wird informiert, aber nicht hinzugezogen. In der Geschichte stecken zu viele Leute in hohen Positionen drin. Das darf nicht an die Öffentlichkeit dringen, fürchte ich.«

»Hören Sie, Pope, wenn Sie jemanden schützen...«

»Bitte, Harry, für Diskussionen ist jetzt keine Zeit. Ich habe eine Menge zu tun und Sie haben noch eine lange Reise vor sich. Ich muß zunächst mal alle Telefonverbindungen zu Gants Anwesen in Guildford unterbrechen lassen. Wenn einer dieser Wachleute Gant warnt, bevor ich eine Mannschaft runterschicken kann...«

»Gott, Pope...«

»Bitte, Harry. Ich hab' keine Zeit. Denken Sie daran, daß das Mädchen in Gefahr ist. Wir sehen uns morgen.«

Am anderen Ende wurde aufgelegt, und Steadman

starrte verblüfft seinen summenden Hörer an. Er hängte ihn wütend ein und verließ die Telefonzelle.

Seine beiden Gefährten schauten ihn erwartungsvoll an, als er sich auf den Fahrersitz fallen ließ. Er fuhr sich mit der Hand übers Gesicht, als wolle er seine Müdigkeit abwischen.

»Was jetzt, Harry?« fragte Sexton vorsichtig.

»Ich bring' euch zu euren Autos, und dann muß ich einen Ausflug machen. Nach Devon.«

»Begleiten wir Sie, Mr. Steadman?« fragte Steve eifrig.

»Nein, ich möchte, daß keiner von euch in diese Sache verwickelt wird.«

»Wir arbeiten für Sie, Harry«, sagte Sexton. »Wenn Sie drinstecken, stecken wir auch drin. Außerdem haben wir viel an Mrs. Wyeth gedacht.«

Steadman lächelte sie an. »Ihr könnt eines tun, aber das sage ich euch auf dem Weg zu euren Wagen. Erzählt mal: Hat einer von euch jemals etwas von jemand namens ›Parsifal‹ gehört? Als ich in dem Haus war, sagte Gant auf Deutsch zu seinen Freunden: ›Unser Parsifal ist neugierig und ungeduldig.‹ Er meinte damit mich und wußte offensichtlich nicht, daß ich dank meiner Exfrau etwas Deutsch verstehe. Hat einer von euch diesen Namen je gehört?«

Sexton schüttelte seinen Kopf, aber Steve beugte sich mit leuchtenden Augen zu den Vordersitzen vor.

»Es gibt einen *Parzival*, Mr. Steadman. Er war einer der deutschen Ordensritter. Wagner schrieb eine Oper über ihn, hat aber aus irgend einem Grund die Schreibweise in ›Parsifal‹ geändert. In der Oper geht es um den heiligen Gral und den heiligen Speer, der dem König Amfortas, dem Gralshüter, gestohlen wurde.«

Die beiden Männer drehten sich um und starrten in sein erregtes Gesicht, das von einer Straßenlaterne erhellt wurde.

»Ein heiliger Speer?« fragte Steadman ruhig.

Steve wurde unter ihren Blicken plötzlich verlegen. »Ich bin Opernfreak – darum kenne ich die Geschichte. Ich halte *Parsifal* für eine der größten Opern Wagners. Er war...«

Steadman unterbrach ihn. »Du sagtest, der Speer wurde gestohlen?«

»Ja, von Klingsor, dem teuflischen Zauberer. Parsifal sollte ihn wiederbeschaffen...«

»Was hat all das mit Gant zu tun, Harry?« fragte Sexton ungeduldig. »Vergeuden wir keine Zeit?«

Steadman brachte ihn mit einer Handbewegung zum Schweigen.

»Erzähl mir die ganze Geschichte dieses *Parsifal*, Steve«, sagte er. »Versuche, dich an jede Einzelheit zu erinnern. Das könnte der Schlüssel zu der ganzen verdammten Geschichte sein.«

Steve blickte den Detektiv verblüfft an, holte tief Luft und begann.

14

Steadman entspannte sich auf dem Bett und griff nach den Zigaretten auf dem kleinen Tisch. Er entzündete eine, sog heftig daran und beobachtete, wie der Rauch beim Ausatmen wirbelnd in die Luft stieg. Er fühlte sich jetzt ausgeruht und konnte wieder klarer denken, zuckte aber zusammen, als er seine Knöchel übereinanderschlug und zog dann ein Hosenbein hoch, um die Messerwunde zu untersuchen, die Köhner ihm in der vergangenen Nacht beigebracht hatte. Sie war nicht tief, aber lästig schmerzhaft. Glücklicherweise hatte die Hotelempfangsdame hinter ihrem Pult die zerrissene Hose nicht bemerkt. Nachdem sie die Londoner Adresse des Detektivs auf dem Anmeldeformular gelesen hatte, hatte sie Steadmans seltsames Aussehen auf seine lange Reise zurückgeführt.

Kurz vor Andover hatte Steadman seine Fahrt unterbrochen. Er sah sich gezwungen, den Wagen anzuhalten, als ihn Müdigkeit übermannte, obwohl er deswegen Gewissensbisse fühlte. Nicht einmal der Gedanke daran, daß Holly – und Baruch, falls der tatsächlich noch lebte – in Gefahr waren, konnte ihn aber wachhalten. Er wußte, daß er in seinem gegenwärtigen Zustand für niemand eine Hilfe war, sackte gegen den Lenker und verfluchte sich, weil er wieder in Gewalttätigkeit verstrickt worden war, weil er seinen Schwur gebrochen hatte, daß er sich nie wieder an solchen Dingen beteiligen wolle. Dabei war ihm klar, daß es nicht seine Schuld war. Gegen seinen Willen war er hineingezogen worden – und doch war er selbst mit einer Brutalität und Kälte vorgegangen, die ihn jetzt beunruhigten. Pope hatte bei ihrer ersten Begegnung recht gehabt. Seine Aggressivität hatte nur geschlummert; sie wartete nur darauf, geweckt zu werden.

Er empfand für Köhner oder den kleinen Mann, Craven, kein Mitleid – sie hatten den Tod verdient –, aber trotzdem war er über sein Tun besorgt. Nach einer Weile hatte er sich soweit erholt, daß er ein Motel suchen konnte, und dort hatte er dann die Nacht verbracht und war überraschenderweise in einen tiefen, traumlosen Schlaf gefallen. Am folgenden Morgen hatte er nach einer Dusche, schnellem Frühstück und Versorgung seiner Wunde mit einem Heftpflaster, das ihm die neugierige, aber sympathische Empfangsdame gegeben hatte, seine Reise fortgesetzt. Er fühlte sich jetzt besser, und sein Verstand war klar. Das Schuldgefühl war noch da, aber, dachte er zynisch, er würde sich damit auseinandersetzen, wenn die Sache in Ordnung gebracht war. Der Rest der Reise war entspannter gewesen, und er hatte Zeit gefunden, seine Gedanken zu ordnen. Als er Bideford erreichte, war ihm manches klarer geworden. Bisher war es sein Ziel gewesen, Holly zu beschützen und Gant und das, was der vorhatte, Pope zu überlassen. Jetzt hatte er beschlossen, sich selbst um den Waffenhändler zu kümmern. War der nicht schließlich der Grund für seine Verstrickung in die ganze absonderliche Geschichte – die Konfrontation zwischen ihm und Edward Gant?

Das Blut der Messerwunde war verschorft und bildete einen natürlichen Schutz. Er zog sein Hosenbein wieder herunter und ließ das verletzte Bein ruhen; er konnte es später verbinden. Nervös blickte er auf seine Uhr, wartete ungeduldig auf Popes Anruf. Hatte er ihn verpaßt, weil er zu spät im Hotel eingetroffen war? Nein, Pope würde alle Hotels überprüfen, bis er ihn gefunden hatte. Aber was hielt ihn dann auf?

Es war seltsam, wie all das einen verrückten Sinn ergab; Hitler, der Speer des Longinus, Gants Anspielung auf ihn, Steadman, als Parsifal. Aber was war Wewelsburg? Noch weitere Symbole, alter Glaube? Steve hatte ihm von Wagners Oper erzählt, und Steadman hatte deren Sinn langsam verstanden. Das war der Grund, warum er in die Sache verwickelt war und weil er sie bis zum Ende durchspielen mußte. Es war die Erfüllung einer Legende, diesmal aber hoffentlich mit einem anderen Ende.

Das Klingeln des Telefons riß ihn aus seinen Gedanken. Er nahm den Hörer ab.

»Mr. Steadman? Im Empfang sind zwei Herren, die Sie sprechen möchten. Ein Mr. Griggs und ein Mr. Booth. Es sind Bekannte eines Mr. Pope.«

»Ich bin gleich unten«, erwiderte er und legte den Hörer auf.

Er drückte die Zigarette in einem Aschenbecher aus, schwang dann seine Beine vom Bett und stöhnte über seine steifen, gequetschten Rippen und Glieder. Dann zog er seine Jacke an und verließ das Zimmer.

Mr. Griggs und Mr. Booth saßen an einem kleinen Kaffeetisch in der Lounge. Ein leerer Sessel wartete auf ihn. Er erkannte sie als die beiden MI-Fünf Agenten wieder, die zwei Nächte zuvor den zusammengebrochenen Juwelier aus seinem Haus fortgebracht hatten. Sie sprangen auf, als er zu ihnen trat, und der eine sagte: »Schön, daß Sie's geschafft haben. Ich bin übrigens Griggs.«

Steadman nickte und nahm auf dem angebotenen Sessel Platz. »Wo ist Pope?« fragte er kurz.

»Auf dem Anwesen. Wir haben es ohne große Schwierigkeiten heute morgen besetzt.« Steadman zeigte seine Überraschung nicht.

»Ist das Mädchen wohlauf?«

Der zweite Mann, Booth, sprach. »Dem geht's gut, Sir, ist allerdings ein bißchen durcheinander.« Er grinste den Detektiv an.

»Und Sie haben Gant?« Steadman erwiderte das Grinsen nicht.

»Ja, Mr. Pope verhört ihn noch«, sagte Griggs. »Er weigert sich, etwas zu sagen, obwohl er weiß, daß das Spiel aus ist. Aber ich denke, Ihr Anblick wird ihn aus der Fassung bringen.«

»Was ist mit Major Brannigan und den anderen?«

»Mucksmäuschenstill. Die ganze Operation ist völlig glatt verlaufen. Gab kaum Widerstand.«

»Haben Sie festgestellt, was die für heute geplant hatten?«

»Noch nicht«, sagte Booth, »aber wir glauben, das bereits zu wissen.«

»Können Sie's mir sagen?« Steadman blickte Griggs, der der Ranghöhere der beiden zu sein schien, direkt an.

»Ich fürchte nein, Mr. Steadman. Jedenfalls noch nicht. Aber ich bin sicher, Mr. Pope wird Ihnen alle Einzelheiten verraten. Man ist, äh, wirklich gespannt darauf, Sie da draußen zu sehen, glaube ich. Die Spezialabteilung hat sehr gut kooperiert, aber man wird erleichtert sein, einen Zeugen zu haben, der die Anschuldigungen gegen Gant belegt. Was wir gefunden haben, ist höchst verdächtig, aber nicht genug, um jemand zu verhaften. Erst Ihre Aussage wird Gant und seine Freunde festnageln.«

»Aber was ist mit den beiden Leichen der Mossadagenten in Guildford? Das sind doch verdammt eindeutige Beweise!«

»Er leugnet, etwas davon zu wissen.«

Steadman lachte humorlos. »Sie sind in seinem Haus umgekommen«, sagte er. »Leugnet er das?«

»Er sagt, er habe Guildford gestern am frühen Abend verlassen, und Sie seien zu der Zeit noch dort gewesen.«

»Und wahrscheinlich habe ich sie getötet.«

»Und Köhner. Als wir ihm sagten, daß der Mann namens Köhner tot sei, meinte er, Sie müßten dafür verantwortlich sein.«

Steadman schüttelte den Kopf und lächelte dünn.

»Wir kriegen ihn bald klein, Mr. Steadman. Inzwischen haben wir zuviel gegen ihn und seine Organisation zusammengebracht. Aber auf dem Anwesen wird Ihre Hilfe gebraucht. Die Jungs von der Spezialabteilung rennen ärgerlich herum und verlangen, Sie persönlich zu sehen.«

»Okay, gehen wir«, sagte der Detektiv und erhob sich. »Ich muß zuerst aber noch mal anrufen.«

»Ach, das können Sie vom Haus aus«, sagte Griggs, als die beiden Männer sich mit ihm erhoben. »Ist wirklich wichtig, daß Sie sofort dorthin kommen. Booth und ich haben die örtliche Polizei bereits informiert – ist ein bißchen zuviel für diese Dorfpolizisten. Ich werd' Ihnen sagen, wie Sie zu Gants Anwesen kommen. Dann können Sie losfahren. Mr. Pope wartet dort auf Sie.«

Und so geht das Spiel weiter, dachte Steadman grimmig.

Zehn Minuten später steuerte er den Celica über die

A 39 Richtung Hartlands. Es war ein kalter Tag mit tiefhängenden schwarzen Wolken am Horizont, aber Steadman hatte das Fenster heruntergekurbelt, weil er die kalte Luft in seinem Gesicht spüren wollte. Sein Kopf war klar, und er war entschlossen.

Er bog rechts ab, als er Hartlands erreichte; die Böschungen der schmalen Straße hoben sich scharf zu beiden Seiten und verwehrten den Blick auf die umgebenden Felder. Dann führte die Straße nach links, verbreiterte sich plötzlich, und er sah eine alte Kirche vor sich. Es war ein graues Steingebäude mit hohem, quadratischem Turm, der eine gute Aussicht auf die Umgebung bieten mußte. Ein grotesk verdrehter Baum stand neben der niedrigen Steinmauer, die den Kirchhof umschloß; wie eine verwitterte, knorrige Klaue wies er auf das Gebäude. Dann war er vorbei, die Straße senkte sich plötzlich und er sah kaum eine Meile entfernt das Meer. Gleich darauf stieg die Straße wieder an, und dichtes Unterholz verwehrte zu beiden Seiten die Sicht.

Es gab keinen Hinweis auf einen Zugang zu dem Anwesen, doch Steadman wußte aufgrund der Beschreibung, daß er hier richtig war. Er hielt vor dem offenen Tor und fühlte sich sehr einsam. Dann legte er den ersten Gang ein, jagte durch die breite Öffnung, schaltete hoch und fuhr schneller, als wolle er mit seinem Tempo vielen Zweifeln davonfahren. Die Straße war in gutem Zustand, und bald sah er ein riesiges weißes Landhaus in der Ferne, umgeben von weiten Feldern, die von tiefen Wäldern gesäumt waren. Die metallgraue See lag hinter dem Haus, ein dunkler Hintergrund, der ihn ebenso unheimlich zu bedrohen schien wie das Haus, dem er sich näherte. Die Stille steigerte sein Unbehagen. Auf dem Vorhof des Hauses standen viele Autos geparkt, aber Menschen waren nirgendwo zu sehen. Er fuhr langsamer und überlegte – noch konnte er kehrtmachen, den Wagen wenden und zum Tor zurückrasen, bevor sie eine Chance hatten, es zu schließen. Aber was würde aus Holly werden? Und Baruch? Er war ihre einzige Chance.

Ein Regentropfen fiel durch das offene Fenster und berührte seine Wange, dann begann der Schauer den Boden zu durchweichen. Er fuhr jetzt sehr langsam, und das riesige Haus ragte drohend vor ihm auf, vermittelte ihm das Gefühl, als starrten die schwarzen Fenster ihn an. Als beobachteten sie ihn. Als warteten sie auf ihn.

Er sah, daß das Eingangsportal geöffnet wurde, und eine massige Gestalt trat auf die niedrige Terrasse, die sich vor dem Haus hinzog. Eine Hand wurde zum Gruß gehoben, aber Steadman erwiderte Popes Geste nicht. Er hielt an, stellte den Motor ab, holte tief Luft und stieg aus.

15

Das Innere des riesigen Hauses war klinisch rein – es erinnerte an ein teures Sanatorium. Pope war wortlos beiseite getreten und hatte Steadman bedeutet, vor ihm durch die polierte Holztür zu gehen. Drinnen schloß Pope die Tür fast zeremonienhaft und wandte sich dann zu dem Detektiv um.

»Ich bin froh, daß Sie sicher angekommen sind«, sagte er. »Wir waren heute morgen etwas besorgt, als wir Sie in keinem Hotel der Stadt finden konnten. Es war eine Erleichterung, als wir später die Listen noch einmal durchgingen.«

»Ich habe meine Reise unterbrochen«, erwiderte Steadman und fügte dann erklärend hinzu: »Die Ereignisse hatten mich irgendwie eingeholt.«

Der Korridor, in dem sie standen, war breit und lang,

fast ein eigener Raum. Einzelne goldgerahmte Bilder durchbrachen die blendende Weiße der Wände.

»Es ist sehr ruhig hier«, kommentierte Steadman.

Pope lächelte und seine Wangen blühten plötzlich wie rosige Äpfel nach diesem Lächeln auf. »Wir haben alles unter Kontrolle, Harry. Die Dinge sind sehr gut gelaufen.«

»Keine Probleme?«

»Überhaupt keine.«

»Und die geplante Operation? Haben Sie herausgefunden, worum es geht?«

»O ja. Kommen Sie mit, und Sie werden alles darüber erfahren.« Der große Mann faßte Steadman am Ellbogen und führte ihn behutsam auf eine der großen Türen zu, die vom Korridor abgingen. Er klopfte, stieß die Tür auf und forderte den Detektiv auf, vor ihm einzutreten.

Steadman blieb stehen, nachdem er eingetreten war, und starrte in Edward Gants höhnische Augen. Er war des Spieles zu überdrüssig, um Überraschung zu heucheln.

»Schön, Sie wiederzusehen, Mr. Steadman. Unglaublich schön.« Gants künstliche, aber völlig natürlich wirkende Nase war wieder an ihrem Platz und verbarg seine Entstellung. Steadman sah sich im Raum um, und der Anblick Major Brannigans, Kristinas und des alten Mannes, Dr. Scheuer, vermittelte ihm ein Gefühl des *déja vu*. Es war wieder ganz wie bei ihrer ersten Begegnung in Guildford. Doch diesmal waren einige neue Gesichter da – neu, aber vertraut. Aller Augen waren auf ihn gerichtet, und alle Augen verrieten eine seltsame Neugier, ein kritisches Interesse.

Er drehte sich um, als er hörte, wie hinter ihm die Tür geschlossen wurde, und blickte den noch immer lächelnden Pope an. Der Geheimdienstmann lehnte an der Tür, beide Hände hinter seinem breiten Rücken, und hielt den Türknauf fest, als ob sein riesiger Körper ein zusätzliches

Bollwerk gegen den Detektiv sei, falls er sich zu fliehen entschließen würde. Das Lächeln gefror unter Steadmans starrem Blick, und Pope war erleichtert, als der Detektiv sich wieder zu Gant umdrehte.

»Er steckt also mit bei Ihnen drin«, sagte er zu Gant, wobei er nicht auf den fetten Mann hinter sich zu deuten brauchte.

»Ja, Mr. Steadman. Mr. Pope war für die Sache ungemein hilfreich – genau wie Sie.«

»Ich? Ich habe Ihnen und Ihrer Spinner-Organisation nicht geholfen, Gant.«

»Aber natürlich.« Gant begab sich zu einem Ohrensessel und setzte sich so hin, daß er Steadman ansehen konnte. Seine Hände schlossen sich wie Klauen um die Lehnen. »Wir haben viele Männer wie Pope unter den Thulisten, Männer in Machtpositionen, welche die hoffnungslose Notlage sehen, in der sich die Nation befindet – ja, die ganze Welt. Irren Sie sich nicht, Mr. Steadman, wir sind keine ›Spinner‹-Organisation, die nur in diesem Land existiert. Unsere Gesellschaft erstreckt sich über die ganze Welt. In den Vereinigten Staaten haben wir einige besonders mächtige Mitglieder, von denen eines im Laufe des Abends zu uns stoßen wird. Wir haben Geld, Einfluß und, was am wichtigsten ist, ein Ideal.«

»Das Ideal, die Welt zu erobern?«

»Nein, Mr. Steadman. Sie zu beherrschen! Sehen Sie sich die Männer in diesem Raum an«, entgegnete Gant und breitete seine Arme aus. »Ich bin sicher, Sie kennen die meisten von ihnen. Ian Talgholm, persönlicher Finanzberater des Schatzkanzlers – einige betrachten ihn als Geheimmitglied des inneren Kabinetts; Morgan Henry und Sir James Oakes – Industrielle, die für ihren Nationalstolz berühmt sind, wegen ihres Reichtums und ihrer Macht von den jüdischen Geldraffern aber beneidet und gefürchtet werden; General Calderwood, ein Soldat, der alle Streitkräfte dieses Landes befehligen wird – er ist nur ein Repräsentant vieler anderer hochrangiger Militärs, die unsere Gesellschaft unterstützen. Und schließlich, aber nicht zuletzt, Lord Ewing, der schnell der wichtigste und mächtigste Mann der Medienwelt geworden ist. Und dies sind nur einige Angehörige unseres Ordens, Mr. Steadman. Die anderen werden sich später und heute abend zu uns gesellen. Unser Dreizehnerrat. Ich selbst bin das dreizehnte Mitglied und zugleich Prinzipal.«

»Und wer sind die anderen, Gant?«

»Ah, Sie sind wirklich interessiert? Exzellent. Vor allen anderen Menschen haben Sie das Recht, das zu wissen. Schließlich wären ohne Sie die Omen nicht zu unseren Gunsten ausgefallen.« Gant kicherte, aber es war offensichtlich, daß nicht alle im Raum seine Belustigung teilten. Steadman sah, daß mehrere Mitglieder des ›Ordens‹ den Waffenhändler unsicher ansahen. Einer von ihnen – Talgholm, der Finanzier – sprach.

»Glauben Sie, Edward, daß das nötig ist?« sagte er gereizt. »Wir haben fast alles mitgemacht, was Sie verlangten, aber er könnte für das ganze Projekt höchst gefährlich sein. Warum ihm noch mehr erzählen?«

»Weil«, schnappte Gant zurück, »mein lieber Ian, weil er eine Schlüsselrolle gespielt hat. Weil er keine Gefahr darstellt und es durch ihn nie eine gegeben hat.«

»Aber das Risiko letzte Nacht, ihn entkommen zu lassen...«

»Es gab kein Risiko. Alles war geplant. Und er mußte aus eigener Initiative hierherkommen. *Es mußte seine Entscheidung sein!*«

Der Finanzier blickte sich hilfesuchend unter seinen Gefährten um, doch sie wichen seinen Blicken aus. Schließlich zuckte er die Schultern und sagte: »Nun gut, er kann ohnehin nichts tun.«

»Danke, Ian«, sagte Gant eisig und fuhr dann damit

fort, die Namen der abwesenden Angehörigen des Ordens zu nennen. Einer davon war der rassistische Parlamentsangehörige, den Steadman am Tag zuvor beim Verlassen des Anwesens in Guildford gesehen hatte. Die anderen waren wichtige Männer in ihren Bereichen – und diese Bereiche waren sehr unterschiedlich.

»Wir sind der Mittelpunkt«, erklärte Gant, »die leitenden Köpfe, um es so zu sagen. Wir bilden eine mächtige Gruppe, stimmen Sie dem zu?«

Steadman nickte, konzentrierte seine Gedanken aber darauf, die Namen rasch zu zählen. »Sie sagten, der Orden hätte dreizehn Mitglieder, doch Sie eingeschlossen haben Sie nur zwölf erwähnt. Wer ist das dreizehnte Mitglied, Dr. Scheuer oder Major Brannigan?«

»Keiner von beiden, Mr. Steadman. Sie sind, wenngleich außerordentlich wichtig, nur Werkzeuge. Männer wie unser Major Brannigan und der unglückliche und labile Mr. Köhner – es war übrigens seine Unzuverlässigkeit, die uns veranlaßte, Sie in seinen Händen zurückzulassen, ein berechneter Test für Sie, so Sie wollen –, diese Männer führen unsere Pläne nur durch. Was unseren geschätzten Dr. Scheuer anbelangt«, er lächelte den runzligen alten Mann milde an, »er ist unser Medium, derjenige, der das dreizehnte Mitglied zu uns bringen wird. Er ist die körperliche Stimme unseres Führers.«

Noch während Gant das sagte, wußte Steadman, wer das dreizehnte Mitglied des Ordens war – des Teutonischen Ordens der Heiligen Ritter. Sie hatten Hitler fallen lassen, weil er versagt hatte, und ihre Treue dem SS Reichsführer zugewandt, dem Begründer der Okkultgemeinde der Nazis, der die Thule Gesellschaft gefördert und am Leben gehalten hatte.

Gant lächelte, als er sprach, und seine Augen strahlten eine Leidenschaftlichkeit aus, die jeder im Raum spürte. »Er wird heute nacht bei uns sein. Dr. Scheuer wird ihn zu uns bringen. Und Sie werden ihm begegnen, Mr. Steadman. Sie werden unserem Führer, Heinrich Himmler, begegnen, bevor Sie sterben.«

Gant sprach über eine Stunde zu dem Detektiv. Er legte seine Pläne für den neuen Orden vor ihm dar und behandelte ihn fast wie einen Vertrauten. Oder vielleicht wie einen Gast, der vom Genie seines Gastgebers verwirrt ist. Die anderen hatten ihre Kommentare dazu abgegeben, widerwillig zuerst, hatten sich dann aber von der Leidenschaft des Waffenhändlers anstecken lassen, als sie erkannten, daß Steadman ihnen nicht schaden konnte, da er bereits ein toter Mann war. Sie brauchten einen Außenstehenden, vor dem sie prahlen, den sie mit der Großartigkeit ihrer Pläne beeindrucken konnten. Und Steadman hörte zu, manchmal fragend, manchmal sichtlich erstaunt über ihre Gründlichkeit, über die weitreichenden Folgen ihrer fanatischen Pläne hinsichtlich der Regierbarkeit des Landes. Auf verwickelten und verschlungenen Wegen führte alles zu einem einfachen, aber entscheidenden Konflikt: Rechts gegen Links. Es würde die einzige Wahl sein, die dem britischen Volk blieb. Kein Kompromiß, kein Zuschauen. Die Öffentlichkeit würde zu einer Entscheidung gezwungen werden. Der Bürgerkrieg würde zugunsten der Rechten ausfallen, da die Mehrheit wohlhabende Leute waren, die Nationalstolz hatten. Und die Mittelklasse, die soviel durch die Auseinandersetzung zwischen der Elite des Landes und der Arbeiterklasse gelitten hatte, würde sich ihnen anschließen, statt sich von Sozialisten beherrschen zu lassen, die die Wirtschaft ruinierten. Die Wahl würde ihnen leicht gemacht werden. Neue Führer würden da sein, und ihre Ziele waren so kompromißlos, wie es die Hitlers 1930 gewesen waren. Edward Gant war viele Jahre im Schatten geblieben und hatte hinter den Kulissen sein unheilvolles Netz gewebt. Jetzt trat er aus diesem Schatten hervor, ein Unbekannter für die Öffentlichkeit, doch bereits mächtig genug, um sich den Angriffen jener zu widersetzen, die bereits an der Macht waren. Steadman sah, wie sorgfältig ihr inneres Kabinett – ihr Orden – aufgebaut worden war. Dazu gehörten Männer in Schlüsselpositionen, die alle auf den richtigen Augenblick warteten, um ihre Masken fallenzulassen und sich öffentlich miteinander zu verbünden, um so die Massen zu überzeugen. Der richtige Zeitpunkt war entscheidend, und Ereignisse, um ihre Sache zu fördern, wurden zum *exakt richtigen Zeitpunkt* manipuliert.

Steadman stachelte sie an, und sie reagierten eifrig. Er zog Informationen auf eine Weise aus ihnen heraus, die ihnen das Gefühl vermittelte, als erfüllten sie einem zum Tode Verurteilten nur den letzten Wunsch – ihn wissen zu lassen, warum er sterben mußte. Und in ihrem Fanatismus versuchten sie sogar, ihn für ihre Sache zu gewinnen und seine Opferrolle zu akzeptieren. Die ganze Zeit lächelte die Frau, und der alte Mann starrte ihn aus tiefen Augenhöhlen an.

Der nächste Schritt der Thule Gesellschaft war entscheidend. Andere Aktionen waren bereits in den vergangenen Jahren durchgeführt worden, für sich allein bedeutungslos. Aber damit war schon ein Muster geschaffen worden, das für ihre Sache lebenswichtig war, eines, das unterschwellig das politische Klima der freien Welt beeinträchtigte. Die weltweiten Terroranschläge, das Entstehen der labilen afrikanischen Nationen, die ständig präsente Bedrohung durch Rußland, der allmähliche Zusammenbruch der Weltwirtschaft, die plötzliche Stärke der Länder im Mittleren Osten und deren kühne Forderungen, weil sie zwei Drittel der Weltölvorräte besaßen: all diese Verlagerungen des Machtgleichgewichtes schufen globale Furcht und Mißtrauen, was leicht von denen ausgenutzt werden konnte, die ein neues Regime schaffen wollten, in dem nur reinblütige Rassen herrschten. Thulisten hatten in vielen Ländern zu der Unruhe beigetragen, arbeiteten hinter den Kulissen, ermutigten, berieten und stärkten die Kraft ihrer eigenen Feinde bis zu einem Punkt, an dem die anderen Nationen zum Handeln gezwungen waren, um Kräfte zu zerschlagen, die sie bedrohten.

Gant und viele seinesgleichen verkauften Waffen an Terroristen nicht nur um des Profits wegen, sondern um ihnen den Weg zur Selbstzerstörung zu ebnen. Je mehr Untaten begangen wurden, desto mehr wurden sie geschmäht und gefürchtet. Und Furcht war das perfekte Werkzeug für das neue Reich, denn aus Furcht erwuchs Revolution.

Ein strategischer Zug sollte in den frühen Stunden des folgenden Tages stattfinden – genau um fünf Minuten vor zwei Uhr nachts –, wenn der amerikanische Außenminister nach Britannien flog, bevor er zu Friedensgesprächen in ein neutrales Land weiterreiste, um zwischen den arabischen Ländern und Israel zu vermitteln. Die Welt wußte, daß dies das entscheidende Gespräch war. Beide Seiten waren zu einem Krieg bereit, der einer von ihnen den ultimativen Sieg bringen würde. Doch der Jet des amerikanischen Staatsmanns würde nie in England landen, da die Thulisten keinen Frieden zwischen Arabern und Juden wollten. Das Flugzeug würde über dem Atlantik in Stücke gerissen werden.

Niemand konnte wissen, wem die Schuld daran zu geben wäre, obwohl der Verdacht und die Beweise mehr auf die Araber als auf die Israelis hindeuten würden, da die PFLP und die PLO für solche Untaten bekannt waren. Doch die Verantwortlichkeit würde kaum wichtig sein: die zivilisierten Länder hatten genug. Die Welt würde zuschauen, wie die beiden Nationen versuchten, sich gegenseitig zu vernichten. Natürlich würden gewisse Beweise unter den im Meer treibenden Trümmern des Flugzeugs ›entdeckt‹ werden, aus denen sich schließen ließ, daß es von einer Rakete russischer Bauart zerstört worden war. Es war bekannt, daß die Russen ihre Freunde im Mittleren Osten mit solchen Waffen versorgten.

Die Tatsache, daß die Rakete von Edward Gants Munitionsfabrik produziert und von der Küste in North Devon abgefeuert worden war, würde nie entdeckt werden. Antiradargeräte sollten dafür sorgen, daß ihr Flugzeug nicht verfolgt werden konnte. Ironischerweise hatte die RAF eine Radarstation nicht weit von Hartlands Point, aber man würde nie darauf kommen, daß die Rakete aus dem eigenen Gebiet abgefeuert worden war.

An dieser Stelle wurden Steadmans Fragen abrupt unterbrochen, da Neuankömmlinge auf dem Anwesen eingetroffen waren – andere Mitglieder des Ordens, wie Steadman vermutete – und mit ihnen mußten Einzelheiten der Operation erörtert werden. Die Ermordung des amerikanischen Außenministers war nur eine in einer ganzen Reihe von Katastrophen, hatte Gant dem Detektiv erklärt. Weitere würden schnell aufeinander folgen, jede zur nächsten hin eskalieren, bis die Welt kurz vor dem Zusammenbruch stand. Die Anarchie der Linken würde gefördert werden, bis man sie selbst zerschlagen konnte, Terrorismus würde man unterstützen, bis er von den Massen nicht länger geduldet werden konnte.

Die Tür wurde für Steadman geöffnet, und er sah, daß die beiden falschen MI-Fünf-Männer, die zu dem Hotel in Bideford gekommen waren, draußen warteten. Keiner von ihnen sprach, als sie ihn fortführten, und Steadman war wenig geneigt, sie auf ihr letztes Treffen anzusprechen. Er war zu sehr damit beschäftigt, das zu verarbeiten, was er erfahren hatte.

Sie brachten ihn nach oben, führten ihn über einen

langen weißen Korridor, stießen ihn in ein Zimmer und verschlossen die Tür hinter ihm.

Holly saß auf einem Bett und schaute ihn an. Ihr Gesicht war so weiß wie die Wände ringsum.

»Harry?« fragte sie ungläubig. Dann sprang sie auf und eilte ihm entgegen. »Was ist passiert, Harry? Warum halten die mich hier fest?«

Sie führte eine Hand an seine verletzte Wange und schaute ihn besorgt an, doch er hielt sie zurück und blickte unsicher in ihr erschrecktes Gesicht, da er an nichts mehr glaubte. Sie lächelte zu ihm auf. Ihre Freude, ihn zu sehen, schien echt. Sie schwand, als sie in seine kalten Augen blickte, und plötzlich zitterte ihr Mund.

»Harry, du gehörst doch nicht zu ihnen...?«

»Du arbeitest für das Institut?« fragte er barsch.

»Das Institut?«

»Hör auf, Holly, lüg mich nicht an. Du bist Mossadagentin. Du hast mit mir die ganze Zeit gespielt, wie alle anderen.«

»Nein, Harry.« Sie wich vor ihm zurück, war jetzt wütend, und Trotz zeigte sich hinter ihren Tränen. »Sie haben mich das gleiche gefragt! Was, zum Teufel, geht hier vor, Harry? Warum glaubt ihr alle, ich würde für die Israelis arbeiten?«

Ihr Ärger schien echt zu sein, und er zögerte einen Augenblick. Konnte er jemandem trauen? Sie waren noch nicht am Ende; der letzte Akt war noch nicht gespielt. Gehörte Holly dazu?

»Gut«, sagte er schließlich weich und legte seine Hände auf ihre Oberarme. »Okay. Erzähl mir einfach hübsch langsam, was dir widerfahren ist. Und sag mir, wer du wirklich bist, Holly. Es ist wichtig für mich, das zu wissen.«

Er führte sie zurück zum Bett, stieß sie sanft darauf und setzte sich dann neben sie.

Sie schaute ihn an, verletzt und verwirrt. Oder war auch das gespielt? »Du weißt, wer und was ich bin, Harry. Ich habe dir gesagt, daß ich freie Journalistin und Fotografin bin. Ich kam her, um einen Artikel über Edward Gant zu schreiben, und habe meine Verwandtschaft mit seiner verstorbenen Frau dazu ausgenutzt. Das ist alles. Warum sollte ich dich belügen?«

Er ignorierte die Frage. »Und du hast nie von David Goldblatt und Hannah Rosen gehört? Du hast nie von Baruch Kanaan gehört? Du gehörst nicht zum israelischen Geheimdienst?« Sie schüttelte heftig den Kopf, und dann durchzuckte ihn ein anderer Gedanke. »Oder zum britischen Geheimdienst?«

»Nein, um Himmels willen, nein! In was bin ich da hineingeraten, Harry? Was hast *du* mit all dem zu tun? An diesem Tag in Long Valley, dieser Panzer – warum hat man versucht, dich zu töten? Wer sind die und wer bist du?«

Er erzählte es ihr, nicht, weil er ihr glaubte, sondern weil sie es ohnehin wußte, wenn sie zur Mossad gehörte, und wenn nicht... Nun, was machte das schon? Aber er erzählte ihr nicht alles. Nur für alle Fälle.

Als er sie über den Plan informierte, daß der amerikanische Außenminister um fünf vor zwei in der kommenden Nacht ermordet werden sollte, saß sie nur da und schaute ihn verblüfft an. Dann sagte sie: »Also deshalb hat man mich eingesperrt.«

Er schaute sie fragend an.

»Der Raketenwerfer«, sagte sie. »Ich habe ihn gefunden. Sie faßten mich, als ich ihn fotografierte. Ich glaubte, es sei nur ein Teil von Gants Testgelände – das ganze Anwesen ist von Testplätzen übersät.« Sie wischte sich ihr blondes Haar aus dem Gesicht. »Kein Wunder, daß sie so verrückt wurden.« Fast gelang ihr ein Lächeln.

»Wo war es, Holly? Wo hast du die Abschußrampe gefunden?«

»Oh, sie liegt Richtung Küste.« Sie deutete vage auf die See. »Ich bin meinem Bewacher entkommen – Gant wollte mich natürlich nicht frei herumlaufen lassen, obwohl er darauf brannte, daß ich diesen Artikel über ihn schrieb – und gab vor, ein Nickerchen machen zu wollen. Es war später Nachmittag, und wir waren fast den ganzen Tag herumgelaufen, deshalb glaubte mein Bewacher mir wohl, daß ich müde sei. Jedenfalls begleitete er mich hierher und verschwand dann für eine Weile. Ich schlich mich hinaus und begann das Gelände zu erforschen, von dem er mich ferngehalten hatte. Das ist ein seltsames Haus, Harry. Wußtest du, daß der hintere Teil völlig anders als die Vorderseite ist? Und daß der Teil, in dem wir uns jetzt befinden, auch nur eine Fassade ist?«

Er schüttelte den Kopf, schwieg aber.

»Nun, vorher war ich in eine völlig entgegengesetzte Richtung geführt worden, zu der Waffenfabrik, die eine halbe Meile entfernt ist. Aber diesmal ging ich nach hinten. Ich war überrascht, daß es so leicht war, aber ich denke, alle waren ein wenig lockerer, weil Gant nicht da war. Jedenfalls gelangte ich an die Rückseite des Hauses und konnte dabei einen Blick in einige Fenster dort werfen. Dahinter sieht es aus wie in einer Burg, sehr alt, dunkles Holz und Wappen, weißt du. Hineinzukommen war nicht möglich, weil alle Türen verschlossen waren. Ich hörte Wachen – wußtest du, daß er hier eine Privatarmee hat? – und deshalb entfernte ich mich vom Haus und ging zu den Klippen.

Dort versteckte ich mich hinter einem alten Schuppen und wartete, bis die Wachen verschwunden waren. Er war nicht weit vom Haupthaus entfernt, war aber verschlossen, und die Fenster waren zugenagelt. Ich konnte also nicht hineinschauen und sehen, wofür er benutzt wird. Als der Weg frei schien, ging ich weiter, hielt mich aber von der Straße fern, die zum Strand führt. Ich suchte nach nichts Bestimmten, war aber so neugierig, nach etwas Besonderem Ausschau zu halten. Und schließlich fand ich wirklich etwas Besonderes, aber rein zufällig. Etwa fünfzig Meter vom Klippenrand entfernt duckte ich mich ins Unterholz, weil einer ihrer Range Rover, mit dem sie Patrouille fahren, direkt in meine Richtung kam – sie fahren auf dem ganzen Anwesen ständig Patrouille –, und wäre fast in ein riesiges Loch gefallen, das vom Unterholz verdeckt war. Es hatte etwa sieben Meter Durchmesser und war mit einem Tarnnetz verhüllt. Ich konnte durch das Netz schauen, und das Loch sah ganz natürlich aus – abgesehen davon, daß die Wände betoniert waren und eine Wendeltreppe hinunterführte. Ich schaute genauer hin und sah, daß es etwa vierzehn Meter tief war, unten kam von irgendeiner Seite Licht. Es war der Schacht zu einer Höhle, weißt du, und die Höhle führt, wie ich annehme, in einem Winkel zum Strand – ich konnte nämlich da unten die See hören. Die Flut kann dort nicht hineingelangen, weil der Boden höher als der Strand liegt. Und da unten, am Boden der Höhle, stand die Rakete auf ihrer Abschußrampe. Sie war nicht sehr groß, aber sie sah sehr gefährlich aus.«

»Sie mußten den Schacht wegen der hier niedrig fliegenden Militärmaschinen tarnen«, sagte Steadman.

»Das nehme ich an. Jedenfalls war es zu schön, um sich das entgehen zu lassen. Ich begann mit der Pentax zu fotografieren und war völlig darin vertieft. Zwei Wachen stürzten sich auf mich und hätten mich fast in das Loch geworfen. Sie brachten mich hierher zurück und beschlagnahmten meine Kamera. Dann begann das Verhör.«

Sie streckte prüfend eine Hand aus und legte sie, unsicher, wie er reagieren würde, auf seinen Arm. Er ließ sie dort. »Sie befragten mich nach dir, Harry. Was ich von dir wüßte, für wen du arbeitest, ob wir zusammenarbeiten. Dann fingen sie an, mich nach der Mossad zu befragen. Ich erzählte ihnen das gleiche wie dir: daß ich freie Journalistin bin, die versucht, sich ihre Brötchen zu verdienen. *Sie* glaubten mir auch nicht.«

Sie schaute Steadman ernst in die Augen. »Hat dieser Tag dir denn gar nichts bedeutet? Hattest du nicht die gleichen Gefühle wie ich?«

Er wandte verwirrt den Blick von ihr ab.

»Gott, du benimmst dich wie ein Fremder«, sagte sie und wurde wieder ärgerlich.

»Holly«, begann er und versuchte, seine Zweifel zu verdrängen, er wollte ihr ja glauben. »In den letzten paar Tagen ist soviel geschehen – ich schwöre bei Gott, ich weiß nicht mehr, wem ich vertrauen kann. Diese Männer da unten bei Gant – das sind hochrangige Leute. Und Pope. Er gehört zum britischen Geheimdienst! Sogar einer meiner eigenen Klienten hat mir nachspioniert, seit ich die Mossad verließ. Wie kann ich jemandem vertrauen?«

Sie zog seine Hand zu sich, und ein Teil von ihm wollte nachgeben, wollte ihr glauben. Doch ein anderer Teil hielt ihn zurück.

»Okay, Harry«, sagte sie, nun nicht mehr ärgerlich. »Vertrau mir nicht, sei so mißtrauisch, wie du kannst. Aber unterm Strich bedeutet das, daß wir – oder nur du, wenn's dir lieber ist – in großen Schwierigkeiten stecken und da rauskommen müssen. Weiß sonst jemand, daß du hier bist?«

Er schüttelte, noch immer zweifelnd, seinen Kopf.

»Das ist irgendwie dumm – aber okay, dann sind wir auf uns allein gestellt. Also, laß uns nachdenken.« Sie versuchte zu lächeln. »Wie im Kino, was?«

»Ein schöner Film«, sagte er, löste seine Hand aus ihrer und entfernte sich vom Bett zu dem vorhanglosen Fenster. Sie schaute zu, als er nach unten spähte.

»Da draußen ist ständig eine Wache«, sagte sie, »und das Fenster läßt sich nicht öffnen – ich hab's versucht. Beim Springen würdest du dir sowieso ein Bein brechen, und der Posten würde dir eine Kugel durch den Kopf schießen, bevor du auch nur den Boden erreichst.«

Der Posten blickte mit ausdruckslosem Gesicht, aber drohender Haltung zu ihm hoch. Steadman schaute Holly an. Sie wirkte jetzt völlig ruhig. Hatte sie Grund dazu, oder war das nur einer ihrer Charakterzüge?

»Irgendwelche Ideen?« fragte sie, sich seines Blickes bewußt.

»Wir warten«, sagte er. »Gant möchte, daß ich heute abend jemanden kennenlerne.«

Er grinste humorlos, als sie überrascht dreinschaute und hatte plötzlich das Gefühl, daß sie die Wahrheit gesagt hatte. Aber er hielt sich dennoch bedeckt. Er konnte sich ja irren.

Major Brannigans Gesicht war wütend gerötet, als er leise an die Tür klopfte. Am liebsten hätte er mit seiner Faust heftig gegen das Holz gepocht, da er wußte, daß sie innerlich über seine Stimmung lachen würde. Er wollte die Tür aufreißen und ihr das affektierte Lächeln wegprügeln, das bestimmt auf ihrem Gesicht läge. Doch er beherrschte seinen Ärger, da er sich vor ihr fürchtete, sie aber auch verzweifelt brauchte. Kristinas Stimme drang aus dem Raum zu ihm: »Wer ist da?«

»Ich bin's, Andrew«, sagte er, dicht an das Holz gelehnt, und seine Stimme hatte ihre Wut bereits verloren. »Darf ich hereinkommen?«

»Es ist offen, Andrew.«

Er trat ein und schloß die Tür rasch hinter sich. Zögernd trat er näher, da ihr bloßer Anblick ihn mit dem üblichen Verlangen erfüllte. – *Welche Schande an eine solche Kreatur gefesselt zu sein.*

Sie saß vor einem Spiegel und steckte Strähnen nassen Haares unter ein Handtuch, das um ihren Kopf geschlungen war. Der lange weiße Bademantel, den sie trug, teilte sich über einem Schenkel, und er mußte die glatte Haut einfach anstarren, wollte sie berühren, nach ihr greifen und sie dicht an sich ziehen.

Sie kannte seinen Blick und sein Verlangen – und sie lachte ihn aus.

Er blickte auf sie herab, widerstand der Versuchung, ihren schönen Hals zu fassen, den Hals, den er so viele Male mit seinen Lippen liebkost hatte; jetzt hätte er gerne das Leben aus ihm gewürgt, obwohl er wußte, daß seine Hände nie die Kraft dazu haben würden. Trotzdem – würde er drücken, bis seine Knöchel weiß waren, bis ihre Augen Panik und Furcht zeigten, bis das Lachen daraus verschwunden war. Dann würde sich sein Griff lösen und seine Hände würden nach unten gleiten, über das glatte Fleisch, bis sie ihre Brüste mit den steifen Brustwarzen umfaßten – weil ihre Furcht sie erregt haben würde, weil sie ihn dann so begehrte, wie er sie begehrte. Eine so perverse Kreatur war Kristina. Und ihre Furcht würde ihn erregt haben – *so pervers war er*. Er würde auf die Knie sinken und um Verzeihung bitten, und seine Hände würden noch immer ihre Brüste umklammern. Und Kristina würde neben ihn sinken und sie würden sich auf ihre unnatürliche Weise lieben.

»Nein, Andrew«, sagte sie, seine Gedanken lesend. Sie wandte sich von ihm ab und fuhr damit fort, ihre nassen Haarsträhnen unter das Handtuch zu stecken, im Spiegel beobachtete sie dabei seine geballten Fäuste und lächelte über den Konflikt seines Verlangens, den er durchlitt.

»Bitte, Kristina, ich...« Er fiel auf die Knie und preßte seine Wange an ihren rauhen Bademantel. Eine Hand legte er auf ihre nackten Schenkel, die Finger gespreizt, und schob sie zu dem noch weicheren Fleisch an der Innenseite.

Sie stieß seine Hand beiseite und zog den Bademantel über ihre Blöße. »Du weißt, was später noch zu tun ist«, sagte sie spöttisch. »Dazu haben wir keine Zeit.«

»Warum?« fragte Brannigan fast müde. »Warum mußt du es sein?«

Ihre Augen funkelten wütend. »Du weißt, warum. Er muß erniedrigt werden.«

»Wie ich es wurde? Wie ich es jetzt bin?«

»Das ist etwas anderes, Andrew. Das hat nichts zu tun mit...«

Sie hielt abrupt inne, doch er beendete den Satz für sie.

»Mit Erpressung? Mußt du ihn nicht erpressen, wie du mich erpreßt hast?«

»Es begann als Erpressung, Andrew. Aber jetzt glaubst du doch an unsere Sache, oder? Du hast mir so viele Male erzählt, daß es so ist, und du hast soviel für uns getan.«

»Natürlich. Aber warum Steadman? Um Gottes willen, Kristina...«

»Gott? Was hat er damit zu tun?«

Brannigan schwieg.

»Dr. Scheuer sagt, die Legende muß widerlegt werden«, erklärte Kristina ungeduldig.

»Und Gant glaubt diesen ganzen Unsinn?«

»Unsinn? Das kannst du sagen, nach allem, was du gesehen hast?«

»Ich... ich verstehe nicht alles, Kristina. Ich weiß nicht, wie diese... Dinge geschehen.« Seine Stimme klang flehend. »Du sagtest, du liebst mich. War das auch nur für die Sache?«

Sie senkte eine Hand auf seinen Hinterkopf und streichelte sein Haar. Ihre Stimme wurde weich. »Natürlich nicht. Du weißt, wieviel ich von dir halte.« Der Major konnte das Lächeln ihres Spiegelbildes nicht sehen. »Ich muß das tun, Andrew. Unser Parsifal muß« – ihr Lächeln war teuflisch – »verführt werden.«

Sie stieß Brannigan von sich und drehte dann seinen Kopf so, daß sie ihm in die Augen schauen konnte. »Nun geh und überprüfe, ob für heute nacht alles sicher ist. Dies ist der Anfang, Andrew, und nichts darf schiefgehen.« Kristine küßte seine Lippen, widersetzte sich aber mit zarter Hand seiner Leidenschaft. »Ich muß ruhen«, sagte sie. »Diese Nacht ist wichtig für uns alle.«

Major Brannigan erhob sich unbeholfen und verließ mit einem letzten Blick auf Kristina den Raum. Er begab sich in den rechten Flügel des Hauses und betrat einen Nebenraum des Zimmers, in dem Steadman und Holly Miles festgehalten wurden. Ein grünuniformierter Mann mit Kopfhörern, der neben einem Tonbandgerät saß, blickte auf und begrüßte ihn mit respektvollem Nicken.

»Ist etwas?« fragte Brannigan.

Der Mann schüttelte seinen Kopf. »Sie sind seit einiger Zeit still. Er fragte sie direkt, ob sie für die Mossad arbeitet, als er hereinkam, und sie leugnete es. Sieht aus, als sei sie wirklich sauber.«

»Es sei denn, sie vermutet, daß der Raum abgehört wird. Was hatte Steadman sonst zu sagen?«

»Er hat ihr ein bißchen erzählt – über Mr. Gant und die Organisation und die Operation heute nacht –, aber die ganze Geschichte kennt er selbst nicht.«

Brannigan nickte kurz und wandte sich zum Gehen. »Lauschen Sie weiter, bis er dort rausgeholt wird. Ich glaube nicht, daß die Frau ist, was sie zu sein vorgibt. Wenn sich etwas ereignet, lassen Sie es mich sofort wissen.«

»Jawohl, Sir.« Der Lauscher salutierte. Brannigan verließ den Raum und begab sich zu der Haupttreppe und dem Vordereingang. Eine Überprüfung der Wachen, die an verschiedenen Stellen rings um das Anwesen aufgestellt waren, dann ein Besuch der Raketenstartrampe, um sich zu vergewissern, daß alles für den Abschuß heute nacht – oder genauer morgen früh – bereit war. Die Dinge würden sich endlich verändern, und sie würden erleben, wie sich ihr Traum zum Teil erfüllte. Die Gesellschaft war so viele Jahre im Hintergrund geblieben, aber jetzt war es an der Zeit, daß starke Führer auftraten. *Sie* würden herrschen, und das Militär würde nicht mehr die Marionette schwacher Männer sein. Die Landesverteidigung würde nicht mehr durch Schwächlinge in der Regierung weiter reduziert werden. Die Linken würden nicht mehr dominieren, diese ganze destruktive Freiheit in England würde enden. So mußte es sein, wenn die Nation überleben wollte. Natürlich würde die wahre Identität ihres Führers nie preisgegeben werden, da dies die Menschen, die im letzten Weltkrieg irregeleitet gegen seine großen Ideale gekämpft hatten, abstoßen könnte. Und sie würden sich auch nie von jemandem beherrschen lassen, den sie seit so vielen Jahren schon tot wähnten.

Es begann zu dämmern, und das weiße Haus war still. Der Regen hatte nachgelassen, doch es schien, als ob alles Leben, Mensch und Tier, Schutz vor der Feuchtigkeit suchten. Nur das Tosen des Ozeans war zu hören, das Geräusch der wilden Atlantikwellen, die sich an den felsigen Küsten brachen. Und ihr donnerndes Krachen trieb hoch über die Klippen und rollte über die grasigen Hänge.

Langsam schloß sich die Nacht um das Haus; sein Weiß wurde zu einem Grau, die Fenster schwarz und undurchdringlich. Ein kalter Wind bewegte das Gras in sich ausbreitenden Wellen und schüttelte die letzten hartnäckigen Blätter von den Zweigen der Bäume.

Die Dunkelheit verdichtete sich, und trotz des gerade gefallenen Regens schien eine seltsame Schwere die Luft zu erfüllen. Es war, als käme bald die eigentliche Nacht.

16

»Kommen Sie, Harry. Getrennte Zimmer für euch beide, lieber Junge.«

Popes massige Gestalt stand im Türeingang. Er hatte ein Grinsen auf dem Gesicht und eine Pistole in der Hand. Als er sah, daß der Detektiv in sicherer Entfernung von ihm war und nicht neben der Tür lauerte, steckte er die Pistole wieder in die Jackentasche. Er fühlte sich ohnehin immer albern, wenn er die kleine 25er Parabellum in seiner mächtigen Hand hielt; aber sie war beruhigend und sehr unauffällig.

Steadman schwang seine Beine vom Bett und drückte Hollys Hände als er aufstand, wobei seine Augen ihr befahlen, ruhig zu sein.

»Wohin bringen Sie mich?« fragte er Pope.

»Mr. Gant meint, daß Sie nun von Miß Miles Wohlergehen überzeugt sein müßten. Sie werden nur voneinander getrennt, damit Sie keine Dummheiten machen.« Griggs und Booth traten hinter dem fetten Mann vor.

Steadman ging auf das Trio zu, das sich im Türeingang drängte, und Pope trat beiseite, um ihn durchzulassen.

»Harry, geh nicht mit ihnen!« schrie Holly plötzlich und sprang vom Bett auf.

Pope schob seinen riesigen Körper auf sie zu und bedeutete ihr mit erhobener Hand zu schweigen. »In diesem Fall hat er keine Wahl, meine Liebe. Jetzt gehen Sie zum Bett zurück *und seien Sie still*!«

Holly funkelte ihn trotzig an. »Was wollt ihr Bastarde mit ihm tun?«

»Nichts, liebe Dame, absolut nichts.« Popes Stimme klang wieder glatt. »Bis Mitternacht, um genau zu sein. Bis dahin sollte er es wirklich angenehm haben.« Einer der Männer im Türeingang kicherte laut, aber die Augen des fetten Mannes waren nicht belustigt. »Und jetzt Bewegung!« befahl er Steadman.

Mit einem letzten Blick zu Holly trat der Detektiv auf den Korridor und folgte Griggs und Booth. Pope ging neben ihm.

Sie wirkte verängstigt, überlegte Steadman. Hatte sie echte Angst um ihn? War sie wirklich an all dem unschuldig oder war es nur eine raffinierte List?

Er wurde über eine Treppenflucht zur nächsten Etage hochgeführt, dann ging es wieder über einen Korridor, und schließlich wurde er in einen Raum gebracht, der erheblich komfortabler war als der, den er gerade verlassen hatte. Die Ausstattung war zwar spärlich, aber ein Feuer brannte im Kamin und warf Wärme an die Wände. Eine kleine Lampe verlieh dem Raum eine intime Atmosphäre, und eine lange Couch stand im rechten Winkel zum Feuer. Ein Himmelbett beherrschte die Hälfte des großen Raumes und seine einladende, weiche Federdecke erinnerte Steadman daran, wie müde er war. Es war ein Tag voller Anspannung gewesen. Er kämpfte wieder gegen die Müdigkeit an, die plötzlich an ihm zerrte.

An den großen Mann gewandt, sagte er bitter: »Warum, Pope? Warum hat sich jemand wie Sie in all das hineinziehen lassen?«

Der fette Mann lachte hohl und bedeutete seinen beiden Schergen dann, den Raum zu verlassen. Als er und Steadman allein waren, sagte er: »Ich war immer darin *verwickelt*, Harry. Der britische Geheimdienst war schon vor dem letzten Krieg nicht viel wert, und danach ... nur ein Scherbenhaufen, ein verdammter Scherbenhaufen.«

Pope durchquerte den Raum, starrte in das Feuer und stützte sich mit einer Hand auf den Kaminsims. »Sie waren beim militärischen Geheimdienst«, sagte er, und sein Gesicht wurde von den Flammen erhellt, »also müssen

Sie die allgemeine Unfähigkeit doch gespürt haben, die dem ganzen Verein anhaftete.«

Steadman nickte unbewußt und erinnerte sich an den Ärger, den er wegen der offensichtlichen Idiotie seiner Vorgesetzten empfunden hatte. Zu jener Zeit hatte er ihnen ihre scheinbar sinnlosen Direktiven aber verziehen, weil er vermutete, daß irgendein tief verborgenes Motiv dahintersteckte, und nachdem er später oft genug hatte feststellen müssen, daß das Motiv ebenso sinnlos wie die Direktive selbst war, hätte er fast verzweifelt aufgegeben. Deswegen war auch die Shin Beth so attraktiv für ihn gewesen. Der israelische Geheimdienst war eben – und wahrscheinlich war er das noch immer – die meistgeachtete Geheimdienstorganisation der Welt, gegen die das britische Gegenstück geradezu verblaßte. Trotzdem zwang irgendein Gefühl von Loyalität den Detektiv dazu, Popes vernichtenden Feststellungen zu widersprechen.

»Aber das ist doch jetzt anders – die Nieten sind beseitigt worden, die Brüderschaft ›alter Kumpel‹ funktioniert nicht mehr.«

»Hah!« Pope sah ihn an. Erheiterung und Spott machten ihn zu einem freundlichen Scheusal. »*Ich bin* ein Teil der ›alten Kumpanei‹, lieber Junge. Nur, daß *ich* mich nicht mit meinen Vorgesetzten im Ministerium zusammenraufe – ideologisch natürlich. Selbst nach den ungeheuerlichen Versuchen des SIS in den sechziger Jahren, Verräter wie Philby zu schützen, konnte der Verein der ›alten Schulkrawatten‹ weiter schlafen. Selbst als Burghes und Maclean überliefen und offensichtlich war, daß Kim Philby sie gewarnt hatte, nahmen sie ihn weiter in Schutz – *und durften das sogar.* Gott, es war kein Wunder, daß der CIA nach diesem Debakel jedes Vertrauen in uns verlor – schließlich litten sie durch unsere Unfähigkeit genauso wie wir. Seit den sechziger Jahren ist die Kooperation zwischen unseren beiden Organisationen unbedeutend, um es einmal gelinde auszudrücken. Die Entdeckung von Spionageringen wie dem Lonsdales und die Internierung von Männern wie Vassal hat ernste Zweifel an der Glaubwürdigkeit des Geheimdienstes geweckt und uns alles andere als Ruhm eingebracht. Und das sind nur die bekannt gewordenen Abtrünnigen! Sie wären erstaunt über die Katastrophen, die im Interesse des nationalen Vertrauens in den Dienst unter den Teppich gekehrt worden sind! Man kann den verdammten Amerikanern keinen Vorwurf machen, daß sie mit uns nicht mehr zusammenarbeiten!«

Steadman sank auf die Couch. Bevor er antworten konnte, hatte Pope seine Tirade gegen seine eigene Organisation schon fortgesetzt. »Und wenn die Wende in diesem Land kommt, lieber Junge, dann werde ich den Besen schwenken, was meine eigene Abteilung anbelangt. Keine Samthandschuhbehandlung verdächtiger Ausländer mehr, keine fremden Trawler mehr in unseren Gewässern. Familienverbindungen werden in der Organisation nichts mehr bedeuten. Unsere ›grauen‹ Leute werden sich ihren Lebensunterhalt verdienen müssen.«

»Sie sind genauso verrückt wie Gant«, sagte Steadman ruhig.

»Verrückt? Schwadroniere ich, Harry? Tobe ich? Rede ich wirklich so, als sei ich verrückt?«

Steadman mußte zugeben, daß dem nicht so war. »Aber worüber Sie reden – worüber ihr alle redet – das ist Revolution. Das ist in England unmöglich.«

»Wir reden über *Konter*-Revolution. Die Revolution findet bereits statt. Wir haben die Absicht, uns ihr zu widersetzen.«

»Was kann Ihre Art von Macht denn daran hindern, korrupt zu werden?«

»Unser Ideal, Harry. Verstehen Sie nicht – wir sind ein Heiliger Orden! Die dreizehn Männer, die das Land absolut kontrollieren werden, sind keine gewöhnlichen Männer? Wir werden die Korruption ringsum nutzen, wir werden Feuer mit Feuer bekämpfen...«

»Und dabei nicht selbst verbrannt werden?«

»Unser geistiger Führer wird dafür sorgen, daß das nicht passiert.«

»Heinrich Himmler? Ein Mann, der seit über dreißig Jahren tot ist? Wie kann eine Leiche Ihnen helfen, Pope?«

Der fette Mann lächelte bloß. »Sie müssen jetzt ruhen. Die heutige Nacht wird nicht leicht für Sie sein.« Er ging zu einer großen Eichenanrichte an einer Seite des Raumes, auf der ein Tablett mit einer dunklen Flasche und einem Glas stand. Er brachte das Tablett zu Steadman hinüber und stellte es vor seine Füße. »Brandy«, verkündete er. »Ich bin sicher, Sie können ihn brauchen.« Er richtete seine massige Gestalt auf und grunzte vor Anstrengung dabei. »Mit besten Empfehlungen von Mr. Gant. Möchten Sie etwas essen, Harry? Ich bin sicher, Sie verhungern fast.«

Steadman schüttelte seinen Kopf. Die Leere in seinem Magen konnte mit Essen nicht gefüllt werden. Aber der Brandy würde vielleicht helfen.

»Ich lasse Sie jetzt ruhen.« Pope ging zur Tür, und für einen kurzen Augenblick überlegte der Detektiv, ob er ihn angreifen sollte, indem er die Brandyflasche auf den fetten Kopf schmetterte. Seine Muskeln spannten sich, und er griff nach dem Flaschenhals.

»Das würde ich nicht, lieber Junge«, warnte Pope ihn freundlich lächelnd. »Griggs und Booth stehen draußen. Sie würden nicht sehr weit kommen. Verstehen Sie nicht? Für Sie gibt es kein Entkommen. Sie haben Ihren Zweck fast erfüllt, also – warum entspannen Sie sich nicht und genießen die letzten Stunden?« Bevor der fette Mann durch die Tür verschwand, schaute er Steadman bedeutungsvoll an. »Danke, Harry, danke für Ihre Mitarbeit.« Und dann verschwand er mit einem tiefkehligen Kichern.

Steadman starrte einige Zeit auf die geschlossene Tür, bevor er zu dem Brandy griff. Er entkorkte die Flasche und goß die dunkelbraune Flüssigkeit in das Glas, hob es an die Lippen und überlegte, bevor er trank, ob der Drink vergiftet sein mochte. Aber welchen Sinn hätte das? Er war hier gefangen, hatte keine Chance zu entfliehen. Mußten sie ihn betäuben, um zu tun, was immer sie später mit ihm vorhatten? Er bezweifelte es. Sie hatten genug starke Männer, um ihn zu bändigen. Also nahm er einen winzigen Schluck und bewegte die brennende Flüssigkeit im Mund. Er hätte sie nur zu gerne geschluckt, da er wußte, daß der Brandy ihm gut tun würde, aber der hauchfeine bittere Geschmack ließ seine Halsmuskeln erstarren. War es nur Einbildung, oder hatte der Drink wirklich einen eigenartigen Geschmack? Die Gefahr hatte seine Sinne überscharf gemacht, aber bewertete er jetzt die normale Bitterkeit des Schnapses nicht doch falsch?

Er spuckte die Flüssigkeit in das Feuer, und das plötzliche Auflodern ließ ihn zurückspringen. Seine Mundhöhle brannte von dem winzigen Rest Brandy. Begehrend schaute er auf den Rest im Glas und fragte sich, womit sie versuchen würden, ihn zu betäuben – *falls* sie ihn zu betäuben versuchten. In Gedanken ging er die Legende durch, die mystische Geschichte um den Heiligen Gral, die Wagner zu seinem *Parsifal* inspiriert hatte. Wagner hatte darauf bestanden, daß diese mystische Oper nur in Bayreuth aufgeführt werden dürfe, der geistigen Hauptstadt des deutschen Volkes. Diese Oper, von der Hitler geglaubt hatte, sie beinhalte die göttliche Ideologie der arischen Rasse!

Der junge Steve hatte Steadman den Inhalt der Oper erzählt, die eine Dramatisierung des Gral-Epos aus dem dreizehnten Jahrhundert war, und der Detektiv hatte zu verstehen begonnen, warum Gant ihn als ›seinen Parsifal‹ bezeichnet hatte – so pervers das auch war. Zentrales Thema der Oper war der Kampf zwischen den Gralsrittern und ihren Gegenspielern um den Besitz des Heiligen Speers – *des Speers des Longinus, der die Lende Christi verwundet hatte.*

Der Speer war ihnen von Klingsor, einem kastrierten bösen Magier gestohlen worden, der das Heidentum symbolisierte. Er hatte dabei Amfortas, dem Führer der Ritter, mit dem Speer eine nie heilende Wunde zugefügt, und in den Händen Klingsors war der Speer dann zu einem Beschwörungsmittel finsterer Kräfte geworden, die nur ein völlig argloser Ritter überwinden konnte.

Gant hatte sich selbst in seiner abwegigen Denkweise als Klingsor gesehen, da Gant mehr an die Kräfte des Bösen als an das Gute glaubte und – wie Hitler – die christlichen Rituale, die mit dem Mythos verbunden waren, verachtete. Für den verrückten Waffenhändler verkörperte Steadman jenen Parsifal, den ›arglosen‹ Ritter, der besiegt werden mußte, wenn die Bedeutung der Legende aufgehoben werden sollte.

Obgleich Steadman immer an die Sache geglaubt hatte, für die er gekämpft hatte, hätte er seinem Charakter wohl kaum irgendwelche tiefen, edlen Beweggründe zugeschrieben, doch Gant hatte ihm nun einmal die romantische Rolle des Verteidigers des Guten zugewiesen. War es Verzweiflung seitens des Waffenhändlers, der ein Omen schaffen mußte, das nicht existierte, der Wunsch eines Größenwahnsinnigen, sein eigenes Schicksal zu symbolisieren? Vielleicht spürte Gant, daß seine Zeit knapp wurde. Der Augenblick für seine Offensive war da, und man brauchte schnell jemand, um die letzte Szene von Gut gegen Böse zu spielen, – nur daß diesmal das Böse obsiegen sollte. Eine Scharade, eine falsche Zeremonie zum Wohle des Neuen Ordens. Es fiel Steadman schwer, über die Albernheit all dessen nicht zu lächeln. Darum war er in dieses komplizierte Spiel mit einbezogen worden! Unwissentlich hatte David Goldblatt ihnen ihren symbolischen Ritter geliefert, einen einzelnen Mann, der als Omen für ihren künftigen Erfolg unterliegen und dann vernichtet werden mußte. Gant mußte erleichtert gewesen sein, als Maggie unter der Folter preisgegeben hatte, daß sie von der Mossad geschickt worden war, doch nur als Ersatz für ihren Partner Steadman, einen Exsoldaten, einen ehemaligen Mossadagenten, einen unverdorbenen Engländer – Kämpfer für das Gute.

Es mußte leicht für Pope gewesen sein, Zugang zu der Akte über Steadmans frühere Aktivitäten beim militärischen Sicherheitsdienst zu bekommen, und wahrscheinlich hatten sie sich hämisch gefreut, weil seine Vergangenheit – wenn auch nur vage – mit der des mystischen Parsifal zu vergleichen war. Von da an war es nur darum gegangen, ihn hineinzuziehen. Der scheußliche Mord an Maggie war nur begangen worden, um ihn aus der Passivität der letzten Jahre zu reißen. Dann der Besuch von Pope, bei dem er es abgelehnt hatte, trotz des grausamen Todes seiner Partnerin etwas zu unternehmen. Darauf das Treffen mit Gant auf der Waffenausstellung, um seinen Wert als Gegner einzuschätzen. Und der folgende Test, als der Panzer ihn zu zerquetschen versuchte (war Hollys Leben ebenso entbehrlich wie das Köhners gewesen, oder war das tatsächlich der Beweis ihrer Unschuld in diesem tödllichen Spiel?). Die Enthüllungen in Guildford, um sicherzustellen, daß er auch weiterhin beteiligt blieb, und dann der nächste Eignungstest gegen den sadistischen Köhner, dies in dem Wissen, daß er mit Pope Kontakt aufnehmen würde, der ihn dann zum letzten Teil der Scharade schicken konnte, ohne ihre Pläne zu gefährden.

Und so war er auf Gants Anwesen in North Devon gelockt worden, zur *Wewelsburg*.

Nun stand der Schlußakt bevor, und ein letzter Test blieb noch. Doch sie wollten, daß er dabei versagte, damit seine Erniedrigung den Ausgang der Originallegende umkehrte. In dem *Minnesänger-Epos* aus dem dreizehnten Jahrhundert, das von Wagner für seine Oper adaptiert worden war, hatte eine Frau namens Kundrie versucht, Parzival zu verführen und ihn wie so viele andere Ritter zu erniedrigen. Wie diese alten Auffassungen von Ehre und Keuschheit mit denen von heute verglichen werden konnten, begriff Steadman nicht, aber in diesem ganzen absonderlichen Plan war nichts normal. Gant und seine Gefolgsleute würden seinem sexuellen ›Untergang‹ ihre eigene Bedeutung beimessen. Ärger wallte in ihm auf; er goß den Inhalt des Glases in das Feuer und genoß das sengend gierige Auflodern der Flammen fast so, als sei es eine Emanation seiner Wut. Doch bei ihrem raffinierten Plan hatten sie einen kleinen Fehler gemacht. Köhner hatte von dem israelischen Agenten, Smith, gewußt. Er hatte Steadman erzählt, daß der Mann gestorben sei. Wie konnte er das gewußt haben, wenn es ihm nicht die beiden falschen MI-Fünf Agenten Griggs und Booth erzählt hatten? Und das verwies auf Pope. Es hatte Steadman genügt, um Vorsichtsmaßnahmen zu treffen, bevor er sich schließlich und unwiderruflich in das Spinnennetz ziehen ließ. Aber würden diese Vorsichtsmaßnahmen ausreichen? Er blickte auf seine Armbanduhr und fluchte. Wo waren sie? Worauf, zum Teufel, warteten sie? Gehörten *sie* auch zum Spiel?

Er sprang auf und schritt rasch zum Fenster. Auch dies war verschlossen, und als er in die dunkle Nacht hinausblickte, sah er nur sein Spiegelbild im Glas. Dort stehend verlor er jedes Zeitgefühl. Erst das Geräusch eines sich im Schloß drehenden Schlüssels veranlaßte ihn, sich zur

Tür umzudrehen. Der Türknauf bewegte sich, und die Tür wurde langsam geöffnet.

Er war fast erleichtert, als sie in den Raum glitt; erleichtert, weil es nicht Holly war.

17

Holly fand, daß es an der Zeit zum Handeln sei. Sie wußte, daß ihre Leute nur widerwillig eingreifen würden, aber ihre Abwesenheit würde sie dazu zwingen. Wenn es dazu nicht schon zu spät war.

Sie war wirklich erstaunt gewesen, als sie über die versteckte Raketenstartrampe ›gestolpert‹ war. Zwar wußte sie, daß Gant und seine wahnsinnigen Anhänger einige verrückte Pläne ausführen wollten, hatte aber nicht geglaubt, daß offene, bewaffnete Aggression Teil dieser Pläne sein könne. Obwohl ihrer Organisation bekannt war, daß Gant terroristische Aktivitäten förderte und die verschiedenen Gruppen mit Waffen versorgte – gegen Geld – hatte man geglaubt, daß seine eigenen Methoden zur Unterminierung des Weltfriedens subtiler, hinterhältiger sein würden. Sie war dumm gewesen, daß sie sich bei ihren ›Schnappschüssen‹ hatte erwischen lassen, aber sie waren sich ihrer noch unsicher. Schließlich *war* sie freie Journalistin und Fotografin, wie sie behauptete, also war es ganz natürlich, daß ihre Neugier geweckt worden war. Viele Journalisten hatten im letzten Jahrzehnt darauf gebrannt, einen Artikel über ›Edward Gant, den Waffenhändler des zwanzigsten Jahrhunderts‹ zu schreiben, deshalb war ihre Hartnäckigkeit nicht unnatürlich gewesen. Die Tatsache, daß Gant nun die Öffentlichkeit suchte und daß ihre Geschichte über die Verwandtschaft ihrer Familie zu seiner verstorbenen Frau nachprüfbar richtig war, hatten ihr dieses Privileg verschafft. Ein großartiges Privileg, dachte sie sarkastisch.

Gant hatte sie am Tag zuvor auf sein streng bewachtes Anwesen eingeladen und ihr eine ›Exklusivgeschichte‹ versprochen, um die sie die Journalistenwelt beneiden würde. Am frühen Morgen war ein Wagen vor Hollys Apartment vorgefahren, der ihr die Nachricht des Waffenhändlers überbracht hatte, und hatte sie entführt, bevor sie Zeit fand, ihre Leute zu informieren. Dennoch war sie sicher, daß man sie beobachtete.

Als sie von Harry den Zweck der Rakete erfahren hatte, war sie über die Ungeheuerlichkeit von Gants Plan erstaunt gewesen. Es würde nicht feststellbar sein, wer die Rakete abgefeuert hatte, obwohl man Israelis und Araber verdächtigen würde. Doch die Israelis würden *wissen*, daß die Araber die Täter waren, und die Araber würden *wissen*, daß die Israelis den Terrorakt verübt hatten. Das würde alle Friedensbemühungen zwischen beiden Nationen zunichte machen und zu einem Krieg solchen Ausmaßes führen, daß ihn die Israelis dieses Mal wahrscheinlich nicht gewinnen konnten.

Holly hatte vermutet, daß man den Raum abhören würde – warum sonst hätten sie Harry zu ihr geschickt? – und hatte jedes Wissen um Gants Geheimorganisation leugnen müssen. Aber sie hatte nicht gelogen, was die Mossad anbelangte. Sie hatte Harry umarmen wollen, ihm sagen wollen, daß er nicht allein sei, daß andere von den Absichten des Waffenhändlers wußten. Doch Harry hatte so grimmig geschaut, sein Mißtrauen war offensichtlich gewesen. Dabei hatte sie mit der Wahrheit herausplatzen wollen, ihm vom Verdacht ihrer Regierung und ihrem Auftrag erzählen wollen. Er galt der stärksten hitleristischen Gruppe seit dem Krieg. Sie wußten, daß diese Leute Verbindungen nach ganz oben hatten, wobei der britische Geheimdienst nicht einmal die höchste Instanz war. Und sie waren vorsichtig und heimlich in diesem Land vorgegangen, in dem sich das eigentliche Nest befand, da es sich nicht nur um eine Bedrohung Britanniens, sondern um eine Gefährdung des Gleichgewichts der ganzen Welt handelte.

Das plötzliche Auftauchen des Detektivs war ihnen zunächst rätselhaft gewesen, und Holly war sich noch immer nicht klar darüber, warum er für Gant so wichtig war. Ihre kurze, wenngleich unerwartet emotionale Bekanntschaft mit Harry hatte außer der Tatsache, daß er einmal Mossadagent gewesen war, nichts von Bedeutung enthüllt. Also – weshalb war er so wichtig für Gant, und warum hatte man ihn so nah herankommen lassen?

Holly erhob sich aus dem einzigen Sessel im Zimmer und ging zur Tür. Sie preßte ihr Ohr an das Holz und lauschte. Von der anderen Seite kam kein Geräusch. Auch wenn sie glaubten, daß sie nicht darin verwickelt war, bezweifelte Holly, daß man sie unbeobachtet lassen würde. Sie drehte den Türknauf hin und her.

»Lassen Sie das, Werteste«, befahl eine Stimme von der anderen Seite. »Sie gehen nirgendwohin.« Holly sah sich im Zimmer um, suchte mehr nach einer Idee als nach einem Gegenstand. Aber ein Gegenstand brachte sie auf eine Idee.

Kristina schloß die Tür und lächelte Steadman durch den Raum an.

Er mußte zugeben, daß sie schön war. Ihr langes, dunkles Haar umrahmte ihr blasses Gesicht wie ein schwarzes Meer einen Eisberg. Das tiefe Rot ihrer Lippen hätte der Abdruck von Blut auf Schnee sein können, ein geschwungener Fleck, der so kalt war wie das Eis ringsum. Nur ihre Augen waren fremd in der gefrorenen Landschaft ihres Gesichts, da sie lebten, tief und glühend leuchteten. Eine seltsame Erregung lag in ihnen.

Ihr Samtrock war von dunkelstem Umber und endete kurz unter den Knien, wo hohe Stiefel mit flachen Absätzen sich um ihre Beine schlossen. Ein braunes Hemd, zwei Nuancen heller als der Rock und bis zum Ansatz ihrer Brüste offen, vollendete das Bild aggressiver Sexualität und – tatsächlich – er spürte stechendes Verlangen. Dann nahm er ihren kurzen Blick zu der Brandyflasche wahr, und seine Leidenschaft wurde augenblicklich gedämpft.

»Ich wollte mit Ihnen allein sein, Harry«, sagte Kristina, bevor sie sich ihm näherte.

»Warum?« frage er barsch.

Sie blieb vor ihm stehen. »Um mit Ihnen zu sprechen. Vielleicht, um Ihnen zur Flucht zu verhelfen.«

Einen Augenblick lang war er zu verblüfft, um sprechen zu können. »Sie würden mir helfen, von hier zu fliehen?«

»Ich würde Ihnen helfen, dem Schicksal zu entgehen, das Edward Gant Ihnen zugedacht hat.«

Die plötzliche Hoffnung verließ Steadman, und er fragte: »Wie?«

»Indem ich Edward dazu überrede, sie leben zu lassen, ihn davon zu überzeugen, daß Sie für uns nützlich sein können.« Sie war jetzt nah bei ihm, war unmerklich nähergekommen, während sie sprachen. Er blickte auf sie herab, und in seinen Augen lag mehr Interesse als Verachtung.

»Wie könnte ich euch Thulisten nützlich sein?«

»Sie sind ein einfallsreicher Mann. Bisher haben Sie überlebt. Sie wissen viel über den israelischen Geheimdienst, der ein natürlicher Feind unserer Bewegung ist, und jede Information, die Sie uns geben könnten, wäre unschätzbar. Ihre Unterlagen zeigen, daß Sie ein rücksichtsloser Mann sind, und Rücksichtslosigkeit ist es, was das Land in den kommenden Jahren braucht.«

»Aber dann müßte ich an den Faschismus glauben«, sagte Steadman spöttisch.

»Sie werden schon noch daran glauben. Nicht all unsere Mitglieder sind von unseren Idealen überzeugt. Das wissen wir. Sie suchen Macht um der Macht willen, nicht zum Nutzen der Rasse, was unser persönliches Ziel ist. Am Ende werden sie es genau wie wir sehen.«

»Und sie glauben, Gant würde mir vertrauen?«

»Sie müßten ihn überzeugen, daß man Ihnen vertrauen kann.« Sanft legte sie eine Hand auf seine Schulter, und unerklärlicherweise durchlief ihn ein Schauer.

»Aber warum sollten *Sie* an mich glauben?« fragte er.

»Wenn wir ein Liebespaar wären...« er lachte fast laut auf, als sie die Worte sagte, »...wüßte ich es.«

»Und Major Brannigan? Ist er nicht ihr Liebhaber?«

Sie lächelte Steadman nachsichtig an. »Sie beobachten sehr gut. Andrew ist ein schwacher Mann. Er hat weder Ihre Qualitäten noch Ihre Kraft.«

»Aber ich wette, Sie haben geholfen, ihn in das alles hineinzuziehen.«

»Das ist jetzt nicht wichtig, Harry.« Sie schloß die Kluft zwischen ihnen und preßte ihren Körper an den seinen. Der Kontakt war seltsam abstoßend, aber auch berauschend. Zeigte der winzige Schluck des Brandys, den er im Mund behalten hatte, bereits seine Wirkung? Oder waren es ihre Augen? Sie waren eigenartig hypnotisch, und er spürte, daß ihn Müdigkeit überkam. Mühsam versuchte er, alle anderen Gedanken aus seinem Verstand zu verdrängen, dachte statt dessen an die Parzival-Legende und erinnerte sich an Gants Bösartigkeit. Doch als er in das schöne Gesicht vor sich blickte, fiel es ihm schwer, sich ein vernünftiges Motiv für die Verführung vorzustellen. Es konnte kaum eine Erniedrigung sein, sich einer solchen Frau hinzugeben, und er hatte bestimmt kein ritterliches Keuschheitsgelübde abgelegt. Ihre dunklen Augen schauten ihn an, ohne zu blinzeln, sie zog seinen Kopf herab, um seine Lippen zu berühren.

Es war fast, als würde er hypnotisiert, als gewänne sie Macht über ihn...

Erst jetzt begriff er, was tatsächlich geschah: sie nahm ihm seine Kraft, schwächte seinen Willen. Ihre Kraft steckte nicht in ihrem Körper, sondern in ihrem Verstand. Sie trank seine Willenskraft, zog ihn in einen geistigen Strudel. Ihre tiefen Augen saugten an ihm, ertränkten ihn. Ihre Hand nahm die seine, legte sie auf ihre Brüste und hiel sie dort fest, ließ ihn ihre Festigkeit spüren, die harten und drängenden Brustwarzen. Ihre Schenkel preßten sich an ihn, und sein Körper reagierte, wehrte sich nicht länger, vergaß die Legende, war jetzt nur von seinem körperlichen Verlangen beherrscht. Ihre Lippen berührten sich fast. Nur ein letzter Widerstand hinderte ihn daran, sie zu küssen. Aber es war die körperliche Regung bei ihr, die seine Bewegung plötzlich erstarren ließ, die das überwältigende Netz von Fleischeslust zerriß, das sie über ihn geworfen hatte. Denn ihr eigenes Verlangen hatte sich in ihrem Unterkörper manifestiert, in einer Schwellung, die gegen ihre Kleider preßte und der seinen gleichkam.

Mit einem Wutschrei stieß er sie fort und schlug ihr seine Faust heftig ins Gesicht. Sie schrie vor Schreck und plötzlichem Schmerz auf und fiel zu Boden – und er wußte, warum sie *sie* geschickt hatten, um ihn zu verführen. Denn er wäre vor ihnen und, was wichtiger war, vor sich selbst erniedrigt worden, wenn er sich ihr hingegeben hätte. Die Tür flog auf, und Pope stand da, die anderen mit gezogenen Pistolen hinter ihm. Ärger war in Popes Blick, als er zuerst Steadman anschaute und dann Kristina, die auf dem Boden lag, eine Hand aufgestützt und mit der anderen ihr bereits anschwellendes Gesicht haltend. Kristina spuckte Steadman an. »Du Bastard!« schrie sie, und ihre Stimme war guttural geworden. »Du dreckiger Bastard!«

Angewidert trat Steadman einen Schritt vor, bevor Popes Muskelmänner sich auf ihn stürzen konnten, und versetzten dem auf dem Boden liegenden Hermaphrodit einen bösartigen Tritt.

Es dauerte zwei Minuten, bis Popes Männer ihn bewußtlos geschlagen hatten, doch als Steadman in Bewußtlosigkeit versank, genoß er das Schluchzen der Kreatur, die nur wenig von ihm entfernt lag.

Holly Miles stand auf dem Bett und griff zu der Glühbirne hoch, einen Kissenbezug über eine Hand gestreift, um sich an dem heißen Glas nicht die Finger zu verbrennen. Nach einer schnellen Drehung löste sich die Glühbirne aus dem Gewinde, und der Raum wurde in Dunkelheit getaucht. Sie stand ein paar Sekunden reglos da, damit ihre Augen sich an die Schwärze gewöhnten, und hielt die warme Glühbirne umklammert. Der Vollmond durchbrach plötzlich die ziehenden Wolken, und sie war dankbar für das schwache Licht, obwohl es in ein paar Augenblicken nachteilig sein konnte. Sie stieg vom Bett herab und bewegte sich lautlos auf den dünnen Lichtschimmer zu, der aus dem Korridor unter der Tür durchfiel. Wieder lauschte Holly, indem sie ihr Ohr an das Holz preßte, und betete, daß sie keine Geräusche gedämpfter Unterhaltung hörte, die darauf verwiesen, daß mehr als ein Posten draußen war. Sie glaubte nicht, mit zweien fertig werden zu können. Zufrieden klopfte sie dann vorsichtig an die Tür.

»He!« rief sie. »Machen Sie auf. Ich möchte mit Gant sprechen.«

Es gab keine Antwort, und diesmal klopfte sie fester.

»He, Sie! Ich muß Gant etwas sagen. Es ist wichtig!«

Noch immer keine Antwort, und sie begann sich zu fragen, ob überhaupt noch jemand draußen war. »Können Sie mich hören?« fragte sie, um das herauszufinden, und pochte erneut heftig gegen die Tür.

»Hören Sie auf, Werteste«, kam die mürrische Reaktion.

»Ah, der Zombie spricht«, sagte sie so laut, daß der Posten es hören konnte. »Ich muß mit Gant sprechen.«

»Mr. Gant ist beschäftigt.«

»Aber so hören Sie doch, ich habe eine Information für ihn. Ich warne Sie, es ist wichtig.«

»Leck mich am Arsch!« kam die träge Antwort.

»Kretin!« sagte sie und trat heftig gegen die Tür.

»Hören Sie auf, Werteste, ich sag's Ihnen!« Die Stimme klang jetzt drohend.

Sie trat wieder.

»Ich warne Sie. Ich hab' Befehl, Sie ruhig zu halten«, hörte Holly die körperlose Stimme sagen. Sie lächelte grimmig und trat wieder gegen die Tür.

»Bring mich lieber zu ihm, du Affe! Wenn du's nicht tust, wirst du's bedauern.«

Ein kurzes Schweigen entstand, der Posten schien nachzudenken. Dann drang seine Stimme wieder durch das Holz. »Was haben Sie Mr. Gant zu sagen?«

»Das geht nur ihn und mich etwas an.«

»O nein. Heute nacht findet eine Zusammenkunft statt, und die werde ich Ihretwegen nicht stören.«

»Dann holen Sie einen Vorgesetzten – Ihren diensthabenden Offizier.« Sie benutzte die Dienstgradbezeichnung verächtlich, weil sie diese Söldner nicht als Soldaten akzeptierte. Vielleicht hatte sie eine Chance die Tür aufzubekommen, wenn er ging, um nach seinem Vorgesetzten zu suchen. Es war eine kleine Chance.

»Major Brannigan ist beschäftigt.«

Ja, wahrscheinlich überwacht er den Raketenstart, sagte Holly sich. »Okay, dann Ihren Hauptmann oder Sergeant oder was sonst!« schrie sie zurück.

»Hören Sie auf, Lady. Heute nacht ist schon genug los. Da müssen Sie nicht auch noch Probleme machen.«

Sie fluchte wütend und begann gegen die Tür zu hämmern. Mein Gott, wenn sie *tatsächlich* eine lebenswichtige Information für Gant hätte? Dieser Trottel würde nur seine Befehle ausführen, und sie eingesperrt lassen, egal, was war.

»Hören Sie auf!« brüllte der Posten. »Ich sag' Ihnen, ich komm rein und bring Sie zur Ruhe!«

Sie nickte und hämmerte noch heftiger gegen die Tür.

»Na schön«, hörte sie ihn sagen. »Sie wollen's ja nicht anders!«

Das Rasseln, als der Schlüssel ins Schloß drang, war Musik in ihren Ohren. Sie rannte durch das Zimmer, sprang auf das Bett und rollte sich dahinter auf den Boden. Dort duckte sie sich und betete um eine Wolke, die das Mondlicht verfinstern würde. Die Tür ging auf und schlug gegen die Wand, womit der Posten sich vergewisserte, daß sie nicht dahinter lauerte. Licht fiel aus dem Korridor herein, und sie hörte ihn fluchen und den Lichtschalter betätigen.

Holly wußte, daß er sofort wieder auf den Korridor hinausgehen und beiseite springen würde, wenn er ein Profi war. Also mußte sie zuerst handeln.

Ohne sich zu zeigen, warf sie die noch warme Glühbirne links neben dem Posten in die Ecke des Raumes. Das Glas schlug auf und zerbarst. Der Knall ähnelte dem Schuß einer leichten Handfeuerwaffe. Der Posten wirbelte zu dem Geräusch herum und richtete seine Maschinenpistole darauf, die er in einer Hand hielt.

Holly schoß wie ein Wirbelwind aus dem Schatten hervor, und der Posten drehte sich zu spät zu ihr um. Sie warf sich auf ihn und drehte ihren Körper im Sprung so, daß ihr Rücken und eine Schulter ihn direkt unter der Brust trafen. Er schrie auf, fiel nach hinten und krachte dabei gegen den Türrahmen. Durch die Wucht des Schlages verlor er seine Maschinenpistole. Sie stürzten halb auf den Korridor, und Holly rollte sich geschmeidig wie eine Katze in geduckte Stellung, wobei sie auf dem Korridor nach anderen Posten Ausschau hielt. Erleichtert sah sie, daß er leer war.

Die Waffe des Postens lag neben der Tür, Licht aus dem Korridor fiel darauf, als sie darauf zustürzte. Eine Hand packte ihren Knöchel und brachte sie aus dem Gleichgewicht.

Der Posten, der noch immer benommen war und unter dem betäubenden Schmerzen zwischen seinen Schulterblättern zusammenzuckte, hatte ihre Absicht erkannt und schnell ihr Bein gepackt. Er zog sie zu sich heran, und das war sein zweiter Fehler.

Der erste war, daß er sie unterschätzt hatte, weil sie eine Frau war, sein zweiter Fehler, daß er nur ein Bein faßte und daß das andere frei blieb. Ihr anderer Fuß schoß vor, traf ihn direkt unter dem Kinn und schlug seinen Kopf so heftig zurück, daß er wieder gegen das harte Holz des Türrahmens knallte. Der Fuß trat erneut mit tödlicher Routine zu, als sein Kopf abprallte, zerschmetterte seine Nase und schickte ihn vollends in die Bewußtlosigkeit.

Holly sprang auf die Beine, und die Hand des Postens glitt schlaff von ihrem Knöchel. Mit einer Kopfbewegung warf sie ihr blondes Haar zurück und spähte wieder auf den Korridor, lauschte nach dem Geräusch nahender Schritte. Zufrieden, daß ihr Kampf nicht bemerkt worden war, packte sie die Knöchel des bewußtlosen Postens und zerrte ihn vom Türeingang weg in das Zimmer hinein. Seine Lider zuckten kurz. Sie achtete darauf, daß kein Blut aus seiner gebrochenen Nase lief und schätzte, daß er eine Weile kampfunfähig sein würde. Dennoch beschloß sie, ihn für alle Fälle mit Bettlaken zu fesseln. In wenigen Minuten war sie fertig, und sein lebloser Körper lag unter dem Bett, so daß er von niemandem gesehen werden konnte, der einen flüchtigen Blick in das Zimmer warf. Es war wahrscheinlich eine unnötige Vorsichtsmaßnahme, da sie wußte, daß schon ihre bloße Abwesenheit und der Anblick des unbewachten Korridors auf dem ganzen Anwesen Alarm auslösen würde, aber sie war der festen Überzeugung, daß in ihrem Geschäft manchmal die kleinsten Kleinigkeiten hilfreich sein konnten. Ihr einziges Zugeständnis an den Zustand des Mannes war, daß sie ihn ungeknebelt ließ. Da Nase und Kehle voll Blut waren, wußte sie, daß er leicht ersticken konnte, wenn er keine Luft durch den Mund bekam. Sie legte ihn sogar so auf die Seite, daß das Blut auf den Teppich und nicht in seinen Schlund fließen konnte, wobei sie sich etwas töricht fühlte und wußte, daß ihre ehemaligen Ausbilder sie für diese Unprofessionalität heftig verflucht hätten. Aber sie nahm lieber das Risiko in Kauf, daß er beim Aufwachen um Hilfe rief, als ihn hilflos sterben zu lassen.

Holly richtete sich auf und wischte das klebrige Blut an ihren Händen an den Jeans ab. Dann nahm sie die Maschinenpistole auf, die noch immer neben dem Türeingang lag, wo das Licht auf ihrer geölten schwarzen Oberfläche reflektierte. Sie ähnelte einer Ingram. Klein und kompakt, ungenau über eine größere Entfernung, aber tödlich wirksam im Naheinsatz. Holly fragte sich, ob sie die gleiche Feuergeschwindigkeit von 1200 Schuß pro Minute wie die Ingram haben mochte. Eine kleine Schulterstütze war daran geklappt, die ausgezogen als Rückstoßdämpfer wirkte. Die Waffe war leichter als eine Ingram – tatsächlich, Gants Privatarmee war mit den besten Waffen ausgerüstet.

Wieder überprüfte sie den Korridor und lauschte nach Geräuschen, ihre Sinne aufs äußerste angespannt. Alles war still.

Sie schloß die Tür, verschloß sie mit dem Schlüssel, der immer noch unter dem Türknauf steckte, und schlich vorsichtig über den langen Korridor, dicht an die Wand gepreßt und bereit, die Türeingänge als Deckung zu benutzen, falls plötzlich jemand auftauchen sollte. So gelangte sie bis zum hinteren Teil des Hauses, weg von der Haupttreppe und zu dem rätselhaften burgähnlichen hinteren Teil.

Der kalte Wind heulte um den alten Kirchturm, fegte von der See über das Land, war beißend und roch nach Salz. Als das Mondlicht sich wieder durch die dicken Wolken kämpfte, war eine Gruppe von Männern zu erkennen, die schutzsuchend hinter der Brüstung des Turmes hockten. Die ganze Zeit über kniete ein Mann vor einer Mauerluke, das Nachtfernglas an die Augen gepreßt, und beobachtete das düstere weiße Haus in der Senke, das fast eine Meile entfernt lag.

»Noch keine Bewegung, Sir«, murmelte er, wobei er seinen Kopf hinter die Brüstung duckte, damit der Wind ihm nicht die Worte von den Lippen riß. »Ich denke, die haben sich zur Nachtruhe begeben.«

Der Mann, zu dem er sprach, bedeckte seine Uhr halb mit einer Hand, um das Leuchtzifferblatt ablesen zu können. »Fast halb elf«, sagte er. »Der letzte Hubschrauber war doch gegen zehn gekommen, oder?«

Sexton, der neben ihm hockte, nickte, »Ja, etwa um die Zeit. Hören Sie, das muß der letzte gewesen sein. Könnten wir jetzt nicht eingreifen?«

»Tut mir leid, wir können erst beginnen, wenn der Commissioner den Befehl dazu erteilt hat.« Detective Chief Inspector Burnett hatte Mitgefühl für den pensionierten Polizeibeamten, aber hier standen größere Dinge auf dem Spiel als die Sicherheit eines einzelnen Mannes. Er handelte nach Anweisungen des Commissioners und des Innenministers. Die führten Regie – und wenn seine Befehle lauteten, zu warten, dann würde er warten.

»Aber weshalb dauert das denn noch?« fragte Sexton

drängend. »Verdammt nochmal, er kann inzwischen tot sein.«

Der Chefinspektor wandte sich ihm zu, und sagte geduldig: »Hören Sie, ich verstehe Ihre Sorge ja, aber dieser Steadman ist aus freiem Willen dort hineingegangen...«

»Er sagte, er müsse es tun. Er müsse es so zu Ende spielen, wie Gant es wollte. Er machte sich Sorgen um das Mädchen, wußte nicht, ob sie darin verwickelt war oder nicht, ob sie sicher wäre oder...«

»Holly Miles. Ja«, sagte Burnett müde. »Wir wissen inzwischen alles über sie.«

»Warum sind wir nicht früher über sie informiert worden, Chef?« fragte eine Stimme aus der Nähe.

»Mißtrauen, Andy. Die haben sich nicht in die Karten schauen lassen. Gott, wer hätte gedacht, daß Pope nicht einwandfrei ist?«

Der Detective Sergeant schüttelte den Kopf. »Wie lange haben die schon von ihm gewußt?«

»Das weiß Gott allein. Sie können aber darauf wetten, daß der CIA eben vorsichtig war – niemand wußte, wem man beim MI-Fünf wirklich trauen konnte. Wenn jemand von Popes Rang zu Gants Gruppe gehörte, wer konnte dann noch – oben *oder* unten – dazugehören? Aah«, er machte eine wegwerfende Handbewegung, »es macht einen ja krank, daran zu denken.«

Sexton stand auf, da seine Glieder wegen der geduckten Haltung schmerzten. Der Wind erfaßte ihn augenblicklich, und er schlug seinen Mantelkragen hoch und knöpfte ihn fest. Vorsichtig schaute er über die Kante und konnte deutlich den häßlichen, verwachsenen Baum sehen, der am Fuß der alten Kirche am Straßenrand stand. Auf der anderen Seite des alten Steingebäudes waren Gruppen von Autos und Land Rovers der Spezialabteilung abseits der Straße versteckt, alle voller frierender, gelangweilter Männer, die ungeduldig darauf warteten, daß die Aktion begann.

Es waren frustrierende vierundzwanzig Stunden für Sexton gewesen, und mit jeder Minute war seine Sorge um Steadmans Sicherheit gewachsen. Sie hatten getan, was Harry ihnen gesagt hatte, er und Steve, hatten ihre Wache an dem Haus in Guildford fortgesetzt und gewartet, daß die Polizei eintraf. Doch die Posten hatten nur das Tor verschlossen, offensichtlich nicht über die Flucht beunruhigt, hatten die Leichen des Mannes und der beiden Hunde auf einen Lastwagen geladen und waren zum Haus zurückgefahren. Er und Steve hatten noch länger gewartet, weil Harry ihnen gesagt hatte, sie sollten ein paar Stunden dortbleiben, um diesem Pope die Chance zum Handeln zu geben – und damit Harrys Zweifel zu zerstreuen.

Aber nichts war geschehen, und in den frühen Morgenstunden waren Sexton und Steve sicher gewesen, daß auch nichts passieren würde. Er hatte den armen Steve dort zurückgelassen – der Junge hatte sich bei der ganzen Geschichte wirklich prächtig verhalten – und war in die Stadt gefahren, direkt zu New Scotland Yard. Zum Glück hatte er dort noch gute Kontakte, andernfalls wäre es schwer gewesen, sie von der Wahrheit der Geschichte zu überzeugen. Sie klang sogar für ihn unglaublich, als er sie erzählte, aber schließlich hatte er die Polizei soweit überzeugt, daß man ein paar Nachforschungen über Pope rein aus Gefälligkeit anstellte – einige der Beamten waren ihm einen Gefallen schuldig. Man hatte mit der Spezialabteilung Verbindung aufgenommen, um festzustellen, ob sie etwas von der Sache wußte, und dann hatte die ganze Angelegenheit einen völlig neuen Lauf genommen.

Wenn von Scotland Yard Fragen nach einem MI-Fünf Angehörigen gestellt werden, erfolgt die Reaktion schnell und genau. Sexton wurde bald von mehreren offensichtlich ranghohen Leuten verhört, von denen einer Amerikaner war. Er hatte ihnen alles erzählt, was er wußte, und das war nicht viel – aber ihnen schien es zu genügen. Die Ereignisse bekamen neuen Schwung, und die innere Sicherheit wurde sofort verschärft. Nur wenige Ausgewählte schienen genau zu wissen, was vorging.

Steve wurde hereingeholt, und unauffällige Beobachtungsposten bezogen rund um das Haus in Guildford Stellung. Das Haus wurde noch immer bewacht, ohne daß man eingriff. Die Männer darin fühlten sich wahrscheinlich sehr sicher.

Es gab viel, was Sexton nicht begriff, und es war offensichtlich, daß die Beamten der Spezialabteilung, mit denen er jetzt hier war, auch nicht voll im Bild waren. Eines aber war sicher: den Behörden – denen ganz oben – war klar, daß etwas bevorstand, andernfalls wäre eine Aktion so großen Ausmaßes nicht sofort eingeleitet worden. Es war, als sei Harry Steadman der Auslöser all dessen gewesen. Und der Amerikaner, der ihn früher an diesem Tage verhört hatte... Bedeutete das, daß der CIA auch darin verwickelt war? Es schien, als sei Harry in ein Hornissennest gestoßen.

Sexton hockte sich wieder hin und fluchte verhalten.

»Wir können hier nicht einfach rumsitzen!« schrie er, ohne irgend jemand direkt zu meinen.

Burnett legte eine Hand auf Sextons Arm und schob den Kopf näher zu ihm. »Wir müssen warten, Mr. Blake. Es wird nicht mehr lange dauern, das verspreche ich. Der Commissioner kommt selbst hierher, um die Operationen zu leiten. So wichtig ist das.«

»Warum ist er dann noch nicht hier?« fragte Sexton ärgerlich. »Warum läßt er uns denn so lange warten, verdammt?«

»Genau weiß ich das auch nicht. Ich glaube, er muß auf anderer Ebene noch einige Dinge regeln. Es heißt, daß wir nicht nur eine Gruppe fanatischer Terroristen verhaften sollen, sondern auch einige Bastarde, die an höchster Stelle sitzen, Männer, die so reich und mächtig wie Gant selbst sind, vielleicht noch mehr. Wenn Sie mich fragen – ich glaube, der Commissioner berät die Premierministerin persönlich, wie die ganze Affäre zu handhaben ist.«

»Aber damit wird so verdammt viel Zeit vergeudet!«

»Sobald wir das Okay bekommen, sind wir in ein paar Minuten drin. Eine Kompanie der Marinekommandoeinheit ist von ihrer Basis in Plymouth mit Hubschraubern der RAF eingeflogen worden. Wir wissen, daß Gant eine Privatarmee hat. Wenn er also Widerstand leistet, wird's einen ziemlich blutigen Kampf geben. Ich bin genauso scharf darauf wie Sie, daß es losgeht – Warten macht mich nervös –, aber wir können nichts tun, bevor wir nicht den Befehl dazu bekommen haben. Also gedulden Sie sich und versuchen Sie, sich keine Sorgen um Steadman zu machen. Bisher hat er's doch gar nicht so schlecht gemacht, wie?«

Sexton wandte verärgert seinen Kopf ab. Nein, Harry hatte seine Sache bisher nicht schlecht gemacht. Aber wie lange würde sein Glück noch andauern?

18

Steadmans Augen begannen sich langsam auf seine Umgebung zu fokussieren. Sein Kopf hallte noch von den Schlägen, die er bekommen hatte.

Er merkte, daß er über einen Korridor geschleppt wurde. Hände hatten ihn unter den Achselhöhlen gefaßt, und seine Füße schleiften über den dunklen Holzboden. Er dreht seinen Kopf, um zu sehen, wo er war und erkannte die Stimme, die sprach; es war die von Griggs.

»Er ist wach. Laßt ihn den Rest des Weges laufen.«

Der Detektiv wurde auf seine Beine gestellt, und Popes düsteres Gesicht schaute ihn an.

»Ich bin sehr froh, daß Sie wieder bei uns sind, Harry, obwohl ich glaube, daß Sie sich bald wünschen werden, das nie getan zu haben.«

»Leck mich am Arsch, Pope«, erwiderte Steadman, der versuchte, die Benommenheit abzuschütteln. Griggs und Booth, die zu seinen beiden Seiten gingen, verhinderten, daß er wieder umfiel.

»Ah, immer noch so arrogant? Ich könnte Sie bewundern, wenn Sie nicht ein solcher Narr wären.«

»Sie sind der Narr, Pope, wenn Sie glauben, daß all das, was ihr vorhabt, wirklich glücken wird.« Steadman konnte jetzt alleine stehen, aber kräftige Hände umfaßten noch immer seine Oberarme.

Ein tiefes, spöttisches Geräusch drang aus der Kehle des fetten Mannes. »Sehen Sie's doch mal so«, sagte er ohne zu lächeln, »welche Alternative gibt es?«

Er wandte sich ab und bedeutete seinen beiden Männern, den Detektiv vorwärts zu stoßen. Steadman wurde weitergezerrt und war zu benommen, um Widerstand zu leisten. Seine Neugier war durch das Aussehen des langen Korridors geweckt worden. Es war wie in einer mittelalterlichen Burg, denn die Wände bestanden aus dunkelgrauem Stein, und Gobelins hingen an den Flächen zwischen den Türeingängen. Die Türen selbst waren aus kunstvoll geschnitzter Eiche, die schmiedeeisernen Griffe reich verziert. Er konnte die Schnitzereien auf den Türen nur flüchtig sehen, doch jede schien ein besonderes Wappen darzustellen, mit einer Inschrift versehen und mit Metall und offensichtlich kostbaren Steinen verziert.

Sie erreichten bald eine Stelle, an der der Korridor sich

zu einer Seite verbreiterte und er merkte, daß sie sich jetzt auf einer Empore befanden, die eine große, dunkle Halle überragte. Am Kopfende einer breiten Steintreppe blieben sie stehen, und Steadmans Augen weiteten sich bei dem Anblick unter ihm. Hohe, dicke, schwarze Kerzen waren symmetrisch im Raum aufgestellt, sie bildeten die einzigen Lichtquellen neben dem Feuer, das in einer tiefen, mannsgroßen Nische loderte, die sich hinter einer Empore befand, die wie ein goldener Speer anzusehen war.

In der Mitte des großen Raumes stand ein riesiger runder Tisch, der aus massiver Eiche gefertigt war, soweit Steadman das erkennen konnte; ringsum standen hochlehnige Holzstühle. Er konnte an den Rückseiten der Lehnen, die ihm zugewandt waren, beschriftete Silberplatten erkennen. Alle Stühle – bis auf zwei – waren besetzt; die Gesichter der Sitzenden waren ihm jetzt zugewandt.

»Willkommen in unserer Wewelsburg.« Es war Edward Gants Stimme, und Steadman suchte ihn am Tisch. Eine Gestalt erhob sich, und er sah, daß Gant in der Mitte saß, seinen Rücken der seltsamen Empore zugewandt. »Bringt ihn runter!« Sein Befehl klang wütend.

Steadman wurde brutal von hinten gestoßen, verlor das Gleichgewicht und griff nach dem Geländer zu beiden Seiten der Treppe. Es verhinderte, daß der Sturz zu heftig wurde, doch er fiel trotzdem, verlor den Halt und rollte hinunter. Schritte hinter ihm, dann wurde er wieder auf die Beine gerissen. Er schüttelte die Hände ab und zwang sich, allein zu stehen.

»Es scheint, als habe Kristina bei ihrer Aufgabe versagt.« Gants Stimme war kalt, ohne den vertrauten höhnischen Unterklang.

»Glaubten Sie wirklich, ich könnte von diesem . . . Ding verführt werden?« fragte Steadman scharf.

»Worüber sie verfügt, sind hauptsächlich geistige

Kräfte, Mr. Steadman. Ja, ich bin überrascht, daß Sie sich denen widersetzt haben. Es scheint, als habe sie von ihrem Mystagogen, von Dr. Scheuer, noch viel zu lernen.« Gant machte eine Handbewegung, worauf ein Stuhl aus den Schatten des Raumes gebracht und drei Schritt vom runden Tisch entfernt hingestellt wurde. Steadman wurde dorthin geschoben. Er konnte den Waffenhändler jetzt deutlich sehen und bemerkte auch mehrere uniformierte Männer, die mit Maschinenpistolen an strategisch wichtigen Punkten des Raumes postiert worden waren. Dann sah er in die wahnsinnigen, funkelnden Augen von Edward Gant. Die künstliche Nase saß wieder im entstellten Gesicht des Waffenhändlers, wodurch er zumindest ein wenig menschlich aussah. Er trug einen grauen Anzug und ein weißes Hemd, das im gedämpften Licht gelblich wirkte, dazu eine schwarze Krawatte. Der Detektiv war überrascht, daß Gant und seine Gefolgsleute nicht in Roben oder mittelalterliche Kostüme gekleidet waren, die der Atmosphäre der düsteren, prunkvollen Halle besser entsprochen hätten. Auf dem Tisch lag vor jedem Mitglied der Gruppe sorgfältig ausgerichtet ein kurzer Zeremoniendolch, und er bemerkte, daß diejenigen, deren Hände auf der Tischplatte ruhten, seltsam geformte Siegelringe trugen. Die Gäste, die er zuvor an diesem Tag gesehen hatte, waren unter den Sitzenden, und anderen waren ihm durch die Medien bekannt. Auch Dr. Scheuer war da und wirkte noch älter und gebrechlicher, Steadman spürte, daß seine Augen ihn durchbohrten, obwohl er sie in den dunklen Höhlen nicht sehen konnte. Er war verwirrt, weil Pope auf einem der leeren Stühle Platz nahm.

»Ihnen ist eine große Ehre zuteil geworden, Mr. Steadman.« Gants Stimme hallte in den Steinmauern.

»Ehre? Weil ich hier bin?«

»Weil Sie einer der wenigen Außenstehenden sind, die Wewelsburg besuchen dürfen.«

»Ich bin überwältigt.«

»Verhöhnen Sie uns nicht, Mr. Steadman!« warnte Gant, der mit seinem Dolch spielte. »Ihr Tod wird schmerzhaft genug sein, aber er kann auch noch qualvoller werden. Ihnen wird die Ehre zuteil, diese Gemächer hier zu sehen, eine fast getreue Nachbildung der Festung des Reichsführers, die er in Westfalen erbaut hatte. Ein Schrein, der den teutonischen Rittern geweiht ist. Nur wenige Auserwählte, zwölf insgesamt, durften Himmlers Domäne betreten, alle SS-Offiziere. Dort meditierten sie und gedachten ihrer nordischen Herkunft. Jeder hatte seinen eigenen Raum, und dieser Raum war jeweils großen Königen und Herrschern gewidmet, wie Otto dem Großen, Heinrich dem Löwen, Friedrich dem Hohenstauffer, Philip von Schwaben und Konrad IV. Der Raum des Reichsführers war zu Ehren Heinrichs I. ausgestattet, der Adolf Hitlers dem Kaiser Friedrich Barbarossa geweiht. Aber Hitler weigerte sich, die Wewelsburg zu besuchen. Er kehrte den Kräften den Rücken zu, die ihn an die Macht gebracht hatten, er wollte Himmler nicht einmal erlauben, den Speer an seinen natürlichen Aufbewahrungsort zu bringen! Darum scheiterte der Führer, müssen Sie wissen. Denn am Ende besaß er den Heiligen Speer nicht mehr – Heinrich Himmler hatte ihn an sich genommen!«

Gant drehte sich in seinem Stuhl um und wies auf die altargleiche Empore. »Und seitdem besitzen wir ihn!«

Steadman sah den Lederbehälter auf der Empore ruhen. Die Heilige Lanze war also hier!

Der Waffenhändler wandte sich wieder Steadman zu, doch dann wanderte sein Blick zu dem Balkon hoch.

»Komm, Kristina, gesell dich zu uns. Du hast zwar versagt, aber das tat auch Kundrie. Das ist jetzt unwichtig; den letzten Sieg werden wir trotzdem erringen.«

Steadman hörte die Schritte auf der Steintreppe hinter sich, und der Hermaphrodit kam ins Blickfeld. Ihr Gesicht war geschwollen, grün und blau, und ihre Schönheit wirkte jetzt obszön. Sie huschte um den Tisch, wich allen Blicken aus, die auf sie gerichtet waren und setzte sich hinter Dr. Scheuer auf einen Stuhl. Der alte Mann ignorierte sie und starrte noch immer Steadman an.

Dann tauchte Major Brannigan aus dem Schatten auf. Purer Haß stand in seinen Augen. Er schritt auf Steadman zu, und eine Hand langte nach dem Revolver, den er an der Seite trug.

»Major!«

Brannigan blieb auf Gants barschen Befehl hin stehen. »Warten Sie draußen auf unseren späten Gast, Major Brannigan, und nehmen Sie Ihre Wachen mit. Wir brauchen sie hier nicht.«

»Aber was ist mit Steadman? Sie wissen, daß er gefährlich ist.« Die Stimme des Majors war voller Wut.

»Ich bin sicher, daß Griggs und Booth imstande sind, sich um Mr. Steadman zu kümmern, falls der ... unruhig werden sollte. Jetzt gehen Sie und warten Sie am Hubschrauberlandeplatz. Unser Gast muß jede Minute hier sein, und ich möchte, daß er gleich hergebracht wird.«

Brannigan wirbelte herum und befahl den Soldaten, ihm zu folgen. Sie marschierten hinaus, und ihre Stiefel dröhnten schwer auf dem massiven Boden.

»Verzeihen Sie dem Major, Mr. Steadman«, sagte Gant. »Er ist krankhaft eifersüchtig, was Kristina anbelangt. Meinen Sie nicht, daß es fast schon Mitleid verdient, wenn man nach einer solchen Mißgeburt verrückt ist?«

Der Kopf des Hermaphroditen schnellte hoch, und sie warf Gant einen haßerfüllten Blick zu.

»Unglücklicherweise«, fuhr der Waffenhändler schnell fort, »ist sie für unsere Sache von äußerster Wichtigkeit. Sie wird einmal Dr. Scheuers Aufgabe übernehmen, wissen Sie. Die Gesundheit unseres armen Doktors läßt nach, und ich fürchte, er ist nicht mehr lange auf dieser Welt. Irgendwie, denke ich, wird er die andere bevorzugen.« Gant lächelte den alten Mann an.

»Meinen Sie nicht, wir sollten mit der Zeremonie beginnen, Edward?« sagte Sir James Oakes, der Industrielle, der Steadman früher an diesem Tag vorgestellt worden war, von der anderen Seite des Tisches.

»Das meine ich auch.« Es war Talgholm, der sprach, und ein paar andere murmelten zustimmend. »Die Zeit wird knapp, Edward. Die Rakete muß bald gestartet werden.«

»Meine Herren, wir haben reichlich Zeit. Unser Verbündeter aus Übersee gab seinem besonderen Wunsch Ausdruck, heute nacht anwesend zu sein, und wir werden seinem Wunsch entsprechen. Sie alle wissen, wie wichtig er für uns ist.« Gant bot mit erhobener Hand allen weiteren Protesten Einhalt, doch als die Stimmen weiter drängten, schmetterte er seine Faust auf den Tisch. »Genug!« schrie er. »Haben Sie vergessen, was heute nacht geschehen soll? Die Atmosphäre darf für Dr. Scheuer nicht gestört werden.«

Ihre Proteste verebbten, dann herrschte Stille, und Gant lächelte grimmig. »In der Luft ist zuviel Spannung«, sagte er erklärend zu Steadman. »Unsere Mitglieder sind – sollen wir sagen – gereizt?«

»Die sind genauso verrückt wie Sie, Gant«, entgegnete Steadman gleichmütig.

»Ja, und Sie sind heute abend der einzige Normale hier.« Hohn stand wieder in den Augen des Waffenhändlers. »Ich frage mich nur, ob sie auch noch normal sind, bevor Sie sterben?«

Steadmans Gedanken überschlugen sich. Was war mit Sexton und Steve passiert? War es ihnen nicht gelungen, die Behörden zu überzeugen? *Versuchten* sie es noch immer? Oder, was noch schlimmer wäre – waren sie von Gants Männern in Guildford gefaßt worden? Sie waren seine einzige Chance, aber die sah jetzt sehr schlecht aus.

»Okay, Gant«, sagte er. »Ich würde gern mehr über Ihre Organisation erfahren. Sie sagten, Sie seien Thulisten, aber ich dachte, solche Gesellschaften wären in Deutschland nach dem letzten Krieg ausgerottet worden.«

»Nur Menschen werden in Kriegen ›ausgerottet‹, nicht Ideale. Einige von uns haben überlebt, um diese Ideale zu erhalten.«

»Sie waren während des Krieges in Deutschland?«

»O ja.« Gant kicherte und genoß die Verblüffung des Detektivs. »Ich war kein gemeiner Soldat, sondern diente dem Reich auf wichtigere Weise. Ich erzählte Ihnen ja bereits, daß Hitler uns nicht akzeptierte und daß wegen der Torheit des Führers die Macht an Reichsführer Heinrich Himmler weitergegeben wurde. Dank der Pläne, die schon lange vor Ende des Krieges vorbereitet worden waren, gelang es Himmler und mir, den Alliierten zu entfliehen...«

Die vier Männer eilten im Gänsemarsch über das Feld. Ihre Füße sanken bei jedem Schritt zentimetertief in den Lehm, ihr Atem – vor allem der des dritten Mannes – ging schwer. In diesem Teil des Landes war es ruhig, da das Dröhnen der Waffen weit zurückgeblieben war. Aber sie beeilten sich dennoch, denn sie wußten, daß sie der Freiheit nahe waren. In der Nähe von Kiel würde ein Schiff warten.

Den Klauen der 9. US-Army waren sie erfolgreich ausgewichen, hatten ihren gepanzerten Mercedes auf ihrer gefährlichen Reise schon früh gegen einen weniger verdächtigen grauen Volkswagen getauscht. Der kleine Wagen hatte sie über eine weite Strecke gebracht; sie hatten Nebenstraßen benutzt, waren den übervollen Autobahnen fern geblieben und waren nur gefahren, wenn es sicher schien, sonst hatten sie das Fahrzeug in Wäldern abseits der Straße versteckt. Doch jetzt waren sie zu Fuß, da sie es in der Eile versäumt hatten, Reservebenzinkanister mitzunehmen. Vielleicht war das aber am besten so: die Straßen waren zu gefährlich, und SS-Oberst von Köhner glaubte, daß sie sich jetzt lange genug auf ihr Glück verlassen hatten.

Der dritte Mann in der Reihe taumelte plötzlich und sank mit einem Knie in den Lehm. Von Köhner faßte ihn am Ellbogen und half ihm behutsam wieder auf die Füße, wobei er fragte, ob der den abgewetzten Lederkoffer des Reichsführers tragen solle. Himmler schüttelte den Kopf; sie setzten die Überquerung des Feldes fort und achteten wachsam auf jedes Anzeichen von Leben.

Heinrich Himmler hielt den Lederkoffer, der die alte Speerspitze enthielt, dicht an die Brust gepreßt. Er weigerte sich, ihn einem anderen zu überlassen und ließ ihn keine Sekunde aus den Augen. Die anderen – Reichskriminaldirektor Mueller, Erik Gantzer und SS-Oberst von Köhner – konnten das Geld und die Wertsachen tragen, mit denen sie ihre Flucht bezahlten und ihre Freiheit finanzierten. Und natürlich die Geheimakten, seine geliebten Akten, die er all die Jahre behalten hatte: Dokumente, die nicht nur die abwegigen Aktivitäten seiner Landsleute betrafen, sondern auch Männer, einflußreiche Männer anderer Länder. Bedauerlicherweise hatten sie nur die wichtigsten mitnehmen können, diejenigen, die irgendwann einmal wieder genutzt werden konnten. Sie hätten zehn Lastwagen gebraucht, um alle anderen abzutransportieren. Seine drei Getreuen hatten sie untereinander verteilt, aber nur er allein durfte die heilige Reliquie tragen.

Alle vier trugen Zivilkleidung. Himmler, Mueller und von Köhner hatten ihre Uniformen gleich zu Anfang der Reise abgelegt, und Erik Gantzer war ohnehin Zivilist. Ein seltsamer und mächtiger Mann, dieser Gantzer, überlegte Himmler, der die große Gestalt vor sich betrachtete. Sein Großvater, Otto Gantzer, hattte bei der Königlich Preußischen Waffenfabrik in Spandau bei Berlin gelernt und dann viele Jahre dort als Schmiedemeister gearbeitet, bis er seine eigene Firma in Rostock eröffnete, ein Unternehmen, das sein Sohn Ernst, der ebenfalls Schmiedemeister war, weitergeführt hatte. Nach dem Tod des alten Mannes hatte das Geschäft floriert, und Ernst hatte die Palette der Waffen, die er produzierte, fortentwickelt und diversifiziert. Sein Sohn Erik Gantzer lernte nach seinem Universitätsabschluß in den Waffenfabriken in Suhl und Zella-Mehlis, blieb in der Familientradition und übernahm schließlich das Gantzer-Unternehmen nach dem Tode seines Vaters. Vom Wehrdienst wegen seines wichtigen Beitrags zu den Kriegsvorbereitungen befreit, hatte Erik Gantzer eine wichtige Rolle dabei gespielt, den Führer persönlich in die Thule Gesellschaft einzuführen, jene Gesellschaft, in der Gantzer eine Schlüsselrolle spielte. Er hatte sich als äußerst nützlich erwiesen, als brillanter Mann ohne Gewissensbisse, der nur für die Zukunft der arischen Rasse kämpfte. Ein Mann, dessen schließliche Enttäuschung über Hitler dazu geführt hatte, daß er nun dem Reichsführer treu ergeben war. Und sogar jetzt, nachdem ihr geliebtes Land bezwungen worden war, diente er ihm noch. Es waren seine Verbindungen, die ihr Überleben sichern würden, sein Genie, das die Zukunft ihrer Sache garantierte. Er war es gewesen, der die Flucht vorbereitet, die Route geplant, die Kontakte hergestellt hatte, lange bevor die deutsche Niederlage unausweichlich geworden war. Er hatte die üblichen Fluchtwege der Nazis ignoriert, hatte Himmler davon abgebracht, mit den Alliierten zu verhandeln, hatte ihn überzeugt, daß nichts zu Ende sei, daß der Neuanfang besser geplant, raffinierter und listenreicher stattfinden müsse. Nichts war verloren; nur der Sieg war hinausgezögert worden.

Von Kiel aus würde sie das Schiff durch die Kieler Bucht bringen. Sie würden nachts fahren, bis sie die rauhen Gewässer des Großen Belt erreicht hatten, dann weiter nach Ebeltoft in Dänemark, wo sie auf dem Landweg zu einem kleinen Flugplatz reisen würden, der einem der Kontaktleute Gantzers gehörte. Von dort würden sie nach Island fliegen, und schließlich, wenn die Welt sich wieder wichtigeren Dingen als der Jagd auf flüchtige Nazis zugewendet hatte, würden sie nach Kanada fahren, dann nach Amerika und schließlich – wie raffiniert – über den Ozean zurück nach England. Ein bitteres Lächeln verzog Himmlers Lippen bei diesem Gedanken, und wenn ihm Luft dazu geblieben wäre, hätte er laut gelacht. Kein Südamerika für Heinrich Himmler! Sollten die Bormanns und Mengeles doch dorthin fahren!

Er krümmte sich plötzlich, als der Schmerz seine Eingeweide verkrampfte, und wieder war Oberst Köhner da, um ihn zu stützen. Himmler winkte ab, dankbar für seine Sorge, und bedeutete ihm, daß es gleich besser gehen würde. Franz von Köhner – ein weiterer guter Mann! Ein echter Deutscher, bereit, seine Frau und seinen kleinen Sohn zu verlassen – so wie er, Himmler, seine eigene Familie verlassen hatte, ganz zu schweigen von der süßen Hedwig, seiner Geliebten – zum Wohle der Sache! Es war von Köhner gewesen, der heimlich die echte Heilige Lanze gegen eine geschickt gefertigte Kopie ausgetauscht hatte, die Himmler selbst vor der Annexion Österreichs hatte anfertigen lassen. Dieser Narr Hitler hatte nie erkannt, daß er nur eine genau geschmiedete Reproduktion besaß, aus einem Metall gefertigt, das fast so alt wie der Speer selbst war! Er, Himmler, bewahrte die Originalspeerspitze in der Wewelsburg auf, seiner mächtigen Festung im westfälischen Paderborn, die den Teutonenrittern geweiht war: dies war der richtige Ruheort für die legendäre Reliquie.

Trotz des Schmerzes grinste Himmler grimmig. Von Köhner hatte ihm gut gedient. Und auch Heinz Hintzinger, der Unteroffizier der Feldpolizei, der ihm so unglaublich ähnlich sah! Als klar war, daß Deutschland den Krieg verlieren würde, war die Jagd nach Doppelgängern fast zu einem Sport unter den Nazi-Generälen und Offiziellen geworden, da so viele sich der Rache der Alliierten nicht aussetzen wollten. Sie alle waren Feiglinge! Bei Himmler war das anders. Er hatte die Pflicht, zu überleben! Jetzt, da der Führer den Verstand verloren hatte, mußte jemand weitermachen, aufsteigen wie der Phönix, wenn die Asche sich gesenkt hatte. Er war dieser Mann.

Franz von Köhner hatte viele gefunden, die Himmler ähnelten, doch die Wahl war auf Hintzinger gefallen. Dieser Mann war bereit, für seinen Reichsführer zu sterben. Seine Begeisterung für die Sache der Nazis war fanatisch, und die Schutzstaffeln wußten, wie man Fanatiker benutzte. Er war ohne besondere Verkleidung mit einer Eskorte losgeschickt worden, die ihn tatsächlich für ihren Führer hielt, und war bei seiner Gefangennahme bereit gewesen zuzugeben, daß er kein Geringerer als Heinrich Himmler sei. Und er hatte auch bereitwillig die Zyankalikapsel zerbissen, als er sicher war, daß man ihm glaubte.

Himmler sank wieder in die Knie. Er mußte ausruhen, wenn auch nur für einen kleinen Augenblick. Die anderen drei sammelten sich um ihn, doch er winkte sie fort. Seht nach, ob die andere Seite des Feldes sicher ist. Von Köhner konnte bei ihm bleiben, ihm weiterhelfen, wenn der Schmerz in seinem Bauch nachgelassen hatte.

Mueller und Gantzer wandten sich mit besorgten Gesichtern ab. Sie begannen, zu der schützenden Hecke an der anderen Seite des Feldes zu laufen.

Von Köhner hockte sich neben den Reichsführer und wartete geduldig.

Er war dabei gewesen, als Himmler vom Nachfolger Hitlers, Admiral Dönitz, die Nachricht erhalten hatte, daß der SS-Reichsführer aus dem Reichsdienst entlassen worden sei. Wie konnten sie einen großen Mann so erniedrigen, einen Mann, der zum Kampf bereit war, wo andere längst aufgegeben hatten? Er hatte nie beeindruckend ausgesehen, dieser Mann mittleren Alters mit seinem Bauch, den schmalen Schultern und dem gebeugten Rükken – zu viele Stunden, die er gebeugt über Akten gesessen hatte –, aber mit welch visionären Gaben war er versehen! Die Generäle – Verräter wie der SS-General Wolf – überschlugen sich bereits, um Abkommen mit dem Feind zu treffen, um ihren eigenen Hals zu retten; sie konnten diesem Mann nicht einmal die Stiefel lecken!

Oberst Köhner wünschte, der mystische Masseur Kerston wäre hier, um den Schmerz seines Herrn mit diesen seltsam geschickten Fingern zu mildern, die dem Reichsführer sofortige Entspannung schenkten. Er wünschte, er könnte ihm ein Glas mit einer heißen Mischung aus Enzian- und Löwenzahntee reichen, da er wußte, daß das die Magenschmerzen des Reichsführers linderte...

Die Explosion erschütterte den Boden unter ihren Füßen, und Lehm und Steine bespritzten ihre Kleidung. Sie schauten voller Entsetzen über das Feld, dorthin, wo die beiden Körper lagen, der eine still, der andere sich windend und voller Qual schreiend.

Sie rannten zu den beiden Körpern. Wer war wohl tot – Gantzer oder Mueller? Einer von ihnen mußte auf eine Mine getreten oder über eine nicht explodierte Bombe gestolpert sein.

Sie erreichten den zuckenden Leib und erkannten nur an der Kleidung, daß es Erik Gantzer war. Er hatte die Knie an die Brust gezogen, die Hände umklammerten seinen Unterleib. Von Köhner unterdrückte den Drang, sich zu übergeben, als er in das Gesicht des Waffenindustriellen sah – oder das, was davon übriggeblieben war. Blut spritzte aus einem roten Loch in der Mitte seines Gesichts, man sah ein loses Stück Fleisch, der Rest seiner Nase.

Himmlers Magen war nicht so stark wie der des SS-Oberst. Er erbleichte und bückte sich, als sein Mageninhalt auf die lehmige Erde spritzte. Als er hinunterblickte, sah er etwas, das ihn veranlaßte, seine Augen fest zu schließen und sich abzuwenden. Die beiden Füße Muellers, der eine noch in seinem Stiefel, lagen vor ihm auf dem Boden.

Himmler ließ den Lederkoffer fallen, in dem sich die Speerspitze befand, fiel auf seine Hände und Knie und würgte; sein ganzer Körper zitterte vor Anstrengung. Er kroch, versuchte diesem grotesken Anblick der körperlosen Füße Muellers zu entkommen, und als er schließlich die Kraft fand aufzublicken, sah er Oberst Köhner neben dem zuckenden Körper Gantzers knien, eine Pistole an die Schläfe des verwundeten Mannes haltend.

Himmler kam wankend auf die Beine. Gantzer durfte nicht erschossen werden! Wenn es für ihn eine Überlebenschance gab, gleich wie große Schmerzen er hatte, mußte er gerettet werden!

Er zog von Köhners Arm in dem Augenblick beiseite, als der SS-Oberst abdrücken wollte. Die Waffe wurde nicht abgefeuert, doch als Himmler auf Erik Gantzers Körper hinabstarrte und auf das viele Blut, das sein Gesicht und seine Leistengegend bedeckte, fragte er sich, ob er, der Reichsführer, nicht hätte gnädiger sein sollen...

»Aber Himmler wurde gefangengenommen. Er wurde identifiziert, bevor er Selbstmord beging!«

Gant lachte, und das Geräusch hallte hohl in der Halle. »Das war ein anderer Mann, ein Doppelgänger. Ein guter

Deutscher, bereit, für seinen Reichsführer zu sterben. Natürlich hätte seine Familie gelitten, wenn sein Mut ihn im letzten Augenblick verlassen hätte. Aber das geschah glücklicherweise nicht.«

»Aber er ist doch bestimmt untersucht worden? Man mußte doch sicher sein.«

»Können Sie sich das Chaos vorstellen, das damals in Deutschland herrschte, Mr. Steadman, bei Tausenden – Millionen von Flüchtlingen? Haben Sie eine Ahnung, wieviel Deutsche die Allierten bei Fluchtversuchen festnahmen und für Himmler, Goebbels, Göring oder Bormann hielten? Oder sogar für Hitler selbst? Als sie jemanden fanden, der gestand, ein Naziführer zu sein und genau wie Himmler aussah, nachdem seine Maskierung entfernt worden war – glauben Sie tatsächlich, daß sie dann die Sache in Frage stellten? Und als das Chaos schließlich in Ordnung überzugehen begann, war es zu spät. Die Leiche des Reichsführers war längst in einem unbezeichneten Grab verscharrt worden. Ich sage Ihnen, die Nachwirkungen eines solchen Krieges, bei dem jede Nation um Territorien kämpft wie Wölfe um einen Kadaver, sind außerordentlich kompliziert. Es ist gar nicht so einfach, die Niederlage eines Feindes in den Griff zu bekommen. Mit der Beseitigung des scheinbaren Gegners z. B. wurden die alliierten Nationen untereinander zu Feinden. Fehler gab es da genug!«

»Aber wohin hätte ein Mann wie Himmler gehen können? Er wäre doch sicher erkannt worden.«

»Sie vergessen, wie unscheinbar unser großer Führer aussah. Das ist nicht despektierlich gemeint – er ist einer der größten Helden Deutschlands, doch sein Äußeres war das eines gewöhnlichen Mannes.«

»Ich habe gelesen, daß er wie ein typischer Buchhalter aussah«, sagte Steadman anzüglich.

»Genau, Mr. Steadman«, entgegnete Gant, als ob die

Anmerkung ein Kompliment gewesen sei. »Ein Buchhalter mit wahrem nordischen Blut.«

»Seine Unscheinbarkeit ermöglichte also seine Flucht?«

»Sie erlaubte es ihm, in einem anderen Land zu leben.«

»Darf ich fragen, wo? Ich nehme an, daß Südamerika wohl nicht in Frage kam.«

»Natürlich nicht. Wir hätten dorthin fliehen, in der Nazi-Kolonie leben können. Aber da hätten wir nicht die Gelegenheit gehabt, etwas zu bewerkstelligen. Nein, wir brauchten ein Land, in dem wir wieder aufbauen konnten, nicht einen Ort, wo wir in der Sonne saßen und in Erinnerungen an den vergangenen Ruhm des Vaterlandes schwelgten.«

»Also wo, Gant? Wofür entschieden Sie sich?«

»Für England natürlich. Welcher Ort wäre besser gewesen?«

Steadman blickte ungläubig in die lächelnden Gesichter ringsum. »Aber das wäre doch unmöglich gewesen!«

»Zu jener Zeit ja«, sagte Gant. »Obwohl wir viele Freunde in Großbritannien hatten – mehrere waren Thulisten – hatte man doch viele für die Dauer des Krieges wegen ihrer Sympathien interniert, und auch später wurde ihnen nie ganz getraut. Nein, unsere erste Station war Dänemark. Das war nicht unsere Absicht gewesen, aber wir versteckten uns dort mehrere Monate. Ich war schwer verwundet, müssen Sie wissen. Der Reichsführer rettete mir das Leben.«

Der Waffenhändler legte eine Pause ein, als ob die Erinnerung daran kostbar sei. »Wir verließen Flensburg am 10. Mai 1945. Reichsführer Himmler, Oberst Franz von Köhner – der Vater des unfähigen Narren, den Sie letzte Nacht beseitigten, Reichskriminaldirektor Ernst Mueller und ich. Unglücklicherweise tötete auf dem Weg nach Kiel eine Bombe Mueller und brachte mich fast um. Nur das Eingreifen des Reichsführers hinderte von Köhner daran, mir eine Kugel in den Kopf zu schießen. Himmler bestand darauf, daß ich zu unserem Treffpunkt gebracht wurde, wo meine Wunden behandelt werden konnten. Für mein Leben opferte er sogar seine wichtigen Akten; sie wurden mit Mueller auf diesem Feld begraben. Oberst von Köhler trug mich, und der Reichsführer trug unsere Wertgegenstände und unseren Talisman, den einzigen Gegenstand, den er sich weigerte zurückzulassen: den Heiligen Speer!

Ich war fast tot, als wir unseren Kontaktmann in Kiel erreichten, aber wieder war es Heinrich Himmler, der meinen Tod verhinderte. Man versorgte meine Wunden, so gut man konnte, und dann fuhren wir über die See nach Ebeltoft in Dänemark. Für mich war die Reise ein Alptraum, Mr. Steadman, und ich flehte den Reichsführer hundertmal an, meinem Leben ein Ende zu bereiten. Aber das ließ er nicht zu. Er sah voraus, daß ich eines Tage der neue Führer, der Großmeister an seiner Stelle sein würde. Seine visionäre Kraft ging weit über menschliche Grenzen hinaus.

Wir blieben weit von Ebeltoft entfernt im Landesinneren, bis ich mich von meinen Verwundungen erholt hatte. Nicht völlig, natürlich, aber soweit, daß ich reisen konnte. Von dort aus wurden wir nach Island geflogen und ein paar Jahre später nach Kanada. Sieben Jahre vergingen, bevor ich es wagte, in die Vereinigten Staaten einzureisen. Unsere Kontakte in Amerika und England waren schon lange vorher wiederhergestellt worden, und unsere Bewegung gedieh bereits. Wir blieben aus naheliegenden Gründen im Verborgenen und erlaubten den eher vulgären nationalistischen Organisationen, die Aufmerksamkeit von uns abzulenken. List und fortschreitende Infiltration waren seit dem Rückschlag unsere Politik.«

»Sie bezeichnen den letzten Weltkrieg als Rückschlag?«

»Ja, Mr. Steadman. Nicht mehr als das war er!« Am Tisch herrschte Schweigen, als ob jedes Mitglied den Detektiv herausfordern wollte, Gants Aussage zu widerlegen. Steadman zuckte die Schultern.

»Also lebte Himmler die ganze Zeit«, sagte er.

Gant nickte ernst. »Ja, Oberst Köhner starb 1951, als wir noch in Kanada waren. Ein Schlaganfall. Bevor er starb nahm er uns das Versprechen ab, seinen Sohn zu finden und ihn für unsere Sache zu gewinnen. Dazu erklärten wir uns gern bereit. Der Sprößling eines Mannes wie Franz von Köhner würde in der Tat wertvoll für die Gesellschaft sein. Vielleicht war es ein gnädiges Schicksal, daß der Oberst nie erfuhr, wie unfähig sein Sohn werden sollte. Der Junge, Felix, kam bereitwillig zu uns, da er in Deutschland keine Zukunft hatte. Von Köhners Frau war kurz nach dem Krieg gestorben, und der Junge war von Verwandten großgezogen worden. Sie erlaubten ihm, zu uns zu kommen, da sie arm waren, denn der Krieg hatte viele Familien ihres Wohlstandes beraubt. Felix schloß sich uns in England an, als er einundzwanzig war.«

»Wann... wann kamen Sie... und Himmler in dieses Land?«

Gant lächelte, und das Lächeln ließ Steadman erschauern. »1963, Mr. Steadman. Ein historisches Datum.«

Die anderen am Tisch artikulierten ihre Zustimmung. »Himmler war damals sehr krank. Die Magenschmerzen, von denen er fast sein ganzes Leben geplagt worden war, hatten seine Gesundheit untergraben, aber nicht einmal zu dieser Zeit erkannten wir, wie ernst sein Zustand war...«

Steadman war so verblüfft über die Vorstellung, daß der infame Massenmörder in England gelebt hatte, daß ihm die nächsten Worte des Waffenhändlers entgingen. Als er sich wieder soweit gefaßt hatte, daß er zuhören konnte, sprach Gant über seine Ehe in Amerika.

»Louise war eine außerordentlich reiche Amerikanerin aus dem tiefen Süden. Unsere Ideale stimmten überein, da die Abneigung der Südstaatler gegenüber Rassenunreinheit fast denen der Nazis gleichkommt. Sie erfuhr aber nie, welche Ambitionen wir hatten, und auch die wahre Identität unseres einsiedlerischen Dauergastes blieb ihr verborgen. Ich bin sicher, daß sie vermutete, daß es sich um einen Ex-Nazi handelte, aber ich glaube nicht, daß sie je auf den Gedanken kam, daß sie einen der ›berüchtigsten‹ Männer der Welt beherbergte. Louise war eine ungewöhnliche Frau, die unsere Ideale teilte und körperlich nichts von mir verlangte. Sie lebte nur für den Tag, an dem unsere Ideale Früchte tragen würden, und ich kann gar nicht sagen, wie sehr ihr Reichtum und ihre Kontakte unsere Sache förderten. Es war tragisch, daß ein Verkehrsunfall sie im Frühstadium unseres Aufstiegs von uns nehmen mußte.«

Das Dröhnen eines Hubschrauberrotors weckte plötzlich aller Aufmerksamkeit. »Ah, das klingt, als sei unser zwölftes Mitglied eingetroffen«, sagte Gant.

»Wird auch Zeit!« meinte Lord Ewing, der Medien-Magnat.

»Der General hatte eine lange Reise«, tadelte Gant, und der Mann schwieg.

Erstaunt über die Autorität des Waffenhändlers im Kreis so mächtiger Männer, sah Steadman einen nach dem anderen am Tisch an und sagte dann: »Wie können Sie einem solchen Mann folgen? Einem Ex-Nazi, der einer der teuflischsten Figuren der Geschichte half, einem Mann, der im Krieg gegen uns kämpfte? Wie können Sie unser Land an ihn verraten?«

»Verraten? Sie sind der Verräter, Steadman«, sagte Talgholm. »Sie behaupten, Brite zu sein, sitzen aber da und schauen zu, während das Land vor die Hunde geht. Was für eine Loyalität ist das?«

»Sehen Sie...«, begann Steadman.

»Halten Sie den Mund!« brüllte Ewing über den Tisch.

Sein Gesicht war rot, und seine Augen quollen vor Wut hervor. »Wir sind Humanitätsapostel wie Sie leid. Leben und leben lassen, daran glauben Sie doch, nicht wahr? Glauben Sie aber vielleicht, *die* werden uns leben lassen, wenn sie erst einmal an der Macht sind? Leute Ihrer Sorte sind fast genauso schlimm wie die!«

»Beseitigen wir ihn jetzt, Edward!« rief ein anderer.

»Ja, wir brauchen ihn nicht mehr«, stimmte Talgholm zu. »Die Legende wir sich dennoch erfüllen.«

»Noch nicht!« Gants Stimme war streng. »Sie wissen, wie es getan werden muß.«

»Die Zeit wird knapp...«

»Wir haben Zeit.« Die Feststellung wurde ruhig getroffen, und die versammelte Gruppe schien sich zu fügen.

»Erzählen Sie mir mehr, Gant«, sagte Steadman mit einer Gelassenheit, die er kaum empfand. »Wie... wo lebte Himmler in diesem Land?«

»Immer in dieser Gegend, Mr. Steadman. Er war fasziniert von den Artuslegenden, und König Artus Ritter hielten sich hauptsächlich in diesem Teil des Landes auf. Er war so glücklich, daß ich die Wewelsburg hier für ihn gebaut hatte. Nun, die Thule Gesellschaft war inzwischen eine wohlhabende Organisation. Die Waffenfabrik, die ich gebaut hatte, florierte, dazu kam das Geld, das mir meine liebe verstorbene Frau hinterlassen hatte, und Spenden unserer geheimen Mitglieder flossen auch reichlich. Wir hatten die Akten wiederbeschafft, die Köhler vor so vielen Jahren vergraben hatte, und sie öffneten uns...«, er lächelte und betrachtete die Gesichter Tisch, »... sehr viele Türen.«

Steadman begann zu verstehen, daß Erpressung eine wichtige Rolle beim Wiederaufbau ihrer Bewegung gespielt hatte.

»Der Reichsführer war trotz der Schmerzen, mit denen er leben mußte, in seinen letzten Tagen sehr glücklich«, sagte der Waffenhändler leise. »Er wußte, daß wir diesmal siegen würden.«

»Er starb hier?« fragte Steadman, der irgendwie – unerklärlicherweise – erwartete, daß der Tod des Reichsführers geleugnet wurde, da dessen Präsenz so real schien.

»Ja, Mr. Steadman. In gewisser Hinsicht. Er war siebenundsechzig, als der Krebs sein Leben nahm. Aber obgleich sein Körper den Dienst verweigerte, sein Geist tat es nicht. Fast ein Jahr nach seinem Tod schickte er jemanden zu uns.« Gant wandte sich an Dr. Scheuer, der neben ihm saß. »Dr. Scheuer war ein Spiritist, der in Österreich lebte. Der Reichsführer erwählte den Herrn Doktor zu seinem Medium.«

In diesem Moment waren vor der Halle Schritte zu hören. Eine Tür, die in den Schatten der Wand verborgen war, öffnete sich, und als der Mann ins Licht trat, zuckte Steadman, der ihn erkannte, zusammen. Die Versammlung erhob sich ehrerbietig, als er auf dem leeren Stuhl neben Dr. Scheuer Platz nahm.

»Ist dies der Mann?« Er warf Steadman einen finsteren Blick zu.

»Ja, General, das ist unser Parsifal«, sagte Gant ruhig. »Mr. Steadman, ich bin sicher, Sie kennen Generalmajor Cutbush, den stellvertretenden Kommandeur der amerikanischen Streitkräfte.«

Sie waren überhaupt nicht verrückt, erkannte Steadman. Sie hatten wirklich genügend Macht und Einfluß, um eine Nation zu beherrschen. Über die Jahre hatten sie durch Bestechung, Erpressung oder bloße Ausnutzung der Rassenideologien eine unglaubliche Macht aufgebaut, eine Macht, die stark genug war, die Öffentlichkeit, die zwischen zwei Extremen schwankte, für ihre Ziele zu gewinnen. Nur die Verehrung des toten Himmler mit allem, was damit zusammenhing, war verrückt, und er war über die nekrophile Hingabe verblüfft, die solche Männer an den Tag legten. Was mochte diesen Wahnsinn verursacht haben? Plötzlich fürchtete er sich.

»Okay, Edward, ich sagte, ich würde all das mitmachen, weil *er* es so wollte.« Die stämmige Gestalt des Amerikaners und sein Straßenanzug wirkten seltsam auf Steadman, da er ihn von Bildern und aus Filmen sonst nur in voller Uniform kannte. »Aber mir gefällt das überhaupt nicht. Es ist zu ...«, er suchte nach dem richtigen Wort, »... theatralisch.«

»Ich verstehe Ihre Gefühle, General, aber es wäre unklug, *seine* Wünsche jetzt nicht zu befolgen«, entgegnete Gant.

»Kann sein«, sagte der General verdrossen, »aber mir gefällt's trotzdem nicht. Brannigan!« Der britische Major nahm Haltung an. »Sollten Sie nicht auf dem Startgelände sein?«

»Wir warteten nur auf Ihre Ankunft, Sir. Ich mache mich jetzt auf den Weg.« Brannigan marschierte steif und mit entschlossenem Schritt aus dem Raum.

»Verdammter Homo«, murmelte Cutbush, als die Tür sich schloß. »Okay, fahren wir fort.«

Gant stand auf und wollte vom Tisch zu der Empore gehen, aber bei Steadmans Worten blieb er stehen.

»Um Himmelswillen, General, Sie sind Veteran des Zweiten Weltkriegs. Sie haben gegen Männer wie ihn gekämpft!« Die Finger des Detektivs deuteten auf Gant, und die beiden Wachen zu seinen Seiten sprangen vor und legten ihre Hände auf seine Schultern, um ihn am Aufstehen zu hindern.

Der General blickte ihn über den Tisch hinweg an, und seine Augen verengten sich. »Halten Sie... Ihren Mund... Mister. Sicher habe ich gegen ihn und seine Leute gekämpft. Das war mein Fehler! Ich war den ganzen verdammten Krieg hindurch mit Patton zusammen, und ich hab' gesehen, wie ihm die sogenannten liberalen Führer unseres Landes in den Arsch traten. Wir hatten lange Gespräche, der alte Haudegen und ich, und ich weiß, was für ein Mann er war. Er sah die russische Gefahr schon, als alle anderen sich noch mit den Deutschen beschäftigten. Er wollte durch Deutschland hindurch direkt nach Moskau weitermarschieren! Er war es, der mir von der Legende des Speers erzählte – obwohl er Pragmatiker war, glaubte er an solche Dinge –, und ich war mit ihm in einem Bunker in Nürnberg, als er glaubte, ihn gefunden zu haben. Wir wußten es damals nicht, aber es hatte einen Austausch gegeben. Der alte Bursche verstand nie, warum nichts passierte. Himmler war damit schon verduftet.

Nein, ich geb's gerne zu: General Patton war mein Gott, und wenn er sagte, daß etwas an der Legende dran sei, dann, verdammt noch mal, war auch was dran! Ich hab' gesehen, was sie mit Patton machten, als sie ihn nicht mehr brauchten. Glauben Sie, der Zusammenstoß, bei dem er nach dem Krieg ums Leben kam, war ein Unfall? Und ich sehe doch, was sie mit mir machen wollen, weil sie glauben, sie brauchen mich nicht mehr. Die Aggression des alten Haudegens brachte sie in Verlegenheit, und so denken die auch über mich nach. Aber anders als der General habe ich schon vor langer, langer Zeit begonnen, Pläne zu machen, und ein gütiges Schicksal brachte uns...«, er machte eine Handbewegung, die den Tisch umfaßte, »...mit Edward Gant zusammen. Wir alle glauben an dasselbe, mein Junge, und wir brauchen kein Geschwafel wie im letzten verdammten Krieg, das uns sagt, gegen wen wir zu kämpfen haben!«

Steadman lehnte sich in seinem Stuhl zurück und starrte Cutbush unverschämt an. »Man will Sie also nicht mehr rumballern lassen!«

»Du verdammter Dreckskerl. Ich breche dir...« Gant hielt den General zurück, der sich wieder setzte und den

Detektiv an funkelte. »Ich werde die nächsten Minuten genießen, Mistkerl«, sagte er.

Steadman erwiderte den Blick.

Gant nickte Griggs und Booth zu, und Steadman spürte, daß seine Arme fest umklammert wurden.

»Die Zeit ist gekommen, Parsifal«, sagte Gant, der auf die Empore zuging. Er griff in den Lederbehälter und kehrte mit einem langen, dunklen Gegenstand in den Händen zurück. Steadman sah, daß es eine Speerspitze war – die heilige Reliquie, deren legendäre Kräfte das Blutvergießen von Millionen und den Ruhm weniger Auserwählter verursacht hatten. Das alte, dunkle Metall glänzte nicht, nur ein mattes Funkeln kam von dem vergoldeten Teil. Die Klinge verjüngte sich vorn, und Gant legte sie auf den Tisch, die bedrohliche Spitze auf den Detektiv gerichtet.

Steadman schaute die alte Reliquie an und begann innerlich zu zittern. Es war seltsam, aber es war, als ginge eine Kraft von dem kalten Metall aus, eine Kraft, die bereits sein Herz durchdrang. Und dann wußte er, was sein Schicksal war: er würde durch einen Speerstoß sterben. Gant würde die Parsifal-Legende umkehren, indem er die Waffe benutzte, um seinen Gegenspieler zu töten.

Er schloß die Augen, doch das Bild war noch immer in sein Hirn eingebrannt: die teuflisch spitze Klinge, die kleinen Kreuze, die in das dunkle Metall eingraviert waren. Er versuchte, das Bild aus seinen Gedanken zu verdrängen, aber es blieb, ein kalter, dunkler Gegenstand, ein totes Ding, das irgendwie Energie ausströmte. Vor seinem geistigen Auge sah er, daß es blutbefleckt war.

»Kannst du seine Kraft spüren, Parsifal?«

Steadman öffnete seine Augen und sah die Speerspitze jetzt nur als ein altes Stück Metall, das leblos und kalt war. Er wandte seinen Blick davon ab und blickte Gant an, der sich über den Speer beugte.

»Kennen Sie Wolfram von Eschenbachs Parsival-Legende?« Die Augen des Waffenhändlers schienen in der Dunkelheit des Raumes zu glühen. »Die Legende, die Wagner zu seiner mystischen Oper inspirierte. Parsifal diente dem sterbenden König Amfortas und versuchte, den Speer des Longinus, das heilige Symbol, für seinen Herrn wiederzubeschaffen. So wie du es für deine Herren gewinnen wolltest – die Juden!«

»Das ist nicht wahr!« Die Hände auf Steadmans Schultern drückten fester. »Sie wollten, daß ich ihren vermißten Agenten finde, Baruch Kanaan. Das wissen Sie!«

»Lügen, Parsifal. Ihr Agent kam wegen des Speers, und als er scheiterte, schickten sie dich.«

Warum hatte Goldblatt ihm nicht von dem Speer erzählt? Warum war er nicht von Anfang an aufrichtig gewesen? Die Frau, Hannah, hatte ihm gesagt, er müsse den Speer finden, als sie sterbend in seinen Armen lag. Warum hatten sie ihm das nicht gleich erzählt? Nahmen sie an, er würde sie automatisch zu der Waffe führen, wenn er Baruch fände? Abscheu erfüllte Steadman. Sie hatten ihn genauso benutzt wie die Thulisten ihn benutzten. Er war von beiden Seiten manipuliert worden. Die eine Seite benutzte ihn als Werkzeug, als Hebel, um ein Vipernnest auszuheben, und die andere benutzte ihn als Mitwirkenden in einem symbolischen Ritual.

»Du wolltest mich töten, so wie der Ritter Parsifal Klingsor tötete, der den Speer in seiner Burg aufbewahrte. Klingsor, der teuflische Magier, dem der törichte König die Männlichkeit rauben ließ – so wie mir die meine von einer Mine genommen wurde. Der Reichsführer rettete mein Leben, und als er meine Verletzung sah, *wußte er*, daß ich Klingsors Reinkarnation war. Er wußte, daß ich der künftige Träger des Speeres des Longinus sein würde.«

Gants Schultern bebten unter spiritueller Anstrengung.

Steadman schien es, als sei der Mann jetzt völlig besessen. Abrupt änderte sich dann der Tonfall des Waffenhändlers, er sprach, als enthülle er Freunden ein lange gehütetes Geheimnis.

»Die Legende war nie ein Mythos oder eine Prophezeiung. Sie war eine Warnung. Von Escnenbach war unser Führer seit dem dreizehnten Jahrhundert. Er warnte uns vor der Katastrophe, die kommen könnte, wenn wir es zuließen. Und zur richtigen Zeit warnte er uns durch Richard Wagner!«

»Das ist Fantasie, Gant. Begreift das denn niemand hier?« Jetzt lag Verzweiflung in Steadmans Stimme. »Sie verdrehen einfach alles, damit es so aussieht, als würde die Geschichte wahr werden. Ich bin nicht Ihr Parsifal, und er ist nicht Ihr Klingsor. Der Speer hat keine Macht. Das bilden Sie sich alles nur ein!«

Eine rohe Hand legte sich auf seinen Mund, und sein Kopf wurde nach hinten gedrückt. Er versuchte sich zu befreien, aber Griggs hielt ihn fest.

»Nein, das bilde ich mir nicht alles ein, Mr. Steadman«, sagte Gant ruhig. »Wir wurden zueinander geführt. Von jemandem, der Sie kennt. Jemandem, der zur Probe einen Panzer gegen Sie lenkte. Jemanden, der Sie vor zwei Nächten in Ihrem Haus besuchte, aber durch einen alten Juden gestört wurde, der sich einmischte. Jemanden, der Sie wiedersehen möchte.« Gant kicherte. »Von Angesicht zu Angesicht.«

In dem weiten Raum herrschte Stille, und die Schatten flackerten und zitterten zu den tanzenden Flammen der Kerzen. Gant setzte sich, und die dreizehn um den Tisch legten ihre Hände auf dessen Oberfläche, als ob ein Signal gegeben worden wäre. Ihre Finger berührten sich, und Steadman sah, daß ihre Augen geschlossen waren und daß die Männer sich offensichtlich konzentrierten. Eine Weile geschah nichts. Dann plötzlich spürte er, wie seine

Muskeln schwach wurden, als ob alle Kraft aus ihnen gezogen worden sei. Sein Kopf wurde losgelassen, und er spürte mehr als er sah, daß die beiden MI-Fünf Männer zurückgetreten waren. Er versuchte aufzustehen, konnte es aber nicht. Eine unsichtbare Kraft schien ihn festzuhalten. Die beklemmende Atmosphäre in dem Raum verdichtete sich zu einem zunehmenden Druck, der wie eine physische Kraft auf ihm lastete. Er sah, daß mehrere Mitglieder des Kreises auf ihren Pläzen erschlafften und daß ihre Köpfe nach vorne sackten, als ob sie kraftlos geworden seien. Dr. Scheuers Kopf ruhte fast auf seiner Brust.

Stille hatte den Raum erfüllt. Die Kerzenflammen schienen erstarrt zu sein, ihr Licht wirkte düster. Es wurde kalt. Eine schreckliche, widerliche Kälte, die alles umfaßte und über die Haut streifte. Ein Geruch durchdrang die Luft, und der Raum wurde noch dunkler, die Kälte noch intensiver.

Steadman starrte angestrengt in die Schatten hinter Gant und Dr. Scheuer, weil er glaubte, etwas sich Bewegendes gesehen zu haben, eine dunkle Gestalt, die sich vor einem schwarzen Hintergrund abzeichnete. Von der Empore, die die Halle überragte, hatte er Stufen an einer Seite des Raumes bemerkt, die zu einer Tür hinabführten, von der nur die obere Hälfte auf Bodenhöhe war. Die schwarze Gestalt schien von dort zu kommen. Doch jetzt war sie verschwunden, und er fragte sich, ob ihm nicht nur das schwindende Licht einen Streich gespielt hatte.

Ein summendes Vibrieren drang an seine Ohren, und seine Aufmerksamkeit wurde auf die Tischoberfläche gelenkt. Die Köpfe einiger Thulisten sackten noch weiter herab, ruhten fast auf dem Tisch, aber noch immer berührten sich ihre Finger zitternd in dem schwachen Licht. Sein Blick ruhte auf dem dunklen Gegenstand, der ihm gegenüber lag, und irgendwie wußte er, daß er die Quelle dieser Vibration war. Die alte Waffe lag unbewegt da, schien aber doch von Leben erfüllt zu pulsieren. Er schüttelte seinen Kopf, und die Anstrengung war fast zuviel; ihm wurde schwindlig vor Müdigkeit. Seine Augen verdrehten sich, er mußte kämpfen, um sie wieder unter Kontrolle zu bringen und merkte, daß er über den Tisch hinweg auf den gebeugten Kopf des alten Mannes, zu Dr. Scheuer schaute, dessen langes weißes Haar lose über seinem Gesicht hing.

Steadman starrte dorthin, da alle Energie des Raumes zu dem alten Mann hingezogen zu werden schien. Die anderen, die es noch konnten, beobachteten ihn ebenfalls, und ihre Körper schwankten. Der Detektiv kämpfte gegen die Mattigkeit an, versuchte in seinem Verstand eine Mauer gegen die willensraubende Kraft zu errichten – aber er konnte seinen Blick nicht von dem gebeugten Kopf Dr. Scheuers abwenden.

Während er schaute, begann sich die weißhaarige Gestalt aufzurichten. Der Kopf kam hoch, langsam und ruhig, und es dauerte lange, lange Sekunden, bis die Augen Steadman anblickten. Und als sie schließlich tief und druchdringend in die seinen schauten, schien das Blut des Detektivs zu erstarren und sein Nackenhaar sträubte sich wie von eisiger Hand aufgerichtet – denn er sah, daß er in das haßerfüllte Gesicht des SS-Reichsführers Heinrich Himmler starrte.

19

Holly schlich auf den Zehenspitzen über den Korridor, maß sorgfältig jeden Schritt ab und bewegte sich leise über die massiven Dielen. In dem Haus war eine Anspannung, die nichts mit ihrer Nervosität zu tun hatte. Die Luft war erfüllt davon.

Sie dachte über das seltsame Gebäude nach, das halb Haus, halb Burg war. Was war der Zweck eines solchen Bauwerks? Sie hatte den Weg zum hinteren Teil des Hauses gefunden, wollte zu den prunkvollen Räumen gelangen, die sie von draußen gesehen hatte. Am Ende des Korridors, der von ihrem Raum fortführte, war nur eine Wand gewesen – er war zu kurz, um durch das ganze Haus zu führen –, und sie sah sich gezwungen, zu der Treppe an der Vorderseite des Hauses zurückzukehren.

Da sie es für einen Fehler hielt, nach unten zu gehen – dort konnten weitere Posten sein – hatte sie beschlossen, die nächste Etage zu erkunden und von dort nach hinten zu laufen. Es mußte einen anderen Weg geben, um über die zweite Etage zur Rückseite des Hauses zu gelangen. Sie bewegte sich leise treppaufwärts, hielt die Maschinenpistole vor sich und wünschte, sie häte sich die Zeit genommen, den bewußtlosen Posten nach dem Schalldämpfer zu durchsuchen, der sicher zu der tödlichen Waffe gehörte. Nun mußte sie es eben ohne wagen – wenn jemand sie entdeckte, würde sie schießen, um zu töten. Zum Teufel mit dem Lärm.

Sie erreichte den oberen Treppenabsatz und blieb stehen. Das Haus war totenstill.

Der lange Korridor, der durch das Gebäude führte, lag vor ihr. Zwei kleinere Korridore zweigten links und rechts davon ab. Sie hatte gerade begonnen den mittleren Korridor entlangzugehen als sich vor ihr eine Tür öffnete.

Sie reagierte schnell und wich in den Korridor zur linken zurück, bereit davonzurennen, falls Schritte in ihre Richtung kamen. Doch sie hörte die Schritte in der Ferne verschwinden, warf einen raschen Blick um die Ecke und sah die Frau, die Kristina genannt wurde. Sie hielt sich eine Gesichtshälfte, als ob sie verletzt sei, und Holly sah, daß sie sich manchmal haltsuchend an die Wand stützte. Gespannt hielt Holly den Atem an und wartete, daß die

Schritte verklangen. Eine seltsame Frau, diese Kristina, das spürte Holly intuitiv. Sie verstand nicht genau warum, aber sie hatte sich in ihrer Gegenwart als Gant sie vorgestellt hatte, unbehaglich gefühlt.

Noch einmal schaute sie und sah, daß die Frau verschwunden war. Gut. Sie war über den langen Korridor gegangen, hatte sich also vielleicht zur Rückseite des Hauses begeben. Ein Weg mußte dorthin führen. Holly stahl sich über den Korridor.

Am Ende zweigten zwei Gänge ab, und Holly überlegte, welchen Weg sie nehmen sollte. Sie entschied sich für den rechten und fand an dessen Ende eine massiv wirkende Eichentür, deren kunstvolle Schnitzerei darauf schließen ließ, daß es sich nicht um eine Besenkammer handelte. Sie drückte die schmiedeeiserne Klinke und stellte fest, daß der Raum verschlossen war. Gut, auf der Abzweigung nach links gab es vielleicht eine ähnliche Tür – so war es, und diese war unverschlossen.

Es war, als beträte sie eine andere Welt: Die Wände zu beiden Seiten des düsteren Korridors bestanden aus schwerem grauem Stein, und die Türen waren wieder aus kunstvoll geschnitzter Eiche gefertigt. Die Lichter an der Decke brannten nur schwach, so daß ihre Helligkeit die mittelalterliche Atmosphäre nicht störte. Holly schlich weiter, nachdem sie vorsichtig die Tür, die von dem neuen in den nachgebauten alten Teil führte, hinter sich geschlossen hatte. Die Spannung in diesem Teil des ungewöhnlichen Hauses war noch deutlicher spürbar.

An einer Tür zu ihrer Linken blieb Holly schließlich stehen und lauschte. Kein Laut kam von innen. Sie bemerkte, daß die Schnitzerei der Tür mit einer Namensinschrift versehen war und versuchte, diese in dem schwachen Licht zu entziffern. Es sah aus wie Phillip von ... irgendwo ... Schwaben? Das war's. Wo zum Teufel lag Schwaben? Sie begab sich zur nächsten Tür, deren Inschrift noch schwerer zu lesen war. Friedrich Hohen... Ach, was sollte es? Sie lauschte wieder, hörte aber nichts. Vorsichtig drückte sie die Klinke und merkte, daß die Tür unverschlossen war. Sie stieß sie langsam auf und schob ihre Waffe vor sich in den sich vergrößernden Spalt. Dann spähte sie in den dunklen Raum und erst als sie glaubte, daß er wirklich leer sei, stieß sie die Tür soweit auf, daß etwas Licht aus dem Korridor hereinfiel.

Der Raum war antik möbliert und roch muffig, unbenutzt. Ein Himmelbett beherrschte ihn, und das Porträt von jemandem in zeremonieller – oder zumindest alter – Kleidung hing über dem Kamin. Vielleicht war das dieser Friedrich-sonstwie. Holly schloß die Tür und ging zum nächsten Raum. An diesem konnte sie Heinrich I. lesen, und ihr Instinkt sagte ihr, daß dieser Raum nicht leer war. Die Frage war: Sollte sie hineinschauen oder nicht? Nun, erkannte sie kläglich, ich werde Harry nicht finden, wenn ich nicht nach ihm suche, also drückte sie die Klinke so leise sie konnte.

Der Geruch drang sofort in ihre Nase. Er war abstoßend und unsauber. Es war, als ob ein böser Geist an ihr vorbeigeeilt wäre, der durch die Öffnung floh, die sie geschaffen hatte. Es war ein Geruch nach Staub, menschlichem Schweiß – und etwas anderem. Fauligem Fleisch? Nein, es war undefinierbar. Sie stieß die Tür weiter auf.

Holly sah zuerst die Reihen von Büchern, die die Wände säumten. Dann, als sie vorsichtig in das Zimmer trat, erkannte sie die anderen Einrichtungsgegenstände. Es war ein größerer Raum als der, in den sie zuvor geschaut hatte. Hier standen ein langer, massiv wirkender Schreibtisch und zwei hochlehnige Stühle; ein prächtig gewebter Teppich lag auf dem Boden, und in den Regalreihen an den Wänden reihten sich viele Bücher. In einer Aussparung zwischen den Regalen zu ihrer Linken hing ein Bild – im düsteren Licht sah es wie ein Porträt aus –, und wieder schien die Person die Kleidung vergangener Jahrhunderte zu tragen. Wahrscheinlich der alte Heinrich. An der Wand gegenüber hing ein anderes Bild zwischen zwei Regalen in einer Aussparung, die fast wie ein Schrein wirkte. Es war ebenfalls ein Porträt, doch die Kleidung des Porträtierten war nicht so alt. Der Mann auf dem Bild trug eine Uniform. Eine schwarze Uniform.

Sie ahnte die Identität der Person. Die modernen Nazis verehrten ihre alten Helden also immer noch.

Ein plötzliches Geräusch lenkte ihre Aufmerksamkeit auf den Schreibtisch. Sie war sicher, daß sich dort etwas bewegt hatte und hob mit leicht zitternder Hand die Maschinenpistole. Über dem Schreibtisch, zwischen den schweren Vorhängen, die die beiden hohen Fenster des Raumes verdeckten, hing das Nazi-Symbol – der weiße Kreis auf rotem Hintergrund, der Kreis mit dem teuflisch schwarzen Hakenkreuz. Sie fühlte sich nackt darunter und spürte plötzlich, daß die beiden Porträts sie zu beobachten schienen. Schnell schüttelte sie das unheimliche Gefühl ab.

Wieder hörte sie ein Geräusch, ein schleifendes Geräusch, als ob etwas über den Boden gerutscht sei. Es drang hinter dem Schreibtisch hervor.

Sie überlegte, ob sie kehrtmachen und davonlaufen sollte, verwarf den Gedanken aber schnell. Wenn sich jemand vor ihr versteckte, der gesehen hatte, daß sie bewaffnet war, würde er Alarm auslösen, sobald sie den Raum verlassen hatte. Wer immer das war – er mußte kampfunfähig gemacht werden. Sie hatte ihre Entscheidung getroffen und schlich auf den Schreibtisch zu.

Es war ein breiter Schreibtisch mit massivem Unterbau, ein Paneel verdeckte den Raum zwischen den Beinen. Für Holly war das Pech, weil sie sich nicht bücken konnte, um zu sehen, ob dahinter jemand lauerte. Der

Geruch schien jetzt in Wellen zu ihr zu dringen; kein Zweifel, es war menschliche Unsauberkeit.

Es wäre vielleicht besser gewesen, wenn sie sich rasch, aber vorsichtig um den Schreibtisch herumbewegt hätte, darauf gefaßt, vor demjenigen zurückzuweichen, der sich dahinter verbarg. Aber Holly glaubte an das Überraschungsmoment. Sie schwang sich leise auf den Schreibtisch und schob sich über die Oberfläche, bereit, die Maschinenpistole in ein auftauchendes Gesicht zu stoßen. Als sie über den Rand schaute, merkte sie, daß sie sich geirrt hatte: das Geräusch war nicht von dahinter, sondern von darunter gekommen.

Da lag etwas, das wie ein Lumpenbündel aussah, auf dem Boden an der Wand, und selbst in dem düsteren Licht aus dem Korridor konnte sie erkennen, daß zwei erschreckte Augen sie anstarrten. Die verdreckte Gestalt schien sich wegzuschieben, schien versuchen zu wollen, in der Wand zu verschwinden. Das waren die Geräusche gewesen, die sie gehört hatte: das Schlurfen nackter Füße auf dem Boden, als die Gestalt vergeblich versucht hatte, dem zu entkommen, der den Raum betreten hatte.

Holly glitt vom Schreibtisch herunter und kniete neben dem zitternden Bündel hin. Erst da bemerkte sie, daß die Gestalt ein Mann war und daß man ihn brutal mit einer Schlinge um seinen Hals gefesselt hatte, die in sein Fleisch einschnitt und es zerfetzte. Das Seil spannte sich auf seinem Rücken zwischen den gefesselten Handgelenken und Knöcheln. Ein Hemd, dessen Vorderseite völlig aufgerissen war, hing lose um ihn und entblößte eine Brust, die Spuren heftiger Schläge trug. Seine Hose war schmutzig und steif von Flecken, als ob der Mann sich mehrere Male selbst besudelt hätte. Er lag auf der Seite und hatte seinen Hals gereckt, um sie ansehen zu können; sie bemerkte, daß seine Handgelenke mit trockenem Blut verklebt waren, das von den straffen Fesseln herrührte. Frisches Blut durchtränkte die Fesseln an seinen Knöcheln, wahrscheinlich durch seine Anstrengungen, ihr zu entkommen. Sein Haar war völlig weiß, doch als sie in seine schreckerfüllten Augen sah, erkannte sie, daß er kein alter Mann war. Sein Gesicht war vor Erschöpfung zerfurcht, tiefdunkle Flecken umgaben seine Augen, und die Lippen waren zersprungen und wund. Doch trotz der Striemen und des getrockneten Blutes, das seine Gesichtszüge entstellte, sah sie, daß er jung und sein Gesicht nur durch Schock gealtert war. Sie hatte diese Alterserscheinungen auch bei freigelassenen Vietnam-Gefangenen gesehen – denjenigen, die in ihr Land zurückgekehrt waren, aber wahrscheinlich nie ganz nach Hause zurückkehren würden; ihr Verstand war für immer geschädigt.

»Wer sind Sie?« flüsterte sie.

Die Augen beobachteten sie entsetzt.

»Können Sie nicht sprechen? Können Sie mir nicht sagen, wer Sie sind?«

Seine Augen beobachteten sie noch immer, aber jetzt blickten sie wachsam.

»Hören Sie zu, ich bin ein Freund«, versuchte Holly ihm zu versichern. »Ich habe mit diesen Leuten nichts zu tun. Ich bin gegen sie. Heute nacht geschieht hier etwas, das ich verhindern muß, und die Zeit läuft ab. Sie müssen mir sagen, wer sie sind.«

Sie wollte seine Schulter berühren, aber die Gestalt versuchte verzweifelt, ihr auszuweichen. Die plötzliche Bewegung zog die Schlinge um seinen Hals fester zu, und ein gurgelndes Geräusch kam aus seiner Kehle, als er zu würgen begann.

»He, regen Sie sich nicht auf«, flüsterte Holly erschreckt. Sie nahm seine Handgelenke und zog sich hoch, um den Druck auf seinen Hals zu lindern. Er hörte auf sich zu winden und hielt seinen Körper still. Holly überlegte, ob sein Verstand wieder normal funktionierte oder ob nur sein rein animalischer Instinkt Grund dafür war, daß er sich nicht mehr bewegte.

»Passen Sie auf, ich werde diese Seile lösen, aber bevor ich das tue möchte ich, daß Sie begreifen, daß ich nichts mit den Leuten zu tun habe, die offensichtlich Ihre Feinde sind. Ich bin ein Freund, okay?« Holly legte die Maschinenpistole auf den Boden und griff nach den Seilen, die seine Handgelenke fesselten. Die Knoten waren straff, offensichtlich waren sie durch die Bemühungen des Mannes, sich zu befreien, noch fester gezogen worden. Sie suchte nach einem scharfen Gegenstand, um sie zu durchschneiden, und fand auf der Schreibtischplatte, wonach sie gesucht hatte. Der Brieföffner hatte eine scharfe Spitze und konnte dazu benützt werden, die Knoten zu lösen. Sie kniete sich wieder neben den Mann und legte ihre freie Hand auf seinen Oberarm. Diesmal zuckte er nicht zusammen.

»Ich werde Sie damit befreien, also versuchen Sie, ruhig zu sein. Wenn Sie an den Seilen zerren, ziehen sie sich noch straffer zusammen.«

Holly warf ihr Haar über die Schulter und machte sich an die Arbeit.

Es dauerte mehrere Minuten, aber schließlich zog sie mit ihren Fingern und benutzte den Brieföffner als Hebel – dann waren seine Handgelenke frei, das eine Seilende baumelte lose von seinem Hals herunter, und das andere hing an seinen noch gefesselten Knöcheln.

Holly atmete erleichtert aus. Sie musterte ihre abgebrochenen Fingernägel und zuckte die Schultern. »Ich hasse lange Nägel sowieso...« Der Mann stieß sie mit einer Kraft zurück, die sie überraschte. Er packte die auf dem Boden liegende Waffe und richtete sie mit beiden Händen auf sie.

»Keine Bewegung«, zischte er. Zwei Worte mit starkem Akzent.

»He, ich versuche, Ihnen zu helfen«, sagte Holly. »Wir sind auf derselben Seite – denke ich.« Sie biß sich auf die Lippe, als sie sah, wie er die Waffe entsicherte. »Ich versuchte doch, Ihnen zu helfen«, keuchte sie verzweifelt.

»Wer sind Sie?« Seine Augen, aus denen jetzt alle Furcht gewichen war, brannten. »Warum sind Sie hier?«

»Ich heiße Holly Miles. Ich bin freie Journalistin.« Ist besser, ihm das zu sagen, dachte sie. Besser, sie erfuhr zuerst mehr über ihn. »Ich habe an einem Artikel über Edward Gant gearbeitet, bis ich herausfand, daß er an einer schlimmen Sache beteiligt ist.«

Seine Blicke irrten wieder durch den Raum.

»Können Sie mir nicht Ihren Namen sagen?« bettelte sie. »Ich versichere Ihnen, daß ich nichts mit Gant zu tun habe.«

Sein Blick ruhte wieder auf ihr. »Warum sollte ich das glauben?«

»Ich habe Sie doch befreit, oder?«

Er sackte gegen die Wand zurück, als ob ihn die plötzliche Anstrengung seiner restlichen Kräfte beraubt hätte. Langsam schob er seine gefesselten Füße so vor, daß sie an Hollys Beine stießen, machte eine Bewegung mit der Waffe und murmelte: »Machen Sie sie los.«

Sie begann wieder mit dem Brieföffner an den Knoten zu arbeiten.

»Warum sollte eine Journalistin eine solche Waffe haben?« fragte er, womit er bewies, daß er trotz seiner Schwäche noch seinen Verstand beisammen hatte.

Holly ließ jede Vorsicht fallen und erzählte ihm alles. Ihr war klar, daß sie schnell handeln und dem Mann vertrauen mußte. Sie glaubte eine Reaktion zu bemerken, als sie Harry Steadmans Namen erwähnte und den Umstand, daß auch er in diesem Haus gefangengehalten wurde; aber dann richtete er sich erschreckt auf, als sie ihm von dem Anschlag auf den Jet des amerikanischen Außenministers erzählte.

»Die Raketenstartrampe – wo steht sie?« fragte er, als seine Füße frei waren. Er versuchte aufzustehen, aber die Durchblutung funktionierte noch nicht.

»An der Rückseite des Hauses, hinter den Klippen.« Holly kam ihm näher, doch er winkte sie mit dem Lauf der Waffe zurück.

»Sie müssen mir vertrauen«, zischte sie verärgert. »Jeden Augenblick kann jemand kommen.«

Er fuhr sich mit einer Hand übers Gesicht und zuckte vor Schmerz zusammen, als er seine Schrammen berührte. »Ich ... ich weiß nicht. Diese Leute haben mir soviel angetan. Ich kann nicht denken.«

»Wie lange sind Sie schon hier?«

»Jahre ... Nein, das kann nicht sein. Ich weiß es nicht.«

»Lassen Sie mich Ihnen helfen«, sagte sie leise.

»Sie haben mich benutzt. Sie haben meine Kraft benutzt!« Der Mann drehte voller Verzweiflung seinen Kopf. »Sie haben mich in diesem Raum gelassen, damit *er* mich benutzen konnte.«

»Wer?« drängte Holly. »Wer hat Ihre Kraft genommen?«

»Er ... er ...« Er deutete mit der Maschinenpistole auf das Bild an der Wand hinter ihnen. Sie sah, daß sein Finger sich um den Abzug krümmte und glaubte einen Augenblick, er würde auf das Porträt schießen.

»Nein, nein«, sagte sie rasch. »Dann läuft hier das ganze Haus zusammen.«

Die Hand, die die Waffe hielt, fiel schlaff zur Seite, und sie atmete erleichtert aus. »Wie hat man Ihnen Ihre Kraft genommen?« fragte sie ihn.

»Sie ... schlugen ... mich. Hielten mich gefesselt ... hier drin. So ... Überlebt er. Er zieht ... Kraft ... aus anderen. Benutzte mich.«

Holly schüttelte verständnislos den Kopf. Sie blickte auf ihre Armbanduhr. Fünf Minuten nach halb eins. »Hören Sie, wir müssen handeln. Sie müssen mir vertrauen.«

Er nickte, weil er wußte, daß er keine Wahl hatte. Etwas von seiner Kraft war zurückgekehrt, aber er hatte keine Ahnung, wie lange dies andauern würde. Sie hatten ihm kaum etwas zu essen gegeben, gerade soviel, um ihn am Leben zu halten. Waren es Jahre gewesen? Oder war es wirklich erst Wochen her? Zeit war für ihn bedeutungslos geworden. Er hatte die Schläge ertragen können – eine Weile zumindest. Es waren die anderen Dinge, die ihn besiegt hatten. Die Erniedrigung. Der Mißbrauch seines Körpers durch diese Mißgeburt, diesen Menschen, der Mann und Frau zugleich war. Die niederträchtigen Dinge, die sie ihn mit dieser Kreatur zu tun zwangen, wie sie ihm seine Männlichkeit genommen, ihn erniedrigt hatten... Tränen nahmen ihm den Blick, und seine zitternden Hände wischten sie aus den Augen.

Er hatte ihnen alles gesagt, was sie wissen wollten, denn schließlich hatten sie ihn zu einem Tier gemacht. Dieser Mann, Köhner, kannte die empfindlichsten Stellen des Körpers zu gut. Noch schlimmer waren die Nächte gewesen, die er allein in diesem Raum verbracht hatte, wo *er* ihn besucht hatte – der Judenhasser – der ihn verhöhnte und sich wie ein Parasit von seinem Geist ernährte. War das alles nur Einbildung gewesen? Hatten sie ihn mit ihrer Folter schließlich in den Wahnsinn getrieben?

Aber am schrecklichsten waren die Zeiten gewesen, wenn sie ihn in den seltsamen Raum unter der großen Halle gebrachte hatten. In den Raum, den sie Krypta nannten.

Dort waren alle vorangegangenen Schrecken noch übertroffen worden.

Er spürte, daß das Mädchen ihn schüttelte und öffnete die Augen, schaute in ihr besorgtes Gesicht. Er mußte ihr vertrauen; er konnte nichts anderes tun.

»Helfen Sie mir?« sagte sie. Er nickte, und sie löste behutsam die Maschinenpistole aus seinem Griff.

»Sagen Sie mir«, sagte sie zu ihm, »wer Sie sind? Sagen Sie mir Ihren Namen.«

»Baruch Kanaan«, sagte er. »Mein Name ist Baruch Kanaan.«

Der Commissioner sah sich im Kreis der angespannten Gesichter um. Die Kirche, von der aus man Gants Anwesen überblickte, war zum Operationshauptquartier geworden. Der Vikar, der in seinem friedlichen Abend am Feuer im Nachbarhaus früh am Abend gestört worden war, beschäftigte sich jetzt damit, den Kaffeenachschub für die heftig frierenden Männer zu organisieren; er hatte sogar erlaubt, daß das alte Heizsystem der Kirche gegen die bittere Kälte eingeschaltet wurde. Aber die Heizung war dem Wind nicht gewachsen, der seine Eiseskälte über dem Ozean gesammelt hatte und durch jede Öffnung des alten Gebäudes drang, die er finden konnte.

Der Commissioner wußte, daß seine Männer darauf brannten, endlich zur Tat zu schreiten. Das war immer die schlimmste Zeit für sie, zu warten und zu beten, daß sie heil aus der Sache rauskommen würden. Auch ihn beschäftigte das; er brachte gern Dinge hinter sich. Doch die Jahre hatten ihn Geduld gelehrt. Soviel Schaden konnte angerichtet werden, wenn man zur falschen Zeit zuschlug. Sir Robert war ein großer Befürworter von Geduld gewesen, und der Commissioner hatte von ihm gelernt.

Er betrachtete den Mann namens Blake, den pensionierten Polizisten, der für Steadmans Detektei arbeitete. Blake sah ängstlich aus und schaute den Commissioner an, als überlege er, ob er zu ihm gehen solle oder nicht.

Der Polizeichef winkte ihn zu sich, und Blake eilte zu ihm hinüber wie ein Hündchen zu seinem Herrn.

»Wir werden jeden Augenblick reingehen, Mr. Blake, also beunruhigen Sie sich bitte nicht.«

»Verzeihen Sie, Sir. Ich wollte mich nicht wie ein altes Weib benehmen, aber Mr. Steadman ist schon seit langer Zeit dort drin.«

Der Commissioner nickte mitfühlend. »Das weiß ich, aber wenn wir jetzt stürmen, könnten wir einige sorgfältig erarbeitete Pläne vereiteln.«

»Ich verstehe nicht, Sir«, sagte Sexton verwirrt.

»Wir warten auf die Ankunft eines letzten Gastes. Die anderen – die, von denen wir wissen – sind bereits dort. Ihre Bewegungen sind seit Wochen beobachtet worden, und wir sind sicher, daß sich jetzt alle bei Edward Gant aufhalten. Sie bilden eine mächtige Gruppe, und wir können nicht einfach hineinplatzen und sie nur wegen Verschwörung verhaften. Sie müssen fortgeschafft und einzeln vernommen werden. Ich habe fast den ganzen Tag gemeinsam mit unseren amerikanischen Kollegen vom CIA damit verbracht, die Premierministerin davon zu überzeugen, daß wir so vorgehen müssen.«

Sexton hielt den Atem an. Das war die große Nummer.

»Wir haben beträchtliche Beweise gegen die Gruppe, aber vieles davon ist zu vage«, fuhr der Commissioner fort. »Wir müssen sie auf frischer Tat ertappen – und dann, wie gesagt, ihren Widerstand einzeln brechen. Ich glaube, daß das dank Ihrem Arbeitgeber, Harry Steadman, nicht allzuschwer sein wird. Er scheint einiges an Aktion ausgelöst zu haben.«

»Aber wußten Sie die ganze Zeit, in was Harry – ich meine Mr. Steadman – hineingeraten war? Wußten Sie über diesen Pope Bescheid?«

Der Commissioner hob eine Hand, als wolle er Sextons Fragen abwehren.

»Wir sind über Nigel Pope seit einiger Zeit im Bilde. Seine Unduldsamkeit gegenüber Vorgesetzten und seinen eigenen Kollegen konnte schwerlich unbemerkt bleiben. Aber er gehörte zu dem Puzzle, und wir konnten ihn nicht entfernen, ohne das Ganze zu zerstören. Wir mußten zulassen, daß dieses Geschwür weiter wuchs, um es ein für allemal entfernen zu können – zum richtigen Zeitpunkt. Harry Steadman ist das Instrument, das wir benutzen.«

»Sie hätten ihn warnen können...«

»Nein, Mr. Blake. Wir kannten seine Rolle in der ganzen Angelegenheit nicht. Er tauchte aus dem Nichts auf. Soviel wir wußten, war er einer von ihnen.«

»Aber Mr. Wyeth!«

Der Commissioner war zumindest so anständig, auf seine Schuhspitzen zu blicken. »Ich fürchte, zu diesem Zeitpunkt waren wir uns keiner Verwicklung Ihrer Agentur in die Sache bewußt. Es lief sehr unglücklich.« Er blickte wieder auf und schaute Sexton in die Augen. »Wir waren uns Steadmans guter Absichten erst sicher, als er uns letzte Nacht durch Sie die Warnung schickte.«

Sexton schüttelte müde den Kopf. »Ich behaupte nicht, das alles zu verstehen, Commissioner, aber ich habe den Eindruck, daß sich wirklich niemand Sorgen darum machte, ob Harry getötet werden könnte.«

»Nicht ganz, Mr. Blake«, sagte der Amerikaner, der gerade aus dem Haus des Vikars zurückgekehrt war, wo er telefoniert hatte. »Wir haben ihm nur gestattet, eine Weile alleine herumzulaufen, bis wir uns seiner sicher waren.«

»Und obwohl er sauber war, hätte er getötet werden können. Ist das richtig?«

Der Amerikaner lächelte, und sein Gesicht schien freundlich, doch seine Augen blickten kalt. »Richtig, Mr. Blake. Lassen Sie mich sagen... Wir hatten dennoch jemanden, der ihn einige Zeit beobachtete.« Er wandte sich plötzlich barsch an den Commissioner. »Wir haben gerade die Nachricht von Ihrem Funker bekommen, Commissioner. Ich sagte ja, ich würde Ihnen Bescheid geben. Der letzte Hubschrauber ist gerade gelandet. Der General ist drin.«

»Gut. Ich werde Befehl geben, sofort loszuschlagen.«

»Rings um das Anwesen herrscht Aktivität. Gants Privatarmee riegelt das Gebäude hermetisch ab, denke ich.« Der Amerikaner runzelte die Stirn und blickte auf seine Uhr. »Ich wäre glücklicher, wenn wir tatsächlich wüßten, ob die Zusammenkunft heute nacht etwas mit der Ankunft des Außenministers in diesem Land zu tun hat.«

»Das werden die uns selbst sagen müssen.«

»Darauf würde ich nicht wetten.«

Der Commissioner beachtet die Antwort nicht, stattdessen begann er, den Beamten der Spezialabteilung Befehle zu erteilen. Als seine Männer gingen, wandte er sich wieder dem Amerikaner zu. »Ich werde sofort nach der ersten Angriffswelle hineingehen. Wollen Sie mich begleiten?«

»Sicher«, sagte der Amerikaner freundlich lächelnd. »Das möchte ich mir nicht entgehen lassen.«

»Ich fürchte, Sie werden hierbleiben müssen, Mr. Blake«, meinte der Commissioner noch, dann verschwand er durch den Kircheneingang. Der Amerikaner steckte seine Hände in seine Manteltaschen und wollte dem Commissioner folgen, doch Sexton faßte ihn am Arm.

»Sie sagten, daß ihn jemand eine Zeitlang beobachtet hätte. Wer war das?«

Der Amerikaner grinste. »Einer unserer Agenten. Ein Mädchen namens Holly Miles. Wir haben sie unserer Abteilung für Inneres weggeschnappt, als wir erfuhren, daß sie eine entfernte Verwandte von Edward Gants verstorbener Frau ist. Sie hält sich jetzt bei Steadman dort drin auf.«

Blake blieb allein in der leeren Kirche zurück.

20

Steadmans Muskeln waren völlig steif. Verzweifelt versuchte sein Verstand das Bild zu leugnen, das seine Augen deutlich sahen. Heinrich Himmler war tot! Auch wenn er sich nicht bei Kriegsende selbst umgebracht hatte, wie die Welt glaubte, der Waffenhändler hatte gesagt, daß der Reichsführer mit siebenundsechzig Jahren an Krebs gestorben sei. Doch er war hier, in diesem Raum, und seine Augen brannten!

Hypnose, sagte sich Steadman. Ich muß irgendwie hypnotisiert worden sein. Das konnte nicht tatsächlich passieren.

»Ist das der lebendige Parsifal?« Es war eine dünne, piepsende Stimme, völlig anders als die Dr. Scheuers, und sie kam von der Erscheinung, die sich irgendwie der Gesichtszüge des alten Mannes bemächtigt hatte.

»Ja, mein Reichsführer, das ist unser Feind.« Es war Gant, der sprach, und sein Gesicht leuchtete in eigenartiger Ekstase.

Die Männer um den Tisch starrten die Vision an, einige hingerissen, einige voller Furcht. Sie alle wirkten benommen, als ob ihnen ihre Energie entzogen worden sei. Einer oder zwei hoben kaum ihre Köpfe vom Tisch. Kristina hing reglos auf ihrem Stuhl.

Gant sprach wieder mit unterwürfigem Tonfall. *»Herr Reichsführer, darf ich ergebenst darum bitten, daß wir uns auf Englisch unterhalten? Viele Mitglieder unseres Ordens verstehen unsere Sprache nicht.«*

»Er versteht sie.« Die Worte wurden gezischt, und die Erscheinung funkelte den Detektiv an.

Steadman zuckte zusammen. Was er vor sich sah, war so realistisch: das dickliche weiße Gesicht und die kleinen Schweinsaugen; der gestutzte Schnurrbart und das über den Ohren gestutzte Haar; die fein geformten Lippen, deren Eindruck von einem fliehenden Kinn zunichte gemacht wurde, das in einen schwammigen Hals überging. War es nur ein Traum? Würde er gleich erwachen?

Die Gestalt begann sich zu erheben, es war die Figur von Dr. Scheuer. Ihr Blick war starr auf Steadman gerichtet, und sie lächelte teuflisch. »Fühlst du dich schwach, Parsifal?« Die Worte wurden englisch gesprochen. Ein Kichern hallte durch den Raum. »Sie alle hier spüren es auch – aber sie geben mir ihre Kraft willig, während du dich widersetzt.«

Der Detektiv versuchte seine Arme zu bewegen und stellte fest, daß es unmöglich war. Er konnte nur seinen Kopf aufrecht halten. Dann versuchte er zu sprechen, zu brüllen, zu schreien, doch aus seiner Kehle kam nur ein rasselndes Geräusch.

»Es ist sinnlos zu kämpfen«, sagte Edward Gant, als die makabre Kreatur neben ihm kicherte. »Sie können sich seinem Willen nicht widersetzen. Der Reichsführer zieht ätherische Energien aus den Lebenden und nährt sich damit. Adolf Hitler konnte das zu seinen Lebzeiten auch. Heinrich Himmler lernte die Kunst mit Hilfe Dr. Scheuers.«

»Adolf. Ja, der liebe Adolf. Wo er jetzt wohl sein mag? Nicht bei uns.« Die Gestalt schwankte, und eine Hand stützte sich auf die Tischplatte. Der Kopf sank für einen Augenblick, und das Bild von Himmlers Gesicht schien zu wabern, undeutlich zu werden. Dann war der Augenblick vorbei, und der Kopf hob sich wieder. Die kleinen Augen durchbohrten die Steadmans, lähmten ihn.

»Es ist an der Zeit, Herr Gantzer. Er muß jetzt sterben. Sein Tod wird unseren Anfang kundtun.«

»Ja, Reichsführer. Endlich ist es soweit.« Gant griff nach der alten Reliquie, die auf dem Tisch lag. »Der Speer hat den Heiligen Gral beschützt, Reichsführer. Nehmen Sie ihn nun und spüren Sie seine Kraft. Möge seine Kraft Sie durchfließen. *Nutzen Sie seine Kraft!*«

Die Gestalt übernahm die Speerspitze des Longinus und hielt ihn mit beiden Händen. Die Waffe bebte in den Händen der Erscheinung, und Steadman spürte oder sah – das kam jetzt auf dasselbe hinaus – daß Licht daraus drang. Das alte Metall schien bläulich zu glühen, und das Licht dehnte sich und wuchs, wanderte über die knorrigen Hände, die noch immer die des alten Mannes waren, über die Arme hoch, breitete sich aus und umhüllte den gebrechlichen Leib.

Die Gestalt begann sich hoch aufzurichten, und Steadman konnte ein kreischendes Geräusch in der Halle hören, das von einer Ecke zur anderen flog, einen unmenschlichen Schrei, ausgestoßen von unsichtbaren Dämonen. Die Kälte im Raum vertiefte sich, wurde so intensiv, daß Steadman spürte, wie sich Eis auf seiner Haut bildete. Seine Gliedmaßen zitterten unkontrolliert, seine Hände gehorchten ihm nicht. Er wollte gegen die brüllende Kakophonie der unsichtbaren Dinge anschreien, aber über seine Lippen kam nur eisiger Hauch. Die Geräusche hallten wie gefangene Vögel in einem dunklen Raum von Wand zu Wand, kreischten um den runden Tisch, und die sitzenden Männer wichen aus, als ob ihr Fleisch von etwas Scheußlichem berührt worden sei. Das durchdringende Heulen wurde lauter und höher und steigerte sich zu einem Crescendo.

Steadman sah erneut, daß die Gestalt nicht länger gebeugt und gebrechlich war; sie stand aufrecht und stark da. Das ätherische Glühen umhüllte den ganzen Körper, und ihre Arme hielten die Speerspitze starr in Brusthöhe ausgestreckt. Das Gesicht Himmlers war jetzt zur Decke gerichtet. Die Augen waren geschlossen, doch die Bewegung unter den Lidern verriet, daß die Pupillen sich bewegten. Langsam begannen sich die Lider zu öffnen, doch Steadman konnte nur schmale weiße Schlitze dazwischen sehen. Dann neigte sich der Kopf langsam, und das Kreischen wurde noch schriller. Der Detektiv stemmte sich gegen den Stuhl, versuchte sich von den unsichtbaren Fesseln zu befreien, die seinen Körper und Geist gefangenhielten. Es war sinnlos. Er hatte keine Kraft mehr.

Er konnte den Blick nicht vom Gesicht Himmlers abwenden, obwohl es ihm gelang, seinen Kopf zu drehen. Gleich in welche Richtung er ihn auch drehte, seine Augen blieben auf die Kreatur vor ihm gerichtet.

Das Gesicht war ihm zugewandt, beobachtete seinen vergeblichen Kampf mit einem Grinsen, das durch seine Intensität und die glänzende Feuchte der Lippen noch bösartiger wurde. Die Augen beobachteten ihn, obwohl sie auch völlig geöffnet nur das Weiße zeigten. Plötzlich lachte die Gestalt laut, und das Gelächter mischte sich mit dem wogenden Kreischen. Dann wurden die Pupillen sichtbar und Steadman versuchte seinen Blick von ihrem Funkeln abzuwenden.

Er mußte sich bewegen! Er mußte all seine Willenskraft aufbieten und versuchen zu fliehen!

Die Gestalt begann sich ihm zu nähern, die Speerspitze vor sich ausgestreckt. Sie kam um den Tisch herum, bewegte sich auf den Detektiv zu, die bösartige Spitze zielte tief, bereit, in sein Herz zu stoßen.

Gant war aufgestanden, und sein Gesicht glänzte erregt. Dies war der Augenblick! Dies war der Augenblick, in dem Parsifal sterben würde, nicht durch Klingsors Hand, sondern durch den wahren Herrn – *den Anti-Christ!* Und der Speer des Longinus würde die Lende des Gegenspielers genauso durchdringen, wie sie die des Nazareners vor zweitausend Jahren durchdrungen hatte!

Die Gestalt hob die Speerspitze höher, doch sie war noch immer auf Steadmans Herz gerichtet. Näher und näher kam sie jetzt, schritt langsam weiter um den riesigen Tisch, die Augen, ihn bannend, stets auf ihn gerichtet. Und dann überragte ihn die schreckliche Erscheinung, hielt die funkelnde Speerspitze mit beiden Händen hoch über dem Kopf erhoben, bereit, sie tief in sein Herz zu bohren.

Er merkte, daß das Kreischen einen höllischen Höhepunkt erreicht hatte und daß die Luft von tobenden, unsichtbaren Dingen durchwirbelt wurde. Und er war sich bewußt, daß er durch die Hände dieses ekelhaften, geifernden Dämons sterben würde, der die Gesichtszüge eines Mannes trug, den die Welt verachtet hatte. Er war sich auch bewußt, daß er nichts zu seiner Rettung tun konnte.

Doch als die alte Waffe zitternd über ihm stand, bereit, in seine ungeschützte Brust zu stoßen, da eruptierte die Oberfläche des Tisches in einer Explosion fliegender Splitter. Die Kugeln gruben sich in das alte Holz und schlugen dann in den weichen Körper der Kreatur, die den Speer des Longinus hielt.

21

Splitter des Eichentisches flogen in Steadmans Gesicht, und der Schock ließ ihn schlagartig aktiv werden. Seine Kraft war zurückgekehrt, und damit auch seine alten Instinkte. Er warf sich zu Boden und lag reglos da, betäubt von den durchdringenden Geräuschen ringsum – den Schreien derer, die vom Kugelhagel getroffen wurden, dem Jaulen der Geschosse, die vom Gestein abprallten, dem gequälten Gurgeln des alten Mannes, als Dr. Scheuers Körper zerfetzt wurde. Blut schoß in einem heftigen Strom aus seinem Mund.

Steadman sah, daß der alte Mann die Speerspitze noch immer mit einer Hand erhoben hielt, doch sie verschwand plötzlich, als sein Handgelenk zerschmettert wurde. Dr. Scheuer fiel auf die Knie, kippte dann langsam vorwärts, und sein Kopf schlug nur Zentimeter vor dem Detektiv auf den Boden. Zum ersten Mal konnte Steadman die Augen des alten Mannes sehen, als sie in die seinen starrten. Sie waren geweitet, aber von ihnen ging keine beunruhigende Kraft mehr aus. Es war nur das leblose Starren eines Toten, obwohl der Körper sich noch wand.

Die Kugeln hagelten weiter, pfiffen durch die Halle, ein tödlicher, zielloser Beschuß. Steadman wandte seinen Kopf, und ihn durchzuckte ein Erkennen, als er den Mann mit der Waffe oben auf dem Balkon sah. Aber es konnte nicht sein... Da oben stand ein alter Herr mit weißem Haar, sein haßerfülltes Gesicht zerfurcht und entstellt. Sein Mund war weit geöffnet und er schien zu brüllen, doch der Detektiv konnte ihn durch den Lärm nicht verstehen. Eine Gestalt tauchte neben dem verwahrlosten Mann auf, und Steadman rief laut ihren Namen, als er erkannte, daß es Holly war. Er sah, daß sie versuchte, ihm die Maschinenpistole zu entreißen, doch der weißhaarige Mann hielt sie mit einer Hand zurück und setzte sein wildes Gemetzel fort.

Steadman sah, daß sie im Raum nach ihm suchte, Furcht in ihrem Gesicht, und als sich ihre Blicke begegneten, wußte er, daß sie Angst um ihn hatte. Ihre Lippen formten seinen Namen. Ein Querschläger schlug plötzlich neben seiner Hand ein. Er stieß sich auf Zehen und Knien vorwärts, kroch unter den schweren Tisch und zog seine Beine nach. Darunter kauerten andere Körper.

Er beobachtet das Blutbad rings in der Halle von seinem

sicheren Platz aus, sah die laufenden Beine, die umgestürzten Stühle, über die sie stolperten und die sie zu Fall brachten, die Leiber, die plötzlich ins Blickfeld fielen, als sie getroffen wurden. Booth kroch auf den Tisch zu, die Waffe in der Hand stierte er nach vorne. Er schaffte es fast.

Als er den Schatten des Tisches erreichte, zuckte sein Kopf plötzlich hoch, und ein Ausdruck des Erstaunens trat auf sein Gesicht. Eine Kugelsalve war über seinen Rücken geharkt und hatte sein Rückgrat zerschlagen. Er versuchte sich umzudrehen und zurückzuschießen, doch dann brach er zusammen. Die Waffe war zur Decke gerichtet. Sein Finger krümmte sich um den Abzug und drückte ihn vergeblich. Er lag da, schaute in die Schwärze über sich und wartete, daß der Schmerz ihn übermannte.

Steadman begann zur anderen Seite des Tisches zu kriechen und sah, daß dort noch mindestens drei andere in der Dunkelheit kauerten. Die Größe der Gestalt verriet ihm, wer einer der kauernden Männer war.

Pope konnte sehen, wie Steadman auf ihn zukroch. Der fette Mann hatte keine Angst, er war nur wütend, daß alles so schrecklich fehlgeschlagen war. Gerade noch hatte er erkannt, daß es ihr Gefangener, der israelische Agent war, der dieses Gemetzel anrichtete. Sie hätten ihn gleich töten sollen, nachdem sie ihn gefangengenommen hatten. Er verfluchte Gant für seinen Sadismus, den Sadismus, den er als rituelle Symbolik tarnte. General Cutbush war tot – Pope hatte ihn aufstehen und dann mit ausgestreckten Armen auf den Tisch fallen sehen – und viele andere auch. Talgholm, Ewing und Oakes – er hatte gesehen, wie sie fielen. Er konnte auch andere sehen, die sich auf dem Boden wanden, sich zusammenkauerten, um nicht wieder getroffen zu werden. Griggs war als einer der ersten getötet worden, und Booth hatte die Deckung nicht erreicht. Also war er, Pope, ganz allein. Diese anderen – diejenigen, die nicht tot oder verletzt waren – konnte man nicht als Kämpfer bezeichnen, sie trugen nicht einmal Waffen. Wo war Gant? Was war mit ihm geschehen? Der Feuerüberfall hatte erst vor Sekunden begonnen, aber jeder Augenblick dehnte sich zu einer blutigen Ewigkeit. Sie waren töricht gewesen, nicht ein paar Posten im Raum behalten zu haben. Es war Gant, der nicht wollte, daß Untergebene volles Wissen über den Orden hatten. Jetzt bezahlten sie den Preis dafür.

Pope griff in seine Jackentasche, und seine Hand suchte hastig nach der kleinen Pistole. Es würde zumindest eine kleine Vergeltung geben.

Steadman beschleunigte seine Bewegungen, als er sah, daß der große Mann nach der Waffe griff. Unglücklicherweise war er zu eingeengt als Pope die Waffe zog und auf seinen Kopf zielte; Steadman erkannte, daß er es nicht schaffen würde. In diesem Augenblick warf sich ein anderer Mann schutzsuchend unter den Tisch und fiel zwischen Steadman und den MI-Fünf Mann. Popes Waffe bellte, und der Mann vor Steadman zuckte heftig, blieb aber auf Händen und Knien hocken. Die Kraft der kleinkalibrigen Pistole reichte nicht einmal auf so kurze Entfernung aus, das Opfer umzuwerfen.

Der Detektiv schob sich weiter vorwärts, immer bemüht, den verletzten Mann zwischen sich und Pope zu halten, der jetzt Kugeln in seinen sterbenden Kumpan pumpte; er wollte ihn fällen, damit er auf den Detektiv zielen konnte. Doch es war sinnlos; der Körper wurde von Steadman gegen ihn gestoßen und warf ihn rücklings um.

Pope kämpfte, um nicht den Schutz des Tisches zu verlieren, und als der Körper schließlich flach zu Boden glitt, grinste er erleichtert und zielte wieder. Doch Steadman hatte seine Taktik geändert, hatte sich herumgewirbelt, um mit den Füßen zuzutreten. Er lag mit dem Rücken auf dem Steinboden und trat mit aller Kraft nach seinem Gegner.

Pope rutschte trotz seines Gewichts aus der Deckung und überrollte sich durch die Wucht des Trittes einmal. Das Feuer von oben verstummte und der große Mann hatte Zeit, sich hinzuknien und die Waffe auf die Gestalt unter dem Tisch zu richten.

In diesem Moment begann der Kugelhagel erneut, und die Geschosse prallten rings um Pope von den Steinen ab. Er wirbelte herum und zielte diesmal auf den Balkon, doch Kugeln durchschlugen ihn, bevor er überhaupt Zeit fand, den Abzug zu drücken. Er stürzte rücklings hin, sein fetter Körper zerfetzt von Einschlägen.

In diesem Augenblick sah Steadman die schattenhafte Gestalt hinter dem altargleichen Gebilde hervortreten, das das lodernde Kaminfeuer des Raumes abschirmte. Die Bewegung war flüchtig, und wer immer es gewesen sein mochte, hatte sich in die Schatten der Halle geduckt. Steadman bemerkte, daß das Maschinenpistolenfeuer jetzt in kurzen Stößen und nicht mehr als Dauerfeuer wie zuvor erfolgt. Die Gestalt tauchte wieder auf und sprang die Steintreppe hinunter, die zu der unteren Tür führte. Bevor sie völlig verschwand, konnte Steadman Edward Gants Raubvogelgesicht erkennen.

Er stieß aus seiner Deckung und rannte los, sprang über Popes leblose Gestalt, stolperte, überrollte sich aber im Fall, hastete die Steintreppe hinunter und stürzte unten durch den offenen Türeingang.

Holly schrie Steadmans Namen und versuchte zugleich, die Maschinenpistole zu packen.

Der Mossadagent schien zu begreifen, wer das da unten war, und sein Finger ließ den Abzug plötzlich los. Jetzt erfüllte nur das Schreien und Stöhnen der Sterbenden die Luft, und der Geruch des Todes.

Baruch erstarrte und richtete die Maschinenpistole erneut auf die zuckenden Leiber.

»Nein«, beschwor Holly ihn. »Laß sie – bitte!«

Er starrte sie verständnislos an.

»Wir müssen verhindern, daß die Rakete gestartet wird.« Holly nahm seinen Kopf zwischen ihre Hände, so daß er sie direkt anschauen mußte. Sie wollte, daß er sie verstand. »Die Rakete wird bald abgefeuert werden. Wir müssen sie aufhalten!«

Traurigkeit überkam den Israeli. Er befreite seinen Kopf und schaute auf das Blutbad, das er angerichtet hatte. Als er sie wieder ansah, waren seine Augen hart und sie wußte, daß seine Sorge nicht denen galt, die er getötet hatte.

»Wie... lange noch?«

Sie ahnte, was er meinte, blickte auf ihre Armbanduhr und stöhnte. »Wir kommen zu spät. Es sind nur noch vier Minuten.«

Er faßte ihren Arm. »Wo... ist die Startrampe? Wo ist sie?« Sein Griff wurde fester.

»Bei den Klippen. Aber es ist zu spät – das schaffen wir nie.«

»Hubschrauber. Den ganzen Tag... habe ich gehört... wie ein Hubschrauber landete und... wieder startete. Wenn wir ihn finden können...«

»Kannst du einen Hubschrauber fliegen?« fragte sie hoffnungsvoll.

Er nickte und lehnte sich dann auf die Brüstung. »Bring mich schnell dorthin«, flüsterte er.

Holly umfaßte ihn und stützte ihn mit ihrer Schulter. »Gib mir die Waffe«, sagte sie, und er reichte sie ihr ohne Widerrede.

Sie wankten die Treppe hinunter, stürzten einmal fast, aber Hollys entschlossenes Zupacken bewahrte sie davor. Unten wandte sie ihren Blick von dem schrecklichen Bild dort ab und betete, daß die Überlebenden nicht versuchen würden, sie aufzuhalten. Sie haßte es, zu töten.

Wieder rief Holly Steadmans Namen, aber er antwortete ihr nicht. Sie hatte gesehen, wie er die Treppe an der Seite der Halle hinuntergesprungen war und wußte, daß er jemanden jagte – warum sonst hätte er die Deckung verlassen sollen? Sie wollte hinter ihm herlaufen, aber die Treppe konnte nur in einen tiefer gelegenen Teil des Hauses führen und nicht nach draußen. Jetzt mußte sie vor allem verhindern, daß der Jet des amerikanischen Außenministers in Stücke gerissen wurde. Sie sprach ein stummes Gebet für den Detektiv und ignorierte ihr schreckliches Angstgefühl um ihn.

»Hier entlang«, sagte sie zu dem Israeli und wies mit der Waffe in den Schatten. »Ich glaube, da drüben ist eine Tür.«

Der Pilot und die beiden Posten, die vor dem Haus patrouillierten, blickten sich nervös an. Sie hatten drinnen Schüsse gehört und wollten gerade zum Hintereingang gehen, als ein anderes Geräusch, viel weiter entfernt, ihre Aufmerksamkeit weckte.

»Was ist das?« fragte einer, und sie blieben jäh stehen. Statt zur Hintertür zu gehen, eilten sie zur Ecke des Hauses und spähten landeinwärts, zum Ostrand des Anwesens. Sie waren bestürzt über das, was sie sahen.

»Oh, verdammte Scheiße«, sagte der eine leise.

Vier Hubschrauber, mit starken Scheinwerferstrahlen das Gelände absuchend, schwebten in der Ferne. Sie flogen über die Ostgrenze des Anwesens, wo Edward Gants Privatarmee aufmarschiert war, und warfen auf die Soldaten dort unten etwas ab. Die drei Männer erkannten, daß es Gaskanister waren, als weißer Nebel vom Boden aufstieg. Plötzlich tauchten Lichter auch auf der Straße auf, die zu dem Anwesen führte, und Fahrzeuge rollten heran.

»Das ist die verdammte Army!« rief der Pilot. »Die verdammte Army greift an!«

Noch während er sprach, löste sich eine Maschine aus

dem Verband und kam auf das Haus zugerast. Die anderen setzten weiter entfernt auf, und die drei Männer sahen, daß Gestalten aus ihnen sprangen. Durch das Surren der Rotorblätter hörten sie das Krachen von Schüssen.

»Ich hau ab!« verkündete der Pilot plötzlich, wirbelte herum und rannte auf seinen Gazelle-Hubschrauber zu.

Die beiden Soldaten wechselten einen Blick, ihre Gesichter schimmerten im Mondlicht weiß. Wortlos drehten sie sich um und jagten dem Pilot hinterher. »Warte auf uns«, schrie einer von ihnen, »wir kommen mit!«

Der Pilot saß bereits auf seinem Sitz und hatte den Rotor des Hubschraubers in Bewegung gesetzt, dankbar dafür, daß die Maschine noch vom letzten Flug warm war. Die beiden Soldaten hatten ihn fast erreicht, als sich die Tür des Hauses hinter ihnen öffnete und Holly Miles und Baruch Kanaan herausstolperten.

Im hellen Mondlicht sah Holly die beiden laufenden Soldaten und den kleinen viersitzigen Hubschrauber deutlich. Sie und Baruch waren im Vorteil: die Männer hatten ihnen die Rücken zugewandt, und der Pilot war zu beschäftigt, um sie zu bemerken.

Sie löste sich von dem Israeli und hob die leichte Maschinenpistole.

»Stehenbleiben!« schrie sie, und die beiden Soldaten hielten wie erstarrt an. Sie drehten sich um, aber einer warf sich hin und zielte mit seiner Maschinenpistole auf die beiden Gestalten am Türeingang.

Bedauernd drückte sie den Abzug, und die schnellfeuernde Waffe spie ihre tödliche Garbe auf den Soldaten. Während er fiel, warf sein Kumpan seine eigene Waffe weg und rannte nach rechts, wobei er Holly zubrüllte, nicht zu schießen. Sie ließ ihn laufen.

Der Pilot in der Maschine versuchte hektisch Gas zu geben, um abheben zu können, die Maschine zitterte. Holly befahl ihm laut schreiend, die Motoren abzustellen, aber er hörte sie durch den Lärm der wirbelnden Rotorblätter nicht. Sie biß sich auf die Lippen, sagte »Scheiße«, hob dann die Waffe mit beiden Händen und legte an. Erst als sie ihres Zieles sicher war, betätigte sie den Abzug. Sie wollte die Gazelle nicht beschädigen.

Der Pilot fiel aus dem Hubschrauber. Die kurze Salve hatte ihn sofort getötet. Dumpf schlug sein Körper auf den Landeplatz.

Holly warf einen Blick auf ihre Armbanduhr, doch der Mond verschwand plötzlich hinter einer dicken schwarzen Wolke, und sie konnte nichts sehen.

»Komm«, sagte sie zu Baruch und zog ihn an sich. »Wir haben nicht mehr viel Zeit.«

Baruch holte tief Luft, löste sich dann von ihr und stand aufrecht da. »Es geht schon.« In seinen Worten lag wieder eine gewisse Kraft, und er begann mit steifen Beinen auf den Hubschrauber zuzugehen.

Holly holte ihn ein, und der Wind zerrte an ihnen, als wolle er sie zurückhalten. Sie hielt ihn an einem Arm fest, um ihn zu stützen. Plötzlich brach der Mond wieder durch, und sie nutzte seinen Schein, um nochmals auf ihre Uhr zu schauen.

Stumm fluchte sie. Das würden sie nie schaffen. Ihnen blieben nur noch dreißig Sekunden.

22

Dunkelheit umhüllte Steadman wie eine schwarze Flüssigkeit. Er war durch den Türeingang am Fuß der Treppe gestürzt und weiter hinabgefallen, da sich auf der anderen Seite ebenfalls Stufen befanden.

Wuchtig landete er auf dem Boden und lag keuchend da, um wieder Luft zu bekommen.

Es gelang ihm sich aufzurichten; er stöhnte leise, blinzelte und versuchte in die Schwärze vor sich zu schauen, doch das einzige Licht, das von oben durch den Türeingang kam, war sehr schwach. Vorsichtig streckte er die Hand aus und fühlte vor sich – nichts. Dann schwenkte er die Hand und ertastete links eine Wand.

Die Wand war feucht, und er spürte samtweiches Moos. Er kniete sich hin, lehnte sich stützend dagegen und holte tief Luft. Gott, es war kalt. Kalt wie in einem Grab.

Vorsichtig erhob er sich dann, weil er befürchtete, sich etwas gebrochen zu haben. Seine Beine trugen ihn, und er konnte seine Arme bewegen. Also hatte er nur einige schmerzhafte Prellungen davongetragen.

Eine Hand gegen die Wand gestützt, bewegte er sich vorwärts und streckte auch die andere Hand aus. Die Fingerspitzen berührten eine glatte Oberfläche, und er vermutete, daß er sich in einem sehr schmalen Durchgang befand. Er wußte, was hinter ihm lag, also blieb ihm nur, voranzugehen. Es war unheimlich. Jeden Augenblick rechnete er damit, daß seine Hand menschliches Fleisch berührte, daß Gant auf ihn im Dunkel lauerte.

Doch er hörte nur das Geräusch seines Atems und überlegte kurz, was oben geschehen mochte.

Seine Hand berührte jetzt eine Wand, die quer zu der verlief, der er folgte. Seine Finger glitten darüber, und er spürte eine Vertiefung, dann eine rauhe Oberfläche; vor ihm befand sich eine Tür. Er hielt den Atem an, tastete nach einer Klinke, zögerte und drückte sie.

Die Klinke war verrostet durch die Feuchtigkeit in dem unterirdischen Gang, aber sie gab nach, als er kräftiger drückte. Steadman riß die Tür leicht auf und lauschte, bevor er eintrat. Dann öffnete er sie ganz und blieb stehen.

Eine Welle eisiger Luft traf ihn, und er erschauerte. In dem engen Durchgang war es schon kalt genug gewesen, aber vor ihm war es noch kälter. Ein feiner Geruch drang in seine Nase, er war ihm seltsam vertraut. Nur ein Hauch von... was? Öl, Gewürze? Er war sich nicht sicher.

Von einem Punkt in der Schwärze vor ihm drang diffuses Licht, und der Detektiv kniff seine Augen zusammen, um eine Gestalt oder Form ausmachen zu können. Aber das Licht war zu schwach, nur ein trüber Schimmer vor schwarzem Hintergrund. Steadman kämpfte gegen den Drang an, den Weg zurückzugehen, den er gekommen war. Er mußte Edward Gant finden. Und ihn töten.

Entschlossen trat er durch den Türgang und tastete sich langsam auf die Lichtquelle zu. Dabei streckte er seine Hände im Gehen nach beiden Seiten aus, berührte aber keine Wände. Entweder befand er sich in einem breiteren Durchgang, oder in einem Raum, vielleicht einem Vorzimmer. Er kam näher an das trübe Licht heran und merkte, daß es durch etwas gestreut wurde – seine Finger berührten rauhen Stoff. Es war ein Vorhang, und das Licht fiel durch die winzigen Löcher in dem Gewebe. Wieder blieb er stehen und lauschte, hielt den Atem an, konnte das Pochen in seiner Brust aber nicht unterdrükken. Eine innere Stimme sagte ihm, daß er nicht hinsehen, daß er kehrtmachen und vor dem davonlaufen solle, was auf der anderen Seite dieses Vorhanges war – sagte ihm, daß gewisse Dinge besser ungesehen bleiben. Doch er erlag einer Faszination, die ihn erfaßt hatte. Es war, als hätte er keine andere Wahl. Zwar fürchtete er sich vor dem, was dort sein mochte, aber er konnte sich irgendeinem Zauber nicht widersetzen. Steadmans Finger glitten über den rauhen, schimmeligen Stoff und suchten nach einer Öffnung.

Er fand ihn zu seiner Rechten, teilte den Vorhang, zog ihn auf und schaute in eine seltsame Kammer, die dahinterlag; seine Pupillen verengten sich in dem jetzt ungedämpften Licht.

Es war ein runder Raum, dessen Steinmauern feucht

glänzten. In ringsum gleichmäßig angebrachten Vertiefungen standen kleine schwarze Tiegel, in denen grüne Flammen glühten. Es waren diese grünen Flammen, die den Raum in ein besonderes Licht tauchten; ihre Farbe ließ darauf schließen, daß Chemikalien oder bestimmte Kräuter verbrannt wurden. Das erklärte den Duft, der durch den Gang trieb. Eine steinerne Plattform führte rings an der Wand entlang, und eine weitere Tür befand sich Steadman direkt gegenüber. Stufen führten von dort hinunter in die Kammer.

Die Bodenfläche war groß, wenngleich die Decke vergleichsweise niedrig war. Wegen der Form und des erhöhten Steinumgangs an den Wänden wirkte der Raum wie eine Miniaturarena. Zwölf hohe Postamente standen wie steinerne Wächter in gleichem Abstand an den Wänden und starrten stumm in die Mitte des Raumes. Und dort, in der Mitte, stand ein einzelner, hochlehniger Stuhl.

Er war Steadman abgewandt, so daß er nicht sehen konnte, ob jemand darin saß, aber zwei oder drei Meter davon entfernt kniete die schattenhafte Gestalt einer Frau. Das lange, schwarze, fließende Haar gehörte zu Kristina, und Steadman sah, daß sie etwas umklammerte, das zwischen ihren Schenkeln hervorragte. Während er zuschaute kroch sie, den Gegenstand vor sich haltend, vorwärts und legte ihn einen halben Meter von dem Stuhl entfernt auf den Steinboden. Sie rutschte zu ihrer Ausgangsposition zurück und begann auf den Knien hin und her zu schwingen, wobei sie ihre Arme steif seitlich hielt.

Steadman erkannte an der Form, daß es der Speer des Longinus war, den sie vor den Stuhl gelegt hatte, und als er sich darauf vorbereitete, die Kammer zu betreten, durchfuhr ihn neues Unbehagen. Geräusche drangen über die Lippen des Hermaphroditen, aber sie waren zusammenhanglos, eine klagende Beschwörung. Er verschloß sich vor der inneren Warnung, zwang sich, seine wahnsinnigen Fantasien zu ignorieren und wollte durch den Vorhang gleiten.

Erst da bemerkte er, daß er nicht allein in dem Vorraum war.

Ein Geräusch von hinten. Das Rascheln von Stoff? Das Scharren eines Fußes auf dem Boden? Er war sich nicht sicher. Aber als er sich umdrehte, seinen Rücken jetzt dem Vorhang zuwendete, hörte er ein Atmen. Es kam in kurzen, rasselnden Stößen, als ob jemand seine Erregung nicht mehr beherrschen könne. Und als er lauschte, wurde es heftiger, lauter – jemand sog die Luft gierig ein und stieß sie keuchend wieder aus.

Steadman war kurz wie gelähmt, dann wollte er sich von dem Vorhang fortbewegen, da er wußte, daß sich vor ihm die Silhouette seines Körpers abzeichnen mußte. Das Rasseln wurde lauter, und er spähte in die Dunkelheit, versuchte verzweifelt, eine Gestalt zu erkennen. Es war sinnlos, er konnte nichts sehen. Aber er spürte den warmen Atem in seinem Gesicht. Und die kalten Fingerspitzen, die nach seiner Wange griffen.

Instinktiv wich er zurück und fühlte die Messerklinge kaum, die seinen Bauch streifte. Die Spitze durchbohrte nur sein Hemd, er sprang durch den Vorhang zurück, und sein Gegner folgte ihm nach – der Ritualdolch durchschlug die Luft zwischen ihnen. Der Detektiv stürzte, warf sich dabei aber nach rechts, da er erkannte, daß sich in dem Boden des Raums hinter ihm eine Vertiefung befand. Edward Gant stieß zu, verfehlte ihn wieder, verlor das Gleichgewicht und fiel auf die Knie.

Die beiden duckten sich und sahen sich an. Gants Augen waren wild vor Boshaftigkeit, und die Steadmans kalt vor Haß.

»Ich habe dich gleich, Parsifal. Ich kann dich vernichten«, zischte Gant.

»Versuch's doch, du wahnsinniger Bastard«, erwiderte Steadman, sprang auf und trat mit einem Fuß nach dem Gesicht des Waffenhändlers.

Gant wich dem Tritt aus und erhob sich langsam, den silbern glänzenden Dolch auf den Bauch des Detektivs gerichtet. Er stieß erneut zu und wirkte dabei noch bedrohlicher. Steadman wich zurück.

»Bleib stehen, Parsifal. Du kannst deinem Schicksal nicht entrinnen.« Gant lächelte, und sein Gesicht leuchtete teuflisch in dem weichgrünen Schimmern. »Meine Soldaten werden sich um den Juden und die Hure kümmern. Sie werden nicht weit kommen.«

»Es ist vorbei, Gant, begreifen Sie das nicht?« Steadmans Aufmerksamkeit war mehr darauf gerichtet, sicheren Abstand von der Klinge zu halten, als auf seine eigenen Worte. »Da oben liegen jetzt zu viele Tote. Wichtige Männer. Wie wollen Sie deren Verschwinden erklären?«

»Warum sollte ich das tun müssen?« Der vertraute höhnische Blick war wieder in Gants Augen getreten. »Niemand weiß, daß sie hier sind. Unsere Bekanntschaft ist sehr geheim gehalten worden.«

»Aber Sie haben die Macht verloren, die hinter Ihrer Organisation steht.«

Gant höhnte: »Sie waren nur die Keimzellen. Es gibt andere, ebenso wichtige, die nur darauf warten, ihren Platz einzunehmen. Wir haben nur einen Rückschlag erlitten.«

»Noch einen Rückschlag, Gant? Wie im Krieg?« Der Hohn des Detektivs bewirkte jetzt den gewünschten Effekt. Gant schrie vor Wut auf und sprang auf sein Opfer in dem Augenblick zu, als Steadman nach einem der brennenden Tiegel griff. Seine Hand umfaßte das heiße Metall und schleuderte es mit Schwung seitlich in Gants Gesicht. Der Waffenhändler schrie wieder auf, diesmal vor Schmerz, als sich das heiße, brennende Öl über sein Gesicht und den Hals ergoß. Der Dolch grub sich in Steadmans Arm und glitt wieder heraus, als Gant wankte. Auch Steadman schrie unter dem plötzlichen durchdringenden Schmerz auf, hatte aber die Genugtuung, daß die Verletzung seines Gegenspielers größer war. Gant hatte den Dolch fallenlassen und schlug in sein Gesicht, versuchte das brennende Öl wegzuwischen, das seine Haut verbrannte. Kleine Flammen tanzten auf seiner Jacke und dem Hemd, aber er ignorierte sie wegen des Schmerzes in seinem Gesicht. Steadman sah, daß Öl auf Gants künstliche Nase gespritzt war – sie schmolz wie Wachs und floß als rosafarbener Strom über seine verzerrten Lippen. Der Detektiv zuckte zusammen, als Knochen und Knorpel unter dem Kunststoff sichtbar wurden, aber er fühlte kein Mitleid für den verletzten Mann.

Selbst in seiner Qual drang der ungeheure Haß des Waffenhändlers auf den Detektiv und auf das Prinzip, das dieser symbolisierte, wie ein brodelnder Vulkan an die Oberfläche. Gant hatte schon früher große Schmerzen ertragen und hatte gelernt, einen Teil seines Verstandes nicht davon beeinflussen zu lassen. Mit einem Auge nur, da das andere von Öl versengt war, suchte er nach dem gefallenen Dolch. Er lag dicht neben seinem linken Fuß, und er bückte sich rasch danach.

Steadman erkannte seine Absicht und wollte selbst die Waffe packen, doch Gant war schneller. Er umklammerte den Griff des silbernen Dolchs und richtete die scharfe Spitze auf die Brust des Detektivs. Steadman packte sein Handgelenk und lenkte den Schwung des Stoßes so ab, daß der Dolch einen Bogen nach oben beschrieb. Die Klinge versank bis zum Heft unter Gants Brustbein. Er starrte Steadman ungläubig an. Seine Finger umkrallten den Griff noch, und die Hand des Detektivs umfaßte noch immer sein Handgelenk. Einen Augenblick lang herrschte völlige Stille zwischen ihnen. Aus der klaffenden Wunde, wo einst Gants Nase gewesen war, strömte Blut. Und dann schrie der Waffenhändler auf und kippte vornüber. Seine Brust ruhte auf seinen Knien, das Heft des Dolches dazwischen, und seine Stirn berührte den kalten Steinboden, als wolle er dem Sieger Ehre zollen. Blut schoß gurgelnd aus seiner Kehle und sammelte sich zu einer großen roten Lache um seinen Kopf. Er starb in dieser Haltung.

Steadman wich der sich vergrößernden Pfütze aus und lehnte sich, von Schock und Erschöpfung übermannt, an die Wand. Er blickte auf die zusammengesackte Gestalt und spürte weder Bedauern noch Freude darüber, daß der Mann tot war, nur Erleichterung, daß er es nicht war, der da starb.

Das Pochen in seinem Arm erinnerte ihn an seine Verletzung; er berührte ihn mit einer Hand, krümmte seinen Ellbogen und zuckte zusammen, als der Schmerz ihn durchschoß. Aber es war nicht sehr schlimm, er konnte seinen Arm noch bewegen, also waren keine Muskeln verletzt. War nun alles vorbei? Bedeutete der Tod Gants das Ende des neuen Reiches, oder war das Netz zu weit ausgelegt, bereits zu stark, um zusammenzufallen, obwohl sein Führer tot war? Dort oben würde Chaos herrschen. Die Verletzten und die Sterbenden schrien um Hilfe. Gants Soldaten würden nach Holly suchen und dem Mann, der bei ihr gewesen war – war es wirklich Baruch? Vielleicht waren sie bereits tot. Die Vorstellung, daß Holly erschossen sein könnte, erfüllt ihn mit neuer Verzweiflung. Er wußte, daß sie ihn belogen hatte, daß sie tief in die ganze Geschichte verstrickt war, aber stärkere Gefühle verdrängten diesen Ärger, Gefühle, die er seit Lillas Tod vor langer Zeit nicht mehr empfunden hatte.

Er mußte zurückgehen und sie finden, obwohl es wahrscheinlich hoffnungslos war. Schnell wandte er sich dem Durchgang zu, vor dem der Vorhang hing. Hier unten war er jetzt fertig. Der Waffenhändler war tot. Es blieb nichts mehr zu tun. Es war vorbei.

Aber die plötzliche Stille, der plötzliche starke, erstikkende Geruch, das plötzliche Absinken der Temperatur in dem ohnehin kalten Raum verriet ihm, daß es nicht vorbei war. Noch nicht.

Die Präsenz schien überall zu sein, erfüllte die düstere unterirdische Kammer. Sie war Steadman jetzt vertraut – es war dasselbe Gefühl eines ungeheuren Drucks, das Bewußtsein, daß sich etwas Unsichtbares manifestierte. Unbewußt war der Detektiv an die runde Wand zurückgewichen, und seine Augen irrten von links nach rechts, durchsuchten den Raum, versuchten, die Präsenz zu *sehen,* und nicht nur zu ahnen. Schließlich blieben seine Blicke dann auf der Gestalt in der Mitte des Raumes haften.

Der Hermaphrodit war erstarrt, er schwankte nicht länger und stöhnte nicht mehr. Kristinas Lippen waren weit geöffnet, als ob sie einen stummen Schmerzensschrei ausstieße. Ihre Augen waren fest geschlossen. Sie kniete noch immer vor dem hochlehnigen Stuhl, und die alte Speerspitze lag da auf dem Steinboden, wo sie sie hingelegt hatte. Sie schien leicht zu vibrieren, als ob ein ständiger Strom ihr dunkles Metall durchliefe, und Steadman spürte ihre Vibration mehr, als daß er sie hörte. Er wußte, daß er sie ihr wegnehmen mußte, fortbringen mußte aus diesem dunklen Raum, fort von der Kräften, die ihre Macht benutzten..., und er wunderte sich über sich selber, weil er an solche Dinge glaubte.

Geräusche schienen durch das runde Gemach zu wirbeln, leise Stimmen, die lachten und riefen, sich zu einem Crescendo steigerten, wie sie es in dem Raum oben getan hatten. Die Tiegel qualmten schwarzrußig, und ein Hauch wirbelte den Rauch durch den Raum, webte dunkle Muster in der Luft. Steadman stellte sich vor, daß die Gestalten verlorene Seelen seien, die sich voller Qual drehten und wanden. Kalte Luft streifte sein Gesicht, zauste sein Haar und zwang ihn, einen Arm zu heben, um seine Augen zu schützen. Etwas wollte ihn zu Fall bringen, so daß er sich gegen die Wand duckte. Dann endete der Angriff abrupt, und Stille kehrte wieder in die unterirdische Kammer ein.

Nur *die Präsenz* blieb.

Der Detektiv stieß sich mit Gewalt von der Wand ab und verharrte dann einen Augenblick. Er würgte bei dem überwältigenden Gestank, dem schrecklichen Geruch von Verwesung, und sein Körper wurde schwer wie Blei. Schwäche erfaßte ihn, betäubte sein Hirn und zog ihn zu Boden. Er versuchte aufzustehen und taumelte gegen einen der kleinen Pfeiler, die rings um die Arena standen, sah die Metallplatte auf dem Steinpfeiler, bar jeder Inschrift, und plötzlich wußte er, warum die zwölf Postamente zur Mitte des Raumes hin ausgerichtet waren: sie mußten die Asche der toten Mitglieder des neuen Teutonischen Ordens enthalten. Es war für ihn kein Rätsel, woher er das wußte. Die Präsenz hatte ihm das bewußt gemacht. Sie verriet ihm die Wahrheit, die hinter der Legende des Speeres lag, die Macht, die die heilige Reliquie barg, die Macht, die zum Guten oder zum Bösen benutzt werden konnte. Sie lockte ihn, verfluchte ihn, verwirrte ihn. Und sie machte ihm Angst.

Die Erkenntnis, daß er Furcht haben könnte, trieb Steadman weiter. Er taumelte durch den Raum, wußte jetzt, daß dies ein Ort des Todes war – eine Gruft – und spürte, wie ihm seine Energie entzogen wurde. Er zwang sich, der Speerspitze näherzukommen, widersetzte sich dem Drang sich hinzulegen und für eine kostbare Sekunde nur auszuruhen.

Schließlich fiel er und begann zu kriechen, eine Hand vor der anderen, ein Knie vorwärts, dann das andere, eine Hand, ein Knie, eine Hand, ein Knie...

Kristina beobachtete ihn, und ein Zittern durchlief ihren Körper mit furchtbarer Heftigkeit. Ihr Mund war noch immer weit geöffnet, und schwarzer Rauch der niedrigen Flammen in den Tiegeln drang in ihre Kehle, senkte sich in ihre Lungen und erfüllte sie.

Steadman war nahe an der Speerspitze, streckte seine Hand aus und traf auf eine Kraft, die seine greifenden Finger fortstieß. Er schaute zu Kristina auf, deren Augen aus den Höhlen quollen, als sie auf ihn herabstarrte, die Pupillen starr, doch von seltsamem Leben erfüllt. Ihr Körper verkrampfte sich einmal, zweimal, wurde wieder starr, ihr Rücken bog sich, aber ihr Blick war unverändert auf ihn gerichtet. Wieder ein Krampf, dieses Mal noch heftiger... Ihr Haar knisterte vor Anstrengung, eine Grimasse verzerrte ihre Lippen und ließ sie an mehreren Stellen reißen. Dann fiel sie mit einem langen, rasselnden Ausatmen rücklings zu Boden. Das Leben schwand aus ihrem Körper.

Steadman schloß seine Augen und ließ seinen Kopf für einen kurzen Augenblick auf dem kalten Boden ruhen; er wollte dort liegenbleiben, schlafen und sich so der höllischen Kraft in dem Raum entziehen. Doch erneut widersetzte er sich dem, wußte, daß Aufgabe seinen Tod bedeuten würde. Also zwang er sich, seine Augen wieder zu öffnen, und sah die leblose Gestalt des Hermaphroditen. Ihr verzerrtes Gesicht war von ihm abgewandt. Er drehte seinen Kopf beiseite, weil er die Mißgeburt nicht sehen wollte, und sein Blick fiel auf etwas viel Schlimmeres. Er sah das Phantom, das in dem hochlehnigen Stuhl saß.

Der verweste Leichnam trug die verblichene Uniform der SS: das schwarze Hemd und die schwarze Krawatte, den schwarzen Uniformrock mit drei silbernen Blättern auf jedem Kragenaufschlag, die von einem Eichenlaubkranz umwunden waren, den Schwertgürtel mit dem Zeremoniendolch daran, den Querriemen unter der silbernen Tresse auf der rechten Schulter, die Hakenkreuzbinde am Ärmel, die Breeches, die in langschäftigen Stiefeln steckten. Auf dem Kopf saß die mit silbernen Litzen besetzte Mütze mit dem Totenkopfemblem in der Mitte. Die ganze Uniform war von einer feinen Staubschicht bedeckt und hing schlaff an der reglosen Gestalt, als ob der Körper darin geschrumpft sei.

Der Leichnam saß in aufrechter Position da, und Steadmans entsetzter Blick wanderte von den Schaftstiefeln hoch über den Leib zu dem geschrumpften Kopf, der blicklos in die dunkle Kammer starrte. Das Fleisch des Gesichts war straff gespannt. Graue Wangenknochen zeigten sich durch Risse in der Haut, die von winzigen weißen sich bewegenden Formen belebt schien. Die gelbe Haut an der Kehle hing schlaff über dem Hemdkragen, ein geschrumpfter Sack, der an einen durchlöcherten Ballon erinnerte. Die Unterlippe war verfault und entblößte eine unregelmäßige Reihe von Zahnstümpfen; weißes, dünnes Haar klebte über der Oberlippe. Das Gesicht schien kinnlos zu sein, als ob der Kieferknochen in die Kehle zurückgewichen sei. Ein Ohr fehlte völlig, von dem anderen war nur noch ein verdrehter, vertrockneter Fleischfetzen geblieben. Weiße Haarsträhnen ragten unter der Mütze hervor, die viel zu groß schien und deren Schirm tief über der Stirn lag.

Ein sonderbarer Kneifer war auf den Nasenrücken geklemmt, als sei er dort festgeklebt. Die Nasenspitze fehlte, aber der Rest, wenngleich verrunzelt und eingefallen, war intakt. Während Steadman hinschaute, kroch etwas Schwarzes aus einem Nasenloch, huschte über die Unterlippe in den klaffenden Mund und verschwand.

Der Magen des Detektivs verkrampfte sich, und er konnte die Übelkeit nicht länger unterdrücken, die in seiner Kehle aufstieg. Er stieß sich weg, fort von seinem Erbrochenen und fort von dieser verwesenden, stinkenden

Kreatur, die man in dieser unterirdischen Gruft einbalsamiert hatte.

Er wußte ohne jeden Zweifel, wessen mumifizierter Körper das war: die SS-Uniform, der Kneifer, die Reste eines Schnurrbarts – der Reichsführer Heinrich Himmler. Diese dummen, wahnsinnigen Bastarde hatten seine Leiche all die Jahre aufbewahrt!

Er schüttelte sich vor Entsetzen. Sie hatten nicht nur sein Andenken verehrt, sondern auch seine Leiche, hatten sie hier versteckt, eine verderbte Hülle verwesenden Fleisches, eine Scheußlichkeit, die sie verehren konnten, als sei sie noch da, um sie anzuleiten.

Er blickte auf die skelettenen Hände, die auf dem Schoß des Kadavers ruhten, verschrumpelt und gelb, und war sich dessen bewußt, daß sie die Befehle unterzeichnet hatten, die Millionen in den Tod schickten. Die Hände eines Buchhalters, die Hände eines mörderischen Schlächters. Und als er sie anschaute, begannen die Finger sich zu bewegen.

»Oh, allmächtiger Gott«, sagte er, als der Kopf sich langsam zu ihm umdrehte.

23

»Schnell. In welcher Richtung liegt... die Startrampe?« Baruchs Stimme war so laut, daß sie das Dröhnen der Maschine und das Surren der Rotoren übertönte.

»Es ist zu spät, Baruch. Uns bleiben keine zwanzig Sekunden mehr!« schrie Holly. Sie saß neben dem Israeli in dem kleinen Cockpit und klopfte ihm auf den Arm.

»Sag mir wohin«, befahl er, und sie tat es sofort.

»In Richtung der Klippen... dort, du kannst es im Mondlicht sehen... bei diesen Büschen!«

Baruch betätigte den Steuerknüppel, und der Hubschrauber begann zu steigen. Er trat auf die Pedale, so daß die Heckrotorblätter die Maschine in die Richtung drehten, in die sie fliegen wollten. Der Aufstieg erfolgte ruckartig, und der Israeli konzentrierte sich ganz auf den Schub, dachte nur ans Fliegen und verdrängte den Alptraum aus seinen Gedanken. Der Hubschrauber, der Geruch und der Lärm brachten ihn in die Normalwelt zurück, und so korrigierte er den Steuerhebel, um den Hubschrauber auf die Klippe zuzusteuern.

Dunkle Wolken jagten durch die Nacht, verbargen für lange Sekunden den Mond und tauchten das Land unter ihnen in Schwärze.

»Ich seh's nicht mehr!« schrie Holly und reckte ihren Kopf vor, um durch die Kuppel des Hubschraubers Ausschau zu halten. »Ich sehe da unten überhaupt nichts!«

Baruch spürte, daß ihm schwindlig wurde und wußte, daß er nur noch wenig Kraft hatte. »Es... es muß irgendwo... unter uns sein. Ich werde in diesem Bereich bleiben.«

»Es ist sinnlos, Baruch. Selbst wenn wir es finden, was können wir tun? Sie werden inzwischen in Deckung sein. Diese Maschinenpistole wird sie nicht aufhalten.«

Der Israeli schwieg, und sein Kopf sank auf die Brust. Der Hubschrauber begann dem Boden gefährlich nahe zu kommen. Plötzlich tauchte der Mond wieder auf, und der begraste Hang unter ihnen wurde in silbernes Licht getaucht.

Holly faßte die Schulter des Israeli. »Da drüben! Das kleine Gebäude – der Schuppen! Daneben ist es! Ja, ich kann es sehen – dieses Unterholz. Sie haben die Öffnung freigemacht!« Baruchs Kopf ruckte hoch, und er blickte in die Richtung, die das Mädchen ihm wies. Der Hubschrauber jagte auf die Stelle zu, und Holly wurde in ihren Sitz gepreßt. In Sekunden erreichten sie den Schacht, und Baruch ließ die Maschine daneben schweben.

Ohne sich zu seiner Begleiterin umzudrehen, schrie er: »Spring!«

Holly sah ihn erstaunt an. »Was hast du...?«

»Spring!« Seine Stimme war zu einem Kreischen geworden, und er schob sie grob zu der Tür an ihrer Seite. Dann begriff sie seine Absicht und wußte, daß dies der einzige Weg war.

»Spring raus! Jetzt!« Wieder stieß er sie vorwärts, und dieses Mal griff sie nach dem Hebel und schob die kleine Seitentür auf.

Sie fiel auf das weiche Gras, das zweieinhalb Meter unter ihr lag, und landete unversehrt, der Wind fegte über sie hinweg. Gerade rechtzeitig noch hob sie ihren Kopf, um zu sehen, wie der Hubschrauber weiterflog, eine kurze Sekunde schwebte und dann in das tiefe, buschumsäumte Loch hinabstürzte.

Major Branningan wartete geduldig auf den richtigen Zeitpunkt, bezähmte mühsam seine Erregung über diese militärische Operation, die den Lauf der Geschichte verändern sollte. Er und seine Mannschaft befanden sich in einer kleinen Nische, die in der Wand des runden, tiefen Schachtes eingelassen war. Nur eine dünne Metallwand am Eingang der Nische schützte sie beim Abschuß der Rakete. Das Geräusch der tosenden Wellen wurde vom Wind über den Strand hochgetrieben, und der Seegeruch drang kräftig in Brannigangs Nase.

Er warf einen raschen Blick über die Metallbarriere, um zu überprüfen, ob alles in Ordnung sei. Auf der Steintreppe im Schacht befand sich niemand mehr; in düsterrotes Licht getaucht, wartete die Rakete darauf, in den Himmel geschossen zu werden. Sie war nur drei Meter hoch, eine Boden-Luft-Rakete, und erinnerte von der Bauart her an die sowjetische Goa, nach deren Vorbild sie in Edward Gants Waffenfabrik gebaut worden war.

»Breitband-Blockierung bereit?« fragte er über seine Schulter.

Der Techniker an der Kontrolleinheit reckte seinen Daumen und war erleichtert, weil der Major ihm den Rücken zugewandt hatte. Der steife Offizier mochte solche formlose Gesten nicht. »Alles bereit, Sir«, erwiderte der Techniker schnell. Keine der nahegelegenen Radarstationen, die an der englischen Südwestküste standen, würde die Flugbahn der Rakete registrieren.

»Ziel auf dem Schirm?«

»Auf dem Schirm und angepeilt.«

Brannigan grunzte befriedigt. Ihre Rakete würde wie eine von einem Magneten angezogene Nadel auf den Jet des amerikanischen Außenministers zusteuern. Sie kannten dank Cutbush die Flugroute und den Zeitplan genau. Brannigan blickte zu dem kreisförmigen Stück Himmel empor, in dem der Mond als silberner großer Kreis erschien, vergrößert durch die Schwärze der Schachtmündung. Einen Augenblick lang lauschte er aufmerksam. Er glaubte das surrende Geräusch eines Hubschrauberrotors zu hören, doch die tosende See hallte in der langen Höhle, und so war er sich nicht sicher. Unruhig blickte er auf seine Uhr. Jetzt war keine Zeit zum Nachdenken. Noch fünf Sekunden bis zum Start.

»Okay«, sagte er und duckte sich.

Der Techniker wandte sich den Anzeigen zu, und sein Finger schwebte über einem bestimmten Knopf. Er hatte seinen eigenen Timer, und er allein würde das Signal für den Druck auf den Knopf geben, nicht ein Befehl des Majors. Zwei Männer von Gants Privatarmee bewegten sich unbehaglich hinter dem Techniker. Ihnen gefiel ihre Abkommandierung zu der Rakete nicht, obwohl ihnen versichert worden war, daß keine Gefahr bestand.

»Drei, zwei...«, Brannigans Zeigefinger zählte klopfend die Sekunden auf seinem Knie, »...eins. Und Start!«

Der Finger des Technikers drückte den Knopf, und auf der anderen Seite der Metallabschirmung erwachte die Boden-Luft-Rakete brüllend zum Leben. Rauch und zukkende Flammen schossen aus ihrem Heck.

In dem Augenblick, als sie sich zu heben begann, blickte Major Brannigan zu dem Loch oben in dem Schacht hoch. Ihm blieb nur noch Zeit, die Stirn zu runzeln und sich zu fragen, was für ein riesiges Objekt das Mondlicht blokkierte – bevor der Hubschrauber in den Schacht stürzte und mit der Rakete zusammenprallte.

Den Männern in der tiefen Höhle blieb keine Zeit, ihr Entsetzen hinauszubrüllen. Eine gewaltige Feuerkugel jagte durch den Schacht, füllte ihn aus und verbrannte ihr Fleisch und ihre Knochen zu Asche.

Steadman starrte das obszöne Ding auf dem Stuhl an und spürte, daß jedes Haar seines Körpers gesträubt war. Eiseskälte lief ihm über den Rücken und umklammerte seinen Hals. Seine Haut überschauerte es voller Ekel, und er spürte den unwiderstehlichen Zwang zu urinieren. Mühsam versuchte er zurückzuweichen, dieser verwesten Kreatur zu entkommen, aber seine Kraft hatte ihn verlassen, seine Muskeln reagierten nicht mehr. Kristinas Energie war völlig von diesem toten Ding aufgesaugt worden; sie hatte nicht die Kraft gehabt, seinen gierigen Wünschen zu widerstehen, und jetzt zehrte es von ihrer Psyche, war zu einer lebenden Wesenheit geworden – die jetzt an seinem, Steadmans Geist, saugte, ihm das Leben aussaugte, wie es Kristinas Leben ausgesaugt hatte.

Der Kopf beugte sich vor, und Steadman fröstelte, als winzige weiße Würmer aus den Höhlen der Wangen krochen. Er sah, daß eine knöcherne, zitternde Hand sich streckte, daß Fleisch von ihren Fingern fiel..., und er holte bei der Vorstellung, davon berührt zu werden, tief Luft. Aber die Hand streckte sich zu dem Steinboden, und er begriff, daß sie nach der alten Speerspitze griff, die vor den schwarzgestiefelten Füßen lag. Steadman wußte ohne jeden Zweifel: wenn dieses Monstrum den Speer ergriff, würde es mehr Stärke durch dessen seltsame Kraft erlangen. Und dann würde die Waffe wieder gegen ihn benutzt werden, um sein Leben zu nehmen.

Mit einem Schrei der Verzweiflung sprang der Detektiv vorwärts und packte die Speerspitze in dem Moment, als die Finger der Leiche sich darum schlossen. Als er ihr die alte Waffe entriß, fiel ein Finger der Kreatur zu Boden, da die verrottete Haut und die spröden Knochen der plötzlichen Bewegung nicht standhalten konnten.

Steadman zog die Speerspitze an sich, preßte sie mit beiden Händen an seine Brust – und spürte, daß ihn neue Kraft durchfloß. Obwohl der Druck sein Gehirn noch betäubte, vermochte er gegen das lähmende Gefühl anzukämpfen, konnte sich vom Boden erheben und vor dem sich bewegenden Kadaver zurückweichen. Dabei stolperte er über Kristinas Leiche, ließ die Speerspitze fallen und spürte wieder die Schwäche. Er kroch zu dem Talisman, packte ihn, drehte sich um und sah, daß der Tote aufstand und mit erhobenem Arm und weit offenem Mund auf ihn zukam – als wolle er ihn zwingen, die Speerspitze zurückzugeben und sich umarmen zu lassen.

Steadman schrie und kam wankend auf die Beine. Er sah die Treppe an der gegenüberliegenden Seite des Raumes und stolperte hoch. Doch die Schwäche verlangsamte seine Bewegungen, und seine Schritte waren bleiern. Mühsam erreichte er die Tür, schlug gegen sie, griff mit einer Hand zitternd nach der Klinke ..., und spürte dabei, daß die Gestalt hinter ihm war, die Stufen emporstieg und nach ihm griff.

Er rüttelte an der Klinke, aber die Tür war verschlossen.

Erst als er in die Knie sank, sah er den rostigen eisernen Schlüssel, der aus dem Schloß ragte. Er versuchte ihn zu drehen, aber er steckte so fest, daß seine Kräfte nicht ausreichten. Ein Schatten fiel auf ihn, und er mochte sich nicht umdrehen, hatte zu große Furcht, wieder in dieses verfaulte Gesicht zu blicken, da er wußte, daß der Anblick ihn lähmen würde. Der faulige Gestank umspülte ihn, zerrte beißend an seinen Sinnen. Was sollte er jetzt noch tun? Er wollte seine Augen schließen, sich zusammenrollen und einfach liegenbleiben.

Statt dessen ließ er die Speerspitze fallen und versuchte den Schlüssel mit beiden Händen zu drehen, dabei betete er zu Gott, daß der Schloßmechanismus sich bewege. Seine Hände und Arme zitterten vor Anstrengung, aber er spürte, daß das Schloß nachgab – langsam zuerst, dann eine halbe Drehung und schließlich ganz. Er stieß die Tür auf, als eine Hand nach seiner Schulter faßte, entzog sich dem tödlichen Griff, packte die alte Waffe und wankte in den schwarzen Durchgang.

Dort war kein Licht. Nur die frische Luft zog ihn an, die von oben kam, aus der Welt der Lebenden. Er wußte nicht, wie lang der Korridor war, da er vor sich außer völliger Dunkelheit nichts sah. Dünne Fäden klebten an seinem Gesicht, und er schlug wild gegen die unsichtbaren Spinnweben, zerriß sie, ekelte sich vor ihrer Berührung. Eine Gänsehaut überlief ihn, als winzige Beine über seine Wange huschten – er schlug nach der Spinne, erschauerte bei dem Gefühl, als der zerbrechliche Körper auf seinem Gesicht zerplatzte. Der Boden war feucht und er rutschte, stürzte schmerzhaft auf die Knie, streckte eine Hand aus und ertastete eine schleimige Wand. Beim Aufstehen wandte er seinen Kopf und sah die Silhouette des Leichnams im Türeingang, eine schwarze Gestalt, die größer wurde, als sie sich vorwärtsbewegte. Dann schlug die Tür durch den Luftzug im Gang zu, und er wußte, daß das Phantom bei ihm in der Dunkelheit war.

Ein plötzliches gedämpftes Geräusch drang an seine Ohren, das Geräusch einer fernen Explosion, und der Boden unter seinen Füßen schien unter ihrer Wucht zu erzittern. Er rutschte wieder aus, bevor er ganz aufgestanden war, und hörte das Metall der Speerspitze an der Wand klirren. Stöhnend kam er wieder auf die Beine und wollte weitergehen, als ihn ein plötzlicher Gedanke abrupt innehalten ließ. Er war sich nicht mehr sicher, in welche Richtung er ging! Im Augenblick des panischen Aufstehens hatte er die Orientierung verloren – es konnte sein, daß er jetzt direkt in die faulenden Arme der Leiche rannte. Er hielt den Atem an und lauschte.

Ein scharrendes Geräusch zu seiner Linken ließ ihn weiterhasten, wobei er sich wieder nur mit den Händen vorwärts tasten konnte. Die Langsamkeit seiner Bewegungen ärgerte ihn, doch nur die große Angst vor dem, was ihn verfolgte, ließ ihn überhaupt vorankommen. Als er vor sich auf steinerne Stufen stieß, war es allein seine Lethargie, die ihn vor ernsten Verletzungen bewahrte. Die Frische der Luft, die nach unten zog, schien zu bestätigen, daß die Stufen nach draußen führten. Steadman begann hochzusteigen, sein Atem ging in kurzen, heftigen Stößen. Es war gerade so, als ob die Kreatur da unten eine stärkere Kraft benutzte, um ihn am Erreichen der Oberfläche zu hindern. Er fiel auf die Stufen, zu müde, sich zu bewegen, zu erschöpft, es auch nur zu versuchen, doch das Entsetzen über die feuchten, kalten Finger, die sich um seine nackten Knöchel schlossen, ließ ihn wieder aufschreien, jagte das Blut durch seine Adern und setzte Adrenalin frei, das ihn weiterkriechen ließ. Mit einem kräftigen Tritt befreite er sich aus dem scheußlichen Griff.

Die Hülle, die einst ein lebendes Wesen gewesen war, folgte ihm.

Die Treppe endete jäh, und Steadman wußte, daß er das Erdgeschoß erreicht hatte. Er blieb vor einem dünnen Silberstreifen stehen, der waagerecht vor ihm lag, und dann erkannte er, daß es Mondlicht war – wundervolles, silbernes Mondlicht –, das unter einer Tür durchschien. Mit einem hoffnungsvollen Schrei stürzte er vorwärts und stieß in seiner Hast gegen das Holz. Doch auch diese Tür war verschlossen. Und dieses Mal steckte kein Schlüssel im Schloß.

Er blickte sich in dem Raum um, suchte nach etwas, mit dem er die Tür aufbrechen könnte, doch der Silberstreifen verschwand plötzlich, als Wolken den Mond verdeckten. Vor Verzweiflung stöhnte er auf. Schritte veranlaßten ihn zu der Treppe zu blicken, von der er gerade gekommen war. Obwohl er im Dunkel nichts sehen konnte, wußte er, daß die Leiche die Treppe erstieg, daß sie nahe dem Absatz und ihr Kopf auf Bodenhöhe war. Er wandte sich wieder der Tür zu und schlug mit der Speerspitze voller Furcht dagegen. Das Geräusch des Metalls, das gegen das Holz krachte, brachte ihn zur Vernunft: das Werkzeug für seine Flucht hielt er in seinen Händen.

Er tastete wieder nach dem Schloß, führte dann seine Hand nach rechts und erfühlte den Spalt, wo die Tür sich in den Rahmen fügte. Er steckte die Speerspitze hinein, preßte seinen ganzen Körper gegen den herausragenden Teil der Klinge und betete, daß sie unter der Wucht nicht brechen würde. Zum Glück war das Holz verrottet und das Schloß nicht allzu stark.

Die Tür brach mit einem scharfen Krachen auf. Frische Nachtluft brauste herein, als wolle sie mit dem übelkeiterregenden Gestank des Dings kämpfen, das jetzt oben auf der Treppe stand. Steadman hastete durch die Tür, und der heftige Wind peitschte seinen Körper und brachte ihn, schwach wie er war, aus dem Gleichgewicht. Er ging zu Boden und sah mit zusammengekniffenen Augen in dieser Nacht verrückter Bilder erneut ein verrücktes Bild. In der Dunkelheit vor ihm loderten riesige Flammen zum Himmel, Flammen, die aus den Tiefen der Erde selbst zu schießen schienen. Er reagierte wie eine Motte darauf, denn es war immerhin Licht in totaler Dunkelheit.

Krampfhaft drückte er den Speer an seine Brust, als der Leichnam im Türeingang des seltsamen gruftähnlichen Gebäudes auftauchte, die schwarze Uniform leuchtete im Glühen des Feuers blutrot. Steadman spürte, daß diese Kreatur – dieses Ungeheuer – nicht nur ihn, sondern auch den Speer wollte. Es brauchte den Speer, um existieren zu können.

Er sprang auf, und das betäubende Gefühl machte ihn schwindlig. Benommen wankte er auf die Flammen zu, gefolgt von der Leiche des Reichsführers, wobei der Wind pergamentene Fetzen aus dessen Haut riß und die Knochen darunter entblößte.

Das Gras unter Steadmans Füßen war weich und belebte ihn neu, gerade so, als versuche die Erde ihm zu helfen, diesem unnatürlichen Wesen zu entkommen. Das Feuer war nah, und er schwankte wie ein Betrunkener darauf zu, spürte seine Hitze, begrüßte sein Lodern wegen der abnormalen Kälte hinter ihm. Seine Beine wateten wie durch Treibsand, doch er zwang sie weiter, und jeder Schritt war ein neuer Sieg. Schließlich erreichte er den Rand der Grube, die Hitze versengte ihm Haar und Augenbrauen, und seine Haut rötete sich und begann zu schmerzen. Er wandte dem Inferno den Rücken zu und trat dem nahenden Dämon entgegen, weil er wußte, daß er nicht weiter laufen konnte. Und wenn er's fertigbrachte, würde er dieses Ding mit sich in die Tiefe ziehen, zurück in die Hölle, aus der es auferstanden war.

Dann stand die Kreatur vor ihm, und er starrte in ein blickloses Auge. Der Kneifer war vom Wind weggerissen worden, der Mund stand weit offen, als wolle die Kreatur ihn anschreien, aber aus dem lippenlosen Schlund kam kein Ton. Lose Haut hing in Fetzen herab, löste sich und verschwand in wirbelndem Staub. Der Leichnam Heinrich Himmlers hob seine verwesten Arme, um Steadman zu umklammern, um ihn an sich zu ziehen, sein Gesicht mit dem seinen zu berühren. Und Steadman war zu kraftlos, um sich ihm widersetzen zu können, vor Entsetzen wie hypnotisiert, zu schwach, um seinen Kopf beiseite zu drehen, als der Schädel sich ihm näherte. Er stieß nur einen letzten Entsetzensschrei aus.

Dann spürte er, wie seine Sinne zu schwinden drohten, und obwohl er seinen Kopf wegdrehte, gelang es ihm nicht, den Blick von dem schrecklichen Gesicht zu lösen. Für einen Augenblick glaubte er, Edward Gant und Kristina in den scheußlichen Gesichtszügen wiederzuerkennen. Der Schädel schien größer zu werden, sein Blickfeld vollends zu füllen – er wußte, daß die Kreatur ihn in die Gruft zurückziehen wollte, um seine Kraft endgültig zu rauben und damit weiterzuexistieren. Das Ding zerrte an ihm, und Steadman war zu kraftlos, um sich zu wehren.

Da zerbarst der verrottete Schädel plötzlich in einem Kugelhagel, zerstäubte zu einem feinen Pulver; die Reste fielen vom Körper des Leichnams herab und rollten in das Gras zu seinen Füßen. Steadman wich zurück und spürte, daß seine Kraft wiederkehrte, seinen Körper durchströmte, bis jeder Nerv unter dem Gefühl zu erbeben schien. Er sah, daß Holly keine vier Meter entfernt von ihm kniete, die Waffe, die sie in beiden Händen hielt, auf die schwankende Gestalt gerichtet. Er rief ihren Namen, und die Erleichterung, sie lebend zu sehen, war fast zuviel für ihn. Doch ihr Gesicht schien eine Maske von Furcht und Verständnislosigkeit.

Unerklärlicherweise blieb der Leichnam aufrecht stehen. Nur die Hände, die nach Steadmans Hals gegriffen hatten, waren herabgesunken. Er stand wie eine Statue da, und der heulende Wind peitschte seine Kleidung und drohte den zerbrechlichen Körper vollends zu zerfasern. Lichter in der Ferne lenkten Steadman für einen Augenblick ab, und das Krachen des Gewehrfeuers, das schwach an seine Ohren drang, verriet ihm, daß mit Edward Gants makabrem neuen Orden wirklich alles vorbei war. Er sah Gestalten um das Haus huschen, hörte laute Befehle und das Splittern von Glas, als die Soldaten sich ihren Weg in das Gebäude bahnten. Einige hatten sich von der Haupttruppe gelöst und eilten auf sie, auf die Flammen zu.

Wieder spürte er Vibrationen durch die Speerspitze rinnen und blickte hinab. Die Macht des schwarzen Metalls schien in seine Arme zu dringen, in seinen Blutkreislauf. Dann spürte er wieder die Schwäche, das ziehende Gefühl, als Energie aus ihm gesaugt wurde, wie durch Magnetkraft aus seinem Körper gesogen. Er kämpfte gegen dieses Gefühl an, doch die kopflose Gestalt vor ihm streckte die Hände aus, und die verrotteten Finger umklammerten seine Handgelenke. Steadman spürte, wie die Kraft seiner Arme ihn zu verlassen begann, wie sie durch die Speerspitze in den Körper des toten Reichsführers floß.

Voller Wut schrie Steadman auf und entzog sich dem Leichnam, riß seine Arme hoch, um den Griff zu brechen. Er stürzte, das Phantom warf sich nach vorn und fiel auf ihn. Der Detektiv wand sich verzweifelt, da die Hitze des Feuers wieder sein Gesicht verbrannte. Mit letzter, verzweifelter Anstrengung und dem qualvollen Schrei des fast Besiegten hob Steadman die alte Waffe und stieß sie in die Brust der Gestalt, auf das Herz gezielt, das längst zu schlagen aufgehört hatte. Die Speerspitze drang tief ein, sie schien das verfaulte Fleisch zu schmelzen. Das Kreischen, das in Steadmans Ohren drang, war das einer gequälten Kreatur, einer armen Seele, die ihre letzte Qual erlitt.

Steadman stieß die Speerspitze noch tiefer, schob den Körper auf die Flammen zu, ignorierte die Schreie, die ihn fast taub machten, und verschloß seinen Verstand vor dem durchdringenden Gewinsel. Sie kauerten jetzt am Rand des Schachtes, und er sah Rauch aus der schwarzen Uniform aufsteigen, als sie zu schwelen begann. Seine eigenen Schmerzen waren unerträglich; Steadman wußte, daß er bald zusammenbrechen würde. Doch dann stürzte der Körper über den Rand. Die gestiefelten Füße schlugen gegen die Wände des Schachtes, fielen tiefer und tiefer, eine schwarze Gestalt, die in dem Inferno unten verschwand. Vom Feuer verschlungen. Verzehrt zur Nicht-Existenz.

Steadman schwankte, da ihn jetzt die ganze Kraft des Speeres durchfloß. Etwas hatte ihn die heilige Waffe festhalten lassen, als der Leichnam hinabgestürzt war, etwas hatte ihm gesagt, daß er jetzt Bewahrer des alten Talismans sei, daß er jetzt den Schlüssel für die Offenbarung in Händen hielt, die jene suchten, die Macht und Ruhm begehrten. In den Flammen unter sich sah er einen gewaltigen Kampf, einen kosmischen Krieg zwischen den Heeren von Licht und Finsternis, einen mächtigen Kampf zwischen guten und bösen Kräften, die darum rangen, das Schicksal der Menschheit zu bestimmen. Er tobte vor ihm, ein ewiger Kampf, weder in der Vergangenheit noch in der Zukunft ausgetragen, sondern immer gegenwärtig.

Holly rief seinen Namen, sah seinen Körper am Rande der Grube schwanken, wußte, daß seine Haut von dem Feuer bereits versengt wurde. Sie versuchte, zu ihm zu gelangen, doch sie konnte sich nicht bewegen, konnte nur zuschauen, als er seine Arme hoch über seinen Kopf hob, etwas in Händen hielt, das eine scharfe Spitze hatte, etwas Böses. Ein blaues Glühen schien von dem Gegenstand auszugehen, eine Energie, die sie deutlich vor dem Hintergrund der tosenden gelben Flammen sehen konnte –

sie bewegte sich an seinen Armen herab, floß wie glühendes Wasser an ihm herunter, umhüllte seinen ganzen Körper, breitete sich zu seinen Beinen aus, und sie sah, daß sein Körper in seltsamem Stolz zitterte.

Holly rief wieder seinen Namen und versuchte, zu ihm zu kriechen, um ihn vom Feuer wegzuziehen. Sein Körper wurde starr, und sie fragte sich, ob er sie gehört haben mochte. Dann hörte sie ihn schreien, als sei er wütend. Er bog seinen Körper zurück, und mit einer Anstrengung, die all seine Kraft zu kosten schien, schleuderte er den Gegenstand in die Grube.

Die Flammen verschluckten die Speerspitze. Steadman wußte, daß sie in dem Inferno schmelzen würde. Und er betete, daß seine bösen Kräfte mit ihm schmelzen würden.

Das Feuer verlor plötzlich an Intensität. Es wurde kalt. Gefrorene gelbe Tentakel stiegen aus dem tiefen Schacht, und der Wind trieb sie direkt in den Himmel. Es war die Kälte, die Steadman vom Rand der Grube wegtrieb, nicht die Hitze.

Holly rannte zu ihm, und für einen Augenblick schaute er sie seltsam an, blickte auf sie hinab, als erkenne er sie nicht, als erkenne er die Welt nicht mehr, in der sie lebten. Dann strömte Verständnis in seinen Blick, und er umschlang sie, als wolle er sie erdrücken. Aber sie erwiderte den Druck, hielt ihn fest, liebte ihn und spürte seine Liebe.

Die sengende Hitze war zurückgekehrt, drang wie eine Explosion aus der Grube, und sie entfernten sich von den lodernden Flammen. Er lehnte sich an sie, spürte jetzt den Schmerz in seinem verbrannten Gesicht, die Wunde an seinem Arm. Aber es war ein willkommener Schmerz, da er wirklich war. Es war endlich etwas, das er verstehen konnte.

Sie hielten einander eng umarmt, als die ersten Soldaten sie erreichten, und schauten zu, wie die Flammen zum Himmel loderten. Und sie hörten plötzlich das ferne Dröhnen eines Flugzeuges in der Nachtluft. Die Soldaten der Marinetruppe wunderten sich, weil über die zum Nachthimmel gewandten Gesichter des Paares ein Lächeln flog.